grafit

Chemnitzer Str. 31, 44139 Dortmund
Internet: http://www.grafit.de
E-Mail: info@grafit.de

Umschlagfoto: Edma/Shotshop.com
Druck und Bindearbeiten: CPI – Clausen & Bosse, Leck
ISBN 978-3-89425-390-5
1. 2. 3. 4. 5. / 2013 2012 2011

Theo Pointner

Abgesang

Kriminalroman

grafit

Der Autor

Theo Pointner, 1964 geboren in Bochum, lebt in Essen. Er hat Betriebswirtschaft studiert und ist Leiter des Medizin-Controllings eines Krankenhauses im Ruhrgebiet.

Seit 1992 schreibt er Kriminalromane und löst mit *Abgesang* das furiose Ende des zuletzt erschienenen *Highscore* auf.

www.theopointner.de

Prolog

»… Er kann mit links und kann mit rechts … meistens schießt er mit rechts … wie gegen England … so, genug der Prognosen, hoffentlich trifft er, das ist das einzig Wichtige. Brehme gegen den Elfmetertöter Goycochea … JAAAAAAAAA … Tor für Deutschland, 1:0 durch Andreas Brehme, alles wie gehabt, mit rechts flach ins linke Eck, Goycochea wusste alles, nur halten konnte er ihn nicht. Eine hochverdiente Führung für die deutsche Fußballnationalmannschaft, vier Minuten und vierzig Sekunden vor dem Ende des Spiels. Aber dieser Teufel im argentinischen Tor hatte wieder die Hände dran, das ist ein Elfmeterkiller, muss man sagen. Das hat er natürlich gesehen gegen England, aber platzierter kann ich einen Elfmeter nicht schießen, hart aber präzise …«

Gelangweilt drehte er den ohnehin schon leise gestellten Ton ab und Gerd Rugenbauers Stimme erstarb. Natürlich war es so gekommen, wie er es Thomas und Stephan prophezeit hatte, Deutschland würde das Ding gewinnen, bei den Gauchos fehlte der erste Sturm, und so wie der Kaiser die Deutschen auf Trab gebracht hatte, konnte nichts schiefgehen. Aber es hatte lange gedauert, er hatte schon eine Verlängerung befürchtet. Jetzt war das Spiel entschieden, die letzten Minuten eine uninteressante Zugabe.

Stöhnend wischte er sich den Schweiß von der Stirn, hier in den Zimmern unter dem Dach waren mindestens fünfunddreißig Grad, draußen war es schon seit Tagen tropisch warm. Die Hitze war sogar fast noch schlimmer als in Italien, wo zurzeit die Fußball-WM stattfand. Vater hatte gefragt, warum er die Übertragung denn um Himmels Willen oben in seinem Zimmer sehen wollte und nicht unten beim Rest der Familie, die noch durch den Besuch zweier Onkel und Tanten aufgebläht worden war. Tante Sabine war ja ganz in Ordnung, mit der konnte man sich gut unterhalten, aber Tante Beate, Onkel Karl und Onkel Markus – vor allem Onkel Markus – waren einfach nur die Katastrophe. Behandelten ihn, als wäre er ein Kind, dabei ging er schon in die sechste Klasse, das erste Jahr Gymnasium war gerade vorbei. Da war man doch nun wirklich kein dummes Kind mehr …

Der Schweiß rann aus seinem dichten Haarschopf, und obwohl er nur eine kurze Sporthose trug, klebte ihm diese bereits am Leib. Das Handtuch, mit dem er sich regelmäßig den Schweiß abwischte, war nahezu tropfnass.

Seine Zunge verdorrte am Gaumen, bei Beginn des Spiels hatte er sich nur eine Dose Fanta mitgenommen, die war schon nach zehn Minuten leer gewesen. Seitdem hatte er nichts mehr getrunken. Natürlich hätte er sich Nachschub holen können, in der Halbzeit etwa, aber das hatte er sich nicht getraut. Womöglich hätte seine Familie ihn genötigt, unten zu bleiben und das Spiel im Wohnzimmer weiterzuschauen. Und dann wäre seine einmalige Chance vielleicht vertan gewesen.

Aus den Augenwinkeln erkannte er, dass das Spiel wieder angepfiffen worden war. Noch knapp vier Minuten, ein bisschen Nachspielzeit, aber die würde nicht ins Gewicht fallen. Fast wünschte er sich, dass die Argentinier noch den Ausgleich erzielten, aber er glaubte nicht daran. Zu harmlos waren sie während der zurückliegenden fünfundachtzig Minuten gewesen, und nun, mit dem kassierten Elfmetertor würden die Schritte noch länger werden. Nein, die WM war entschieden. Er musste sich beeilen.

Er fühlte sich gut, besser jedenfalls als sonst, an normalen Tagen. Wenn er mit einer Mischung aus Verständnislosigkeit und Faszination das Verhalten der anderen Kinder in der Schule beobachtete. Wie sie miteinander spielten, lachten oder stritten und er zumeist angewidert danebenstand, spürte er förmlich, wie das Leben an ihm vorbeizog. Dabei bemühte er sich, so zu sein wie seine Klassenkameraden, wie Thomas und Stephan, die während des Unterrichts neben ihm saßen und mit ihm Freundschaft schließen wollten.

Inzwischen gelang es ihm recht gut, sich anzupassen und sich so zu benehmen, wie es anscheinend von ihm erwartet wurde. Jedoch musste er bei allem, was er sagte oder tat, erst abwägen, was in der jeweiligen Situation angebracht wäre.

Instinktiv wusste er, dass er anders war, dass er nicht zu den anderen Kindern gehörte und nur ein Geduldeter war, der auf einem schmalen Grat wanderte, von dem er jederzeit abstürzen konnte.

Umso größer war vor etwa einem Monat seine Überraschung gewesen, als er zum ersten Mal am eigenen Leib etwas erlebte, was ihm, aufgrund seiner guten Beobachtungsgabe, bei den anderen als Freude, Anspannung, ja sogar Erregung bekannt war. Natürlich wusste er theoretisch über die Existenz von Gefühlen Bescheid, aber dass die Realität, die bisher in seinem Leben keinen Platz gehabt hatte, so überwältigend sein konnte, hatte er nicht vermutet. Genauso wusste er theoretisch, wie man Auto fuhr, er hatte es bei Vater oft genug beobachtet. Linken Fuß auf die Kupplung, mit rechts Gas geben und bremsen, dazu hin und wieder die Gangschaltung bewegen. Aber saß er deshalb schon selbst hinter dem Steuer? Na bitte.

Hoppel rührte sich kaum noch. Die zusammengebundenen Hinterläufe ragten schlaff und ausgestreckt unter dem Rumpf des Kaninchenkörpers heraus, die ebenfalls verschnürten Vorderläufe scharrten noch ab und zu hektisch auf dem alten, zerfledderten Küchentuch, das er unter das Tier gelegt hatte, damit kein Blut seinen Teppich verschmutzte. Das klägliche Grunzen und die wimmernden Laute aus dem fest mit Packband verknoteten Maul hatten etwa Mitte der zweiten Halbzeit aufgehört. Seitdem schien sich das Tier in sein Schicksal ergeben zu haben.

Das Kaninchen seiner Schwester blutete aus etlichen Wunden, die er dem Tier mit der Spitze eines Küchenmessers zugefügt hatte. Das weiß-braune Fell war rot verschmiert, im ganzen Zimmer hatte sich ein intensiver, kupferhaltiger Geruch ausgebreitet.

Gleich zu Beginn seiner … tierorientierten Versuchsmaßnahme hatte sich sein Herzschlag beschleunigt und am ganzen Körper eine Gänsehaut ausgebreitet. Er verspürte keine Lustgefühle, keine Befriedigung, wenn er nach mehreren Minuten den nächsten Schnitt an dem Kaninchen ansetzte. Er wollte es nicht niedermetzeln, er wollte lediglich ausprobieren, ob sich seine Gefühle steigerten, je vielfältigere Schmerzen er dem Tier zufügte.

Aber genau das passierte nicht. Natürlich war er aufgeregt und er verspürte eine gewisse Vorfreude, doch beide Gefühle wurden weder stärker noch schwächer. Wenn man einen passenden Vergleich dafür suchte, dann wäre diese Erregung ein See, der bei absoluter Windstille spiegelglatt zwischen seinen Ufern liegt; mit ungeahnten Tiefen unter der Oberfläche, die sich in ihrem dunklen, nassen Gefängnis noch nicht bemerkbar machen konnten.

Der Schiedsrichter auf dem Fernsehschirm reckte gerade seinen Daumen in die Höhe. Noch eine Minute.

Countdown, irgendwann geht alles einmal vorbei. In dieser Minute musste er es zu Ende bringen.

Hoppel atmete ganz flach, der geschundene Kaninchenkörper hob und senkte sich bei den Atemzügen nur noch unmerklich.

Jetzt kam es darauf an, ein letzter Versuch blieb ihm noch. Er drehte das Tier auf die Seite und setzte das Messer gut zwei Finger unter dem Maul an die Kehle.

Er erinnerte sich daran, dass er zum ersten Mal diese merkwürdige Reaktion seines Körpers gespürt hatte, als er mit Martin vom Fußball nach Hause gelaufen war. Sie hatten gerade ihre neuesten fußballerischen Heldentaten repetiert, als Martin plötzlich aufgeregt in den Straßengraben gezeigt hatte. Dort hatte eine Katze gelegen, die wohl wenige Minuten zuvor von einem Auto angefahren worden war. Martin war erschrocken stehen geblieben, während er selbst fasziniert näher gekommen war. Die Katze hatte noch gelebt, aber sie sah schlimm aus. Aus dem Mund, aus den Ohren und aus dem After sickerte beständig Blut, der Körper war völlig verdreht, sodass mit Sicherheit auch die Wirbelsäule gebrochen war.

Er war in die Hocke gegangen und hatte irgendwann alles andere um sich herum vergessen. Vor Überraschung hatte er gestöhnt, die Katze hatte noch ein letztes Mal die Augen aufgerissen und war dann erstarrt. Minutenlang hatte er noch bei dem toten Tier gehockt, bis Martin ihn an der Schulter gefasst und weggezogen hatte.

Als er die Klinge nun ansetzte, zuckte Hoppel nur einmal. Beim Schnitt in die Kehle entfuhr seinem Maul ein letztes Grunzen, dann war das Kaninchen endlich erlöst.

Einen Moment hatte er noch abgewartet, ob der Tod des Tieres endlich auch seine Erlösung bringen würde, aber das war nicht der Fall. Er fühlte sich genauso wie zuvor.

Achselzuckend wischte er schließlich das Messer an dem mittlerweile blutgetränkten Küchentuch ab, zerschnitt die Fesseln an den Läufen des Tieres und setzte die Klinge an der Schnur um das Maul an. In dem Moment flog die Tür zu seinem Dachzimmer auf …

1

»Wo liegt sie?«

»Gleich da vorne. Wenn Sie auf Höhe des Streifenwagens ankommen, sehen Sie den Tatort schon.«

Kriminalhauptkommissar Berthold Hofmann nahm seufzend die Pfeife aus dem Mundwinkel und bedachte den Streifenpolizisten mit einem strafenden Blick. »Den Fundort.«

»Bitte?«

»Sie sagten, dass wir dann den Tatort sehen könnten. Im Moment handelt es sich lediglich um den Fundort der Leiche, ob die Person auch dort getötet wurde, wissen wir noch nicht.«

Der uniformierte Beamte lief knallrot an und drehte nervös seine Mütze in den Händen. »Stimmt«, stotterte er. »Sie haben natürlich recht.«

Hofmann nickte gnädig, schlug den Jackenkragen hoch, um sich gegen den unwirtlichen Sprühregen zu schützen, und ging weiter.

»War das wirklich nötig?«, hörte er eine amüsierte Frage hinter sich.

Hofmann blieb stehen und drehte sich um. Der Mann, der sich die ganze Zeit hinter ihm gehalten hatte, konnte gerade noch rechtzeitig stoppen.

»Wie meinen Sie das?«, fragte Hofmann und sah seinen Begleiter überrascht an.

Tobias Gröne wischte sich den leichten Regenfilm von seiner Stirn und entgegnete den Blick seines Vorgesetzten herausfordernd.

»Kommen Sie«, meinte er dann. »Der Junge ist doch gerade mal ein paar Monate bei der Truppe, der lernt das schon noch. Ein kleiner, dezenter Hinweis hätte es auch getan, anstatt ihn gleich abzukanzeln.«

Der Leiter des Bochumer KK 11, des Dezernats für die

Bearbeitung von Gewaltdelikten, steckte seine Pfeife wieder in den Mund und runzelte verärgert die Stirn. Der Neue war mit seinen einszweiundachtzig zwar nur einen Hauch größer als er selbst, aber aufgrund seines durchtrainierten Körpers wirkte Gröne um Welten imposanter. Unter den kurzen schwarzen Haaren leuchteten zwei dunkelbraune Augen, der mit einem schmalen Kinnbart umrahmte Mund schien ständig sanft zu lächeln. Hofmann verstand, warum sich mittags in der Kantine schätzungsweise neunzig Prozent der Kolleginnen nach Gröne umdrehten.

»Gerade bei jungen Kollegen«, dozierte Hofmann, Rauchwolken produzierend, »sollte man von Beginn an darauf Obacht geben, dass sie auch bei Details peinlich genau sind. Wenn sich erst mal ein gewisser Schlendrian eingeschlichen hat, dann kriegt man solche Fehler nicht mehr aus ihnen heraus. «

»Was Hänschen nicht lernt ...«, murmelte Gröne in seinen Bart und deutete mit dem Kopf über Hofmanns Schulter in Richtung eines Streifenwagens. »Wir werden erwartet, glaube ich.«

Hofmann rührte sich keinen Millimeter. »Finden Sie das etwa nicht?«

»Doch, natürlich. Ich wette, das passiert dem Kollegen nicht noch einmal.«

Hofmann zog erneut tief an seiner Pfeife, nickte und setzte seinen Weg fort.

Der Streifenwagen, den Hofmann ansteuerte, parkte auf einem Brachgelände im Bochumer Norden, unweit der Stadtgrenze zu Herne. Offiziell gehörte das Stück Land zum Volkspark, mit der Bezeichnung konnten allerdings nur die wenigsten Bochumer etwas anfangen. Zum Glück war es Samstag früh, noch vor acht Uhr, und aufgrund des ekligen Wetters gab es kaum Spaziergänger oder andere Schaulustige.

Wie der junge Beamte beschrieben hatte, konnte Hofmann auf Höhe des Streifenwagens in etwa zehn Metern Entfernung grob einen menschlichen Körper ausmachen. Die Leiche lag zur Hälfte unter einem Gebüsch, so als habe sie jemand weggeworfen, weil er ihrer überdrüssig geworden war.

Drei weitere Streifenbeamte schirmten den Fundort gegen Passanten ab, ein Team der Kriminaltechnik war bereits an der Arbeit. Als die Gestalten in den Schutzanzügen den Hauptkommissar entdeckten, grüßten sie flüchtig.

Hofmann nickte zurück. »Habt ihr schon was?«, fragte er in die Runde.

»Nicht den kleinsten Fetzen«, bekam er zur Antwort. »Sie können ruhig näher ran, direkt um die Leiche sind wir fertig.«

Gröne gesellte sich zu seinem Vorgesetzten und holte tief Luft. Er war erst vor zwei Wochen nach Bochum versetzt worden und seine erste Mordermittlung startete genau jetzt.

»Nervös?«, fragte Hofmann.

»Nicht die Spur. Und Sie?«

Ohne ein weiteres Wort ließ der Leiter des KK 11 seine Pfeife von einem Mundwinkel in den anderen wandern und trat näher an die Leiche heran. Er verzog unbewusst das Gesicht.

Der Körper gehörte zu einem jungen Mädchen, vielleicht dreizehn oder vierzehn Jahre alt, aber Teenager gingen heutzutage ja oft für älter durch. Die Tote war vollständig bekleidet, was auf den ersten Blick gegen ein Sexualverbrechen sprach. Das Gesicht des Mädchens lag zu drei Vierteln in der Erde, auf dem restlichen, sichtbaren Stück erkannte Hofmann Blutergüsse und verwischtes Blut. An den Handgelenken zeichneten sich deutlich Spuren eines Seils oder eines Stricks ab. Sie war gefesselt worden und hatte vor ihrem Tod mit Sicherheit einige schlimme Stunden durchlitten.

»Verflucht«, murmelte Gröne, der sich knapp einen Meter hinter Hofmann aufhielt. »In der Praxis ist das doch was völlig anderes.«

»Ihre erste Leiche?«, fragte Hofmann, ohne sich umzudrehen.

»Nein, natürlich nicht. Aber bisher musste ich noch nie in so einer Sache ermitteln.«

»Dann sollten Sie Ihre Beklemmungen schnellstens verlieren. Haben Sie die Beschreibung der Vermissten dabei?«

»Was? Ach ja, hier.« Gröne kramte ein DIN-A-4-Blatt aus seiner Jackentasche hervor und reichte es Hofmann.

»Wollen wir doch mal sehen«, murmelte der Hauptkommissar. »Svenja Maslarski, am dreizehnten April fünfzehn Jahre alt geworden, ein Meter achtundsechzig groß, circa fünfundfünfzig Kilo, lange rot gefärbte Haare, graue Augen, Piercing in Nase und Oberlippe. Als sie das letzte Mal gesehen wurde, trug sie ein grünes Männerhemd, einen roten Jeansrock, schwarze Leggins und rote Laufschuhe. Der Beschreibung nach zu urteilen, ist sie das mit an Sicherheit grenzender Wahrscheinlichkeit, meinen Sie nicht?«

»Drei Tage vermisst«, sagte Gröne leise. »Verdammt, Mädchen, wo warst du so lange?«

»Werden wir herausfinden«, erklärte Hofmann selbstbewusst, faltete das Blatt zusammen und gab es Gröne zurück. »Was meinen Sie, wie lange sie schon hier liegt?«

»Maximal seit heute Nacht. Gestern dürften hier genügend Spaziergänger gewesen sein, als es noch nicht regnete. Da wäre sie schon viel früher gefunden worden. Ich denke, der Täter hat sie in den frühen Morgenstunden hier abgeladen.«

»Vermutlich haben Sie recht«, gab Hofmann nickend zurück.

Neben den beiden Männern tauchte einer der Kriminaltechniker auf. Schnaufend zog er sich die Kapuze vom Kopf und fuhr mit den Händen durch seine schweißnassen Haare.

»Ihr solltet sie mal umdrehen«, meinte er leicht keuchend. »Schöne Sauerei da direkt unter ihr.«

Hofmann und Gröne wechselten einen schnellen Blick, dann trat der Neue zur Leiche, fasste sie an der Schulter und drehte sie auf den Rücken.

»Um Himmels Willen«, entfuhr es Hofmann, als er das blutgetränkte Hemd erblickte. »Da hat sich jemand regelrecht an ihr ausgetobt.«

»Ich tippe auf erstochen«, meinte der Kriminaltechniker

und kramte ein Behältnis mit einem Asthmaspray hervor, von dem er sich zwei Hübe in den Mund drückte. »Der Stoff ist an einigen Stellen regelrecht zerfetzt, anscheinend hat dieser Irre sich in einen wahren Rausch gemetzelt.«

»Ist der Gerichtsmediziner schon informiert?«

»Klar, müsste jeden Moment kommen. Die Fotos sind auch schon alle fertig. Sobald Sie im Büro sind, haben Sie die Abzüge auf dem Schreibtisch.«

»Gut«, lobte Hofmann. »Reifenspuren oder etwas anderes?«

»Null. Bis jetzt könnte man fast meinen, dass das Mädchen hierhin gebeamt worden ist. An dem Gebüsch ist noch nicht mal der kleinste Ast abgeknickt. Der Mörder wusste anscheinend, wie er keine Spuren hinterlässt.«

»Läuft hier in der Gegend vielleicht ein Serientäter rum, von dem ich noch nichts weiß?«, fragte Gröne.

»Wäre mir neu. Wir haben zurzeit keine einzige Akte offenstehen, die in das Schema hier passt.«

»Ich hoffe, wir müssen uns nicht an derartige Anblicke gewöhnen«, seufzte Gröne.

2

Das Wasser lag so flach da wie eine Glasfläche, nur vereinzelt kräuselten sich ein paar winzige Wellen, wenn ein zarter Windhauch aufkam. Aus dem stahlblauen Himmel brannte die Sonne heiß herunter und die Wasseroberfläche reflektierte das Licht zusätzlich, sodass man keine zwei Sekunden ohne Sonnenbrille auf das Meer blicken konnte.

Die Aussicht von der Nordspitze aus war einfach traumhaft. Von hier aus konnte man meinen, bis zur Nachbarinsel seien es nur ein paar Hundert Meter, die ein geübter Schwimmer ohne Probleme bewältigen könnte. Der Leuchtturm von Amrum bohrte sich wie eine Kerze aus den Dünen, seine schlanke Gestalt war weit und breit das Höchste, was das Auge ausmachen konnte.

Katharina fröstelte trotz der Wärme. Schützend legte sie die Arme um den Oberkörper. Auf ihren sonnenverbrannten Unterarmen hatte sich Gänsehaut gebildet.

Langsam ging sie ein, zwei Schritte zurück und setzte sich auf die Decke, auf der sich ihr Rucksack, ein Buch und eine Kanne mit Tee befanden. Aus dem Rucksack kramte sie eine Strickjacke hervor, als sie hineingeschlüpft war, goss sie sich einen Becher Tee ein. Das Getränk dampfte noch, obwohl sie es schon vor zwei Stunden eingefüllt hatte.

Der Platz hier an der Nordspitze war morgens vor Ankunft der ersten Fähre, die zu dieser Jahreszeit Horden von Touristen ausspie, ein Ruhepol für Katharina geworden. Hier in der Einsamkeit konnte sie ihre Gedanken schweifen lassen, stundenlang im Sand sitzen, mit leerem Blick über das Wasser starren, bis ihr Kopf endlich frei war. Und manchmal, ja, manchmal gelang es ihr nach solchen Tagen sogar, in der Nacht mehr als die inzwischen obligatorischen zwei, maximal drei Stunden Schlaf zu finden.

Einige Windböen kamen auf, vereinzelte Sandkörner wehten unter ihre Sonnenbrille und brachten ihre Augen zum Tränen. Ein paar der Körner hatten es auch zwischen ihre Zähne geschafft.

»Hab ich mir doch gedacht«, grummelte es plötzlich hinter Katharina. »Mädchen, anstatt dich hier in den Dünen zu verstecken, solltest du mit dem Fahrrad über die Hallig strampeln, in die Nordsee springen oder dir meinetwegen einen hinter die Binde kippen.«

»Tu ich doch«, antwortete die Kriminalkommissarin tonlos, rückte ein kleines Stück für den Bären zur Seite. »Ist nur kein Alkohol drin. Den spare ich mir für heute Abend auf.«

Hinnerk Harms verdrehte übertrieben die Augen, wuchtete seine Masse von etwas über zwei Zentnern zu Katharina auf die Decke und schnappte sich die Thermoskanne. Unter seinem feuerroten Haarschopf funkelten zwei dunkle Augen unternehmungslustig, obwohl ein geübter Beobachter darin auch einen gewaltigen Brocken Sorgen entdeckt hätte.

»Spökenkram«, knurrte er, wobei er einen zweiten Becher aus Katharinas Rucksack hervorholte und sich Tee einschenkte. »Kandis hast du nicht dabei?«

Katharina schüttelte wortlos den Kopf und blickte angestrengt auf das Meer. So gern sie den rothaarigen Riesen auch hatte, im Moment stand ihr nicht der Sinn nach einer Unterhaltung.

Die drei Wochen auf der Hallig Hooge waren wie im Flug vergangen. Schon morgen würde sie, nachdem sie mit der Fähre übergesetzt hatte, zurück ins Ruhrgebiet fahren, zurück zu ihrem Job, ihrer Wohnung und zurück zu dem ganzen Scheiß, dem sie am liebsten für immer und ewig entflohen wäre. Am Montag würde sie wieder an ihrem Schreibtisch im Polizeipräsidium Bochum sitzen, dem selbstgefälligen Gehabe ihres neuen Chefs Berthold Hofmann ausgeliefert sein, der noch nicht mal in der Lage war, ohne fremde Hilfe einen Dreijährigen festzunehmen, dem die geklauten Gummibärchen noch aus dem Mund quollen. Doch Berthold war zur rechten Zeit am rechten Ort gewesen. Auch der Neue hatte inzwischen angefangen. Und zu allem Überfluss ging der einzige Kollege, bei dem sie ihre privaten Sorgen loswerden konnte, Karl Heinz Gassel, Ende nächsten Monats in Pension. Dann würde sie niemanden mehr haben, der für sie da war.

Katharina spürte Panik in sich aufsteigen. Da war es wieder, das Gefühl, dass ihr die Kehle zugeschnürt wurde, kaum dass die mühsam antrainierte Leere in ihrem Kopf wieder verdrängt wurde. Ihre Finger krampften sich um den Becher, der sich, wäre er aus Plastik gewesen, längst in ein unförmiges Etwas verwandelt hätte. Ihre Augen füllten sich erneut mit Tränen, ohne dass diesmal Sandkörner schuld waren.

Harms leerte geräuschvoll seinen Becher, stellte ihn ab und sah Katharina von der Seite an. Gut zwei Jahre war es jetzt her, dass er die Kommissarin kennengelernt hatte. Plötzlich hatte sie hinter ihm gestanden, auf der Hallig, in seinem Garten, als er den Schuppen endlich neu angestrichen hatte, und hatte ihm eine wilde Geschichte von Mord und Totschlag erzählt, und er als ehemaliger Meisterhacker wäre der Einzige, der ihr bei dem Fall helfen könnte. Damals hatte *er* in einer Krise gesteckt und sie abblitzen lassen. Er wollte nichts mit den Angelegenheiten dieser Frau und des Mörders, hinter dem sie her war, zu tun haben, aber Hanne, seine damalige Freundin und jetzige Frau, hatte ihm Zunder unter dem Hintern gemacht.

Damals war er es gewesen, der beinahe völlig und endgültig in seinem Selbstmitleid zu ertrinken drohte. Dank der blonden Frau neben ihm hatte er diese Phase überwunden. Und jetzt, da sie tagtäglich mit Dämonen auf ihren Schultern zu kämpfen hatte, fühlte er sich sozusagen verpflichtet, ihr beizustehen.

»Weißt du«, unterbrach er schließlich behutsam die Stille, »vielleicht solltest du heute noch etwas mit deinem Sohn unternehmen. Immerhin seht ihr euch die nächsten drei Wochen nicht. Und Arne fände das bestimmt toll.«

Katharina schluckte den Kloß in ihrem Hals herunter und strich sich eine Haarsträhne aus der Stirn. »Meinst du wirklich? Seit wir auf der Insel sind, bin ich doch nur Luft für ihn. Ich glaube eher, er wird gar nicht merken, dass ich morgen fahre.«

»Erzähl nicht so einen Stuss«, antwortete der Computerspezialist energisch. »Der Junge ist zum ersten Mal in seinem Leben auf einer Insel, wir haben die ganze Zeit über bombastisches Wetter gehabt, dazu hat er genügend Spielkameraden, mit denen er rumtoben kann. Sei doch froh, dass er sich hier so wohlfühlt und sich endlich wie ein normaler Junge benimmt.«

Kaum hatte Harms seinen Satz beendet, wurde ihm sein Lapsus bewusst. Wütend über sich selbst kniff er die Augen zusammen. »Entschuldige«, murmelte er, »das war nicht so gemeint.«

»Ich weiß«, gab Katharina zurück. »Ich freue mich doch selbst darüber, dass es ihm hier gut geht. Sein Psychologe würde ihn wahrscheinlich nicht wiedererkennen. Aber das hat nichts mit mir zu tun, sondern vielmehr mit der Insel, der See, mit dir, mit Hanne und mit Tjark.«

»Und natürlich überhaupt nicht damit, dass er seine Mutter endlich mal länger sieht als nur zwei Tage an jedem zweiten Wochenende?«

»Nein«, behauptete Katharina entschieden. »Er gibt mir immer noch die Schuld dafür, was damals passiert ist. Und das ist ja auch kein Wunder, wenn man bedenkt, dass ich seinen Vater zum Krüppel gemacht habe.«

Harms schüttelte resignierend den Kopf. »Blödsinn. Du tust gerade so, als ob du Ulli und Arne eigenhändig in diesen verfluchten Aufzug verfrachtet hättest.«

Die Kommissarin schleuderte ihren Becher in den Sand und sprang wütend auf. »Aber wessen Schuld soll es denn sonst gewesen sein? Dieses Arschloch wollte mich fertigmachen, wollte seine perversen Spiele mit mir spielen. Und wenn ich ... wenn ich besser ...«

»Wenn du was?«, fragte Hinnerk ruhig und schaute sie ruhig an, bis Katharina seinen Blick erwiderte.

»Ich hätte besser auf sie aufpassen müssen«, erklärte sie schwach.

»Und wie hättest du das schaffen sollen? Gab es für dich wirklich eine Chance, das Unglück zu verhindern?«

»Es gibt immer ...«, begann Katharina mit brüchiger Stimme, verstummte aber, als ihr die Tränen wieder in die Augen traten.

Hinnerk angelte sich erneut die Thermoskanne und versuchte, beim Eingießen des Tees die jämmerlichen Geräusche, die die Kriminalkommissarin von sich gab, zu ignorieren. »Hör mal«, meinte er schließlich, als ihm die Konversationspause zu lang dauerte. »Arne ist doch ein ganz normaler Junge. Okay, er hat eine extreme Erfahrung gemacht, er braucht einen Psychologen, er wird wahrscheinlich noch ein oder zwei Jahre benötigen, bis der Klops aus seinen Gedanken verschwunden ist. Aber du bist ihm keine große

Hilfe, wenn du hier flennend durch die Gegend läufst, dich abkapselst und deinen Sohn spüren lässt, dass du ihm gegenüber vor Schuldgefühlen zerläufst. Glaubst du wirklich, Arne merkt das nicht?«

»Ich weiß nicht mehr, was ich noch denken soll«, flüsterte Katharina kraftlos. »Manchmal glaube ich, der Junge hasst mich. Wegen dem, was ich ihm und seinem Vater angetan habe. Ulli lässt keine Gelegenheit aus, mich seine Verachtung spüren zu lassen. Ich würde an seiner Stelle vielleicht genauso reagieren.«

Harms kippte den restlichen Tee in sich hinein, stützte sich mit der Hand ab und hievte sich hoch. Er wuchtete seine Pranke auf die Schulter der zierlichen Frau vor ihm. Katharina hatte Mühe, das Gleichgewicht zu halten. »Was zwischen Ulli und dir abläuft, kann ich nicht beurteilen«, erklärte er ruhig. »Aber was mit Arne ist, kapiert sogar ein plumper Insulaner. Der Junge braucht dich, dringend! Ich wette mit dir, wenn du ihn gleich fragst, ob er Lust hat, mit dir um die Insel zu radeln oder einen Drachen steigen zu lassen, werden seine Augen leuchten. Verdammt, tritt dir endlich selbst in den Arsch! Morgen fährst du zurück und holst ihn erst in drei Wochen wieder ab. Soll er seinen letzten Tag etwa ohne dich verbringen?«

Katharina starrte angestrengt auf das Wasser. Musste sie das Offensichtliche wirklich beantworten?

3

Tobias Gröne parkte den Vectra am Straßenrand und schaltete den Motor aus. Stirnrunzelnd starrte er an der schmutzigroten Fassade des dreistöckigen Wohnhauses empor. Mandy Maslarski war unter dieser Adresse zusammen mit ihrer als vermisst gemeldeten und höchstwahrscheinlich toten Tochter Svenja gemeldet.

»Hartz IV lässt grüßen, was?«, murmelte er mehr zu sich

selbst, während Hofmann bereits aus dem Auto stieg. Der Leiter des KK 11 strich sein Sakko glatt und warf seinem Mitarbeiter einen ungeduldigen Blick zu. »Schon mal so was gemacht?«, fragte er.

»Was?«

»Eine Todesnachricht überbracht.«

Gröne schüttelte den Kopf. »Nein. Aber da wird man wahrscheinlich niemals Routine drin haben, oder?«

Hofmann seufzte theatralisch. »Ganz im Gegenteil. Es wird es bei jedem Mal schlimmer.«

Gröne überholte seinen Chef und steuerte die Haustür mit dem Klingelbrett an. »Wenn Sie wollen, mach ich das«, bot er an, die Namen neben den Knöpfen studierend. »Irgendwann muss ich ja anfangen, warum also nicht sofort?«

Hofmann zog einen winzigen Moment überrascht die Augenbrauen hoch, nickte aber nur. Bisher hatte sich noch kein Neuer mehr oder weniger freiwillig für diese unangenehme Pflicht gemeldet. So viel Engagement hatte er bei einem Neuling bisher nicht erlebt. Wenn das so weiterging, war Gröne garantiert schnell eine wirkliche Verstärkung.

Als der Abteilungsfrischling den entsprechenden Namen gefunden hatte, drückte er auf die Klingel. Beinahe sofort ertönte ein grässliches Surren und der Kommissar drückte mit der Schulter die Tür auf. Im Hausflur empfing die beiden Polizisten ein Duftgemisch aus vergammeltem Abfall und einem Parfum, das in der Literflasche höchstens fünf Euro kosten konnte.

Mandy Maslarski wohnte im Dachgeschoss. Aufgrund der Vermisstenakte wussten Gröne und Hofmann, dass die kleine, schmale Frau, die ihren Weg durch das Treppenhaus mit großen Augen verfolgte, gerade zweiunddreißig Jahre alt war. Oben angekommen, stand das tote Mädchen im Türrahmen. Natürlich konnte es nicht sein, aber hätte die junge Frau behauptet, sie wäre die ältere Schwester der Toten, Hofmann und Gröne hätten ihr geglaubt.

Ängstlich sah die junge Frau die Beamten an. Als Hofmann in seine Jackentasche griff, um seinen Ausweis hervorzuholen, zuckte sie deutlich zurück.

»Frau Maslarski?«, fragte er so sanft wie möglich.

»Ja. Wer sind Sie?«

»Kripo Bochum, mein Name ist Hofmann, das hier ist mein Kollege, Herr Gröne. Dürfen wir vielleicht einen Moment hereinkommen?«

Statt eine Antwort zu geben, trippelte die Frau einige Schritte rückwärts. Gleichzeitig legte sie die rechte Hand auf die Brust, eine hilflose Geste des Schutzes.

Gröne trat an Hofmann vorbei und machte eine beschwichtigende Handbewegung. »Frau Maslarski, bitte. Sie sollten sich vielleicht setzen.«

Die zierliche Person schluckte und ging so lange rückwärts, bis sie gegen die nächste Tür stieß. »Was wollen Sie hier?«, fragte sie nahezu tonlos.

»Frau Maslarski, Sie haben Ihre Tochter als vermisst gemeldet. Deshalb sind wir hier.«

»Haben Sie Svenja gefunden?«

»Wir sollten uns erst mal setzen, okay?«

Gröne war langsam auf die Frau zugegangen und konnte nun ihre Hände fassen. Mit sanftem Druck dirigierte er Maslarski in den Raum am Ende der Diele, in dem er aus den Augenwinkeln das Wohnzimmer erkannt hatte.

Während der Neue die Mutter des toten Mädchens überredete, endlich Platz zu nehmen, trat auch Hofmann näher. Die Einrichtung war billig, aber sauber, abgesehen von einigen durcheinandergeratenen Zeitschriften befand sich offensichtlich alles am vorgesehenen Platz. Die Stirnseite des Raumes wurde von einem Selbstbauregalsystem dominiert, in dem sich einige Bücher, Nippessachen, Bilderrahmen, altes Kinderspielzeug, ein kleiner Fernseher und eine kompakte Stereoanlage befanden. An der Wand gegenüber stand eine dreisitzige Couch, deren Polster einige Brandlöcher aufwiesen. Die überquellenden Aschenbecher auf dem Couchtisch gaben einen dezenten Hinweis darauf, wer die Verursacherin der Löcher sein könnte. Die Wand hinter der Tür zierte eine Fototapete mit einem kitschigen Strandmotiv, ein altmodischer, ausgefranster Ohrensessel stand vor den Palmen.

Gröne und die Frau hatten sich derweil auf der Couch niedergelassen, deshalb hockte sich Hofmann auf die Vorderkante des Sessels.

»Frau Maslarski«, begann Gröne gerade mit dem Hauptakt. »Wir haben sehr, sehr schlechte Nachrichten für Sie.« Dabei hielt er noch immer die Hände der Frau nahezu zärtlich in seinen eigenen.

»Was ist mit Svenja?«, fragte das verängstigte Häufchen Elend.

»Heute früh wurde die Leiche eines jungen Mädchens gefunden«, erklärte Gröne mit sanfter Stimme. »Und ich fürchte, dass es sich dabei um Ihre Tochter handelt.«

»Nein«, hauchte Mandy Maslarski.

»Leider kann ich Ihnen nichts Angenehmeres berichten. Nach der Beschreibung und dem Foto, das Sie den Kollegen auf der Wache dagelassen haben, gehen wir mit an Sicherheit grenzender Wahrscheinlichkeit davon aus, dass es sich um Svenja handelt.«

Hofmann kannte das, was jetzt kam, leider nur zu genau. Das anfängliche Leugnen der offensichtlichen Tatsachen, die letzten, verzweifelten Hoffnungsfitzelchen, dass das Ganze entweder ein Irrtum oder ein gut inszenierter schlechter Witz war. Und dann, ganz langsam, das Akzeptieren der Realität. Zu oft hatte er es selbst erlebt, wenn er der Überbringer dieser fürchterlichsten aller Nachrichten gewesen war. Und auch jetzt lief es wieder nach diesem Schema ab. Obwohl er es kannte, wünschte er sich für die nächsten zwanzig, dreißig Sekunden überallhin, an irgendeinen Ort, nur nicht in dieses beengte, fürchterlich verqualmte Wohnzimmer, in dem sein Kollege die fassungslos stammelnde und schluchzende Mutter ihres Mordopfers gerade in den Arm nahm. Einen Moment überlegte er, Gröne später den Tipp zu geben, sich nicht zu sehr emotional zu involvieren, doch er verwarf die Idee. Gewisse Sachen musste jeder selbst lernen, da halfen keine Ratschläge.

Als der Tränenstrom abzuebben begann, stand Hofmann auf und öffnete das Fenster. Warme Luft strömte in den Raum und verdrängte den kalt gewordenen Tabakgeruch. Sogar Hofmann als leidenschaftlicher Pfeifenraucher brauchte hin und wieder eine Ladung frischer Luft.

Das Schluchzen kam nicht mehr kontinuierlich, sondern nur noch in kurzen Schüben. Hofmann gönnte der Frau eine weitere Minute, bevor er die unvermeidliche Fragerunde beginnen konnte.

»Was ... was ist denn passiert?«, stammelte Frau Maslarski unter einem Vorhang glatter, roter Haare, die ihr ins Gesicht hingen. »Wieso ist sie tot?«

Gröne entließ die fassungslose Mutter aus seiner Umarmung. Unschlüssig warf er Hofmann einen fragenden Blick zu. Nach dessen Nicken holte Gröne tief Luft.

»So wie sich der Fall darstellt, ist Svenja eines gewaltsamen Todes gestorben. Sie ...«

»Gewaltsam? Heißt das, sie wurde umgebracht?«, kreischte Frau Maslarski und grub ihre Fingernägel in Grönes Arm, der sich noch in ihrer Reichweite befand.

»Ich weiß, das ist furchtbar schwer für Sie«, mischte sich Hofmann nun doch ein. »Glauben Sie mir, wir werden alles in unserer Macht Stehende unternehmen, um den Täter zu überführen. Allerdings müssen wir dazu mehr über Svenja wissen. Über ihr Leben, ihre Hobbys, ihre Gewohnheiten. Können Sie uns dabei helfen?«

»Ja«, kam die leise Antwort.

»Wann haben Sie Svenja zum letzten Mal gesehen?«

Mandy Maslarski zauberte ein unbenutztes Papiertaschentuch aus dem Zeitschriftenwust hervor und schnäuzte geräuschvoll hinein.

»Das letzte Mal? Am Dienstagmorgen. So um sechs. Bevor ich da zur Arbeit gegangen bin.«

»Was arbeiten Sie?«

»In ein Supermarkt. Im Lager oder ich füll die Regale auf. An der Kasse hab ich auch schon mal gesessen, aber nur wenn gar kein anderer da ist.«

»Und Svenja war da schon auf? Obwohl Ferien sind?«

»Ja. Sie ist keine Schlafmütze. Steht immer freiwillig so früh auf. Auch zur Schule. Da muss ich mir nie Sorgen machen.«

Sowohl Gröne als auch Hofmann fiel auf, dass sie eigentlich in der Vergangenheitsform von ihrer Tochter sprechen müsste.

»Was hatte sie an dem Tag vor?«

»Svenja wollte zu Chantal. Das ist ihre beste Freundin. Die beiden wollten noch ein Tag zusammen abhängen. Chantal ist Mittwoch zu ihrem Vater gefahren. Der lebt in Wolfsburg. Da wollten sie sich noch mal sehen vorher.«

»Ist sie bei ihrer Freundin angekommen?«

»Ja. Ich hab Chantal auf Handy angerufen. Svenja war an den Tag bei ihr. Bis kurz vor fünf.«

Hofmann sah von dem kleinen Block, in dem er einige Notizen gemacht hatte, auf. »Aber gesehen haben Sie Svenja nicht mehr?«

»Nein. Ich musste Dienstag länger arbeiten. Ich war erst um vier zu Hause. Und an den Tag, ich mein Dienstag, da geh ich immer zu meine Mutter. Die ist in Riemke im Altenheim. Als ich zurück war, bin ich noch kurz in die Wanne. Und dann ins Bett. Musste ja an den nächsten Tag wieder früh raus. Und da war Svenja nicht in ihrem Zimmer. Das Bett war unbenutzt.«

»Hat sie so etwas schon früher gemacht? Über Nacht wegzubleiben, ohne Sie vorher zu informieren?«

»Nie«, bekräftigte Frau Maslarski lauter als nötig. »Svenja ist nicht so eine. Die kommt zehn Minuten eher. Aber nicht zu spät.«

»Gab es jemanden, zu dem sie hätte gehen können?«, fragte Gröne, der sich immer noch über die roten Striemen strich, die ihm die Nägel seiner Sitznachbarin zugefügt hatten. »Eine andere Freundin? Einen Freund? Was ist mit ihrem Vater?«

»Svenjas Vater«, spie Maslarski beinahe aus. »Nee, auf keinen Fall. Ich hab schon Jahre nichts mehr von dem gehört. Svenja hat mal eine Karte gekriegt. Das war an ihr neunten Geburtstag. Seitdem nichts mehr.«

»Also auch keine Unterhaltszahlungen?«

»Keinen Cent«, schnaufte Maslarski. »Das Amt findet den auch nicht. Deshalb geh ich ja die ganze Zeit arbeiten. Auch mal zwei Jobs. Damit wir überhaupt klarkommen.«

»Hatten Sie Streit mit Ihrer Tochter?«, fragte Hofmann unvermittelt.

»Streit?«

»Vielleicht hatte Svenja ja einen Grund, über Nacht nicht nach Hause zu kommen. War sie in der Schule gut?«

»Wir hatten kein Streit. Und in der Schule war sie okay. Nicht die Beste. Aber sie schaffte das.«

Die Tränen flossen wieder. Hofmann sah ein, dass er Mandy Maslarski eine Pause gönnen musste, sonst war aus ihr heute nichts mehr rauszubekommen.

»Darf ich mir Svenjas Zimmer ansehen?«

Maslarski nickte kraftlos.

Der Hauptkommissar erhob sich und bedeutete Gröne mit einem Blick, bei Maslarski zu bleiben. Mitunter erfuhr man die wertvollsten Details, wenn man nicht direkt nachfragte, sondern einfach nur die Ohren auf Empfang stellte.

Svenjas Zimmer hatte die Ausmaße einer Hundehütte. In die maximal zehn Quadratmeter waren ein einfaches Bett, ein einsturzgefährdeter Kleiderschrank, ein Kinderschreibtisch, ein Stuhl, ein Sessel, Regale und ein Weidenkorb für die Schmutzwäsche gepresst. Wenn man im Zentrum des Zimmers stand und die Arme ausstreckte, stieß man unweigerlich irgendwo an.

Die erste Untersuchung war oberflächlich, aber zu mehr hatte Hofmann im Augenblick keine Zeit. Die Kriminaltechnik würde sowieso noch das Unterste nach oben kehren.

Auf dem Schreibtisch lag nichts, womit man im Zimmer eines Teenagers nicht auch rechnen durfte. Überwiegend Schulsachen, Notizen, Kopien, alte Klassenarbeiten. Svenjas Mutter hatte nicht gelogen, der Notenschnitt lag beständig zwischen zwei und drei. In den Schubladen Krimskrams, rein gar nichts, was dem Hauptkommissar einen Grund für den Tod des Mädchens hätte verraten können.

Hofmann seufzte und wandte sich dem Kleiderschrank zu. Die Menge der Tops, Röcke, Leggins und weiterer Teile hielt sich in Grenzen, nur wenige sahen neu aus. Bestimmt keine Garderobe von jemandem, der regelmäßig shoppen gehen konnte.

Unten im Schrank stand eine Tasche aus Kunstleder. Hofmann zog sie hervor und klappte den Verschluss nach hinten. Weitere Schulbücher kamen zum Vorschein, daneben einige Hefte und ein kleiner Taschenkalender.

Neugierig schlug Hofmann ihn auf und wurde enttäuscht. In der aktuellen Woche waren überhaupt keine Eintragungen, in den Wochen davor nur spärliche Notizen. Meistens beschränkten sich die Hinweise auf anstehende Klassenarbeiten, Geburtstage und ganz selten auf die eine oder andere Fete. Dafür befand sich im vorderen Teil ein Adressverzeichnis, in dem vierzig oder fünfzig Namen nebst Telefonnummern aufgelistet waren.

Der Hauptkommissar schlug den Kalender zu und steckte ihn in die Innentasche seines Sakkos. Fürs Erste musste das hier reichen.

Im Wohnzimmer übte sich Gröne im Trösten. Svenjas Mutter schien langsam zu verstehen, was die Beamten ihr da gerade gesagt hatten. Vielleicht noch zwei, drei Fragen, bis sie nicht mehr zu der Frau durchdringen würden.

»Frau Maslarski, hatte Svenja keinen Computer?«, erkundigte sich Hofmann von der Tür aus.

»Für so was hatten wir kein Geld«, stammelte Frau Maslarski. »Aber … aber sie sollte einen zum Geburtstag kriegen. Wenn sie sechzehn wird. Als Überraschung.«

Diese eine Frage hatte ausgereicht: Die Schultern der Frau begannen erneut zu zucken, der nächste Weinkrampf kündigte sich an. Für heute reichte es.

»Können wir jemanden anrufen?«, fragte Gröne. »Der bei Ihnen bleiben kann? Einen Verwandten? Oder eine Freundin?«

»Petra«, schluchzte Frau Maslarski. »Von gegenüber. Bitte, wenn Sie ...«

Hofmann nickte seinem Kollegen zu. »Kümmern Sie sich bitte darum? Ich warte unten.«

4

Katharina atmete tief durch und schnappte sich die Tasche, die neben ihr auf dem Beifahrersitz lag. Ihre Finger berührten schon den Hebel, mit dem sie die Fahrertür öffnen konnte – da verließ sie der Mut.

Sie parkte in Bochum Stiepel vor dem allein stehenden Prachtbau, in dem sie bis vor einiger Zeit selbst mit Ulli und Arne gewohnt hatte. Damals hatten sie das Haus mit mehr Glück als Verstand für einen Spottpreis kaufen können. Damals, bevor es *klick* in ihrem Kopf gemacht und sie ihr Leben und ihre Familie für einen kleinen zusätzlichen Kick in den Abfalleimer befördert hatte.

In Momenten wie diesen bedauerte die Kommissarin, in einem Akt übermenschlicher Anstrengung wieder zur Nichtraucherin geworden zu sein. Einerseits hätte sie eine Extraportion Nikotin jetzt gut gebrauchen können, andererseits hätte sie einen Grund gehabt, noch ein paar Minuten herauszuschinden.

Beim nächsten Anlauf schaffte sie es, die Tür zu öffnen und mit wackeligen Beinen auszusteigen. Die leichte Stofftasche baumelte von ihrer Schulter, seufzend verschloss sie den Wagen und begann ihren persönlichen Gang nach Canossa.

Ihr letzter Besuch war gerade drei Wochen her, als sie Arne für den gemeinsamen Urlaub auf der Hallig abgeholt hatte. Ulli hatte demonstrativ auf seine Krücken gestarrt und nur das Allernotwendigste mit ihr gesprochen. Seiner Stimme war deutlich anzumerken gewesen, wie mühsam er seine Wut unterdrückte. Hätte Arne nicht mit gepacktem Rucksack und mit leuchtenden Augen bei ihnen gestanden, wäre der Krieg zwischen Ulli und ihr sicher in die nächste Runde gegangen.

An Katharinas Schlüsselbund klimperte immer noch der Schlüssel für die Türen des Hauses, aber selbstverständlich benutzte sie die Klingel. In der Zeit, bevor der Summer ertönte, sandte sie mehrere kurze Stoßgebete gen Himmel, dass Uli nicht daheim wäre, sondern irgendwo anders den herrlichen Sommerabend genoss. Dass dieser Wunsch nicht realistisch war, wusste sie selbst, denn ohne fremde Hilfe schaffte Ulli höchstens hundert Meter aus eigener Kraft.

Im Hausflur war es einige Grade kühler als in der Sonne, doch die Gänsehaut auf ihren Oberarmen war mit dem plötzlichen Temperaturunterschied nicht zu erklären.

Noch durch das helle Sonnenlicht geblendet, erkannte Katharina dennoch, dass der Schatten, der in der Wohnungstür stand, nicht zu Ulli gehörte. Eindeutig eine weibliche Silhouette. Anscheinend blieb ihr heute auch nichts erspart.

»Hallo«, grüßte Katharina leise. »Ist Ulli da?«

Die Frau im Türrahmen schnaufte als Kommentar einmal und gab den Eingang frei. Katharina raffte die Schlaufen ihrer Tasche und trat ein.

Nach dem Unfall war Ulli, etliche Operationen und eine Reha später, in das Erdgeschoss gezogen. Zwar hatte er diesen Umzug schon länger ins Auge gefasst, doch jetzt blieb ihm, wenn er nicht ständig auf einen Treppenlift angewiesen sein wollte, keine andere Wahl.

Der Unfall. Bei dem Absturz im Fahrstuhlschacht hatte sich Ulli multiple Brüche zugezogen, beide Beine und die Hüfte waren mehrfach durchgeknackst, ebenso wie etliche

Rippen. Ganz zu schweigen von den inneren Blutungen und Quetschungen. Ein paar Tage hatte sein Leben am seidenen Faden gehangen. Bis sich seine Vitalwerte einigermaßen erholt hatten, war er in ein künstliches Koma versetzt worden. Als er daraus aufgeweckt worden war, begann ein Operationsmarathon.

Arne hatte diese schlimmen Momente äußerlich fast unverletzt überstanden, anscheinend hatte der Junge einen Schutzengel gehabt, der über ihn gewacht hatte. Eine Platzwunde am Kopf, ein Handgelenksbruch und jede Menge Prellungen – dank der Tatsache, dass Ulli seinen Sohn instinktiv an sich gepresst und somit die Wucht des Sturzes für Arne abgefangen hatte, war dem Jungen körperlich nichts weiter geschehen.

Seelisch sah das schon etwas anders aus. In den ersten vier Monaten nach dem Ereignis hatte er sich geweigert zu sprechen. Erst nach und nach hatte ein unermüdlicher Kinderpsychologe wieder Zugang zu ihm gefunden, seitdem ging es in kleinen Schritten aufwärts. Dennoch war der Junge weit davon entfernt, so unbeschwert und fröhlich zu sein wie früher.

Ein Poltern riss Katharina aus ihren Gedanken. Ohne es recht registriert zu haben, stand sie bereits auf der Terrasse. Ullis Versuch aufzustehen endete darin, dass er seine Krücken in der Gegend verstreute. Fluchend versuchte er sie einzusammeln, wobei sich die Liege, auf der er seine ramponierten Knochen gelagert hatte, gefährlich neigte.

»Hallo«, wiederholte Katharina ihren Gruß.

»Hi«, gab Ulli kühl zurück. »Wieder zurück aus dem Norden?«

»Ja. Es war toll.«

»Schön«, antwortete Ulli. »Geht's Arne gut?«

Katharina lehnte sich, da Ulli sie nicht aufforderte, Platz zu nehmen, gegen die Terrassentür und nickte. »Supergut. Ich hab dir etwas mitgebracht. Hat er gestern noch für dich gemacht.«

Sie griff in den Beutel und beförderte eine durchsichtige Flasche ans Tageslicht, die bis knapp unter den Schraubverschluss mit Sand gefüllt war. Auch einige kleine, bunte Muscheln waren zu sehen.

»Er hat darauf bestanden, mit mir kreuz und quer über die Insel zu laufen und überall ein wenig Sand abzufüllen. Damit du auch was von der Hallig hier zu Hause hast.«

Ulli schluckte kurz, als er die Flasche entgegennahm und vorsichtig neben seine Liege stellte. Er hatte wohl doch beschlossen liegenzubleiben.

»Wie geht es dir?«, fragte Katharina.

»Prima«, schnaufte Ulli. »Gestern hab ich meine Bestzeit im Zum-Klo-Hinken um sagenhafte anderthalb Sekunden verbessert. Wenn ich so weitermache, schaffe ich es garantiert zu den nächsten Paralympics.«

»Das war eine ernst gemeinte Frage«, seufzte Katharina.

Ulli zog die Augenbrauen zusammen. »Was willst du hören?«, giftete er. »Dass ich immer noch nur mit einer geballten Ladung Schmerzmittel schlafen kann? Dass ich kommende Woche die neunte Operation über mich ergehen lassen muss? Um danach wieder in eine dieser verfluchten Reha-Einrichtungen verfrachtet zu werden?«

Katharina horchte auf. »Eine weitere OP?«

»Ja. Wenn alles gut läuft, besteht tatsächlich die Chance, dass ich irgendwann wieder ohne Krücken laufen kann … in etwa sechs bis sieben Monaten.«

»Das wäre doch fantastisch«, meinte Katharina mit verzagtem Enthusiasmus.

»Und wie«, schnaubte Ulli. »Die Chance liegt sogar bei sagenhaften zwanzig Prozent! Aber in meiner Lage ist man nicht unbedingt wählerisch.«

Hinter sich hörte die Kommissarin ein schlurfendes Geräusch. Als sie sich umdrehte, sah sie die Frau, die ihr die Tür geöffnet hatte, mit zwei Kaffeebechern durch das Wohnzimmer näher kommen.

»Ich glaube, wir kennen uns noch nicht«, meinte Katharina und trat ein wenig zur Seite, um nicht mit der dampfenden Brühe übergossen zu werden. »Ich bin Katharina.«

»Ich weiß, wer du bist«, gab Ullis Besucherin ungerührt zurück. Sie reichte dem Hausherrn einen der Kaffeebecher und setzte sich auf die andere Sonnenliege.

»Na, dann bist du mir gegenüber ja eindeutig im Vorteil«, konterte Katharina nicht ohne eine gewisse Schärfe in der Stimme.

»Lasst den Blödsinn«, meldete sich Ulli, nachdem er an dem Kaffee genippt hatte. »Katharina, das ist Carmen. Wir haben uns vor Kurzem kennengelernt. Carmen arbeitet bei dem Chirurgen, der mich in seiner Praxis so gut es geht wieder zusammenflickt.«

»Sprechstundenhilfe?«, tippte die Kommissarin.

»Assistenzärztin«, fauchte Carmen bissig.

»Ups!« Während sich Katharina auf die Lippen biss, nahm sie die neue Favoritin ihres ehemaligen Verlobten etwas genauer in Augenschein. Die Medizinerin war keine Schönheit, aber doch attraktiv. Vielleicht eins fünfundsechzig groß, mit normaler Figur, war das Auffallendste an ihr das Paar strahlender blauer Augen, das sie unter dem kurz geschnittenen schwarzen Haar angriffslustig anfunkelte. Eine Frau, die man nicht unbedingt auf den ersten Blick bemerkte, die einem nach dem zweiten aber mit Sicherheit in Erinnerung blieb.

»Kriegst du das mit Arne auf die Reihe?«, fragte Ulli unvermittelt.

»Was?«

»Wenn ich wieder im Krankenhaus bin.«

»Ach so. Ja, das müsste gehen. Wenn ich im Präsidium früh genug Bescheid sage, richten die meine Dienstzeit danach aus. Dann mach ich für die paar Tage eben keine Bereitschaft.«

»Wochen. Ich gehe danach direkt in Reha«, erinnerte Ulli.

»Auch kein Problem. Länger als vier Wochen wirst du ja nicht weg sein, oder?«

Ulli zuckte die Achseln und widmete sich erneut seinem Kaffee.

Katharina schluckte, um den anschwellenden Kloß in ihrem Hals herunterzuwürgen. Selbstverständlich würde sie sich in der Zeit um Arne kümmern – nur hieß dies natürlich, dass sie dafür wieder hier in Bochum wohnen würde. In diesem Haus, in dem sie ihre Beziehung so furchtbar an die Wand gefahren hatte. Aber etwas anderes wäre nicht praktikabel. Arne ging hier in Stiepel zur Schule, auf dem Weg zum Präsidium konnte sie ihn bequem am Beginn der Königsallee absetzen und am Nachmittag abholen. In einem Käfig voller Vogelspinnen hätte Katharina sich, ehrlich gesagt, wohler gefühlt als hier in diesem Haus.

»Wir telefonieren vorher noch mal?«, erkundigte sich Ulli. »Bevor ich ins Krankenhaus gehe?«

»Klar. Rufst du Arne immer noch an? Auf der Hallig?«

»Jeden zweiten Tag.«

»Hast du ihm schon gesagt, dass du nicht da bist, wenn er wiederkommt?«

»Das mache ich heute Abend. Ich habe den Termin erst vorgestern bekommen. Ihr könnt mich aber sicher im Krankenhaus besuchen, bevor ich zur Folter muss.«

»Ich kann den Jungen ja auch mitbringen«, bot sich Carmen an.

»Nein, lass mal«, antwortete Ulli. »Immerhin habt ihr euch erst zweimal gesehen, dafür ist es noch ein wenig früh.«

Katharina holte tief Luft. Arne, ihr eigener Sohn, kannte diese Frau schon? Und hatte ihr in den drei Wochen, die sie zusammen auf der Hallig verbracht hatten, kein Sterbenswörtchen gesagt? Was, zum Teufel, lief hier eigentlich ab?

»War es das?«, fragte sie mit erstickender Stimme. Sie wollte nur noch weg hier. Obwohl sie an der geöffneten Terrassentür stand, hatte sie das Gefühl, keine Luft mehr zu bekommen.

»Ich denke schon«, gab Ulli emotionslos zurück. »Ich

bimmel dann durch, so in knapp zwei Wochen. Du weißt ja noch, wo es rausgeht, oder?«

Katharina nickte matt, drehte sich wortlos um und lief wie in Trance zur Haustür. Sobald sie von der Terrasse aus nicht mehr zu sehen war, beschleunigte sie ihre Schritte, in dem kurzen Stück Hausflur rannte sie fast. Und als sie geradezu fluchtartig zu ihrem Auto stürzte, liefen ihr die ersten Tränen über die Wangen.

5

Die Sonne tat gut.

Zufrieden strich er sich über den flachen Bauch und leckte mit der Zunge über die Lippen. Er schmeckte immer noch das Eis auf der Zunge, ein Gemisch aus Nuss-, Amarena-, Vanille- und Mokkaeis. Sobald er die Augen schloss, konnte er den Becher in voller Größe und Farbenpracht vor sich sehen. Die Größe der Kugeln, die Spiralform der großzügigen Sahneportion und die alles abrundenden Verlaufsspuren der Schokoladensoße. Selbst in ein paar Tagen würde er noch eine exakte Beschreibung des Eisbechers abgeben können.

Er hatte diese Fähigkeit nie trainiert, sie war ihm scheinbar angeboren. Kein fotografisches Gedächtnis. Dessen Besitzer konnten sich einfach an alles erinnern, was sie gesehen hatten, sich auch zufällige Eindrücke vor Augen führen. Er musste sich auf eine Sache konzentrieren, aber wenn er das tat, vergaß er für mehrere Tage kein noch so winziges Detail.

Von seinem Platz aus verfügte er über einen wunderbaren Blick auf Bochums Justizpalast, der Eingang zum Amts- und Landgericht befand sich höchstens fünfundzwanzig Meter Luftlinie von ihm entfernt. Für einen späten Sonntagnachmittag war die Stadt sehr voll gewesen. Langsam leerte sich die Einkaufsstraße jedoch, anscheinend strebten die Leute in Richtung des nahen Kneipenviertels. Oder sie wollten den

Rest des Wochenendes zu Hause auf ihren Balkonen und Terrassen verbringen, vielleicht den Grill anwerfen oder einfach nur den herrlichen Sommerabend genießen.

Eigentlich hatte er zu Hause auch noch Arbeit liegen, aber ihm fehlte im Augenblick die rechte Motivation, um sich an den Rechner zu setzen und das Rohmaterial zu einer brauchbaren DVD zusammenzuschneiden. Die Arbeit würde ihm nicht weglaufen, zumal er es sowieso liebte, in den späteren Abend- und Nachtstunden am PC zu werkeln. Er konnte ruhig noch die Milde des Abends genießen.

Er winkte der vorbeihuschenden Bedienung, die daraufhin an seinen Tisch trat. Mit einer fließenden Bewegung stellte sie seinen leeren Eisbecher auf ihr Tablett und nickte lächelnd, als er, ein wenig auch zu seiner eigenen Überraschung, noch einen Cappuccino orderte.

Die Sache mit der Kleinen war ein wenig ... eskaliert. Natürlich hatte an der Notwendigkeit ihres Todes von Beginn an kein Zweifel bestanden. Als er sie vor wenigen Tagen auf dem Weg zurück von ihrer Freundin abgepasst und in sein Auto genötigt hatte, war der Ablauf der nächsten zweiundsiebzig Stunden in seinem Kopf schon so gut wie fertig gewesen. Alles in allem hatte er sich auch daran gehalten, sie hatte meistens genauso reagiert, wie er es vorhergesehen hatte. Doch als sie erkannt hatte, dass sie ihr Gefängnis nicht mehr lebend verlassen würde, war sie durchgedreht.

An diesem Punkt ihres Besuches hatte er die Kontrolle verloren. Eigentlich hatte er vorgehabt, dem Mädchen mit einem schnellen Schnitt die Kehle zu durchtrennen. Aber es hatte gezappelt, den Kopf hin und her geworfen, voller Panik und Verzweiflung schrill geschrien und gebettelt, er möge es am Leben lassen. Es würde auch niemandem von ihm erzählen.

Selbstverständlich hatte die Kamera alles aufgezeichnet. Die Tötung der Besucherin war das zentrale Element seines Werkes. Im fertigen Film das Tüpfelchen auf dem i. Geplant hatte er schließlich die elegante Art – warum er plötzlich wie von Sinnen auf den Körper des Mädchens eingestochen hatte, war ihm immer noch unerklärlich.

Die Kellnerin trat erneut an seinen Tisch und stellte vorsichtig seine Tasse ab. Als sie den Kassenbon zu dem Bon von dem Eisbecher legte, bat er sie, direkt zu kassieren. Wenn er den Cappuccino ausgetrunken hatte, wollte er los.

Die DVD war schon fast fertig. In den drei Tagen hatte sich Filmmaterial von ungefähr drei Stunden Länge angesammelt, wirklich verwendbar waren davon etwa vierzig Minuten. Wenn er die Abschlussszene noch einbaute, kam er insgesamt auf eine Dreiviertelstunde. Viel Aufwand, vor allem wenn man bedachte, dass es nur eine Aufführung des fertigen Werkes geben würde. Und auch nur für eine einzige Person. Aber dennoch musste sein Film so nah wie möglich an die Perfektion heranreichen. Er musste die bestmögliche Wirkung erzielen, denn er hatte nur eine Chance.

Der Cappuccino war hervorragend, die Crema fest und mit Schokopulver bestreut. Er nahm einen ersten, kleinen Schluck.

Natürlich war es riskant gewesen, das Mädchen in seinen Unterschlupf zu bringen, aber es war ihm nichts anderes übrig geblieben. In der Zeit, in der er nicht anwesend war, musste der Besuch gefesselt und geknebelt auf dem Feldbett liegen. Natürlich beherrschte er sehr zuverlässige Fesseltechniken, die Bewegungen oder gar Flucht unmöglich machten, aber die Blutzirkulation nicht behinderten, damit es zu keinen Kreislaufproblemen kommen konnte. Lediglich die Sache mit den Ausscheidungen war unangenehm. Er versuchte, sich dadurch zu helfen, dass er dem Besuch für die Zeit des Aufenthaltes weder etwas zu essen noch zu trinken zur Verfügung stellte. Auch deshalb hielt er eine Aufenthaltsdauer von maximal zweiundsiebzig Stunden für angebracht – alles andere wäre in seinen Augen grausam gewesen.

Als er zu seinem Cappuccino griff und die Tasse gerade zum Mund führte, sah er sie.

Mein Gott, sie war eine überirdische Schönheit.

Mehrere Sekunden lang saß er wie zur Salzsäule erstarrt auf seinem Platz. Die Frau musste sich irgendwann in den letzten Minuten auf eine der Bänke gegenüber des Eiscafés gesetzt haben. Sie war vielleicht Ende zwanzig, konnte aber auch schon Mitte dreißig sein. Ihre pechschwarzen Haare fielen ihr bis auf die Schultern herab, ihr unglaublich symmetrisch geschnittenes Gesicht erinnerte ihn spontan an die Berichte, die über die sprichwörtliche Schönheit Kleopatras verfasst worden waren. Die schlanken, sonnengebräunten Beine endeten unter dem Saum eines weißen Sommerkleides, die Wölbungen ihrer Brüste waren unter dem luftigen Stoff nur zu ahnen. Trotzdem war er sich sicher, dass sie von Form und Konsistenz einfach perfekt sein mussten.

Der Typ neben ihr benahm sich wie ein Idiot. Ständig rutschte er gestikulierend über die Bank, fiel ihr ins Wort und drängte in einem fort zum Aufbruch. Die Göttin war sehr höflich, sie überspielte das nervige Geblubber des Trottels mit einem fröhlichen Lächeln und ließ sich von den Unverschämtheiten nicht aus der Ruhe bringen.

Ohne falsche Hast setzte er die Tasse ab und griff zu der Kameratasche, die er auf dem Stuhl neben sich postiert hatte. Vorsichtig bugsierte er die Spiegelreflex ans Tageslicht, tauschte das montierte Objektiv gegen einen Zoom und schaute danach durch den Sucher. Natürlich richtete er die Kamera nicht sofort auf die Göttin und ihren Blödmann, sondern nahm Maß an einigen Schaufensterfronten, dann an den Figuren, die zu dem Brunnen auf dem Platz gehörten, bis er schließlich doch auf die besagte Bank einschwenkte. Das Teleobjektiv fokussierte, innerhalb von Sekunden hatte er eine ganze Fotoserie geschossen. Als wäre nichts gewesen, legte er die Kamera zurück in die Tasche und widmete sich erneut seinem Cappuccino.

In diesem Moment stand die Göttin auf, nahm den Trottel bei der Hand und entfernte sich in Richtung des Gerichts.

Den Verschluss der Kameratasche einrasten zu lassen, den Rest aus der Cappuccinotasse zu schlürfen und auf die Füße zu kommen, war eine Frage von Sekundenbruchteilen. Schmunzelnd beglückwünschte er sich, die Rechnung bereits beglichen zu haben, er konnte es sich nicht leisten, die Zeche zu prellen. Zeugen erinnerten sich mitunter an die unglaublichsten Details und er durfte niemandem Anlass bieten, später als etwas anderes als ein stinknormaler Gast in Erinnerung zu bleiben.

Die Göttin hatte bereits die nächste große Kreuzung erreicht, den Trottel im Schlepptau. Die beiden unterhielten sich gut gelaunt. Er ging in einem Abstand von vielleicht zwanzig Metern hinter ihnen her, ab und zu hörte er Fetzen dessen, was sie sich erzählten.

Hier, etwas außerhalb des eigentlichen Stadtzentrums, waren weitaus weniger Menschen unterwegs. Dennoch machte er sich keine Gedanken darüber, dass das Paar ihn bemerkte, dafür waren sie viel zu sehr in sich selbst vertieft. Und die Gefahr, sie aus den Augen zu verlieren, bestand ebenfalls nicht.

Mehr als herauszufinden, wer diese Traumfrau war, hatte er heute sowieso nicht im Sinn, es war völlig undenkbar, ein zweites Projekt zu starten, bevor er das erste abgeschlossen hatte. Das Mädchen von letzter Woche war sein erster Versuch, ein Test, jetzt, da er fast das Ziel seiner Träume erreicht hatte. Konnte er denn ahnen, dass ihm nur kurz danach eine der Frauen, für die er das ganze Risiko auf sich zu nehmen bereit war, über den Weg laufen würde?

Die Verfolgung war ebenso schnell beendet, wie sie begonnen hatte. Die Göttin kramte in einer der stickigen, engen Seitenstraßen, die es hier unweit des Südrings zuhauf gab, einen Schlüssel aus ihrer Tasche und steuerte eine verwahrloste Haustür in einem schmucklosen, zweigeschossigen Haus an. Als er an dem Gebäude vorbeiging, fiel die Tür gerade ins Schloss, er hörte jedoch ihre Stimmen aus dem Hausflur.

Ohne seine Schritte zu verlangsamen, lief er weiter bis zur nächsten Straßenecke, holte tief Luft, drehte sich um und ging denselben Weg langsam wieder zurück. Dabei kramte er die Kamera erneut hervor, hängte sich den Trageriemen um den Nacken und blickte einige Male probehalber durch den Sucher. Als er auf Höhe des Hauses war, in dem die Göttin und der Trottel verschwunden waren, fixierte er das Klingelschild, stellte das Bild scharf und drückte auf den Auslöser. Nach einem kontrollierenden Blick auf das Display verstaute er die Kamera wieder und schlug den Weg zu seinem Wagen ein.

Er merkte erst nach einigen Hundert Metern, dass er immer noch ein Lächeln auf den Lippen hatte.

6

Das Herz schlug ihr bis unter die Schädeldecke.

Katharina starrte über ihre auf dem Lenkrad ruhenden Hände durch die Windschutzscheibe ihres Roadsters und versuchte, sich zu beruhigen. Drei Wochen war sie nun nicht im Präsidium gewesen, hatte sich anfangs mit Händen und Füßen gegen den Urlaub zusammen mit ihrem kleinen Sohn gesträubt. Und nun, da sie wieder zum Dienst erscheinen musste, wäre sie am liebsten losgefahren, irgendwohin, ohne Ziel. Solange sie nur nicht ins Büro musste.

Der Kommissarin war speiübel, der Druck in ihrem Magen hatte schon am Sonntag angefangen, als sich der Gedanke, dass sie am nächsten Tag wieder den Weg über die A 40 von Essen nach Bochum antreten musste, nicht mehr von der Hand weisen lies. Bereits seit mehreren Minuten saß sie unbeweglich hinter dem Steuer und wartete darauf, dass sich ihr Körper beruhigte. Hastig holte sie tief Luft, nahm ihren ganzen Mut zusammen und öffnete schließlich die Tür. Bevor sie es sich noch einmal anders überlegen konnte, stieg sie aus und verschloss den Wagen hinter sich.

Es war ihr schon bei anderen Gelegenheiten ähnlich schlecht gegangen, aber nie im Zusammenhang mit ihrem Job. Nicht einmal, als sie nach der wochenlangen Auszeit, die sie nach Ullis und Arnes Unfall gebraucht hatte, wieder arbeiten gegangen war. Auch nicht, als aus ihr völlig unverständlichen Gründen Kollege Hofmann neuer Leiter des KK 11 geworden war und nicht sie, wie es eigentlich vorgesehen war.

Doch ihr Körper hatte zum Beispiel rebelliert, als Veronika, ihre Lebensgefährtin, aus der gemeinsamen Wohnung ausgezogen war und den Kontakt mit ihr auf das absolut notwendige Minimum beschränkt hatte. Oder wenn ihr Wochenende mit Arne anstand, sie den Jungen am Samstag in der Früh bei Ulli abholte und alle Anstrengungen unternahm, ihren Sohn zu bespaßen. Der körperliche Widerwille, der sich nun im Zusammenhang mit ihrer Arbeit breitmachte, war neu.

Die Luft im Treppenhaus wirkte abgestanden, Katharina legte die Nasenflügel an und atmete durch den Mund. Einige Kollegen, die ihr entgegenkamen, grüßten knapp, obwohl sie Katharina kaum wahrnahmen. Verwaist lag der Flur, auf dem sich die Büros des KK 11 befanden, vor ihr, gelegentlich hörte sie hinter einer der Türen Stimmen oder Gelächter. Anscheinend gingen die Beamten die Geschehnisse des zurückliegenden Wochenendes durch, bevor sie sich erneut um die Fallakten auf ihren Schreibtischen kümmerten.

In ihrem Büro angekommen, stellte sie ihre Tasche auf den Stammplatz neben ihrem Drehstuhl, bestückte die Kaffeemaschine mit frischem Pulver und Wasser und riss danach die Fensterflügel weit auf. Der Anflug eines Lächelns huschte über ihr Gesicht: Gassel hatte offensichtlich Wort gehalten und sich während ihrer Abwesenheit fürsorglich um ihre Pflanzen gekümmert. Die Dieffenbachia und der Ficus sahen genauso gesund aus wie vor drei Wochen.

»Ich hab jeden Tag die Feuchtigkeit gefühlt und auch ab und an mit ihnen geredet«, bemerkte plötzlich eine Stimme hinter ihr. Katharina fuhr erschrocken herum. Der Mann, der lautlos das Büro betreten hatte, war eine imposante Erscheinung, kompakt, aber nicht dick, lässig, aber nicht phlegmatisch. Und seine Stimme klang gleichzeitig amüsiert und unbeteiligt.

»Und wie kam es dazu?«, erkundigte sie sich bemüht gleichgültig.

»So wie es aussieht, werden wir uns wohl das Büro teilen müssen. Ich bin nämlich der Neue. Tobias Gröne.«

Er kam nicht zu ihr herüber, um ihr die Hand zu geben, sondern sagte einfach seinen Namen, nickte einmal bekräftigend und wartete dann ihre Reaktion ab.

»Und Sie sind Katharina Thalbach, stimmt's?«, fuhr er fort, als ihm die Pause zu lange dauerte.

»Korrekt. Dann mal herzlich willkommen. Die ersten Tage haben Sie ja sicher schon hinter sich gebracht.«

Gröne warf einen prüfenden Blick auf die Kaffeemaschine, die die ersten zischenden Geräusche von sich gab, und hockte sich auf die Seite des Schreibtisches, die jahrelang Berthold Hofmann gehört hatte. Katharina kam es nicht richtig vor, dass der Neue den Platz so selbstverständlich übernahm.

»Kann man so sagen«, antwortete Gröne und verschränkte die Hände in seinem Nacken. Dabei präsentierten seine Oberarme beeindruckende Muskelpakete. »Vor zwei Wochen hab ich angefangen. Die Kollegen haben einiges über Sie erzählt. Ich war schon richtig neugierig, wie Sie real rüberkommen.«

Katharina setzte sich ebenfalls und hielt seinem Blick stand. »Und? Enttäuscht?«

»Warum sollte ich?«, fragte Gröne überrascht zurück.

»So, wie Sie das gesagt haben, schien der Satz noch weiterzugehen.«

»Quatsch. Die Kollegen haben eine hohe Meinung von Ihnen. Da muss man doch hellhörig werden, finden Sie nicht?«

Katharina zuckte mit den Achseln und musterte ihrerseits den sich langsam vermehrenden Inhalt der Kaffeekanne. Ihr ging es bei Weitem nicht mehr so schlecht wie vorhin im Auto und der aromatische Duft aus der Maschine weckte ihre Lebensgeister.

»Glauben Sie nicht alles, was erzählt wird«, gab sie zurück. »Einige hier auf dem Flur tratschen für ihr Leben gern.«

Gröne musterte sie mehrere Sekunden, dann nahm er die Arme herunter und stützte sie auf dem Schreibtisch auf.

»Ist mir eh wurscht«, erklärte er. »Solange wir vernünftig miteinander arbeiten können, interessiert mich der Rest nicht. In den nächsten Tagen werden wir ja viel Gelegenheit haben, uns kennenzulernen, wenn wir gemeinsam unterwegs sind.«

Katharina runzelte die Stirn. »Was meinen Sie damit?«

»Für unseren Fall.«

»*Wir* haben einen Fall?«

»Der Mord an dem jungen Mädchen. Das Opfer wurde am Samstagmorgen gefunden. Das Wochenende bestand für uns gestern Nachmittag aus einer Tiefkühlpizza und zwei Dosenbier, ansonsten haben wir durchgearbeitet.«

»Ich habe noch nichts davon gehört«, verteidigte sich Katharina. »Im Urlaub war ich auf einer Hallig, da ticken die Uhren anders.«

Gröne sah sie verständnislos an.

»Eine Hallig ist so was wie eine Insel, nur dass die regelmäßig überschwemmt wird«, erklärte Katharina.

»Warum sollte man da Urlaub machen?«

Katharina lag eine scharfe Erwiderung auf der Zunge, schluckte sie jedoch herunter. Einerseits, weil der Kaffee endlich fertig war, andererseits, weil sich auf dem Flur Schritte näherten.

Gleich darauf blieb Hofmann vor der geöffneten Tür stehen, zwei weitere Kollegen im Gefolge. Der Hauptkommissar versuchte, routiniert seine Anweisungen zu erteilen, dann kam er allein ins Büro.

»Schön, ihr habt euch also bereits kennengelernt. Dann kann ich mir die steife Vorstellungsrunde ja sparen.«

»Dir auch einen schönen guten Morgen«, antwortete Katharina barsch. »Und ja, danke der Nachfrage, ich hatte einen tollen Urlaub.«

Hofmann stutzte einen Moment, entschied sich dann aber für ein Grinsen und steuerte ganz selbstverständlich die Kaffeemaschine an. Ganz so, als wenn er immer noch in diesem Büro residieren würde.

»Für private Begrüßungszeremonien haben wir im Moment leider keine Zeit«, erklärte er, während er eine der Tassen füllte. »Du hast ja sicherlich schon gehört, dass wir mehr Arbeit haben, als uns lieb ist. Eigentlich könnt ihr gleich ins Besprechungszimmer mitkommen, Karl Heinz müsste auch schon da sein.«

Gröne griff sofort nach seinen Unterlagen, die er auf dem Schreibtisch bereitgelegt hatte, und erhob sich. Ohne ein weiteres Wort machte er sich auf den Weg.

Was für ein Schleimscheißer, dachte Katharina. Und mit so jemandem teilte sie jetzt das Büro. Dagegen war Hofmann ja noch richtig erträglich gewesen.

»Alles okay bei dir?«, fragte Hofmann, als sie allein waren.

»Na klar«, gab Katharina zurück. »Haben wir nun doch Zeit für eine … wie hast du das genannt? Zeremonie?«

Hofmann nippte an seinem Kaffee und verzog entschuldigend sein Gesicht. »Ich wollte nicht indiskret sein, solange Kollege Gröne dabei war. Ist es mit Arne gut gelaufen?«

Katharinas Zorn verrauchte. »Es war okay, er hat den Urlaub auf der Hallig genossen. Und er ist in der ganzen Zeit nur ein- oder zweimal in der Nacht wegen seiner Albträume wach geworden. Die Luftveränderung tut ihm gut.«

»Freut mich zu hören. Du siehst auch gut erholt aus.«

Katharina nahm ebenfalls einen Schluck von ihrem Kaffee und antwortete ihrem Chef mit einem vieldeutigen Achselzucken. »Bei der Gelegenheit«, wechselte sie das Thema. »Ulli muss demnächst wieder ins Krankenhaus. Können wir es dann so machen, dass ich in der Zeit keine Bereitschaften habe? Wegen Arne.«

»Über welchen Zeitraum?«, fragte Hofmann.

»Ich schätze, so gut vier Wochen. Ulli muss nach der OP direkt in die Reha. Wenn er Glück hat, braucht er danach keine Krücken mehr.«

»Das wünsche ich ihm. Deine Diensteinteilung werden wir schon hinkriegen«, meinte Hofmann. »Kommst du dann? Wir stecken in der Tat bis zum Hals in Arbeit.«

Die Kommissarin seufzte, bewaffnete sich mit Block, Stift und Kaffeetasse und folgte Hofmann in das Besprechungszimmer. Gröne und Gassel unterhielten sich leise, der Senior der Truppe winkte Katharina erfreut zu und klopfte auf die Sitzfläche des Stuhls neben ihm. Die anderen anwesenden Beamten nickten nur knapp.

»Svenja Maslarski«, begann Hofmann theatralisch. »Ich fasse erst mal zusammen, was wir bisher haben.«

An einer der Kopfseiten des Tisches standen zwei mobile Whiteboards, auf dem einen hatte jemand offensichtlich versucht, eine Zeitleiste zu erstellen. Die Notizen wirkten unstrukturiert, einige waren durchgestrichen, an den Rändern waren die Fragen notiert, die am dringendsten geklärt werden mussten. An dem anderen Whiteboard hefteten die Fotos von Leiche und Fundort.

Katharina kniff die Augen zusammen und ließ ihren Blick über die Bilder wandern. Der geschundene, ja geradezu gequälte Eindruck, den das tote Mädchen machte, brachte augenblicklich den Magen der Beamtin zum Rumoren.

Hofmann repetierte zunächst die Umstände am Fundort sowie das Fehlen jeglicher Spuren im Umkreis der Leiche. Danach griff er zu einem der dünnen Hefter, die auf dem Tisch vor ihm lagen, und hob in einer großen Geste einen Zeigefinger.

»Im Labor haben wir an der Kleidung des Opfers schließlich doch noch etwas gefunden. Winzige Rückstände eines Kunststoffs, dessen Herkunft noch nicht endgültig geklärt ist. Am ehesten vermuten unsere Kriminaltechniker, dass es sich dabei um ein Material handelt, mit dem einige Müllsäcke auf der Innenseite ausgekleidet werden, um eine höhere Festigkeit und Dichtigkeit zu erreichen. Leider ist das ein Allerweltsartikel. Ob uns diese Spur weiterbringt, bleibt abzuwarten.«

»Hat der Mörder sie getragen?«, fragte Katharina. »Oder mit einem Auto an den Fundort gebracht?«

»Keine Ahnung«, gab Hofmann zu. »Reifenspuren waren nicht zu finden, schließlich hatte es erst kurz vor dem Auffinden der Leiche nach mehr als einer Woche zu regnen begonnen, der Boden war knochentrocken. Die KT wird heute routinemäßig erneut das Gelände unter die Lupe nehmen, allerdings mache ich mir keine große Hoffnung. Zwei Mann sollten danach die Anwohner befragen, ob in der Nacht von Freitag auf Samstag jemand irgendetwas bemerkt hat. Macht ihr das?« Dabei sah Hofmann die zwei Kollegen an, die vorhin mit ihm über den Flur gelaufen waren. Die beiden nickten.

»Weiterhin wissen wir immer noch nicht, wo sich Svenja in den letzten Stunden vor ihrem Verschwinden aufgehalten hat«, fuhr Hofmann fort. »Es gilt, diese Lücke zu schließen. Katharina, übernimmst du den Freundeskreis der Toten? Klassenkameraden et cetera. In ihrem Zimmer habe ich einen Taschenkalender gefunden, darin ist eine Liste von etwa vierzig Namen. Vielleicht hat sie ja noch jemand gesehen.«

Katharina nickte ebenfalls. Hofmann bürdete ihr zwar die Ochsentour auf, aber wenigstens konnte sie allein arbeiten.

»Der Vater des Mädchens ist ebenfalls noch nicht ermittelt worden«, erklärte Hofmann weiter. »Karl Heinz, könntest du dich darum kümmern? Ist in meinen Augen zwar keine heiße Spur, aber vielleicht können wir dadurch ja zumindest eine Möglichkeit eliminieren. Kollege Gröne und ich werden gleich wieder zur Mutter des Mädchens fahren. Gestern war eine weitere Befragung nicht möglich, vielleicht haben wir heute mehr Glück.«

»Liegt eigentlich der Obduktionsbefund schon vor?«, fragte Gröne.

»Noch nicht, allerdings hat Doktor Brettschneider während der Leichenschau einige Entdeckungen gemacht. Zunächst: Das Mädchen wurde nicht vergewaltigt. Das war aber auch das Einzige, was ihm erspart geblieben ist. Allerdings hat Brettschneider festgestellt, dass Svenja schwanger war. Vermutlich Ende des zweiten Monats. Ich hoffe, die Mutter kann uns nachher Näheres dazu sagen, aber ich fürchte, dass sie es nicht gewusst hat.«

»Also müssen wir jeden Stein umdrehen, bis wir den Vater des Babys gefunden haben«, bemerkte Gassel. »Was hat die Obduktion noch ergeben?«

»Sie war dehydriert, anscheinend hatte Svenja tagelang weder etwas getrunken noch gegessen. Nahezu jede Stelle des Körpers war mit Prellungen und Hämatomen übersät, beide Füße wiesen schlimme Quetschungen auf. Auf dem Rücken hatte sie Brandwunden und sieben ihrer Finger waren gebrochen.«

An dieser Stelle machte Hofmann eine kleine Pause, um seinen Leuten Gelegenheit zu geben, das Gehörte zu verdauen.

»Hat sie noch gelebt, als sie …?«, begann Nathalie Sander, neben Katharina die einzige Frau im Team.

»Keine der Verletzungen war postmortal. Sie ist über mehrere Tage gefoltert worden. Als man Svenja gefunden hat, war sie maximal zwölf Stunden tot.«

7

»Ich weiß, es muss furchtbar für Sie sein. Einige Fragen haben Sie uns zwar bereits beantwortet, aber wir müssen alles noch einmal von vorn mit Ihnen durchgehen. Das sind wir Svenja schuldig.«

Gröne saß wieder neben Mandy Maslarski auf dem Sofa,

seine Hände hatte er tröstend um die der Frau gelegt. Heute sah sie noch bedauernswerter aus als am Samstag.

Hofmann hockte erneut auf der Kante des Ohrensessels. Und erneut beobachtete er seinen neuen Mitarbeiter kritisch. Bis Gröne die professionelle Balance zwischen Distanz und Nähe verinnerlicht hatte, würde es anscheinend noch einige Zeit dauern.

Seufzend zog Hofmann den kleinen Notizblock aus der Innentasche seines Sakkos und räusperte sich vernehmlich. »Frau Maslarski, wir wissen immer noch nicht, wie Svenja die letzten Stunden vor ihrem Verschwinden verbracht hat. Ist Ihnen hierzu noch etwas eingefallen?«

Die Frau auf der Couch zog die Nase hoch, dann warf sie Gröne einen fragenden Blick zu, als ob sie erst seine Erlaubnis einholen müsse, um antworten zu dürfen. Nachdem der Beamte neben ihr aufmunternd genickt hatte, straffte sie ein wenig ihre Schultern.

»Nein. Zu den Tag kann ich Ihnen nicht mehr sagen. Ich war ja selbst die ganze Zeit unterwegs.«

»Nicht vielleicht einen kleinen Hinweis? Es könnte ja eine Belanglosigkeit gewesen sein, die Ihre Tochter in den Tagen zuvor mal nebenbei geäußert hat.«

Es war Maslarski anzusehen, wie angestrengt sie nachdachte. »Nein«, erklärte sie, nachdem ihr Denkprozess abgeschlossen war. »Sie war so wie immer. Sie war froh wegen die Ferien. Dass sie nicht in die Schule musste. Und dass sie was mit ihre Freundin unternehmen konnte.«

Hofmann setzte einen Haken auf seinem Notizblock.

»Hatte Svenja irgendwelche Probleme in der Schule?«, mischte sich Gröne ein. »Wegen ihrer Noten?«

»Nein. Natürlich nicht.«

»Oder Probleme mit ihren Mitschülern? Hört man doch immer wieder, dass Jugendliche heutzutage bedroht werden.«

»Das hätte sie mir erzählt«, behauptete Maslarski schwach. »Svenja hatte keine Geheimnisse für mich.«

Hast du eine Ahnung, dachte Hofmann.

»Hatte sie eigentlich einen Freund?«, fuhr Gröne fort, so als hätte er Hofmanns Gedanken erraten.

»Auch nicht. Da war mal früher Daniel. Aus die Gruppe von der Kirche. Aber mit dem ist sie schon lange auseinander.«

»Wie lange genau?«

»Weiß nicht. Ein halbes Jahr vielleicht?«

»Und die beiden gingen fest miteinander?«

»Kann man so nicht sagen. Die waren vielleicht mal zusammen im Kino. Oder Daniel hat sie abgeholt. Wenn Gruppensitzung in die Kirche war. Bei Pastor Bettges. Einmal die Woche haben die sich da getroffen.«

»Um was für eine Gruppe handelt es sich da genau?«, fragte Hofmann.

»Die Konfirmanden vom letzten Jahr. Da sind so zwanzig etwa übergeblieben. Die treffen sich immer noch. Gehen in die Disco oder unternehmen was anderes.«

»Und Svenja ist immer mit Begeisterung hingegangen?«

»Ja. Viel was anderes kann sie nicht machen. Wir haben ja nicht viel Geld. Für Vereine oder so. Da war das mit die Kirche schon toll für sie.«

»An und für sich ein wenig komisch«, überlegte Hofmann laut. »Svenja war fünfzehn, da erwacht doch eigentlich das Interesse für das andere Geschlecht. Könnte es sein, dass sie Ihnen ihren Freund verheimlicht hat?«

»Bestimmt nicht. Warum auch? Mit mir konnte sie doch über alles reden.«

Hofmann nickte unbestimmt und suchte auf dem Notizblock nach seinem nächsten Stichwort. »Ist es richtig, dass Svenja kein Handy hatte? Bei Aufgabe der Vermisstenanzeige hatten Sie keine entsprechende Nummer angegeben, unter der man sie gegebenenfalls hätte orten können.«

»Für so was hab ich kein Geld«, erklärte Maslarski verschämt. »Svenja hätte gern eins gehabt. Genau wie einen Computer. Den sollte sie ja zum nächsten Geburtstag kriegen. Aber alles auf einmal geht nicht. Nicht mit dem bisschen Lohn und Hartz IV, was ich dazukriege.«

»Wie viel verdienen Sie denn bei Ihrer Arbeit?«, fragte Gröne behutsam.

»Achthundert«, gab Maslarski kleinlaut an. »Das reicht nicht für den ganzen Monat.«

»Achthundert Euro netto für einen ganzen Monat arbeiten? Das ist doch Ausbeutung!«

»Nein. Nicht netto. Da geht noch das für die Kasse und die Rente ab.« Angestrengt rümpfte die Frau die Nase, dann entspannten sich ihre Züge wieder. »Brutto, so heißt das, genau.«

»Frau Maslarski, war Svenja jemand, der schnell zu Fremden Vertrauen gefasst hat?«, wollte Hofmann wissen. »Oder war sie eher ein misstrauisches Mädchen?«

»Misstrauisch nicht. Aber still war sie. Warum wollen Sie das wissen?«

»Nun, wir haben unter anderem zu klären, wie Svenja in die Fänge ihres Mörders geraten ist. Entweder wurde sie gegen ihren Willen irgendwo aufgegriffen, oder sie war mit jemandem zusammen, den sie kennengelernt hat oder sogar schon länger kannte. Und dieser Jemand hat sie dann in einem günstigen Moment überwältigt.«

Maslarskis Augen füllten sich mit Tränen. Wahrscheinlich stellte sie sich gerade vor, wie ihre Tochter mit Gewalt in ein Auto gezerrt wurde.

Gröne legte der Frau eine Hand auf die Schulter und drückte sie kurz. »Geht's wieder?«, fragte er sanft.

»Wer macht denn so was?«, fragte Maslarski. Ihre Verzweiflung war fast greifbar.

»Das werden wir herausfinden. Sie wissen definitiv niemanden, der infrage käme, Svenja so etwas anzutun?«

»Nein«, kam die bestimmte Antwort.

»Auch nicht aus Ihrer Vergangenheit? Was ist zum Beispiel mit Svenjas Vater?«

»Patrik? Was hat denn Patrik damit zu tun?«

»Wahrscheinlich gar nichts. Aber als wir ihn routinemäßig überprüft haben, sind wir auf seine Vorstrafen gestoßen«, fasste Hofmann die Informationen, die ihm Gassel vorhin per Handy mitgeteilt hatte, zusammen. »Zwei Jugendstrafen wegen Körperverletzung, dann hat er drei Jahre wegen Raubes gesessen. Und eine weitere Anklage wegen sexueller Nötigung ist fallen gelassen worden, weil das vermeintliche Opfer seine Aussage zurückgezogen hatte.«

»Aber doch nicht seine eigene Tochter!« Nun war Maslarski regelrecht entsetzt. »Wir haben doch schon seit Jahren nichts mehr von ihm gehört!«

»Ich habe ja auch nur eine Vermutung in den Raum gestellt«, beschwichtigte Hofmann. »Sein derzeitiger Aufenthaltsort ist zudem unbekannt. Verstehen Sie, wir dürfen keine Möglichkeit außer Acht lassen.«

»Und er wäre jemand, mit dem sich Svenja sicherlich nicht in Gefahr gewähnt hätte«, ergänzte Gröne.

»Trotzdem!«, beharrte Maslarski. »Patrik war ein Arschloch. Aber so was würde der nicht machen. Er hat sich doch einen Scheiß für uns interessiert.«

»Wann haben Sie denn das letzte Mal etwas von ihm gehört?«

»Das ist bestimmt schon drei Jahre her. Nein, fast schon vier. Er hatte angerufen. Weil er Geld brauchte. Und besoffen war er damals auch. Ich hab ihn angeschrien, dass er uns in Ruhe lassen soll. Danach hab ich nie mehr was von ihn gehört.«

Hofmann seufzte lautlos. Als Nächstes kam der heikelste Punkt auf seiner Liste.

»Frau Maslarski, hat Svenja eigentlich verhütet?«

»Was?«

»Hat sie vielleicht die Pille genommen?«

»Nein. Warum denn? Sie brauchte das noch nicht. Ich hab ihr gesagt, wenn es so weit ist, geh ich mit ihr zum Arzt. Aber sie hat nur gelacht. Hat gesagt: ›Mama, darüber musst du dir keine Sorgen machen.‹«

»Ihre Tochter war schwanger«, erklärte Hofmann langsam. »Schätzungsweise Ende des zweiten Monats.«

Maslarskis Kopf fuhr ruckartig nach oben. Ihre Augen hatten die Größe eines Golfballs. »Schwanger?«, wiederholte sie ungläubig.

»Es besteht kein Zweifel. Ich vermute, Sie haben keine Ahnung, wer der Vater sein könnte?«

Außer einem heiseren Krächzen kam nichts aus ihrer Kehle. Einen Moment starrte sie den Hauptkommissar fassungslos an, dann schlug sie ihre Hände vors Gesicht und schluchzte herzerweichend.

Hofmann lehnte sich zurück. Das war einer der schlimmen Begleitumstände, die dieser Job mit sich brachte. Nicht nur, dass man regelmäßig Eltern, Ehefrauen, Ehemännern, Kindern, Neffen oder Nichten sagen musste, dass ihr Kind, ihr Partner oder sonst eine liebe Person Opfer eines Verbrechens geworden war und nicht mehr lebte – leider kam es auch oft genug vor, dass im Laufe der Zeit Umstände offenbar wurden, die so gar nicht in das Bild des Menschen, den man verloren hatte, passten.

Mandy Maslarski brauchte ein paar Minuten, bis sie sich wieder in der Gewalt hatte. Dankbar nahm sie von Gröne ein Papiertaschentuch entgegen und schnäuzte sich geräuschvoll die Nase.

»Nein. Ich hatte keine Ahnung«, flüsterte sie kaum vernehmbar. »Sind sie wirklich sicher? Svenja bekam ein Kind?«

»Es ist kein Zweifel möglich.«

»War das der Grund? Warum sie umgebracht wurde?«

»Frau Maslarski, diese Frage kann ich Ihnen zurzeit weder mit Ja noch mit Nein beantworten. Dafür wissen wir einfach viel zu wenig.«

»Denken Sie mal etwa acht bis zehn Wochen zurück«, meinte Gröne. »Zu dieser Zeit muss Svenja schwanger geworden sein. Ist da irgendetwas Außergewöhnliches vorgefallen? Hat sie sich anders benommen als zuvor? Kam sie verstört nach Hause? Oder besonders gut gelaunt?«

»Nein. Svenja war so wie immer. Ach ja, da war sie auf Klassenfahrt. Eine Woche im Bayrischen Wald. Sie war doch so glücklich. Dass die Schule das mit den Zuschuss für sie gemacht hat. Sonst hätte sie nicht mitfahren können.«

»Dann meinen Sie, Svenja ist vielleicht während der Klassenfahrt schwanger geworden?«, hakte Hofmann nach.

»Ich weiß nicht. Von den Jungs in ihre Klasse hat sie eigentlich nie was erzählt. Sie war meistens nur mit ihren Mädchen zusammen. Der Nicole und der Marilyn.«

Der Hauptkommissar zog aus seiner Jackentasche zwei Blätter hervor, die er Maslarski reichte.

»Dies hier ist eine Kopie der Adressen, die wir in Svenjas Taschenkalender gefunden haben«, erklärte er. »Welcher von den Namen sagt Ihnen etwas?«

Die Frau wischte sich die letzten Tränenreste aus den Augen und nahm die Papiere entgegen. Mit dem Finger auf dem Blatt ging sie von oben die aufgeführten Namen durch, ab und an murmelte sie leise etwas vor sich hin.

»Na ja«, meinte sie schließlich, »die meisten sind wohl aus ihre Klasse. Und aus die Kirchengruppe. Aber alle kenne ich nicht.«

»Es ist niemand dabei, der Ihnen merkwürdig vorkommt?«

Maslarski sah fragend auf. »Wie meinen Sie das? Merkwürdig?«

»Nun«, meinte Hofmann gedehnt, wobei er überlegte, wie er Svenjas Mutter seinen Gedankengang verdeutlichen konnte, ohne sie zu überfordern. »Es wäre ja denkbar, dass sie mit einem der Namen eine schlechte Erfahrung verbinden. Jemand, der Ihnen mal unangenehm aufgefallen ist.«

»Vielleicht ein ehemaliger Freund oder Bekannter, mit dem Sie oder Svenja Streit hatten«, übersetzte Gröne Hofmanns abstrakte Formulierungen.

»Nein. Da ist keiner dabei.«

»Aber so jemanden gibt es?«

»Nein«, erklärte Maslarski gequält. »Patrik war der Einzigste, mit dem ich Streit hatte. Sonst kenn ich ja auch kaum einen.«

»Nehmen wir mal an«, wagte Hofmann einen neuen Versuch, »Svenja ist wirklich während dieser Klassenfahrt schwanger geworden. Danach muss doch schon mindestens einmal ihre Regel ausgeblieben sein. Hätte sie da nicht nervös werden müssen? Bei dem guten Verhältnis, dass Sie mit Ihrer Tochter hatten, hätte sie doch bestimmt mal etwas erwähnt, oder?«

»Ich weiß es doch nicht«, jammerte Maslarski. »Sie war so wie immer. Sie war doch mein Mädchen ...«

Der nächste Tränenschwall schoss aus ihren Augen, verzweifelt schlug Maslarski die Hände vors Gesicht.

Gröne schaute über den zusammengeklappten Körper zu Hofmann hinüber und fuhr mit der rechten Hand in Kehlkopfhöhe einmal waagerecht durch die Luft. Der Hauptkommissar nickte. Heute würden sie hier nichts mehr erfahren. Hofmann klappte demonstrativ sein Notizbuch zu. »Sie haben uns sehr geholfen, Frau Maslarski. Ich denke, wir sollten morgen weitermachen.«

Maslarski nickte unter ihrem Schluchzen.

»Sollen wir Ihrer Nachbarin wieder Bescheid sagen?«, fragte Hofmann.

»Petra kommt sowieso gleich. Sie ist was einkaufen«, erklärte Maslarski erschöpft und wischte sich die Handflächen an der Hose trocken.

»Sollen wir noch so lange warten?«, fragte Gröne.

»Nein. Aber das ist lieb von Ihnen.«

»Wie Sie meinen. Und halten Sie die Ohren steif. Wir kriegen den Kerl, der das gemacht hat.«

»Seien Sie vorsichtig mit derartigen Versprechungen«, meinte Hofmann, als sie die Wohnungstür hinter sich zugezogen hatten und wieder auf dem Weg zu ihrem Auto waren. »So etwas kann auch mal böse nach hinten losgehen.«

»Ach, kommen Sie«, entgegnete Gröne. »Die Frau brauchte ein wenig Zuspruch. Die ist doch völlig fertig. Was meines Erachtens auch kein Wunder ist. Ihre Tochter war das einzig Positive in ihrem Leben und irgend so ein Arsch lässt an der Kleinen seine sadistischen Fantasien aus. Da hilft einem jedes nette Wort.«

»Mag sein. Dennoch sollten Sie sich nicht so sehr engagieren. Könnte auf Dauer gefährlich werden.«

Gröne verließ als Erster den Hausflur, doch anstatt den Weg zum Wagen einzuschlagen, blieb er vor Hofmann stehen und sah ihn direkt an. »Was ist denn daran gefährlich?«

Die beiden Beamten standen sich nun gegenüber. »Das war kein Vorwurf, sondern eher ein Ratschlag. Wenn Sie jedes Mal, wenn Sie mit den Hinterbliebenen eines Opfers in Kontakt kommen, Ihr Mutter-Theresa-Gen in den Vordergrund stellen, gehen Sie dabei vor die Hunde. Das frisst einen auf.«

Gröne schmunzelte. »Reden Sie aus eigener Erfahrung? Oder ist das so ein ähnliches Psychologengewäsch wie auf der Akademie?«

»Psychologengewäsch?«, fragte Hofmann irritiert.

»Wissen Sie eigentlich, wie es ist, wenn Sie eine solche Nachricht überbracht kriegen? Wenn da jemand vor Ihnen steht, sein Beileid runterrattert und, wenn Sie Glück haben, Ihnen vielleicht zwanzig Sekunden Zeit gibt, bevor er mit seinem Fragenbombardement anfängt?«

»Nein«, gab Hofmann zu. »Sie etwa?«

»Ja«, nickte Gröne. »Als ich sechzehn war, ist meine Mutter ums Leben gekommen. Während eines Ausflugs mit ihrem Sportverein. Der Trupp hatte eine Bootsfahrt auf dem Rhein gemacht, meine Mutter fiel über Bord und ist ertrunken.«

»Das tut mir leid«, erklärte Hofmann automatisch.

»Bei dem Unfall muss Alkohol eine nicht unerhebliche Rolle gespielt haben«, fuhr Gröne unbeeindruckt fort. »Jedenfalls hatten fast alle an Bord übereinstimmend ausgesagt, dass meine Mutter ganz schön getankt hatte. Irgendwie hat sie dann wohl das Gleichgewicht verloren und ist ins Wasser gefallen. Und wissen Sie, was uns der Bulle als Erstes gefragt hat, nachdem er seine frohe Botschaft verkündigt hatte?«

»Nun sagen Sie schon.«

»Ob meine Mutter Alkoholikerin gewesen sei oder ob sie das Zeug nicht gewöhnt war. Tolle Leistung, was? Da informieren Sie eine Familie darüber, dass sie demnächst mit einer Person weniger am Frühstückstisch sitzen wird, und fangen dann sofort an, die Würde dieses Menschen auch noch mit Füßen zu treten.«

Hofmann rümpfte die Nase. Derart feinfühlige Kollegen waren leider nicht die Ausnahme.

»Ich habe mir jedenfalls schon zu Beginn meiner Ausbildung geschworen«, erklärte Gröne, »dass ich das anders machen werde. Und davon werde ich mich auch nicht abbringen lassen.«

Hofmann reagierte einen Moment gar nicht, dann deutete er mit dem Kopf in Richtung des Dienstwagens. Langsam setzten sich die beiden Männer wieder in Bewegung.

»Ich habe im Laufe der Jahre genug Kollegen gesehen, die psychische Probleme bekommen haben«, erläuterte Hofmann ruhig. »Ihre Motivation in allen Ehren, ich fürchte, irgendwann werden Sie das so nicht mehr durchhalten können.«

»Machen Sie sich mal keine Sorgen. Ich pass schon auf mich auf. Außerdem motiviert mich das zusätzlich. Ich möchte diesen Menschen wenigstens so etwas wie Genugtuung verschaffen, indem wir die Täter schnappen. Und ich denke, ich habe Maslarski nicht zu viel versprochen. Den Kerl kriegen wir, da bin ich sicher.«

»Apropos«, meinte Hofmann. »Was halten Sie von dieser Sache mit der Schwangerschaft? Glauben Sie, Svenja hat ihrer Mutter wirklich die Unbekümmerte vorgespielt, als ihre Regel ausblieb? Oder war sie tatsächlich so naiv und hat sich nichts dabei gedacht? Oder aus Angst und Scham nichts erzählt, weil sie vergewaltigt wurde?«

»Schwer zu sagen. Es gibt keinen Grund, an dem guten Verhältnis zwischen Mutter und Tochter zu zweifeln. Warum also sollte Svenja damit hinter dem Berg halten? Und wenn Sie nicht mit ihrer Mutter darüber gesprochen hat, dann vielleicht mit einer Freundin? Ich kann mir vorstellen, dass Mädchen in dem Alter es unter Garantie nicht für sich behalten können, wenn sie frisch verliebt sind. Oder wenn sie ihre ersten sexuellen Erfahrungen gemacht haben.«

»Der Gedanke ist mir auch schon durch den Kopf gegangen«, nickte Hofmann, zog sein Handy hervor und suchte im Adressbuch nach Katharinas Nummer. »Thalbach soll, wenn sie mit Svenjas Freundinnen spricht, ganz besonders auf diesen Aspekt Obacht geben. Gut möglich, dass die Schwangerschaft der springende Punkt an dieser ganzen Sache ist.«

Gröne drückte mit dem Daumen auf die Fernbedienung der Zentralverriegelung, der Vectra blinzelte die beiden Beamten einladend an. »Ich weiß nicht«, überlegte er dann. »Es kann genauso gut sein, dass das Eine mit dem Anderen überhaupt nichts zu tun hat.«

8

»Thalbach, Kripo Bochum. Herr Marx? Ist Ihr Sohn Daniel zu Hause?«

Aus dem Gesicht des Mannes, der ihr die Tür des frisch verklinkerten Reihenhauses geöffnet hatte, sahen Katharina zwei stahlblaue Augen entgegen. Deren Blick wanderte auf ihren präsentierten Dienstausweis, ein Lächeln erschien um die Mundwinkel des Hausherrn.

»Kripo? Hat er was angestellt?«

»Ich habe nur ein paar Fragen an ihn. Kein Grund zur Beunruhigung.«

»Wieso Beunruhigung? Ich hatte gehofft, Sie nehmen das Arschloch mit und sperren es endlich weg.«

»Äh, bitte?« Katharina stutzte. Eine derartige Reaktion war ihr noch nicht untergekommen.

»Also nicht?«, vergewisserte sich der Mann enttäuscht. »Schade, meinen Segen hätten Sie.«

»Er ist demnach zu Hause?«

Marx machte den Weg frei und bat sie mit einer Handbewegung in die Diele. »Sein Masturbatorium ist oben im zweiten Stock, die erste Tür rechts. Sparen Sie sich das Anklopfen und gehen Sie einfach rein.«

Katharina verstaute den Ausweis und schenkte ihrem Gegenüber einen strafenden Blick. »Darf ich daraus schließen, dass Ihr Sohn keine Privatsphäre hat? Und was in aller Welt ist ein Masturbatorium?«

»Stiefsohn bitte. Wenn ein derartiges Subjekt das Erzeugnis meiner Lenden wäre, hätte ich mich schon längst aufgeknüpft. Was ich gerade sagte, hat nichts mit mangelnder Privatsphäre zu tun. Wenn Sie auf seine Antwort warten, um in seine Höhle zu gehen, stehen Sie da morgen noch. Und was das Masturbatorium betrifft: Das werden Sie verstehen, sobald Sie die Tür geöffnet haben.«

»Danke«, gab Katharina kurz angebunden zurück und nahm die Treppe nach oben in Angriff.

»Warten Sie«, hielt sie Marx zurück. »Soll ich Ihnen einen Mundschutz mitgeben? Und Handschuhe?«

»Meinen Sie nicht, es reicht langsam?«

»Schon gut«, antwortete der Mann vom Fuß der Treppe. »Beschweren Sie sich nachher nicht, ich hätte es Ihnen nicht angeboten.«

Die Beamtin setzte ihren Weg nach oben fort. Obwohl draußen die Sonne alles in ein gleißendes Licht tauchte, war es im Treppenbereich düster. Im ersten Stock zweigten drei Türen ab, alle geschlossen. Als Katharina weiter ins Dachgeschoss stieg, schaltete sie im Vorbeigehen die Beleuchtung an. Auch im dritten Stock befanden sich drei Türen, zwei ebenfalls geschlossen, eine halb geöffnet. Katharina erkannte ein kleines Badezimmer.

Anscheinend war sie schlecht in Form, die wenigen Treppenstufen hatten ausgereicht, sie zum Schwitzen zu bringen. Schnaufend holte sie Luft. Ein abgestandener, süßlicher Geruch stieg ihr in die Nase. Angewidert klopfte sie einmal an die rechte Tür.

Sie wartete einige Sekunden, ohne dass eine Reaktion aus dem Inneren des Zimmers kam, dann versuchte sie es erneut. Nach dem dritten nutzlos verhallten Klopfen wurde es ihr zu bunt, sie befolgte den Rat von Marx und trat ein.

Einen langen Moment verstand sie nicht, was sich da vor ihr aufgetan hatte. Im Herbst letzten Jahres hatte das KK 11 einen Leichenfund auf der Bochumer Müllkippe zu bearbeiten gehabt. Die Kommissarin erinnerte sich mit Schaudern an den Gestank nach verfaulten Essensresten, verschimmelter Kleidung und verwesten Tierkörpern. In dem Zimmer, das sie gerade betrat, stank es nicht nur genauso, es sah auch beinahe so aus.

An der linken Wand stand eine etwa anderthalb Meter hohe Kommode, fünf der sechs Schubladen hingen halb aus dem Korpus heraus und waren kaum mehr als solche zu erkennen. Überall aus dem tödlich verwundeten Möbelstück quoll Kleidung, auf der Kommode türmten sich benutzte Teller, halb geleerte Joghurtbecher, Computerspiele, einige arg ramponierte Schulbücher und offensichtlich bereits getragene Klamotten. Der Boden des Zimmers war übersät mit weiterem dreckigen Geschirr, leeren PET-Flaschen, noch mehr benutzter Kleidung, Pizzakartons und bunten Plastikkarten, auf denen japanische Comicfiguren zu erkennen waren. An den winzigen Flecken, die unter dem Unrat hervorblitzten, ächzte der Teppich unter zahllosen Schichten Dreck und Flüssigkeitsrändern. Die rechte Seite des Zimmers wurde von einem Bett dominiert, auf dem sich die Fortsetzung dessen befand, was auch den Boden bedeckte. Der Nachttisch war eine Deponie von benutzten und zum Teil schon eingetrockneten Papiertaschentüchern, unter denen ein hektisch blinkender Radiowecker und eine kleine Halogenlampe ohne Birne hervorschauten.

An der Stirnseite des Zimmers, vor dem Fenster, stand ein übergroßer Schreibtisch, in die linke Ecke der Tischplatte war ein kleiner Fernseher gequetscht, der von einer fingerdicken Staubschicht umhüllt war. Der Großteil der Tischoberfläche war ebenfalls zugemüllt, auf der rechten Hälfte thronte der unvermeidliche Computerbildschirm. Aus den integrierten Boxen plärrten die Schreie der gerade frisch gemetzelten virtuellen Bösewichter, die von ratternden Maschinengewehrsalven zerfetzt wurden.

Die Rollläden vor dem geschlossenen Fenster waren so weit herabgelassen, dass gerade mal eine Handbreit Licht hereindrang. Der Sauerstoffgehalt im Raum pegelte bei gefühlten fünf Prozent. Einen Moment bedauerte Katharina, das Angebot des Mundschutzes und der Handschuhe abgelehnt zu haben.

Auf dem verschlissenen Bürosessel, bei dem schon die Armlehnen weggebrochen waren, saß ein Teenager, den sein Umfeld wenig kümmerte. Mit nacktem Oberkörper und nur mit Boxershorts bekleidet hatte er die Füße auf dem Rechner unter dem Tisch geparkt und konzentrierte sich ausschließlich auf den Fortgang seines Computerspiels.

»Bist du Daniel?«

Der Junge reagierte nicht.

»Kannst du bitte eine kurze Pause machen? Ich habe ein paar Fragen an dich.«

Daniel hatte Wichtigeres zu tun. Über den Lauf seiner gestochen scharf dargestellten Waffe hinweg nahm er die nächste auf dem Bildschirm auftauchende Soldatengruppe ins Visier.

Katharina ertappte sich bei dem Gedanken, dass sie den Stiefvater vielleicht doch zu Unrecht auf ihrer Sympathieskala so weit unten eingeordnet hatte. Der Bengel mit seiner in stundenlanger Handarbeit kreierten und gegelten Frisur ging ihr schon nach einer knappen Minute gehörig auf den Geist. Kurz entschlossen gab sie der Rückenlehne des Bürostuhls einen Kick mit dem Fuß, sodass Daniel zu ihr herumgedreht wurde.

Die Augen des Jungen blitzten wütend auf. »Bist du bescheuert?«, schimpfte er. »Ich hab zu tun.«

»Ja, mit mir«, gab Katharina angriffslustig zurück. »Thalbach, Kripo Bochum. Drück gefälligst auf den Pausenknopf und gönn mir eine Audienz.«

Daniel schnaubte einmal verärgert auf, ließ seine Finger dann aber über die Computertastatur fliegen. Augenblicklich fror das Geschehen auf dem Monitor ein.

»Geht doch«, meinte Katharina. »Du bist mit Svenja Maslarski befreundet, ist das richtig?«

»Warum?« Eine elegante Variante, um eine Frage, die man entweder mit Ja oder Nein beantworten konnte, ins Leere laufen zu lassen.

»Ich stelle hier die Fragen. Bist du oder bist du nicht?«

»Mit der blöden Fotze? Im Leben nicht!«

Die Kommissarin holte trotz des Gestanks tief Luft. Wenn ihr Sohn sich mit fünfzehn auch zu einer solchen Stütze der Gesellschaft entwickeln sollte, würde sie ihn ohne zu zögern zur Adoption freigeben.

»Hast du mitgekriegt, was mit ihr passiert ist?«, fragte Katharina scharf.

»Nee. Was denn?«

»Liest du etwa keine Zeitung?«

An dem fassungslosen Blick erkannte sie, dass sie gerade eine rhetorische Frage gestellt hatte. »Svenja ist ermordet worden«, fuhr sie gezwungen ruhig fort.

»Scheiße. Echt?«, fragte Daniel ohne ein erkennbares Fitzelchen von Anteilnahme.

»Ja, echt! Scheint dich ja nicht sonderlich zu beeindrucken.«

Daniel zuckte mit den Achseln. »Ist schon schade. Aber ich hab da nix mit zu tun.«

Katharina gönnte sich eine kleine Pause, um etwas runterzufahren. »Wie wir von Svenjas Mutter gehört haben, warst du eng mit ihr befreundet«, fuhr sie dann fort.

»Quatsch. Wie kommt die Alte denn darauf?«

»Vielleicht, weil du ihre Tochter ein paar Mal abgeholt hast und mit ihr im Kino warst. Da liegt diese Annahme doch nahe, oder?«

»Das ist doch schon tierisch lange her«, gab Daniel zurück, so als hätte Katharina etwas erwähnt, was zu Zeiten seiner Geburt geschehen wäre.

»Kannst du mir denn sagen, warum eure Freundschaft auseinandergegangen ist?«

»Ich hatte keinen Bock mehr auf die Tussi.«

»Und?«, drängte Katharina, als danach keine Fortsetzung kam.

»Was und? Reicht das nicht?«

»Lag das nicht eher daran, dass sie dich abserviert hat? Oder dass sie mit jemand anderem befreundet war?«

Der Junge verschränkte die Arme vor der Brust und lachte theatralisch auf. »Die hat sich doch alle fünf Minuten an 'nen anderen Kerl rangeschmissen. Konnte doch nicht genug kriegen. Benny hat mal was Cooles über sie gesagt, das war voll fett.«

»Wer ist Benny?«

»Kollege aus der Schule.«

»Und was hat er über Svenja gesagt?«

»Dass die voll krass drauf war. Hatte auch 'nen geilen Nick für sie: die kleine Schlampe Schluckegern.«

Katharina ballte instinktiv ihre Hände zu Fäusten. »Du findest das wirklich lustig, oder?«

»Ja klar. Mit so einer zieh ich doch nicht rum. Wo jeder schon mal dran war.«

»Und du? Warst du auch dran?«

Daniel grinste breit. »Was denken Sie denn?«

»Antworte einfach auf meine Frage.«

»Ja sicher. Aber so geil war die gar nicht.«

»Wann hast du mit ihr Schluss gemacht?«

»Nach der Klassenfahrt. Da war sie besonders kotzig.«

Katharina biss sich auf die Lippen. Und wenn das kleine Ekel recht hatte? Zeitlich würde ihr verändertes Verhalten zur Schwangerschaft passen.

»Hast du zu der Zeit noch mit ihr geschlafen?«

»Nee. Damit war schon davor Schluss.«

»Wer war denn dann auf der Fahrt mit ihr zusammen?«

Daniel lachte erneut. »Ich bin doch nicht der Aufpasser von der Tussi. Kein Plan, ich hab mit meinen Leuten rumgehangen.«

»Kennst du denn jemanden, mit dem sie nach dir was hatte?«

»Na, Benny wohl. Und noch so andere.«

»Also weißt du es nicht sicher?«, resümierte sie.

»Klar doch. Außerdem, warum wollen Sie das wissen? Die ist doch jetzt eh tot.«

»Na ja, vielleicht ist der Mörder einer ihrer angeblichen Freunde. Wäre also nett, wenn du mal angestrengt überlegst, wer mit ihr zusammen war. Uns würde jeder Name weiterhelfen.«

Der Junge schaute die Polizistin nun wachsam an. »Ich piss keinem ans Bein«, erklärte er dann.

»Aber ich piss dich gleich an!«, schrie Katharina plötzlich. »Da hat es nicht eine deiner lächerlichen Computerspielfiguren erwischt, sondern ein Mädchen in deinem Alter! Ein Mädchen, das du gekannt hast und vermutlich mal sehr mochtest. Aber du machst hier einen auf cool und erzählst mir irgendeinen Scheiß, der dir gerade durch den Sinn geht! Weißt du, was ich am liebsten mit dir machen würde?«

Daniel saß da wie vom Donner gerührt. Seine Augen aufgerissen, vom Nacken her breitete sich eine flammende Röte auf seinem Gesicht aus.

»Ich sollte dich mit ins Leichenschauhaus nehmen«, setzte Katharina ihre Predigt in einem gemäßigteren Ton fort, »damit du dir ansehen kannst, was man ihr angetan hat. Und dann wirst du mir wohl kaum so einen gequirlten Haufen Mist vorsetzen, wie du es grade gemacht hast.«

Noch immer traute sich der Bengel nicht, einen Mucks zu machen. Katharina griff in ihre Hosentasche und kramte eine ihrer Karten hervor. Mit einer abfälligen Bewegung warf sie ihm das Stück gestanzter Pappe in den Schoß.

»Morgen früh um neun bist du auf dem Präsidium, da

nehmen wir deine Aussage für das Protokoll auf. Bist dahin überlegst du dir vielleicht noch mal, was du uns sagst. Und komm bloß nicht auf die Idee, nicht anzutanzen. Dann lass ich dich in Handschellen abholen.«

Daniel war auf seinem Sessel scheinbar zur Salzsäure erstarrt, lediglich sein ängstlich flackernder Blick klebte an Katharina.

Die Beamtin nickte ihm noch einmal zu, dann machte sie auf dem Absatz kehrt und befand sich mit dem Schließen der Tür nicht mehr auf einer bewohnten Müllhalde, sondern im normalen Leben. Sie verspürte den dringenden Wunsch, eine Dusche zu nehmen, aber fürs Erste war sie dankbar, wieder unverpestete Luft atmen zu können.

Als sie im Erdgeschoss ankam, legte Daniels Stiefvater das Buch zur Seite, in dem er auf die Couch gelümmelt gelesen hatte, und sah neugierig zu Katharina herüber.

»Na, kriegen Sie schon einen Herpes? Oder einen leichten Würgereiz?«

»Geht grade noch«, gab sie unwillig zurück.

»Es war nicht zu vermeiden, Ihr Gespräch mit anzuhören«, sagte Marx.

»Das junge Mädchen, das am Wochenende ermordet aufgefunden wurde, ging mit Daniel in eine Klasse?«

»Ja. Svenja Maslarski. Kannten Sie sie?«

»Nur ganz flüchtig, ich glaube, vor einigen Monaten war sie mal hier und hat Daniel abgeholt. Sie machte einen ganz netten Eindruck.«

»Vor einigen Monaten? Und daran können Sie sich noch erinnern?«

Marx lächelte abfällig. »Das da oben kriegt nicht viel Besuch. Um genau zu sein, eigentlich gar keinen. Was mich nicht unbedingt wundert.«

»Verstehe. Wissen Sie denn etwas über das Mädchen? Warum hatte Daniel keinen Kontakt mehr mit ihr?«

»Wenn sie mich fragen, wollte sie sich bestimmt nichts einfangen. Nein, ernsthaft, mir ist es herzlich egal, was dieser Typ da oben macht oder nicht macht, oder mit wem er, sofern er seinen Computer überhaupt mal verlässt, seine Zeit verbringt.«

»Und Ihre Frau? Weiß die mehr?«

»Nein. Sie hat einen genauso schlechten Draht zu ihm. Aber so gerne ich Ihnen auch den entscheidenden Tipp gegen das Subjekt unter dem Dach geben würde, ich fürchte, mit dem Mord hat er nichts zu tun. In den letzten zwei Wochen hat er sein Zimmer nicht verlassen, abgesehen von Pausen zur Nahrungsaufnahme, zum Pinkeln und, man glaubt es kaum, zum Duschen.«

»Duschen?«, vergewisserte sich Katharina.

»Täglich mindestens anderthalb Stunden. Und eine weitere Stunde geht für die Haare drauf«, antwortete Marx.

Katharina hatte genug gehört. »Besten Dank. Ich finde allein nach draußen.«

In der Viertelstunde, die sie in dem Haus verbracht hatte, war es spürbar wärmer geworden. Einerseits hätte sie die Zeugenbefragungstour gerne mit ihrem Cabrio absolviert, andererseits verfügte der Dienstwagen über eine Klimaanlage; bei hochsommerlichen Temperaturen ein unermesslicher Luxus.

Aus ihrer leichten Sommerjacke drangen unvermutet atonale Gitarrenklänge, gleich darauf röhrte Tom Waits mit Inbrunst sein *Road to peace*, welches sie sich vor Ewigkeiten als Klingelton eingerichtet hatte. Wahrscheinlich hatte Hofmann neue Informationen für sie.

Als sie jedoch auf dem Display den Namen des Anrufers las, machte ihr Herz einen Satz.

9

»Ich hatte Sie schon erwartet«, erklärte Pastor Raimund Bettges und bat Hofmann und Gröne mit einer knappen Handbewegung, in der kleinen Besprechungsecke seines Büros Platz zu nehmen. »Darf ich Ihnen etwas anbieten? Kaffee? Oder ein Wasser?«

»Ein Wasser wäre toll«, antwortete Hofmann dankbar. Gröne nickte nur knapp.

Während der Gastgeber das Büro verließ, um die versprochene Erfrischung zu holen, ließen sich die Beamten in den Sesseln aus Chrom und schwarzem Kunstleder nieder. Die Sitzgelegenheiten stammten zwar aus dem aktuellen Katalog einer Billigmöbelkette, waren aber sehr bequem.

Hofmann nutzte die Abwesenheit des Pfarrers, um dessen Büro in Augenschein zu nehmen. Eine zweckmäßige Schreibtischkombination aus Furnierholz nahm die Kopfseite vor dem Fenster ein, eine der Wände war fast zur Gänze mit einem überladenen Bücherregal und verschließbaren Aktenschränken zugestellt. Neben der Tür hingen zwei große Plakate, auf dem linken prangte das Motto eines evangelischen Kirchentages, das rechte stammte vom Konzert der Stones und AC/DC auf dem Brachgelände vor dem Oberhausener *CentrO*. Als Erinnerung waren zwei Eintrittskarten daneben gepinnt worden.

Über der Besprechungsecke war ein gerahmtes Triptychon angebracht, das die Aufbahrung Jesu nach der Kreuzigung zeigte. Obwohl Bettges gerade wieder das Büro betrat, konnte Hofmann seine Augen nicht von der schillernd bunten Darstellung der Szene losreißen.

»Sie interessieren sich für sakrale Malerei?«, fragte Bettges überrascht, während er zwei beschlagene Mineralwasserflaschen sowie drei Gläser auf den Tisch stellte und seinem Besuch einschenkte.

»Nicht wirklich«, gab Hofmann zu und nahm dankbar ein Glas entgegen. »Nur passt das Gemälde nicht gerade zu Ihrer sonstigen Einrichtung. Und noch weniger zu dem Trike, das vorne im Carport steht. Das ist doch Ihres, oder?«

Bettges setzte sich zu den Polizisten und lachte. Sein Gesicht erstrahlte dabei bis zu den Ohren. »Die Wege des Herrn sind manchmal unergründlich, nicht wahr? Das Trike ist ein alter Traum von mir, meine Frau und ich haben es uns gemeinsam zum Geburtstag geschenkt. Jetzt sind wir noch nicht so alt, als dass wir uns damit lächerlich machen würden. In zehn Jahren sähe das anders aus.«

»Wie alt sind Sie denn?«, fragte Gröne pflichtschuldig.

»Seit vier Monaten fünfzig. Jedenfalls noch jung genug, um ohne fremde Hilfe auf- und absteigen zu können.« Dabei lachte Bettges wieder dröhnend.

Hofmann stellte sein Glas zurück und verbarg seine Überraschung hinter einem leisen Räuspern. Auf den ersten Blick hatte er den Pastor auf Ende dreißig geschätzt. Auf seinem Gesicht zeigten sich allenfalls ein paar Lachfalten, die schulterlangen braunen Haare, die mit einem Gummiband zu einem Zopf zusammengebunden waren, wiesen nicht den kleinsten Grauschimmer auf. Und der jugendliche Eindruck wurde durch seine Kleiderwahl – Bluejeans und ein legeres Freizeithemd – eher noch verstärkt.

»Und das Bild?«

»Hat mir meine Mutter seinerzeit zum Abschluss des Studiums geschenkt. Das *Seilern-Triptychon* von Robert Campin. Ich habe es auch aus sentimentalen Gründen hier hängen. Einen Monat später hatte meine Mutter einen Schlaganfall und verstarb.«

Hofmann setzte gerade zu einer Standardbeileidformel an, als Bettges unwirsch abwinkte. »Ist schon halbe Ewigkeiten her. Deswegen haben Sie sich doch sicher nicht herbemüht.«

»Nein, allerdings nicht. Es geht um Svenja Maslarski.«

»Hatte ich mir gedacht«, seufzte Bettges und trank ebenfalls einen Schluck. Seine Fröhlichkeit von eben war nun wie weggeblasen. »Schlimme Geschichte. Als ich am Samstag im Fernsehen die Nachricht von dem toten Mädchen hörte, war ich bereits entsetzt, aber als ich heute früh in der Zeitung las, dass es Svenja ist …«

»Wann haben Sie das Mädchen zuletzt gesehen?«, fragte Gröne, als Bettges keine Anstalten machte, seinen Satz zu vollenden.

»Das war vor den Ferien. Wie Sie sicherlich schon wissen, traf sich Svenja immer noch regelmäßig mit einigen anderen aus ihrer Konfirmandengruppe. Bei der Gelegenheit habe ich manchmal ein Wort mit ihr gewechselt, so auch beim letzten Mal.«

»Kam Ihnen etwas ungewöhnlich vor? War Svenja anders als sonst?«

»Nein, das würde ich nicht sagen. Sie war eher eine ruhige Vertreterin, hörte lieber zu, als selbst im Mittelpunkt zu stehen.«

»Können Sie sich erinnern, worüber Sie mit ihr gesprochen haben?«

»Wenn mich nicht alles täuscht, habe ich sie lediglich gefragt, was sie in den Ferien vorhat. Chillen, abhängen und mal Party machen, so hat sie das in diesem Jugendsprech ausgedrückt. Übersetzt hieß es wohl, dass sie gar nichts machen wollte oder konnte, für eine Urlaubsreise fehlte der Mutter offensichtlich das Geld.«

»Mit wem aus der Gruppe hatte sie denn am meisten Kontakt?«

Pastor Bettges runzelte die Stirn und dachte angestrengt nach. »Ich tippe auf Daniel Marx, jedenfalls habe ich sie öfter mit ihm zusammenhocken gesehen. Allerdings dürften Ihnen Daniel und die anderen aus der Gruppe wesentlich genauer Auskunft geben können. Ich war da ja kaum involviert.«

Hofmann hob die Brauen. »Nicht? Das war doch eine Ihrer Jugendgruppen.«

»Auf dem Papier, sicherlich. Letztlich hatte ich den Jugendlichen nur die Möglichkeit gegeben, Räumlichkeiten der Kirche zu nutzen. Zur Gemeinde gehört ein Jugendzentrum, warum sollten sie das nicht nutzen können?«

»Dann waren Sie nicht bei jedem Treffen dabei?«

»Um Himmels Willen«, grummelte Bettges, »das wäre allein zeitlich nicht gegangen. Außerdem haben wir ja hauptamtliche Betreuer und andere Helfer, die sich vorwiegend um die Gruppen kümmern. Wenn es mir möglich ist, schaue ich natürlich mal vorbei, aber das ist eher die Ausnahme.«

»Demnach kannten Sie Svenja nur flüchtig?«

»Ich kannte sie, wie ich alle kenne, die aktiv am Gemeindeleben teilnehmen«, korrigierte Bettges. »Svenja spielte da keine herausragende Rolle. Und zu Situationen, in denen sie einen persönlichen Rat oder anderweitige Hilfe brauchte, ist es nicht gekommen.«

Die beiden Beamten wechselten einen schnellen, fragenden Blick.

»Ich meine damit«, erläuterte der Pastor, »dass es nie ein Gespräch gegeben hat, in dem sie beispielsweise über etwas erzählt hat, was sie bedrückt. Wo sie Rat brauchte.«

»Sie war also eine Mitläuferin?«, fragte Gröne.

»So könnte man es ausdrücken«, gab Bettges zurück.

Hofmann kritzelte etwas in sein Notizbuch und lehnte sich danach in seinem Sessel zurück. »Und was war mit Jungs? Hatte sie schon ein ... sagen wir mal, ein gesteigertes Interesse ... an sexuellen Kontakten?«

Der Pastor sah überrascht auf. »Svenja? Kann ich mir nicht vorstellen. Beim besten Willen nicht.«

»Was macht Sie da so sicher?«

»Gar nichts, ich äußere nur eine Vermutung. Aber ich kann mich an keine Situation erinnern, bei der ich Svenja knutschend mit einem Jungen gesehen hätte. Oder Händchen haltend. Ich glaube, sie war im Vergleich zu den anderen Mädchen ihres Alters eine Spätzünderin.«

»Kommt das in den Jugendgruppen sonst vor? Dass da geknutscht wird?«

»Eher auf dem Weg zum und vom Jugendzentrum«, präzisierte Bettges. »Wenn allerdings mal ein Discoabend stattfand, war das schon eher denkbar. Aber mehr als ein wenig aneinanderdrücken und gegenseitiges Anhimmeln findet da kaum statt. Svenja hat sich eher an ihrer Cola festgehalten, Musik gehört oder mit ihren Freundinnen gegiggelt.«

»Mit diesem Daniel lief auch nicht mehr?«

»Nach meinen Beobachtungen nicht. Aber wie gesagt, ich erhebe da keinen Anspruch auf die absolute Weisheit.«

»Svenja war schwanger«, erklärte Hofmann knapp. »Circa Ende des zweiten Monats. Sie sind sich sicher, dass Svenja so wie immer war?«

Der Pastor hob erstaunt die Augenbrauen. »Jetzt überraschen Sie mich doch. Bei Svenja hätte ich nie vermutet, dass sie ein Kind bekommen würde. Und, um Ihre Frage zu beantworten, ich konnte keine Veränderung bei ihr feststellen. Sie wirkte auf mich still, freundlich, höflich und alles andere als bedrückt oder bekümmert.«

»Könnte denn einer der Jungen aus der Gruppe eventuell als Verursacher der Schwangerschaft infrage kommen?«, wollte Gröne wissen.

»Ich sagte doch schon, wenn überhaupt habe ich sporadisch bei den Kids vorbeigesehen. Ganz spontan fällt mir nur Daniel ein, mit den anderen Jungen hatte sie es eigentlich überhaupt nicht. Wenn ich mich aber recht erinnere, war Daniel bei den letzten Gruppentreffen gar nicht dabei.«

»Warum nicht?«

»Da gab es keinen Anwesenheitszwang, wer Lust hatte, kam vorbei.«

»Und seit wann etwa hat Daniel nicht mehr teilgenommen?«

Der Geistliche hob abwehrend die Hände. »Ich würde keinen Eid darauf ablegen, aber ich glaube, ich habe ihn das letzte Mal so vor gut zwei Monaten gesehen.«

»Hatte er schon vor diesem Zeitpunkt unregelmäßig an den Treffen teilgenommen?«

»Soweit ich weiß nicht, er war bis dahin einer der Stammgäste.«

»Interessant«, murmelte Hofmann. »Hatte Svenja eine beste Freundin?«

»Tut mir leid«, erklärte Bettges, »dazu kann ich Ihnen leider nichts sagen. Aber ich werde meine jüngste Tochter fragen, ob sie über Svenjas Freundeskreis informiert ist. Die beiden sind etwa im selben Alter und Monja verbringt ihre Freizeit fast ausschließlich im Jugendzentrum. Sollte ich von ihr etwas erfahren, werde ich Sie natürlich kontaktieren.«

»Können wir das nicht sofort erledigen?«, fragte Hofmann, der den geschickt eingeleiteten Rauswurf stoisch ignorierte. »Je eher wir verwertbare Informationen haben, umso besser.«

»Das ist mir bewusst«, antwortete Bettges. »Zurzeit befindet sich Monja auf einer Jugendfreizeit in Frankreich. Wir telefonieren allerdings jeden Abend. Bis dahin müssten Sie sich schon gedulden.«

»Kennen Sie eigentlich Svenjas Mutter?«

Der Pastor hatte sich bereits in seinem Sessel aufgerichtet und mit den Händen auf die Armlehnen gestützt. Als Hofmann seine nächste Frage stellte, seufzte er unhörbar auf und lehnte sich zurück.

»Ebenfalls nur flüchtig. Sie war damals vor der Konfirmation ein paar Mal zu einem Gespräch hier im Pfarrhaus.«

»Ist das üblich?«, hakte Hofmann nach.

»In meiner Pfarrei schon. Wissen Sie, grundsätzlich ist es mir egal, ob jemand zu den Gottesdiensten kommt oder am Gemeindeleben teilnimmt, jeder soll das so halten, wie er es für richtig hält. Bei meinen Konfirmanden möchte ich aber zumindest die Eltern einmal kennenlernen.«

»Und deswegen war sie gleich mehrfach hier?«

»Nein, nicht nur deswegen. Nach unserem Informationsgespräch kam Frau Maslarski zwei- oder dreimal aus eigenem Antrieb.«

»Warum?«

»Nun … Sie haben ja sicher gemerkt, dass Svenjas Mutter eine einfache Frau ist. Herzensgut, eifrig, aber intellektuell ein wenig eingeschränkt. Sie hatte mich gefragt, ob ich ihr bei ein wenig Papierkram helfen könnte. Für die ARGE.«

»Versteh ich nicht«, meinte Hofmann. »Warum geht sie damit zu einem Pastor?«

Bettges seufzte erneut. »Weil sie sich furchtbar geschämt hat. Sie kann weder richtig lesen noch schreiben. Ihr fehlte einfach die Traute, das auf dem Amt zuzugeben. Und Svenja sollte es auch nicht wissen. Deshalb hat sie gefragt, ob ich ihr behilflich sein kann. Meine Frau ist dann abends ab und zu mit ihr die Anträge durchgegangen.«

Hofmann steckte seinen Notizblock ein, kramte eine seiner Karten hervor und legte sie auf den Tisch. Dann nickte er Bettges zu.

»Vielen Dank. Bitte denken Sie daran, Ihre Tochter heute Abend nach Svenja zu fragen.«

10

Für den ersten Tag reichte es ihr.

Katharina parkte den Dienstwagen vor dem Präsidium und stieg aus. Sofort klebten ihr die Klamotten am Körper. Trotz der im Auto auf Hochtouren arbeitenden Klimaanlage waren die Temperaturen noch unerträglich gewesen. Auch die Aussicht, nach der abschließenden Besprechung in ihren Roadster zu schlüpfen und mit offenem Verdeck nach Hause zu fahren, schien im Augenblick nicht unbedingt verlockend. Zumal sie heute Abend ja dann noch einmal die Ochsentour nach Bochum in Angriff nehmen würde.

Seit Ulli sie heute früh auf dem Handy angerufen hatte, überlegte sie permanent, was ihr ehemaliger Verlobter wohl mit ihr besprechen wollte. Zumal sie sich ja erst am Wochenende gesehen hatten. Sie konnte sich daher keinen Anlass vorstellen, wegen dem Ulli so kurzfristig um ein Gespräch bat.

Der reguläre Feierabend hatte das Präsidium fest im Griff, in der Eingangshalle und im Treppenhaus herrschte gähnende Leere. Alle Kollegen, die nicht grade brandaktuelle Fälle auf dem Tisch liegen hatten, zogen es an diesem strahlend schönen Sommernachmittag vor, sich ein sonniges Plätzchen zu suchen oder ein kühles Bier zu trinken. Idealerweise auch beides zusammen.

Trotz der Hitze nahm Katharina statt des Aufzugs die Treppe. Hofmann und die anderen saßen bestimmt schon alle zusammen. Bevor sie dazustieß, brauchte sie zumindest ein paar Spritzer kaltes Wasser im Gesicht. Noch bevor sie die Tür zu den Waschräumen aufziehen konnte, wurde diese von innen geöffnet.

»Hey, ich wusste gar nicht, dass du schon wieder da bist«, begrüßte sie eine strahlende Annika Schäfer, die mit noch feuchten Händen beinahe in sie hineingerannt wäre. »Ist dein Urlaub schon vorbei?«

»Leider«, gab Katharina zurück und ließ das freundschaftliche Drücken der um einige Jahre jüngeren Kollegin aus dem KK 12 widerstandslos über sich ergehen. Vor ein paar Jahren hatte Annika beim KK 11 ausgeholfen, seitdem verstanden sich die Frauen recht gut. Zwar nicht so sehr, dass sie sich auch privat trafen, aber für einen kleinen Tratsch auf dem Flur nahmen sich beide gern Zeit.

»Und, wie geht's Arne? Waren doch bestimmt tolle Wochen für euch, oder?«

»Ja klar. Da wurde mir noch mal bewusst, wie wenig Zeit ich für ihn habe.«

Annika nickte verständnisvoll. »Armer Junge. Ich hoffe, er schafft es, den ganzen Mist irgendwann zu vergessen.«

Katharina atmete tief durch. Annika war ihr sympathisch, aber trotzdem wollte sie nicht, dass sie in alten Wunden stocherte.

»Das wird er bestimmt«, gab sie zurück und wollte sich vorbeidrängen. »Wir quatschen ein anderes Mal, die Kollegen warten sicher schon auf mich.«

»Ach ja, der Fall mit dem erstochenen Mädchen«, sagte Annika und trat einen kleinen Schritt zur Seite. Ganz ließ sie Katharina aber immer noch nicht vorbei. »Du, sag mal«, begann sie gedehnt, »du hast einen neuen Kollegen?«

Katharina stutzte. »Ja. Gröne heißt der. Oder so ähnlich.«

»Wie ist er denn so?«

Unwillkürlich musste die Kommissarin lachen. Daher

wehte also der Wind. »Frag mich das nächste Woche. Bis jetzt hab ich maximal zehn Worte mit dem gewechselt.«

»Schade«, seufzte Annika. »Dann weißt du gar nicht, ob er verheiratet ist? Oder vielleicht doch solo?«

»Bis jetzt noch nicht. Hätte das einen gesteigerten Informationswert für dich?«

»Bist du sicher, dass wir über den gleichen Mann reden? Der Typ ist ein Knaller! Wenn du dem mal tief in die Augen schaust, bist du hin und weg.«

»Und du hast wohl ein bissel zu tief geschaut«, stichelte Katharina amüsiert.

In Annikas Augen glitzerte es sehnsüchtig. »Er ist einmal zu mir in den Aufzug gestiegen. Himmel, es hat mich so erwischt, ich hab keinen Ton mehr rausgekriegt.«

»Ehrlich? In deinem Alter?«

Annika gab ihrer Kollegin einen freundschaftlichen Knuff, um dann weiter ihren Schwärmereien nachzuhängen.

»Ich hab keinen Ton rausgekriegt, als er da plötzlich neben mir stand, noch nicht mal ein Hallo oder so was. Meine Güte, der Typ ist einfach nur süß.«

»Ist mir noch gar nicht aufgefallen. Aber wenn du möchtest, werde ich ihn natürlich unauffällig ausquetschen. Möchtest du etwas Bestimmtes wissen?«

In ihrer Verliebtheit entging Annika Katharinas ironischer Ton.

»Erst mal nur, ob er überhaupt auf dem Markt ist«, seufzte sie. »Das wäre toll.«

Katharina zwängte sich schmunzelnd an ihrer Kollegin vorbei in den Waschraum. Wenn sie nicht bald zur Abendbesprechung kam, würde es nichts mehr werden mit einer erholsamen Dusche, bevor sie zu Ulli fuhr.

»Ich sag dir Bescheid. Jetzt muss ich aber langsam.«

Als die Kommissarin kurz darauf ein wenig erfrischt wieder den Flur betrat, war Annika bereits verschwunden. Bis Katharina den Besprechungsraum des KK 11 erreicht hatte, lief ihr niemand mehr über den Weg.

Ihre Kollegen waren schon komplett versammelt. Während Hofmann noch gedankenverloren etwas auf das Whiteboard kritzelte, unterhielten sich die anderen leise miteinander. Einzig Gröne saß wartend am Tisch und warf hin und wieder einen Blick in seine Notizen.

Katharina zog einen Stuhl neben Gröne heran und setzte sich.

»Na, Erfolg gehabt?«

»Wie man es nimmt. Nach meiner Einschätzung haben wir zwar jede Menge über das Mädchen erfahren, aber ich fürchte, dass wir trotzdem noch keinen Schritt weitergekommen sind. Und selbst?«

Die Kommissarin hob in einer hilflosen Geste die Schultern. »Ich hab viel zu oft vor verschlossenen Türen gestanden. Ferien halt.«

Gröne nickte. »Ging uns genauso.«

»Darf ich bitten?«, rief Hofmann in den Raum. Er war inzwischen damit fertig, in seiner ungelenken Handschrift unleserliche Hieroglyphen zu produzieren.

Die Beamten verteilten sich auf den übrig gebliebenen Stühlen. Das fehlende Wochenende und die heutigen Anstrengungen zeigten bei einigen Wirkung, hinter vorgehaltener Hand wurde ziemlich oft gegähnt.

Die Resultate des heutigen Tages waren fast durchgehend enttäuschend. Gassel hatte nichts weiter über den leiblichen Vater des Opfers herausgefunden, was nicht schon heute Morgen bekannt war. Zurzeit lag kein Haftbefehl gegen ihn vor, und niemand wusste, wo er sich aufhielt. Nirgendwo gemeldet, die letzte amtliche Adresse war schon seit zwei Jahren nicht mehr aktuell. Der Datenabgleich, ob irgendwo auf die entsprechenden Angaben doch ein Treffer gelandet werden konnte, war allerdings noch nicht abgeschlossen.

Die Kollegen, die sich um Svenjas Aktivitäten an dem Tag ihrer Entführung gekümmert hatten, waren erfolglos geblieben. Nirgendwo war ein Zeuge aufgetaucht, der sich während der infrage kommenden Zeit an das Mädchen erinnerte.

Auch die Anwohner im Umfeld des Fundortes hatten keine neuen Hinweise geliefert. Niemand hatte etwas bemerkt.

Gröne gab stichpunktartig die Befragungen wieder, die er mit Hofmann durchgeführt hatte. Als er zu Svenjas Desinteresse in Bezug auf Sex kam, horchte Katharina auf.

»Da habe ich aber etwas anderes gehört«, übernahm sie das Wort, als Gröne fertig war. »Zwei der Jungen aus ihrer Klasse haben ausgesagt, dass Svenja sexuell wohl sehr aktiv gewesen sein soll. Sowohl Daniel Marx, von dem gerade schon die Rede war, als auch sein bester Kumpel.«

»Und wie glaubhaft war dieser Daniel?«, fragte Hofmann.

»Darauf wetten würde ich nicht. Vermutlich spielten da ganz viel gekränkte Eitelkeit, Eifersucht und Frust mit. Für morgen Vormittag um neun habe ich Daniel herbestellt. Ich denke, wenn er keinen Heimvorteil hat und hier mal ein wenig härter angegangen wird, erzählt das Bürschchen garantiert nicht so einen Mist wie heute.«

»Lohnt sich die Mühe überhaupt?«

»Beantworte ich dir morgen. Jedenfalls scheint er hoffnungslos in Svenja verliebt gewesen zu sein. Und er dürfte einen schmerzhaften Korb gekriegt haben. Vielleicht bringt es uns ja weiter, wenn mal einer Tacheles mit ihm redet.«

Hofmann nickte und sah auffordernd in die Runde. »Ist der endgültige Obduktionsbericht schon da?«, fragte er dann.

»Brettschneider hat vorhin angerufen, die schriftliche Version haben wir morgen früh«, antwortete Nathalie Sander. »Anscheinend ist da aber mit keinen weiteren Überraschungen zu rechnen.«

»Wenn ich das gerade richtig verstanden habe«, wechselte Gassel gewohnt umständlich das Thema, »hat dieser Pastor zu oft erwähnt, dass er Svenja nur flüchtig kannte. Liege ich damit falsch oder hattet ihr auch den Eindruck?«

»Einmal darauf hinzuweisen hätte eigentlich ausgereicht«, bestätigte Hofmann. »Allerdings haben die anderen Jugendlichen aus dieser Konfirmandengruppe bestätigt, dass Bettges nur sporadisch bei deren Treffen anwesend war.«

»Warum war es ihm dann so wichtig, diesen Punkt so explizit in den Vordergrund zu stellen?«

»Vielleicht weil es ein mieses Gefühl ist, von der Kripo zu einem Mordfall befragt zu werden«, vermutete Gröne schmunzelnd. »Ist doch nur menschlich.«

»Oder aber weil er doch näheren privaten Kontakt mit der Familie hatte«, fügte Gassel hinzu. »Immerhin war Svenjas Mutter öfter im Pfarrhaus. Vielleicht war der Pastor ja auch mal bei den Maslarskis.«

»Kann ich mir zwar nicht vorstellen, aber das klären wir morgen, schließlich steht dann die dritte Vernehmung an«, sagte Hofmann.

Nachdem sie noch über einige weitere Punkte diskutiert hatten, beendete Hofmann die Besprechung. Die meisten Beamten nickten noch einmal kurz in die Runde und sahen zu, endlich ein paar Stunden Pause machen zu können. Gröne hatte den Raum völlig wortlos verlassen. Bevor Katharina die Chance hatte, in den Flur zu schlüpfen, baute sich Gassel vor ihr auf.

»Na, hat dich der Alltag schon wieder? Oder hallt der Urlaub noch ein wenig nach?«

Die Kommissarin warf einen verstohlenen Blick auf ihre Uhr. Viertel vor sechs. Wenn sie gut durchkam, war sie um kurz vor halb sieben zu Hause, dann blieb ihr noch gut eine Dreiviertelstunde zum Duschen, Umziehen und um einen Happen zu essen. Gemütlichkeit sah anders aus.

»Diese Woche werde ich wohl durchhalten«, gab sie zurück und hakte sich bei dem Kollegen ein, um ihn mit sich auf den Flur zu ziehen. Wenn der Senior sich erst einmal festgequatscht hatte, gab es kein Entkommen mehr.

»Möchtest du noch mit auf ein Bier kommen?«, fragte Gassel. »Du warst schon lange nicht mehr bei uns.«

»Danke für das Angebot, aber heute kann ich nicht. Um acht wollte ich bei Ulli sein. Und ich transpiriere im Moment bis zum Umfallen und ich sehne mich nach einer Dusche.«

»Ach, wird da vielleicht eine Friedenspfeife geraucht?«

»Keine Ahnung. Irgendwie fehlt mir dafür der Glaube. Ulli hat anscheinend wieder eine feste Freundin. So kam es mir jedenfalls vor, als ich am Wochenende kurz da war.«

Gassel grinste. »Also wärst du grundsätzlich gar nicht dagegen? Wieder mit ihm zusammen zu sein?«

Katharina spürte, dass sie rote Ohren bekam. »Über das Thema hab ich mir noch keine Gedanken gemacht. Ich warte es einfach ab.«

»Schon klar. Vielleicht hast du ja in den nächsten Tagen mal Lust, bei uns vorbeizuschauen. Carina würde sich freuen.«

»Reden wir morgen drüber. Ich muss jetzt.«

11

»Willst du etwas Kaltes trinken? In der Küche sind Eistee und Cola Light.«

Katharina stellte ihre Tasche neben einen der bequemen Gartenstühle und strich sich eine vorwitzige Haarsträhne aus der Stirn. Die Dusche war für die Katz gewesen, kaum hatte sie ihre kühle Wohnung wieder verlassen, war ihr der Schweiß erneut ausgebrochen. Daher kam ihr Ullis Angebot einer eiskalten Erfrischung sehr gelegen.

»Gern. Möchtest du auch etwas?«

»Eine Cola. Mein Glas steht noch auf dem Küchenblock.«

Die Kommissarin ging zurück ins Haus und bediente sich aus dem Kühlschrank. Zunächst goss sie sich ein halbes Glas der schwarzen, süßlich duftenden Flüssigkeit ein und trank es auf ex. Dann füllte sie sowohl ihres als auch Ullis Glas fast bis zum Rand nach.

Obwohl sie damals die Wohnung im ersten Stock bewohnt hatten, kam ihr alles schmerzlich vertraut vor. Von minimalen Unterschieden abgesehen, besaßen die beiden Wohnungen denselben Grundriss, auch die Einrichtung, die Ulli lediglich ein Stockwerk nach unten hatte schaffen lassen, war nicht großartig verändert. Einzig ungewohnt war für sie die fehlende Treppe zum Dachgeschoss, in dem bis vor wenigen Jahren noch das gemeinsame Schlafzimmer untergebracht gewesen war. Auch die riesige Terrasse, die sich bis weit in den Garten ausdehnte, war nicht mit wehmütigen Gedanken verknüpft.

Mit den Getränken in der Hand trottete sie zurück zu Ulli. Die Sitzgruppe stand im Schatten eines knallbunten Sonnenschirms, unter dem sich im Laufe des Tages reichlich Hitze gestaut hatte. Trotzdem war sie froh, nicht direkt im Licht der Abendsonne sitzen zu müssen.

»Ich soll dich von Arne grüßen«, begann Ulli, nachdem sie beide einen kleinen Schluck getrunken hatten. »Wir haben vorhin telefoniert.«

»Und er lässt mich grüßen?«, fragte Katharina ungläubig. »Das hat er gesagt?«

»Natürlich nicht wortwörtlich. Aber du weißt ja, was ich meine. Jedenfalls geht es ihm supergut. Deine Idee, dass er die Ferien komplett auf dieser Hallig verbringt, war wirklich klasse.«

»Danke«, gab Katharina erfreut zurück. Immerhin hatte ihr Ulli das erste Mal seit langer Zeit wieder zugestanden, dass sie ab und zu richtige Entscheidungen traf.

»Dieser Hinnerk hat es ihm anscheinend besonders angetan«, fuhr Ulli fort. »Ich hoffe, ihm fällt der Abschied nicht zu schwer, wenn du ihn wieder abholst.«

»Ach was, das wird schon. Immerhin kann er ja dann wieder nach Hause. Auf dich freut er sich ja ganz besonders.«

Ulli nickt abwesend und trank noch einen Schluck.

»Ist deine … Freundin heute nicht hier?«, fragte Katharina zaghaft.

»Keine Zeit. Wir sehen uns meistens an den Wochenenden, selten mal innerhalb der Woche. Sie kommt immer recht spät nach Hause, es lohnt sich dann kaum noch, vorbeizukommen.«

»Sie machte einen netten Eindruck. Seit wann kennt ihr euch?«

»Seit einem guten Vierteljahr. Hat sozusagen beim Fädenziehen gefunkt. Bis jetzt läuft es ganz gut bei uns.«

Katharina krallte sich derart heftig in die Lehnen ihres Stuhls, dass die Fingerknöchel weiß hervortraten. Seit drei Monaten schon war Ulli mit dieser Frau zusammen. Und niemand hatte es für nötig befunden, ihr etwas zu sagen. Ulli nicht, und Arne auch nicht. Gerade so, als wäre sie ein Fremdkörper, eine Außenseiterin, die mit den beiden nur noch am Rande etwas zu tun hatte.

»Das ist schön«, erklärte sie bemüht. »Dann wird das vielleicht sogar etwas Langfristiges?«

»Möglich. Aber du weißt ja, unverhofft kommt oft.«

Nach dieser Phrase waren beide einen Moment still. Ulli kaute auf seiner Unterlippe herum und schien zu überlegen, wie er seinen nächsten Satz formulieren sollte.

»Es hat mich schon überrascht, als du heute angerufen hast«, half ihm Katharina auf die Sprünge. In ihrem Magen grummelte es unangenehm. »Immerhin war ich am Wochenende ja erst hier. Du hättest doch sagen können, dass du noch etwas auf dem Herzen hast. Oder ist etwas passiert?«

»Nein«, antwortete Ulli. »Nur … na ja, ich bin mir selbst nicht ganz sicher.«

»Wovon redest du?«

Ulli nahm noch einen Schluck Cola und holte danach hörbar Luft. »Ich spiele mit dem Gedanken, hier wegzuziehen.«

»Was meinst du damit?«

»Raus aus Bochum. Raus aus dem Ruhrgebiet. Das meine ich damit.«

Katharina war wie vor den Kopf gestoßen. Ullis Worte klangen noch deutlich in ihren Ohren nach, trotzdem weigerte sie sich zu verstehen, was er da gesagt hatte.

»Aber wieso denn? Wohin willst du?«

»Nach Frankfurt.«

Ihre Finger, die vorübergehend den Druck gelockert hatten, griffen reflexartig wieder zu, ihre Nägel bohrten sich auf der Unterseite der Stuhllehnen ins Holz.

»Nach Frankfurt?«, wiederholte sie tonlos.

»Meine Mutter wird über kurz oder lang wohl in ein Altersheim umsiedeln. Eher so etwas wie eine Seniorenresidenz. Sie hat gefragt, ob ich dann in ihr Haus ziehen will. Jemand muss sich ja um die Hütte und die anderen Immobilien kümmern.«

»Die anderen Immobilien?« Katharina kam sich vor wie in einer schlechten Folge einer besonders schlechten Telenovela.

»Mein Vater hatte doch, nachdem er bei der Bank aufgehört hatte, einige Häuser erworben, nach dem ersten Börsencrash vor ein paar Jahren. Das hatte ich dir doch erzählt.«

In Katharinas Kopf wirbelte alles durcheinander. Ja, Ulli hatte sich damals furchtbar über seinen Vater, den kapitalistischen Großkotz, wie er ihn nannte, aufgeregt. Mit dem Tod seines Vaters waren die Häuser und das sonstige Vermögen ja nicht verschwunden. Es war nur logisch, dass Ulli irgendwann darüber verfügen würde.

»Aber die Verwaltung kannst du doch auch von hier aus erledigen«, widersprach sie kaum hörbar.

»Weiß ich nicht, kann sein. Aber denk doch auch bitte mal daran, was Arnes Psychologe gesagt hat. Dass für den Jungen ein Ortswechsel sicher gut wäre.«

»Ja, aber ... aber deswegen bin ich doch mit ihm auf die Hallig gefahren. Damit er endlich mal aus seinem Schneckenhaus herauskommt.«

»Katharina, ich bitte dich. Das ist doch nicht mit Ferien auf einer Insel abgetan. Doktor Ustorf meinte damit schon eine vollständige Änderung. Ein neues Zuhause, eine neue Stadt, eine neue Schule, neue Freunde ... Er hat hier in Bochum so viel Negatives erlebt. Unsere Trennung, dann der Unfall. Im nächsten Schuljahr wechselt er sowieso aufs Gymnasium, einen besseren Zeitpunkt als jetzt gäbe es nicht.«

Erst jetzt wurde Katharina klar, was Ullis Ankündigung in letzter Konsequenz zu bedeuten hatte. »Du willst ihn mitnehmen? Für immer? Du willst mir meinen Sohn wegnehmen?«

»Ich will ihn dir nicht wegnehmen. Aber du wirst dich ja wohl kaum den ganzen Tag um ihn kümmern können, oder?«

Ein Tritt in den Magen hätte Katharina nicht schlimmer verletzen können. Wie paralysiert saß sie auf ihrem Stuhl, unfähig zu jeglicher Reaktion. Ein stechender Schmerz holte sie schließlich in die Realität zurück. Sie entkrampfte ihre Hände. »Was ist das denn sonst?«, brachte sie endlich hervor. »Wenn du hier alle Zelte abbrichst? Du ziehst nicht mal eben in einen anderen Stadtteil, nein, es muss ja gleich der Arsch der Welt sein. Willst du es mir damit heimzahlen?«

Katharina war mit jedem Wort lauter geworden. Den letzten Satz schrie sie förmlich vor Wut und Verzweiflung.

Ulli schluckte schwer. Demonstrativ lehnte er sich zurück und verschränkte die Arme vor der Brust. »Blödsinn. Das ist weder eine persönliche Retourkutsche noch sonst irgendwie gegen dich gerichtet. Im Gegensatz zu dir habe ich keinen Job mehr. Abgesehen von ständigen Auszterminen, Reha und Krankengymnastik ist da nichts, womit ich mich beschäftigen kann. Es mag zwar egoistisch klingen, aber natürlich denke ich jetzt in erster Linie an mich. Und für Arne wäre es auch kein Nachteil.«

»Dann ist ja alles in bester Ordnung«, heulte Katharina auf und sprang vom Stuhl hoch. Mit der Hüfte knallte sie gegen den Terrassentisch, ihre beiden Gläser hüpften erschrocken in die Höhe, die Cola schwappte bedenklich.

»Was erwartest du eigentlich?«, fragte Ulli, nachdem er Katharinas Ausbruch abgewartet hatte. »Soll ich für den Rest meines Lebens hier in der Hütte versauern? Ich hatte mir die zweite Hälfte meines Lebens auch ein wenig anders vorgestellt, jetzt muss ich aus der Situation das Beste machen. Und warum sollte ich dabei ausgerechnet auf dich Rücksicht nehmen?«

»Weil mich das eben auch betrifft«, schluchzte Katharina, wobei sie sich am Rahmen der Terrassentür festhielt. »Wir haben nun mal einige Sachen, die uns beide betreffen. Wir haben einen Sohn, wir haben gemeinsam dieses Haus. Bis jetzt haben wir uns doch immer einigen können. Und das willst du jetzt plötzlich beenden?«

»Nun«, antwortete Ulli gedehnt, »ich wollte eigentlich nicht wieder damit anfangen, aber ich habe nicht mit Steinen um mich geworfen, während ich in einem Glashaus sitze. Das warst du. Als du mit deinem Mäuschen ins Bett gehüpft bist, hast du dir sicher vorher keine Gedanken darüber gemacht, was das für Konsequenzen haben könnte, falls ich das erfahre. Also komm mir jetzt nicht damit, dass ich leichtfertig dein und mein Leben versaue.«

Katharinas aufsteigende Panik raubte ihr die Luft. Unzählige Worte schwirrten durch ihren Kopf, die sie Ulli um die Ohren hauen wollte, nur drang keines davon über ihre Lippen. Eine ganze Weile war es totenstill.

»Jetzt setz dich wieder hin und beruhige dich«, bat Ulli. »Und dann reden wir in aller Ruhe weiter.«

»Klasse«, krächzte die Kommissarin wütend. »Ich denke, du hast schon alles entschieden. Wozu also noch reden?«

»Überleg doch mal bitte, ob sich denn überhaupt großartig etwas ändern würde. Bis nach Frankfurt sind es mit dem Auto etwas mehr als zwei Stunden Fahrt. Arne könnte dich nach wie vor jedes zweite Wochenende besuchen, genau wie jetzt auch. Und in deinen sechs Wochen Urlaub könntest du doch wunderbar etwas mit ihm unternehmen.«

»Du bist so gütig«, ätzte Katharina. »Dann darf ich alle vierzehn Tage, nur um meinen Sohn zu sehen, das Wochenende auf der Autobahn verbringen.«

»Er könnte genauso gut von Frankfurt nach Düsseldorf fliegen, ist heute doch alles kein Problem mehr. Die Airlines haben sogar spezielle Betreuer für allein reisende Kinder. Für ihn wäre das doch ein tolles Abenteuer.«

Katharina ließ endlich den Türrahmen los und schlich kraftlos zurück zur Sitzgruppe. »Das kostet doch ein halbes Vermögen«, erklärte sie mühsam beherrscht.

»So teuer ist das gar nicht«, beruhigte sie Ulli. »Außerdem könnten wir uns die Flugkosten auch teilen.«

»Trotzdem. Scheinbar hast du vergessen, wie viel ich verdiene. Wenn ich neben dem Unterhalt noch ein paar zusätzliche Hunderter im Monat loswerde, wird das ein ganz schöner Batzen.«

»Dafür gibt's jede Menge *Miles & More*«, grinste Ulli, wurde aber schnell wieder ernst, als Katharina ihm einen tödlichen Blick zuwarf. »Schon gut, das war überflüssig. Aber überleg mal. Wenn ich die Verwaltung der Immobilien von meiner Mutter übernehme, bekomme ich natürlich auch die Mieteinnahmen aus den Objekten. Davon bleibt einiges übrig. Bestimmt genug, dass du dann keinen Unterhalt mehr zahlen brauchst. Wir teilen uns Arnes Flüge, und das war es dann.«

»Wenn du glaubst, du könntest mir auf diese schäbige Tour meinen Sohn abkaufen, dann hast du dich …«

»Niemand will hier irgendwen oder irgendwas abkaufen«, unterbrach Ulli sie nachdrücklich. »Aber ich werde nun mal demnächst über ein ziemlich hohes Einkommen verfügen. Es wäre mir wesentlich lieber, wenn du an deinen gemeinsamen Tagen mit Arne etwas unternimmst oder in den Ferien mit ihm in Urlaub fliegst. Ich schlage dir das nicht vor, um mir damit deine Zustimmung zu erkaufen. Ich will, dass der Junge eine tolle Zeit hat, wenn er mit dir zusammen ist. In jeder Hinsicht.«

»Du machst es dir trotzdem sehr einfach«, giftete sie zurück. »Und wenn ich Nein sage? Was ist dann?«

»Nein zu was?«

»Zu dieser ganzen Geschichte mit deinem Umzug. Dass du Arne mitnimmst.«

Ulli runzelte die Stirn. »Nur um das klarzustellen: Ich werde meine Entscheidung, egal, wie sie ausfällt, nicht von deiner Zustimmung abhängig machen. Wie du selbst gesagt hast, haben wir uns bis jetzt immer einigen können. Ich hoffe, diesmal funktioniert das genauso. Und wenn du dagegen auf die Barrikaden gehen möchtest, dass ich Arne mit mir nehme, kann ich nichts dafür. Das Letzte, was der Junge jetzt gebrauchen kann, wäre eine Auseinandersetzung vor Gericht, bei der sich seine Eltern um seinen zukünftigen Aufenthaltsort streiten.«

»Das ist Erpressung«, schluchzte Katharina.

»Alles andere als das. Erklär mir doch bitte, warum es für ihn besser wäre, wenn er hier bei dir bliebe. Wie willst du das hinkriegen? Auf eine halbe Stelle gehen? Oder ganz aufhören zu arbeiten? Eine Tagesbetreuung für ihn einstellen?«

Katharina vergrub ihr Gesicht in ihren Händen, als könne sie damit den nächsten Tränenschwall zurückhalten. Ulli würde das durchziehen. Obwohl er hier und jetzt seine Pläne in den Konjunktiv setzte, war seine Entscheidung im Prinzip schon längst gefallen. Und er würde alles dransetzen, dass Arne mit ihm kommen konnte.

»Und wann?«, nuschelte sie undeutlich.

»Bitte?«

»Herrje, wann du umziehen willst natürlich! Stehen die Umzugskisten schon gepackt im Keller?«

»Quatsch. Erst mal muss ich die OP mit allem Drum und Dran hinter mich bringen. Nach der Reha, also ab September, würden wir dann schon viel in Frankfurt sein, Arne soll ja von Beginn an das neue Schuljahr mitmachen. Es dürfte wohl ein fließender Umzug werden.«

Plötzlich durchzuckte Katharina ein glühender Stich. »Weiß Arne etwa schon Bescheid?«

»Nein. Ich dachte, es wäre das Beste, wenn wir gemeinsam mit ihm darüber reden. Vielleicht bevor ich ins Krankenhaus gehe.«

»Und deine … Juanita? Kommt die auch mit?«

»Sie heißt Carmen. Nein, zurzeit ist so etwas nicht geplant. Keine Ahnung, ob das jemals der Fall sein wird.«

Katharina wischte sich die letzten Tränen von der Wange, dann zog sie geräuschvoll die Nase hoch. Ihr Hals schmerzte, mit zitternden Fingern griff sie nach ihrem Glas und stürzte den Rest Cola hinunter.

»Toll«, erklärte sie danach resigniert. »Innerhalb von zehn

Minuten ziehst du mir den Boden unter den Füßen weg und schlägst mir auch noch den Schädel ein. Klasse Leistung.«

»Nun, es ist ja nicht so, als hätte ich eine solche Erfahrung nicht auch mal machen müssen. Immerhin informiere ich dich vorher über meine Pläne. Und schleiche mich nicht klammheimlich bei Nacht und Nebel davon.«

»Scheint ja eine gewaltige Genugtuung für dich zu sein«, gab Katharina zurück. Dabei musste sie aufpassen, ihr Glas nicht so heftig auf den Tisch zu knallen, dass es zerbrach.

»Mit Genugtuung hat das überhaupt nichts zu tun.«

»Und was ist mit dem Haus hier? Wie einigen wir uns da?«

»Nun«, antwortete Ulli gedehnt. »Logisch wäre es ja, die Hütte an den Meistbietenden zu verkaufen. Aber irgendwie geht mir das gegen den Strich.«

»Und das heißt?«

»Ich schenke dir meine Hälfte. Du kannst damit machen, was du willst ...«

12

Jakob Kallus sah erbärmlich aus. Das verstrubbelte, fettige schwarze Haar wies etliche graue Stellen auf, die Bartstoppeln glänzten auf der unteren Hälfte seines Gesichts nach dreitägiger Abstinenz eines Rasierers silbern. Die Augen waren knallrot und aufgequollen, die Nase leuchtete, als hätte ein wagemutiger Künstler darin blaurote LEDs installiert. Der Mann vermittelte den Eindruck, er würde kurz vor der Rente stehen, dabei war er gerade mal Mitte vierzig.

Der Couchtisch vor der Lederliege, auf der sich der Studienrat ächzend niedergelassen hatte, war von benutzten Papiertaschentüchern, Medikamentenpäckchen und leeren Tassen überfüllt. Hier hatte eine Sommergrippe grausam zugeschlagen.

Hofmann hatte seinen Sessel vorsichtshalber nach hinten gerückt, um das Bazillenmutterschiff ein wenig auf Distanz zu halten. Gröne zog es vor, gleich an der Tür stehen zu bleiben. Drei Wände des Wintergartens bestanden fast nur aus Glas, entsprechend stickig und abgestanden war bei geschlossenen Fenstern die Luft darin.

Kallus war das offensichtlich egal. Er hatte sich bis ans Kinn in eine flauschige Wolldecke eingemummelt und bei jedem Atemzug rasselten die Bronchien, als hätte er eine Klapperschlange verschluckt.

»Seit wann geht es Ihnen so dreckig?«, fragte Gröne aus größtmöglicher Entfernung.

»Wochenende«, röchelte der Lehrkörper. »Kam wie angeflogen. Neununddreißig Grad Fieber, Schüttelfrost, das volle Programm.«

»Gestern waren Sie nicht zu Hause? Als wir geschellt haben, hat uns niemand geöffnet.«

»Wann war denn das?«

»Früher Nachmittag, so gegen zwei.«

»Da hab ich geschlafen. Glaub ich. Seit Samstagabend habe ich total das Zeitgefühl verloren.«

»Aber Sie können sich denken, warum wir hier sind?«, fragte Hofmann.

»Sie werden es mir gleich verraten, nehme ich an.«

»Svenja Maslarski war doch Ihre Schülerin, oder?«

»Ja.« Das benebelte Gehirn des Lehrers brauchte nicht lange, um die Frage richtig zu interpretieren. »Wieso war?«, fragte er alarmiert.

»Am Samstagmorgen wurde ihre Leiche gefunden. Svenja ist ermordet worden. Hatten Sie noch nichts davon gehört?«

Kallus riss schockiert die Augen auf. »Ermordet?«

»Es ging schon durch die Medien.«

Der Pädagoge zog die Wolldecke ein wenig herunter, anscheinend hatte ihm die Nachricht zusätzlich eingeheizt. »Davon habe ich nichts mitbekommen. Als es anfing, mir schlecht zu gehen, habe ich mich schlafen gelegt, Sonntag und Montag habe ich im Bett beziehungsweise hier auf der Couch verbracht.«

»Und in der ganzen Zeit haben Sie weder Zeitung gelesen, noch Radio gehört oder ferngesehen?«, zweifelte Hofmann.

»Ich konnte die Augen kaum aufhalten, geschweige denn mich konzentrieren. Die Zeitungen von gestern und heute liegen noch in der Küche auf dem Block. Ich hab sie da einfach abgelegt.«

Gröne trat einen Schritt zurück und äugte zur Küche. Er sah an einem Ende der Arbeitsplatte zwei Tageszeitungen, die offensichtlich achtlos abgelegt worden waren. Sie machten nicht den Eindruck, als wenn jemand darin gelesen hätte. Ein knappes Nicken in Richtung seines Chefs reichte als Bestätigung aus.

»Aber was ist denn eigentlich passiert?«, quengelte Kallus.

»Wir haben verschiedene Anhaltspunkte, aber keinen konkreten Verdacht bezüglich des Tatablaufs oder des Täters«, spulte Hofmann die Standardfloskel für solche Situationen ab. »Wann haben Sie Svenja das letzte Mal gesehen?«

»Als die Ferien anfingen. Also vor etwas mehr als drei Wochen.«

»Danach nicht mehr?«

»Nein. Warum sollte ich auch? Außerdem waren wir in den ersten zwei Ferienwochen in Urlaub.«

»Ihre Frau und Sie?«

»Wenn Sie es genau wissen wollen, unsere beiden Töchter waren ebenfalls dabei. Was soll die Fragerei? Mit wem sollte ich denn sonst in Urlaub fahren?«

»Routinefragen«, blockte der Hauptkommissar. »Ihre Frau arbeitet schon wieder?«

»Nein, sie ist kurz nach unserer Rückkehr zu ihrem Bruder ins Münsterland gefahren, dort bewirtschaftet er einen Bauernhof. Und bevor Sie weiterfragen: Ich verstehe mich mit meinem Schwager nicht sonderlich gut, daher habe ich es vorgezogen, zu Hause zu bleiben.«

Hofmann nickte und streckte die Beine aus. »Erzählen Sie mir etwas über Svenja. Was für einen Eindruck hatten Sie von ihr? Alles kann für uns wichtig sein.«

Kallus angelte nach einer Mineralwasserflasche und ließ deren halben Inhalt in seine Kehle laufen. »Svenja war toll«, erklärte er dann in resigniertem Tonfall. »Wenn ich noch mehr solcher Kinder in der Klasse hätte, wäre der Unterricht eine wahre Freude. Sie hat sich nie hängen lassen, hat immer fleißig mitgearbeitet, um gute Noten zu bekommen. Sie hatte Pläne für die Zukunft. Eine Ausbildung, einen vernünftigen Job. Einmal hat sie mir gesagt, dass sie später auf keinen Fall so leben wollte wie ihre Mutter. Macht wohl nur Hilfsarbeiten. Ist eine nette Frau, Svenjas Mutter, da will ich gar nichts gegen sagen, aber helfen konnte sie ihrer Tochter nicht unbedingt. Intellektuell, meine ich.«

»Hatten Sie zu Svenja ein besonders gutes Verhältnis? Oder war es so wie zu den anderen Schülern auch?«

»Was meinen Sie damit?«, fragte Kallus misstrauisch.

»Ob sie Ihnen eventuell von ihren Sorgen oder Problemen erzählt hat. Es soll doch vorkommen, dass Mädchen in diesem Alter eine ältere Vertrauensperson suchen. Zumal Svenja ohne Vater aufgewachsen ist.«

»Nein, absolut nicht«, erklärte Kallus und versuchte, einen Hustenanfall herunterzuschlucken. »Im Schulalltag haben wir für solche Gespräche doch kaum Zeit. Ich fände es zwar toll, aber ich kann mich meinen Schülern nicht aufdrängen. Wenn jemand von sich aus zu mir kommt, okay, dann höre ich auch gern zu. Aber Svenja war nicht so ein Typ. Sie war sehr still.«

Gröne löste sich von seinem Standplatz und ging auf eines der vielen Fenster zu. Dabei machte er eine eckige Bewegung mit seinem Handgelenk und sah Kallus fragend an. Dieser nickte. Sekunden später strömte endlich Frischluft in den Wintergarten.

Hofmann atmete dankbar auf und sandte ein Stoßgebet gen Himmel, während sich Kallus noch enger in seine Wolldecke rollte. Es war früh am Morgen, die Luft noch erfrischend kühl.

»Haben Sie die Klassenfahrt vor ein paar Wochen begleitet?«, wechselte Hofmann das Thema, nachdem er die keimfreie Luft eingesaugt hatte.

»Natürlich. Als Klassenlehrer ist das meine Aufgabe.«

»Hat sich Svenja während dieser Fahrt in irgendeiner Weise auffällig benommen? War sie mal verstört? Oder besonders euphorisch?«

»Nicht, dass ich wüsste.«

»Ist sonst etwas Außergewöhnliches vorgefallen? Zum Beispiel eine Feier, die ein wenig aus dem Ruder gelaufen ist?«

Kallus schmunzelte. »Ich möchte es nicht als außergewöhnlich bezeichnen, wenn Jugendliche in dem Alter Alkohol trinken. Aber das blieb alles im Rahmen, keine Exzesse, kein Komasaufen. Abends gab es ein, maximal zwei Bier und damit hatte es sich.«

»Hat Svenja mitgetrunken?«

»Keine Ahnung. Es kann sein, besonders aufgefallen ist mir das nicht. Außerdem hat man bei über dreißig Schülern nicht immer alle im Blick.«

»Gab es denn andere … zwischenmenschliche Vorkommnisse?«

»Ich verstehe nicht, was Sie meinen.«

»Damit meine ich sexuelle Kontakte.«

»Herrje, woher soll ich das wissen? Natürlich wurde da auch ein wenig gekuschelt, geschmust und Händchen gehalten. Mehr kriege ich doch sowieso nicht mit.«

»Also war es möglich?«, hakte Hofmann nach.

»Hören Sie, während einer Klassenfahrt habe ich die Verantwortung für die Kids«, gab Kallus angesäuert zurück. »Wenn es zwei aus der Klasse darauf angelegt haben sollten, was miteinander anzufangen, hätten sie sicher Gelegenheit dazu gefunden. Sofern ich etwas in dieser Richtung bemerkt hätte, wäre ich sofort eingeschritten. Aber irgendwann muss ich ja auch mal schlafen. Und wenn sich da jemand aus seinem Zimmer geschlichen hat …«

»Trauen Sie Svenja so etwas zu? Sich nachts heimlich mit einem Jungen zu treffen?«

»Auf den ersten Blick nein. Aber bekanntlich sind ja gerade die stillen Wasser besonders tief.«

»Also ja?«

»Ich meinte damit, dass ich nicht in meine Schüler hineinsehen kann«, gab Kallus eine Spur zu patzig zurück. »Ausschließen kann ich das auch bei Svenja nicht. Vielleicht hat sie sich Hals über Kopf verliebt und dann sind die Hormone mit ihr durchgegangen.«

Hofmann straffte die Schultern, langsam wurde der gepolsterte Rattanstuhl unbequem. »Demnach gab es niemanden, mit dem sie auffällig oft zusammen war? Oder herumgeturtelt hat?«

»Was soll das eigentlich alles?«, fragte Kallus. »Wenn dem so wäre, hätte ich es Ihnen sicher schon gesagt.«

»Nun, laut Obduktionsbericht war Svenja schwanger«, warf Gröne aus dem Hintergrund ein. »Und höchstwahrscheinlich sind die dazu notwendigen Vorarbeiten während der Klassenfahrt gelaufen.«

Der Pädagoge holte tief Luft. Es war ihm anzusehen, wie sehr ihn diese Nachricht mitnahm.

»Ach, deshalb«, entgegnete er. »Dann vermuten Sie, die Schwangerschaft könnte ein Motiv gewesen sein, Svenja umzubringen.«

»Es liegt auf der Hand, da eine Verbindung zu vermuten«, nickte Hofmann. »Daher frage ich noch mal, ob es während der Klassenfahrt jemanden gab, mit dem Svenja oft zusammen war.«

»Lediglich mit ihren Freundinnen, mit denen sie sonst auch immer zusammenhockte. Mit den Jungen in normalem Maß. Nichts Besonderes.«

»Und nach der Klassenfahrt war Svenjas Verhalten so wie immer?«

Kallus überlegte einige Sekunden, dann neigte er zweifelnd den Kopf. »Eigentlich hätte ich dem ja keine Bedeutung beigemessen, aber nachdem Sie mir das mit der Schwangerschaft erzählt haben, könnte es vielleicht doch wichtig sein.

Ihre Leistungen sind schlechter geworden, die ersten beiden Arbeiten nach der Fahrt hat sie vergeigt. Und sich im Unterricht wesentlich weniger beteiligt als sonst. Aber vor allem: Es könnte sein, dass es da jemanden gibt ...«

Hofmann war geradezu elektrisiert. »Wie meinen Sie das?«

»Ich habe Svenja nach der Klassenfahrt zweimal in der Stadt gesehen. Sie saß in einem Cabrio, so einem kleinen Sportflitzer. Beim ersten Mal war ich mir nicht sicher, weil es nur im Vorbeifahren war, aber beim zweiten Mal stand der Wagen einige Sekunden neben mir an der Ampel. Ich hab ihr gewunken, aber sie hat mich nicht gesehen.«

»Wer war bei ihr?«

»Den Fahrer habe ich nur undeutlich gesehen. Ein junger Kerl, ich schätze mal Anfang, Mitte zwanzig. Schwören würde ich aber nicht darauf.«

»Sie können doch sicher noch mehr über diesen Mann sagen«, forderte Hofmann. »Konzentrieren Sie sich bitte.«

»Das ging alles so schnell«, entschuldigte sich Kallus. »Außerdem hat er von mir aus gesehen hinter Svenja gesessen, sodass ich sein Gesicht nicht erkennen konnte. Der Mann war blond, Kurzhaarfrisur, außerdem hatte er eine große, dunkle Sonnenbrille auf. Mehr Details konnte ich wirklich nicht erkennen.«

»Und das Cabrio? Konnten Sie sich die Nummer merken?«

»Unmöglich. Es ging ja alles so schnell und ich habe dem keine große Bedeutung beigemessen. Vermutlich hätte ich mich überhaupt nicht daran erinnert, wenn Sie jetzt nicht hier wären.«

»Können Sie rekonstruieren, wann das war?«

»Warten Sie, das muss beide Male so Mitte Mai gewesen sein. Ja, die Situation an der Ampel war an einem beweglichen Ferientag, nach einem dieser Feiertage. Genau, nach Fronleichnam war das. Mein Wagen musste zum TÜV und auf der Fahrt dahin habe ich Svenja dann gesehen.«

Hofmann schrieb eifrig in sein Notizbuch. Es gab zwar Zeugen, die sich noch nach Monaten erinnern konnten, welchen Eisbecher der Mann am Nebentisch bestellt hatte. Kallus gehörte scheinbar nicht zu dieser Sorte. Dennoch waren die Beobachtungen des Lehrkörpers bisher das Beste, was sie hatten.

»Ich muss Sie bitten, morgen ins Präsidium zu kommen«, erklärte der Hauptkommissar und schob seine Karte zwischen den Taschentüchern durch die einzig freie Schneise auf dem Tisch Kallus zu. »Sagen wir vierzehn Uhr. Einerseits brauchen wir ein offizielles Protokoll, andererseits möchte ich Sie mit einem unserer Zeichner zusammensetzen. Vielleicht kann Ihre Erinnerung aufgefrischt werden, wenn wir das Ganze ein wenig visualisieren.«

Kallus nickte und nahm die Karte entgegen. »Ich werde mir die allergrößte Mühe geben.«

13

»Setz dich!«

Daniel Marx zog den Schirm der Netzkappe noch ein Stück weiter in die Stirn, rammte seine Hände in die Taschen der Baggy Pants und hakte einen Fuß hinter ein Metallbein des vor ihm stehenden Stuhls. Dann rückte er die Sitzgelegenheit mit einem Kick zurecht und ließ sich lässig darauf fallen. Betont cool verlagerte er sein Gewicht auf die hinteren beiden Stuhlbeine und kippelte. Während der ganzen Zeit grinste er Katharina herausfordernd an.

Die Kommissarin zählte innerlich bis zehn. Hätte sie ihrer Laune freien Lauf lassen können, hätte sie mit dem Gesicht des Jugendlichen am liebsten die Fliesen im Waschraum poliert. Sein aufreizend lässiges Verhalten trug nicht dazu bei, ihre Stimmung aufzuhellen.

Das Gespräch mit Ulli war ihr noch heftiger an die Nieren gegangen, als sie befürchtet hatte. Gestern, zum Ende ihrer

Diskussion, hatte alles so vernünftig und einleuchtend geklungen. Es war doch wirklich relativ egal, wo Arne und Ulli zukünftig leben würden, solange sie ihren Sohn jedes zweite Wochenende und in den Ferien sehen konnte.

Erst später, als sie es sich zu Hause mit einem Glas Wein auf ihrem Balkon gemütlich gemacht hatte, um sich zu entspannen, hatte sie das ganze Thema in einem anderen Licht gesehen. Irgendwie hatte in ihr bis jetzt noch die Hoffnung gekeimt, dass es zwischen Ulli und ihr wieder funktionieren würde, dass sie ihre Differenzen ausblenden und noch einmal zusammen durchstarten könnten. Ullis Frankfurtpläne bedeuteten allerdings das endgültige Aus. Trotz der ganzen Streitereien, der Auseinandersetzungen und Vorwürfe hatte sie sich an dieses winzige Pflänzchen der Hoffnung geklammert. Und nun eröffnete ihr Ulli seine Pläne für einen Umzug, weg aus dem Ruhrgebiet, weg von ihr.

Wie lange eigentlich hatte sie sich selbst etwas vorgemacht? Wie blauäugig war sie gewesen, dass sie über Jahre gehofft hatte, Ulli würde ihr eine zweite Chance geben? Und das, nachdem sie zuvor alles daran gesetzt hatte, ihre gemeinsame Zukunft zu zerstören?

Lähmendes Entsetzen hatte sie gestern gepackt, als ihr klar geworden war, wie tief sie den Karren tatsächlich in den Dreck gefahren hatte. Innerhalb kürzester Zeit hatte sie es geschafft, nicht nur ihre kleine Familie zu verlieren, sondern auch jegliche Chance auf eine Versöhnung zu verbauen. Und damit nicht genug. Veronika, ihrer Lebensgefährtin, wegen der sie ihr Leben mit Ulli und Arne überhaupt riskiert hatte, hatte sie genauso übel mitgespielt; hatte sie in dem Glauben gelassen, es gäbe eine gemeinsame Zukunft, ein gemeinsames Altwerden. Dabei war Veronika in ihren Augen nie etwas anderes gewesen als ein Lückenfüller, jemand, der gerade da war, weil es zufällig niemand besseren gab.

Ihre Karriere hatte sie ebenfalls verbockt. Wielert, ihr ehemaliger Chef, hatte ihr damals angetragen, als seine Nachfolgerin die Leitung des KK 11 zu übernehmen. Katharina hatte abgelehnt, nachdem Ulli und Arne verunglückt waren. Und als sich Berthold Hofmann, die Gunst der Stunde nutzend, auf die frei werdende Stelle bewarb und genommen wurde, hatte sie ihn in den folgenden Monaten so lange mit spöttischen Bemerkungen traktiert, bis es zwischen ihnen zu einem Knall gekommen war. Seitdem herrschte zwar Waffenstillstand, aber ihre Freundschaft hatte das Scharmützel nicht überstanden.

Besonders weh tat ihr die Erkenntnis, dass sie im Moment niemanden hatte. Keine Beziehung, keinen Freund, keine Freundin, nichts außer einem großen, schwarzen Loch. Okay, da war Hinnerk Harms oben auf seiner Hallig, aber um spontan auf einen Kaffee vorbeizufahren oder sich alle Sorgen von der Seele zu reden, war die Entfernung viel zu groß. Per Telefon konnte man zwar über vieles reden, aber weiß Gott nicht über alles. Und außerdem hatte sie bei dem ostfriesischen Riesen und seiner Frau Hanne beständig das Gefühl, die beiden hätten nur aus Mitleid ein offenes Ohr für sie. Katharina wusste, dass das nicht stimmte, aber der Gedanke hielt sich hartnäckig.

War sie wirklich so schlimm? Konnte sie keine Beziehung zu anderen Menschen aufbauen, ohne dass sie irgendwann unweigerlich an den Punkt kam, alles bis dahin Entstandene wegzuwerfen? Ihr ganzes Leben war geprägt von einem Kommen und Gehen der Menschen um sie herum. Mit ihren Eltern war der Kontakt schon seit Jahren auf ein absolutes Minimum beschränkt, aus ihrer Schulzeit war keine Freundin übrig geblieben. Sie konnte sich ja kaum noch an die Namen ihrer Mitschüler aus dem Abiturjahrgang erinnern.

Beziehungen hatte es einige gegeben. Vor Ulli waren alle nach ein paar Monaten zerbrochen, obwohl auch Männer darunter gewesen waren, die ihr sehr viel bedeutet hatten. Aber jedes Mal war Katharina an diesen Punkt gekommen, an dem sie sich gelangweilt hatte, an dem sie etwas Neues gebraucht hatte. Nie hatte sie sich Gedanken darüber gemacht, was sie anderen mit ihrem Egoismus antat.

»Hallo? Fragen Sie mich mal langsam was? Oder kann ich mich wieder verpissen?«

Ruckartig wurde Katharina aus ihrer Gedankenwelt gerissen. Daniel kippelte immer noch auf seinem Stuhl, seine Hände inzwischen hinter dem Kopf verschränkt. Sein Mund war noch zu einem spöttischen Grinsen verzogen; scheinbar amüsierte ihn die Tatsache, hier im Verhörraum zu sitzen, ungemein.

»Du bleibst so lange hier, wie ich das für richtig halte«, giftete Katharina zurück. Dabei pfefferte sie den Schnellhefter mit ihren Notizen auf die Resopalplatte des Tisches und hockte sich selbst auf die Kante. Einmal tief durchatmen, dann hatte sie sich endgültig wieder in der Gewalt.

»Erzählst du mir jetzt endlich, wie dein Verhältnis zu Svenja wirklich war? Du wolltest doch, dass sie deine Freundin wird, oder?«

»Meine Freundin?«, prustete der Junge übertrieben. »Die Schlampe? Nee, echt nicht. Kein Plan wie Sie darauf kommen.«

Katharina reagierte instinktiv: Aufstehen, mit dem rechten Fuß nach vorn schnellen und dem Stuhl, auf dem Daniel saß, den entscheidenden Schwung nach hinten geben war eine fließende Bewegung.

Der Jugendliche riss erschrocken die Augen auf, als er das Gleichgewicht verlor, verzweifelt ruderten seine Arme durch die Luft. Mit einem dumpfen Geräusch polterte er zu Boden, sein Hinterkopf knallte auf das Linoleum. Ein leiser Schmerzlaut gurgelte aus ihm heraus, sein Mund war plötzlich mit Blut verschmiert. Beim Aufprall hatte er sich scheinbar auf die Zunge oder die Unterlippe gebissen. Automatisch fuhr er mit der Hand über seinen Mund. Als er danach seine blutigen Finger sah, wandte er den Blick entsetzt ab.

»Markier nicht den sterbenden Schwan und steh auf!«, herrschte ihn Katharina an.

»Ey, spinnst du?«, flennte Daniel. »Ich brauch 'nen Arzt!«

»An der Macke wirst du bestimmt nicht zugrunde gehen«, sagte Katharina schroff und trat näher an ihn heran. Daniel rollte zur Seite, um aus ihrer Reichweite zu kommen und rappelte sich auf. Während er mit der einen Hand seinen geprellten Hinterkopf rieb und die andere Hand seine geplatzte Lippe betastete, schielten seine Augen nach einem Fluchtweg. Zu seinem Pech befand sich der einzige Ausgang auf der anderen Seite des Zimmers – hinter der Kommissarin.

Katharina schnappte sich den Stuhl und knallte ihn vor den Tisch. »Setz dich wieder. Aber denk dran, wenn diese billigen Stühle nicht auf allen vier Beinen stehen, kann damit schnell ein Unglück passieren.«

Daniel standen die Tränen noch in den Augen, und er versuchte, sie wegzublinzeln. Wahrscheinlich hatte er sich schon ausgemalt, wie er seinen Kumpels erzählte, dass sich die Bullenkuh an seiner Coolness die Zähne ausgebissen hatte. Ein wenig von diesem Schein wollte er offensichtlich noch bewahren.

Zögernd tappte er wieder näher und setzte sich auf den Stuhl, diesmal ohne weitere Turnübungen. Dafür klammerten sich seine Finger einen Tick zu sehr an die Ränder der Plastiksitzschale.

»Noch mal von vorn«, erklärte Katharina eindringlich. »Und jetzt bitte keinen Scheiß mehr. Was war mit dir und Svenja?«

»Was soll denn da gewesen sein?«, gab Daniel trotzig zurück. An dem brüchigen Ton seiner Stimme war jedoch deutlich zu hören, dass er sich auf dem Rückzug befand.

»War sie deine Freundin?«

Ein lautstarkes Hochziehen der Nase. Dann ein kaum merkliches Schütteln des hängenden Kopfes.

»Bitte?«

»Nein, war sie nicht«, gab Daniel gereizt zu.

»Aber du hättest gerne was mit ihr angefangen?«

Erneut eine Pause, der ein Achselzucken folgte.

Katharina atmete tief durch, beherrschte sich jedoch. »Du

warst doch in sie verliebt, stimmt's?«, fragte sie weitaus weniger gereizt. »Und sie wollte nichts von dir wissen. Oder nicht mehr, hab ich recht?«

»Ja«, gab Daniel zu und fuhr sich mit dem Ärmel über die Nase.

»Hat sie dir gesagt warum? Hatte sie einen anderen?«

»Kein Plan.«

»Was heißt das genau?«

»Ich weiß nicht, was los war. Einen Morgen wollte ich sie abholen, zur Schule, aber da war sie schon weg. Hat einfach nicht auf mich gewartet. Dann hat sie mich den ganzen Tag mit dem Arsch nicht mehr angeguckt. Sie wollte einfach nix mehr von mir wissen.«

Katharina verließ die Tischkante und zog den zweiten Stuhl unter dem Tisch hervor, um sich Daniel gegenüberzusetzen. Die Stimme des Jungen war brüchig geworden, immer noch starrte er wie verhext auf seine Schnürsenkel. Die Beamtin konnte sich denken, warum er den Kopf gesenkt hielt.

»Jetzt denk mal nach. Irgendwas muss doch passiert sein, so völlig ohne Grund lässt sie dich doch nicht auf einmal links liegen.«

»Klar macht die das!«, behauptete Daniel und zog erneut die Nase hoch. Seine zittrige Stimme verriet, dass ihm bereits die ersten Tränen über das Gesicht liefen. »Ich hab echt gedacht, die wär okay. So lange wie wir uns kennen. Aber nix war, 'nen Tritt in den Arsch hab ich gekriegt. Blöde Fotze.«

»Beschimpfungen helfen uns jetzt auch nicht weiter. Der Reihe nach. Seit wann war Svenja abweisend zu dir?«

»War so ein oder zwei Tage vor der Klassenfahrt. An dem Wochenende vorher war ich noch bei ihr, da haben wir gemeinsam gechillt.«

»Hat sie dir denn irgendetwas gesagt? Einen Grund, warum sie nicht mehr mit dir zusammen sein wollte?«

»Echt nicht.«

»Oder hast du etwas gemacht, was sie nicht wollte? Kann es daran gelegen haben?«

Daniel hob verdutzt den Kopf. Auf seinen Wangen waren deutlich Tränenspuren zu sehen. »Wie meinen Sie denn das?«

»Bist du vielleicht zudringlich geworden?«

»So was mach ich nicht«, begehrte der Junge auf. »Ich hab die echt voll lieb gehabt. Das war nicht nur 'ne Tussi für mich.«

»Habt ihr miteinander geschlafen? Irgendwann mal?«

»Nein«, erklärte er kleinlaut.

»Und dein Freund, dieser Benny?«

»Ach was. Der hat doch immer nur 'ne große Klappe. Die Sprüche sind ja echt cool, aber Svenja fand den voll doof. Die wär nie mit dem ...«

»Warum hast du mir dann gestern so einen Unsinn erzählt?«, fragte Katharina sanft.

Daniel transportierte erneut eine Ladung Rotz durch seine Nase und zuckte mit den Schultern. Den Blick hatte er wieder auf die Schuhspitzen geheftet.

»Okay«, sagte Katharina nach einer kleinen Pause. »Svenja verhielt sich kurz vor Beginn der Klassenfahrt dir gegenüber anders als sonst. Und sie hat dir nicht gesagt, was los ist. Sehe ich das richtig?«

»Yep«, gab Daniel fast unhörbar zurück.

»Könnte sie vielleicht jemand anderem erzählt haben, was sie bedrückt? Einer Freundin? Oder einer Lehrerin?«

»Ich hab echt keinen Plan. Auf der Klassenfahrt haben wir fast gar nicht gequatscht, wenn da abends Party war, ist sie meistens ins Zimmer gegangen, bis auf zwei Mal glaub ich. Fragen sie doch ihre Freundin, die Marilyn. Oder Vanessa.«

»Sobald die beiden aus den Ferien zurück sind«, nickte Katharina ernst. »Etwas Besonderes ist dir während der Fahrt also nicht aufgefallen?«

»Sorry, wirklich nicht.«

»Und danach, als ihr wieder in der Schule wart?«

»Genau dasselbe. Ich hab dann auch gar nicht mehr versucht mit ihr zu sprechen, war ja eh für den Arsch.«

»Bist du deswegen auch nicht mehr zu der Kirchengruppe gegangen? Ins Freizeitzentrum?«

»Was sollte ich denn noch da? Kirche ist doch voll peinlich, ich bin da nur wegen Svenja hin. Aber ohne sie war es doch nur Mist.«

Katharina knipste die Mine zurück in den Kuli und schob den Notizblock zurück in den Schnellhefter. »Ich glaub, wir haben alles. Du kannst jetzt wieder nach Hause. Danke für deine Hilfe.«

Anstatt aufzuspringen, blieb Daniel in sich zusammengesunken sitzen. Katharina hielt überrascht in der Bewegung inne. »Ist noch was?«, erkundigte sie sich sanft.

»War sie ... War Svenja wirklich schwanger?«, fragte Daniel kaum hörbar.

»Es besteht kein Zweifel.«

»Aber das kann gar nicht sein«, begehrte der Jugendliche plötzlich auf. »Sie hatte da doch wahnsinnige Angst vor. Vor dem ersten Mal. Dass es weh tut. Und dass es nicht mit dem Richtigen passiert. Deshalb wollten wir ...«

Katharina legte ihren Schnellhefter beiseite und lehnte sich über den Tisch. »Deshalb wolltet ihr beide warten? Bis ihr euch ganz sicher sein konntet?«

»Genau«, schluchzte Daniel. Seine Tränen schossen jetzt unter den geschlossenen Augenlidern hervor. »Wir haben doch noch drüber geredet. An dem Wochenende. Vor der Fahrt. Irgendwas muss da passiert sein. Svenja wär nicht einfach mit irgend so 'nem Typen ins Bett gegangen. Echt nicht! Da muss was passiert sein. Glauben Sie mir!«

Jetzt war es endgültig um Daniels Selbstbeherrschung geschehen. Hemmungslos schluchzend schlug er die Hände vors Gesicht, seine Schultern zuckten krampfhaft. Von der coolen, affektierten Fassade des Jugendlichen war nicht das kleinste Fitzelchen übrig geblieben.

Langsam stand Katharina auf, ging um den Tisch herum und trat neben Daniel. Als sie ihre Hand auf seine Schulter legte, fuhr er erst instinktiv zurück, dann ließ er die Berührung zu. Sein Schluchzen war herzzerreißend. Fast eine volle Minute heulte sich Daniel den aufgestauten Kummer von der Seele, dann ebbte der Tränenstrom langsam ab. Dankbar nahm er das von Katharina angebotene Papiertaschentuch entgegen und trompetete lautstark hinein.

»Geht's wieder?«, fragte die Kommissarin.

»Finden Sie den Typen? Der ihr das angetan hat?«, fragte Daniel hoffnungsvoll.

»Ganz bestimmt«, gab Katharina zurück. »Das verspreche ich dir.«

Der Junge versuchte ein tapferes, zuversichtliches Lächeln, aber glaubhaft gelang ihm das nicht. Mit hängenden Schultern ging er auf den Flur, hob noch einmal grüßend die Hand und trabte langsam zur Treppe.

Katharina sah ihm noch einen Augenblick nach, dann holte sie ihren Schnellhefter und schloss den Vernehmungsraum hinter sich ab. Daniel hatte sie fast eine Stunde aufgehalten, es wurde höchste Zeit, den Rest des Tagesprogramms in Angriff zu nehmen. Noch einen schnellen Kaffee, dann konnte es weitergehen.

Schon auf dem Flur hörte sie aus ihrem Büro Stimmen. Hofmann hatte es sich auf seinem alten Arbeitsplatz bequem gemacht, während Gröne grade die Kaffeekanne in zwei Tassen auswrang. Katharinas Stimmung sackte auf den Gefrierpunkt – war wohl nichts mit einem Kaffee.

»Wer leer macht, kocht neu«, grummelte sie und warf ihre Unterlagen auf den Schreibtisch. Demonstrativ drückte sie sich an Gröne vorbei zu ihrem Stuhl. Nachher kam der Neue noch auf die Idee, ihr den Platz streitig zu machen.

Doch der verbeugte sich mit einem Lächeln vor seiner Kollegin, beförderte die benutzte Filtertüte in den Abfall, schnappte sich die leere Kaffeekanne und begann, die verfügbaren Koffeinbestände zu plündern.

»Wir haben endlich so etwas wie eine Spur«, erklärte Hofmann gut gelaunt von Grönes Seite des Schreibtischs. »Vorhin waren wir bei Svenjas Klassenlehrer. Anscheinend hatte das Mädchen einen Freund. Wohl jemand Älteren, der sie schon in seinem Cabrio spazieren gefahren hat.« Knapp setzte er Katharina über den Inhalt der morgendlichen Befragung in Kenntnis.

Als er fertig war, rümpfte die Kommissarin die Nase. »Ist sich dieser Kallus seiner Sache sicher?«

»Es hatte den Eindruck. Außerdem muss man wohl kaum daran zweifeln, dass ein Lehrer eine langjährige Schülerin in solch einer Situation erkennt.«

»Trotzdem«, beharrte Katharina. »Ich hatte gerade eine Unterhaltung mit einem hoffnungslos verliebten Teenager, der mir nachdrücklich versicherte, dass Svenja garantiert nicht freiwillig mit jemandem geschlafen hat. Seit wann soll Svenja sich denn mit diesem Unbekannten getroffen haben?«

»Spätestens seit der Zeit nach der Klassenfahrt«, antwortete Gröne, während er Wasser in die Kanne laufen ließ. »Dieser Lehrer kommt nachher vorbei und setzt sich mit einem Zeichner zusammen. Vielleicht kommt ja etwas Brauchbares dabei heraus.«

»Das passt doch alles nicht zusammen«, seufzte Katharina. »Die Mutter bemerkt keine Änderung im Verhalten ihrer Tochter, das Mädchen zeigt ihrem Möchtegernfreund plötzlich die kalte Schulter und zieht stattdessen mit einem ominösen Cabriofahrer durch die Gegend. Und niemand hält es für möglich, dass Svenja schwanger war, weil sie doch so ein schüchternes, zurückhaltendes Mädchen war. Wo ist denn da der rote Faden?«

»Tja, in dem Alter verhält man sich nicht immer rational«, sagte Gröne und begann, an der Kaffeemaschine herumzuhantieren. »Es soll Jugendliche geben, die verlieben sich in der Straßenbahn auf dem Weg zur Schule an jeder Haltestelle neu. Kann doch sein, dass Svenja Knall auf Fall ihren Prinzen auf dem weißen Pferd gefunden hat. Oder respektive ihren Prinzen in einem schnittigen Sportflitzer.«

»Oder irgendjemand lügt uns hier ganz gewaltig die Hucke voll«, gab Katharina zurück und schob Gröne ihre Tasse hinüber, obwohl die Maschine gerade mal die ersten röchelnden Geräusche von sich gab. Die Lust auf einen Kaffee war ihr eigentlich gründlich vergangen.

14

Die Wohnung war so schrecklich leer.

Mandy Maslarski stand wie angewurzelt in ihrer kleinen Küche, den Blick starr auf den dampfenden Wasserkocher gerichtet. Der rosa Porzellanbecher mit der Macke am Griff wartete mit den beiden Teebeuteln auf Befüllung. Eigentlich hatte sie gar keinen Tee gewollt, an den Grund, warum sie in die Küche gegangen war, konnte sie sich schon gar nicht mehr erinnern. Anscheinend hatte sie wie programmiert ihren Lieblingsbecher aus dem Schrank geholt und alles für den Tee vorbereitet. Vor dem Zubettgehen trank sie schließlich immer Tee, warum also nicht auch heute?

Ihre Svenja fehlte ihr so sehr. Es war einfach entsetzlich, morgens mit dem Wissen aufzustehen, dass ihr die Tochter genommen worden war. Den ganzen Tag über durch die vielen Erinnerungsstücke, die sich in den Jahren angesammelt hatten, an ihren Verlust erinnert zu werden. Abends, wenn sie den ganzen Tag an nichts anderes als an das grausige Schicksal Svenjas hatte denken müssen, war es besonders schlimm. Früher war sie gerne zu Bett gegangen, hatte sich, auch im Hochsommer, bis zur Nasenspitze in ihre Decke gewickelt und ihren Träumen nachgehangen. Träume, in denen sie nicht den Verpackungsmüll aus dem Lager räumen oder die Bestände der Regale auffüllen musste; ständig begleitet von dem Gespött ihrer Kolleginnen, wenn sie das Glas mit den grauen Heringsröllchen nicht in die Kühlung, sondern neben die Oliven ins Regal gestellt hatte. Sie wussten, dass sie nicht lesen konnte, und nutzten dieses Detail, um sie zu erniedrigen.

In ihren Träumen war alles anders. Da musste sie nicht

zur Arbeit, sondern lebte mit ihrem Mann in einem Haus mit Garten. Ihr Liebster ging morgens um acht zur Arbeit und kam nachmittags um fünf zurück, während sie sich um das gemeinsame Heim und die Kinder gekümmert hatte. Abends saß man im Garten und hatte Freunde zu Besuch oder man grillte zum Abendbrot. Man fuhr regelmäßig in Urlaub, vielleicht an die See, oder, was sie sich sehnlichst wünschte, nach Spanien oder Italien. Solch ein Leben musste einfach herrlich sein.

Doch seit Svenjas Tod hatten sich die Träume verändert. Sie sah keine heile Welt mehr, sondern grausame Bilder von ihrer Svenja und den schrecklichen Stunden, die sie vor ihrem Tod hatte erleiden müssen. Stunden dauerte es jedes Mal, bis sie endlich in einen unruhigen Schlaf fiel, am nächsten Morgen fühlte sie sich erschlagen und gerädert. Lange hielt sie das nicht mehr aus.

Draußen vor dem Fenster zerriss das kehlige Bellen eines großen Hundes die Stille, erschrocken fuhr sie zusammen. Auf der Straße war es absolut still gewesen, immerhin war es schon fast halb zwei Uhr morgens.

Seufzend griff sie zum Wasserkocher und goss ihren Becher voll. Die beiden Teebeutel trieben nach oben, mit einem Löffel drückte sie sie wieder hinunter. Aus der Großpackung angelte sie zwei Stücke Würfelzucker und warf sie hinterher. Zehn Minuten, dann war der Tee so, wie sie ihn mochte.

In der Wohnung war es düster, sie hatte lediglich eine Leselampe im Wohnzimmer eingeschaltet. Dazu war es beinahe gespenstisch still. Normalerweise lief immer entweder der Fernseher oder das Radio, doch die Geräuschkulisse ging ihr im Moment furchtbar auf die Nerven. Und es störte sie beim Denken.

Ihre Chefin war heute Morgen bei ihr gewesen. Und sie hatte nicht geschimpft oder sie entlassen, sondern ihr einen Umschlag in die Hand gedrückt, mit einer Beileidskarte und einem Fünfzigeuroschein. Für ein paar schöne Blumen bei der Beerdigung, die Kolleginnen hatten alle gesammelt, sogar Elvira, die fette alte Schachtel, die kaum hinter die Kasse passte und mit niemandem auskam, hatte etwas dazugetan. Und als ihr vor Rührung die Tränen in die Augen geschossen waren, hatte ihre Chefin sie sogar in den Arm genommen und fest gedrückt. Sie solle ruhig zu Hause bleiben, bis es ihr wieder besser ging, im Supermarkt würde man schon irgendwie ihr Fehlen überbrücken. Wenn einem das eigene Kind ermordet wird, nein, also da musste man doch einfach Verständnis haben …

Svenjas Zimmer hatte sie seit der schlimmen Nachricht, die ihr die Polizei überbracht hatte, nicht mehr betreten. Sie hatte es nicht übers Herz gebracht. Es war das Reich ihrer Kleinen gewesen, ihre Rückzugsmöglichkeit, ihre Privatsphäre. Nie hatte sie das Zimmer betreten, sie hatte respektieren wollen, dass die gefühlten achteinhalb Quadratmeter einer anderen Person gehörten. Auch jetzt würde sie ihren Grundsatz beibehalten, auch wenn Svenja nicht mehr da war.

Es grauste ihr schon vor dem Moment, an dem sie anfangen musste, Svenjas Sachen auszuräumen, irgendwann würde es ja so weit sein. Sie stellte es sich schrecklich vor, in den Sachen ihrer Tochter herumzuwühlen, zu entscheiden, was sie davon als Erinnerung behalten und was sie weggeben oder wegwerfen würde. Als würde sie Svenja noch einmal umbringen, ihr Leben ein zweites Mal vernichten.

Jemanden fragen, ob sie oder er dabei helfen würde? Nein, das war ganz allein ihre Sache. So schlimm sie es sich vorstellte, vielleicht wäre es ja auch eine Form, um Abschied zu nehmen, bei der sie endgültig verstehen würde, was da passiert war. Es war schon schlimm genug, die Polizisten in dem Zimmer zu wissen, die alles durchsucht hatten, um eventuell einen Hinweis auf Svenjas Entführer und Mörder zu erhalten. Noch einmal würde sie nicht dulden, dass fremde Hände das, was Svenja gehört hatte, durchsuchen würden.

Der Tee hatte lange genug gezogen, mit dem Löffel beförderte sie die Beutel aus dem Becher und ließ sie achtlos in die Spüle fallen. Mit einigen kreisenden Bewegungen rührte sie den Tee um, damit sich der Zucker gut löste, dann plumpste der Löffel mit einem Scheppern neben die Teebeutel. Vorsichtig balancierend ging sie zurück ins Wohnzimmer und setzte sich im Schneidersitz auf die Couch. Ihre Finger umschlangen den Becher, so als müsste sie ihre Hände nach einem ausgedehnten Spaziergang bei Minustemperaturen erst wieder aufwärmen. Dabei waren es mindestens fünfundzwanzig Grad im Zimmer.

An wen war Svenja da nur geraten? Und, vor allem, von wem war sie schwanger geworden? Sie hatte doch öfters mit ihr über dieses Thema gesprochen, hatte ihre Tochter gefragt, ob sie mit ihr zum Frauenarzt gehen sollte, damit sie die Pille verschrieben bekam. Svenja hatte immer nur gelacht, sie wollte sich Zeit lassen damit, wenn es so weit wäre, würde sie es ihr schon sagen. Und dann war es doch passiert.

Maslarski trank einige kleine Schlucke, hielt den Becher weiter umklammert und gähnte. Sie war müde, vielleicht würde es ihr ja gleich gelingen zu schlafen.

Svenja hatte doch nie Geheimnisse vor ihr gehabt, wenn sie sich verliebt oder einen Jungen getroffen hätte, der ihr gefiel, dann hätte sie ihr das doch sicherlich erzählt. Sie musste doch vor nichts Angst haben, egal, wer es gewesen wäre, in dieser Hinsicht war sie tolerant und …

Der Gedanke durchfuhr sie siedend heiß: Und wenn sie von *ihm* schwanger geworden war?

Ihre Hände zitterten plötzlich so stark, dass ein wenig Tee überschwappte und ihr die Finger verbrühte. Hastig stellte sie den Becher ab, die verletzte Hand presste sie instinktiv an ihren Körper.

Konnte es wirklich möglich sein? Hatte *er* sich nur mit ihr eingelassen, damit er mehr Kontakt zu Svenja bekam? War er eines von diesen perversen Schweinen, die auf Kinder und Jugendliche standen?

Das war er bestimmt nicht. Oder doch?

Nein, das war völlig unmöglich, er konnte nicht derjenige

sein, der Svenjas Kind gezeugt hatte. Dazu war er körperlich doch gar nicht in der Lage. Aber wenn er sie dennoch verführt hatte? War sie deswegen auf den Geschmack gekommen? Hatte er ihr Interesse für Sex geweckt?

Maslarski traf ihn nur zwei- bis dreimal im Monat, und dann auch immer nur für wenige Stunden, manchmal hatten sie auch nur gut fünfundvierzig Minuten für sich. Immer bei ihr in der Wohnung, schließlich musste er aufpassen. Nicht nur wegen seiner Position, auch weil er ja selbst Frau und Kinder hatte. Maslarski hatte Verständnis dafür, das war der Preis, den sie bezahlte, um überhaupt Zeit mit ihm verbringen zu dürfen. Aber geschlafen hatte sie nur dann mit ihm, wenn ihre Tochter nicht zu Hause gewesen war.

Zumindest glaubte sie das.

Natürlich hatte ihn Svenja bei einigen seiner Besuche gesehen und mit ihm geredet und gescherzt.

Wenn er sie besuchte, um mit ihr zu schlafen, sorgte sie schon dafür, dass es zu Zeiten geschah, an denen Svenja Termine hatte. Nicht, dass sie sich grundsätzlich vor Svenja schämte, mit einem Mann zu schlafen. Aber sie musste ja nicht unbedingt wissen, dass es *dieser* Mann war.

Hatte er sich vielleicht, wenn sie erschöpft und schläfrig war, an Svenja herangemacht? Hatte er von ihrer Tochter vielleicht sogar auch diese, wie er es nannte, Spielchen verlangt? Und hatte er sie entführt und getötet?

Maslarskis Herz pochte bis zum Hals. Das konnte nicht sein. Er war, trotz seiner Neigung, so lieb, so verständnisvoll, so rücksichtsvoll und manchmal auch zärtlich zu ihr, das konnte einfach nicht gespielt sein. Er würde sie lieben, hatte er ihr immer wieder beteuert, und er würde sich sogar scheiden lassen, aber leider war das ja völlig unmöglich. Gebannt hatte sie an seinen Lippen gehangen, jedes Wort in sich aufgesaugt und ihn angehimmelt. So jemand vergriff sich nicht an Jugendlichen.

Aber war Svenja gerade deshalb nicht misstrauisch geworden, weil sie ihn kannte?

Erbarmungslos quälte sie das Teufelchen, das gerade auf ihrer Schulter Platz genommen hatte, mit diesen Gedanken. Bisher hatte sie keine Erklärung dafür gehabt, wie Svenja mit ihrem Mörder hatte mitgehen können. Entweder hätte dieser Jemand ihrer Tochter mit Gewalt habhaft werden müssen – wenn sie zum Beispiel auf offener Straße in ein Auto gezerrt worden wäre, doch das hätte jemand beobachtet. Oder Svenja kannte ihren Mörder. Soviel sie wusste, hatte ihre Tochter keinen Kontakt zu erwachsenen Männern gehabt, von ihren Lehrern mal abgesehen.

Bei der Wahl ihrer wenigen Tagesabschlussgefährten war Mandy Maslarski immer zurückhaltend gewesen, nur selten war sie an den Wochenenden ausgegangen, um Männer kennenzulernen. Noch viel seltener war sie dann auch mit zu einem Mann gegangen. One-Night-Stands waren ihr eigentlich verhasst, aber hin und wieder fehlten ihr Berührungen und Zärtlichkeiten so sehr, dass sie sich überwand und es geschehen ließ. Und der Glaube, dass sich ein Mann in sie verlieben würde, in eine Alleinerziehende, die noch nicht mal lesen und schreiben konnte, fehlte ihr sowieso. Bis zu Beginn ihrer Affäre vor wenigen Monaten.

Sollte sie ihn anrufen? Ihn zur Rede stellen? Jetzt sofort? Unschlüssig schielte sie zum Telefon, das in der Basisstation auf dem Teppich neben der Couch stand. Es ging auf zwei zu, es war mitten in der Nacht, wenn sie ihn jetzt anrufen würde, dann würde seine Frau sicher dumme Fragen stellen. Und wenn sie ihn zu Unrecht verdächtigte, würde er nichts mehr mit ihr zu tun haben wollen. So verlöre sie auch ihn, er war doch der Einzige, der ihr jetzt noch geblieben war …

Energisch schüttelte sie den Kopf. Sie redete sich da etwas ein, das war völlig undenkbar. Er war doch direkt, nachdem er von Svenjas Tod gehört hatte, bei ihr vorbeigekommen, hatte sie getröstet, ihr Mut zugesprochen und sie lange im Arm gehalten. Hätte er das getan, wenn er ihre Tochter ermordet hätte?

Vorsichtig griff sie wieder nach dem Becher und setzte

ihn an die Lippen. Doch der Tee schmeckte ihr nicht wie sonst, vielleicht hatten ihr die Gedanken über ihre Tochter endgültig den Geschmack verdorben. Und außerdem war sie so schrecklich müde. Maslarski lehnte sich auf der Couch zurück und gähnte. Konnte sie es schon wagen, ins Bett zu gehen? Oder sollte sie lieber noch eine halbe Stunde hier sitzen bleiben, bis sie vor lauter Erschöpfung ein paar Stunden Schlaf finden konnte? Seufzend legte sie sich auf die Seite und streckte die Beine aus. Wieder dachte sie an Svenja, an ihre Tochter, die ihr jemand genommen hatte, an die Leere, die ab jetzt um sie herum existieren würde.

Über diesen Gedanken schlief sie ein.

15

»Soll ich fahren?«

Katharina wäre vor Überraschung beinahe der Autoschlüssel aus der Hand gefallen. Mit keiner anderen Frage hätte Tobias Gröne besser unter Beweis stellen können, dass er noch ein Frischling im Bochumer KK 11 war. Wenn es galt, sie selbst und gegebenenfalls noch weitere Insassen mittels eines Autos von A nach B zu transportieren, konnte eine Erkundigung nach dem Fahrer nichts anderes als rhetorischer Natur sein.

»Lass mal«, antwortete sie daher gönnerhaft. »Ich traue nur einer Person hinter dem Steuer: mir selbst.«

»Meinetwegen«, entgegnete Gröne und ließ sich auf den Beifahrersitz fallen. »Bleiben wir jetzt bei dem Du?«

»Bitte?«

»Wegen des ›lass mal‹. Impliziert zwingend, dass die beiden an diesem Dialog beteiligten Personen generell eine vertraulichere Anredeform als das förmliche Sie benutzen.«

»Geschraubter geht's auch nicht, oder?«, knurrte Katharina. »Dieser semantische Durchfall hätte auch genauso gut von Hofmann stammen können.«

»Genau, seit ich hier in Bochum bin, hab ich fast nur mit dem Chef zusammengearbeitet. Färbt anscheinend ab, deshalb bin ich froh, dass ich mal mit jemand anderem unterwegs bin.«

Die Kommissarin verkniff sich ein Grinsen. Bisher hatte Gröne sich nicht durch bemerkbaren Humor hervorgetan. Andererseits hatte sie seit ihrem Kennenlernen nicht mehr als unbedingt nötig mit ihm gesprochen.

»Katharina«, sagte sie knapp.

»Was?«

»Ich heiße Katharina. Wegen dem Du.«

»Tobias«, entgegnete Gröne mit dem Anflug eines Lächelns.

Der Motor des Vectra heulte auf, nach flüchtigem Kontrollblick schoss das Zivilfahrzeug rückwärts aus der Parklücke und wurde fast übergangslos in den Vorwärtsgang gezwungen. Schon bei knapp viertausend Umdrehungen schaltete die Kommissarin in den zweiten Gang.

»Ich habe schon davon gehört«, murmelte Gröne amüsiert.

»Wovon?«

»Dein Fahrstil. Hast du irgendwann mal die *Dakar* gewonnen?«

»Bin knapp Zweite geworden, allerdings nur auf der Playstation«, grinste Katharina zurück. »Was hast du gemacht, bevor du nach Bochum gekommen bist?«

»Ich war in Dortmund, beim Raub. Drei Jahre lang. Ich wollte aber immer zum KK 11. Glücklicherweise war die Stelle hier frei, so musste ich wenigstens nicht umziehen.«

»Wo in Dortmund wohnst du denn?«

»Nicht in Dortmund, immer schon in Bochum. Im Niemandsland zwischen Laer und Langendreer. Nach der Akademie bin ich dann Dortmund zugeteilt worden.«

Der rasante Tiefflug des Zivilfahrzeugs verlangsamte sich, ein Lkw rangierte über sämtliche Spuren der breiten Hauptverkehrsstraße. Binnen weniger Sekunden nahm der Rückstau enorme Ausmaße an.

»Und was hältst du von unserem Haufen?«, fragte Katharina, während sie ungeduldig mit zwei Fingern ein Schlagzeugsolo auf dem Schalthebel trommelte.

»Frag mich das nach diesem elendigen Fall. Bis jetzt haben wir uns wirklich nicht mit Ruhm bekleckert.«

»Ich bezog das eher auf die Kollegen und die Arbeitsatmosphäre«, antwortete Katharina.

»Ach so. Ist eigentlich ganz okay. Scheinen alle was auf dem Kasten zu haben, wenigstens die, mit denen ich bisher zu tun hatte. Und bis jetzt hat noch keiner versucht, mir ans Bein zu pinkeln. Dabei hatte ich schon mit mehr Platzhirschgehabe gerechnet.«

»Dafür kennen wir uns schon viel zu lange. Und, ehrlich gesagt, wir pfeifen personell viel zu lang auf dem letzten Loch, um uns erlauben zu können, einen Neuen zu vergraulen. Zwei Stellen sind schon seit Ewigkeiten nicht besetzt, Karl Heinz geht zudem bald in Rente. Wurde also dringend Zeit für Verstärkung.«

»Aha. Also alles aus purem Egoismus? Weil sich eventuell die Überstunden reduzieren könnten?«

»So was in der Art, ja.«

»Und ich hab schon gedacht, ich hab alle mit meinem Charme um den Finger gewickelt.«

Katharina konnte wieder beschleunigen, der Lkw hatte seine Blockadepolitik endlich aufgegeben.

»Nimm es nicht persönlich«, gab sie zurück. »Über mangelnden Charme dürftest du dich doch nicht beklagen.«

»Wie meinst du das?«, fragte Gröne stirnrunzelnd.

»Jetzt sag bloß, du kriegst nicht mit, wie dich einige Kolleginnen anschmachten?«

»Ach das. Doch, sicher. Aber das ist mir egal.«

Katharina sah einen Moment zweifelnd zur Seite. »Ehrlich? Dann wärst du der erste Mann, dem das nicht wie Öl runtergehen würde.«

Gröne verschränkte die Finger seiner im Schoß liegenden Hände und zuckte mit den Achseln. »Ist aber so. Außerdem halte ich absolut nichts davon, mit jemandem am Arbeitsplatz etwas Privates anzufangen. Mal ein wenig erzählen, okay, oder auch mal zusammen ein Feierabendbier trinken. Aber eine Beziehung mit 'ner Kollegin? Im Leben nicht.«

»Klingt als hättest du damit schon schlechte Erfahrungen gemacht.«

»Ich nicht, aber ein Freund von mir. Das ging so weit, dass er den Job wechseln musste. Es ist besser, man hält es in dieser Hinsicht mit unseren vierbeinigen Freunden.«

»Hä?«

»Scheiß nicht in deinen eigenen Garten. Oder, um es etwas vornehmer auszudrücken: Dienst ist Dienst und Schnaps bekanntlich Schnaps. Außerdem bin ich in festen Händen.«

Katharina war schon viel zu lange Polizistin, als dass ihre Augen nicht sofort suchend über die Hände ihres Beifahrers schossen. Gröne bemerkte den Blick und lachte.

»Nee, kein Ring, von so was halten wir nichts. Sofia und ich führen eine Fernbeziehung. Sie studiert Jura in Tübingen.«

»Dann seht ihr euch in der Tat selten.«

»Könnte mehr sein«, erklärte Gröne nickend.

Die Verkehrsdichte ließ weiter nach, Katharina drückte dankbar ihren rechten Fuß auf das Gaspedal. Ihre schlechte Laune, nachdem ihr Hofmann heute zu Dienstbeginn den Frischling aufs Auge gedrückt hatte, war beinahe verflogen. Eigentlich hatte sie sich weiter um die Befragung von Svenjas Klassenkameraden kümmern wollen. Hofmanns Einwand, dass es vielleicht nicht schaden könnte, wenn Svenjas Mutter anstatt von zwei Männern auch mal von einer Frau befragt würde, war jedoch nicht von der Hand zu weisen. Manchmal entstanden gerade bei Frauen unbewusste Hemmungen oder Blockaden, bei Befragungen durch Männer alles zu sagen, was ihnen durch den Kopf ging. Die Anwesenheit einer anderen Frau bewirkte da mitunter Wunder.

»Ist diese Mandy Maslarski eigentlich so weit auf dem Damm, um überhaupt sinnvolle Angaben zu machen?«, fragte sie nach einer Weile. »Immerhin ist ihre einzige Tochter ermordet worden. Ich wäre da reif für die Klapsmühle.«

»Bisher ging es recht gut. Natürlich ist sie völlig fertig, aber gleichzeitig ist sie eher einfach gestrickt. Und wenn die Polizei vor ihr steht und etwas wissen will, reißt sie sich, solange es geht, am Riemen.«

»Was hat das denn mit ihrer Schlichtheit zu tun?«

»Mangelndes Selbstbewusstsein. Sie ist so ein Typ Mensch, der einen Heidenrespekt vor unsereins hat. Jede Wette, wenn die zum Arzt oder auf ein Amt muss, sitzt sie auf der äußersten Kante des Stuhls.«

Katharina nickte, sie wusste, was Gröne damit zum Ausdruck bringen wollte. »Ist die Leiche eigentlich schon freigegeben?«, fragte sie dann.

»Frühestens am Freitag. Vielleicht hilft es der Mutter ja, wenn sie die Beerdigung vorbereiten kann.«

Inzwischen hatten sie ihr Ziel erreicht, Katharina überprüfte den Straßenrand nach einer Parkmöglichkeit. Trotz der Ferien standen die Autos Stoßstange an Stoßstange, sie quetschte den Vectra letztlich in eine Lücke, die gut vierzig Meter von Maslarskis Wohnhaus entfernt lag.

»Sieh mal einer an«, meinte Gröne, als Katharina zu ihm auf den Gehsteig trat. »Wen haben wir denn da vorn?«

Die Kommissarin sah auf. »Was meinst du?«

Mit dem Kinn deutete Gröne auf eine sportliche Gestalt auf der anderen Straßenseite. »Pfarrer Bettges. Bin mal gespannt, wo der hier in der Gegend einen Hausbesuch machen will.«

Der Geistliche hatte die Staatsmacht nicht bemerkt. Bettges war sommerlich-leger gekleidet, eine helle Leinenhose und ein weißes Baumwollhemd ließen nicht den geringsten Rückschluss auf seinen Beruf zu. Ohne auf den Verkehr zu achten, überquerte er die Straße und quetschte sich in den Hauseingang, den auch Thalbach und Gröne anvisiert hatten. Als die Beamten näher kamen, erkannten sie, dass Bettges auf den Klingelknopf neben Maslarskis Namen drückte.

»Na, so ein Zufall«, bemerkte Gröne, während sie sich dem Pastor näherten. »Wollten Sie auch zu Frau Maslarski?«

Bettges fuhr erschrocken herum. Als er registrierte, wer ihn angesprochen hatte, verzog sich sein Mund zu einem leichten Lächeln. »Ich grüße Sie. Wir kennen uns, glaube ich, noch nicht. Raimund Bettges.« Dabei nickte er Katharina freundlich zu.

»Thalbach«, gab sie zurück. »Und, wollten Sie?«

»Zu Frau Maslarski? Aber natürlich. Eigentlich hatte ich das schon gestern vor, ich wollte ihr unsere Hilfe anbieten, aber leider kam ständig etwas dazwischen.«

»Wessen Hilfe meinen Sie genau?«

»Die von meiner Frau und mir. Die arme Frau Maslarski kann sicherlich jeglichen Beistand gut gebrauchen. Von der Gemeinde erhält sie selbstverständlich auch jede Unterstützung.«

»Gehört das also auch zu den Aufgaben eines Gemeindepfarrers?«, fragte Gröne.

»Aber natürlich. Gerade in Situationen wie diesen werden wir gebraucht. Solche Besuche sind alles andere als ein Vergnügen, glauben Sie mir.«

»Macht es Ihnen etwas aus, später noch einmal vorbeizukommen? Wir haben noch einige Fragen an Frau Maslarski.«

»Selbstverständlich. Allerdings scheint sie gar nicht zu Hause zu sein, zumindest hat sie auf mein Klingeln hin nicht geöffnet.«

»Wir probieren es gerne noch einmal selbst, vielen Dank.«

Bettges blinzelte irritiert, nickte dann den Polizisten zu und machte sich wieder auf den Heimweg.

Katharina sah ihm noch einen Augenblick hinterher, dann malträtierte sie ihrerseits die Klingel. Ohne Erfolg.

»Vielleicht ist sie kurz einkaufen gegangen«, vermutete Katharina. »Hast du ihre Handynummer?«

»Nee, bei denen gibt's kein Handy, ist kein Geld für da. Sieh mich nicht so erstaunt an, so was soll es heutzutage tatsächlich noch geben.«

»Also warten wir?«

»Vielleicht sitzt sie bei ihrer Nachbarin. Die beiden haben ein sehr gutes Verhältnis. Warte, ich probier es mal da.«

Einige Sekunden vergingen, dann ertönte ein schwindsüchtiges Knarzen. Gröne warf sich mit der Schulter gegen die Tür und die Beamten nahmen die Treppe zu den oberen Stockwerken in Angriff.

Petra Küpper lugte durch ihren Türspalt in den Flur. Als sie Gröne im schummrigen Licht des Hausflurs erkannte, öffnete sie die Tür. Ihre Gesichtszüge entspannten sich zusehends.

»Ach, Sie sind das«, sagte sie erleichtert.

»Hatten Sie mit jemand anderem gerechnet?«, fragte Katharina.

Küpper winkte ab. »Sie glauben ja gar nicht, wie viele Zeitungsfritzen hier vor der Tür stehen. Sogar vom Fernsehen waren schon welche da. Alle sind auf ein Interview aus. Mit Mandy oder sonst wem aus dem Haus. Richtig ekelhaft ist das.«

Die Kommissarin nickte verständnisvoll. Eine solche Story voller Herzschmerz war natürlich ein gefundenes Fressen, da ignorierten die Herrschaften Reporter auch rücksichtslos die letzten Fitzelchen von Feingefühl.

»Öffnet Frau Maslarski deswegen niemandem die Tür?«

»Glaub ich mal. Probieren Sie es doch mal mit Klopfen.«

Gröne nahm den Tipp auf und pochte an Maslarskis Wohnungstür. Wieder keinerlei Reaktion.

»Polizei! Frau Maslarski, machen Sie uns bitte auf. Hier ist Kommissar Gröne.«

»Komisch«, meinte Küpper, als wieder keine Reaktion aus der anderen Wohnung kam. »Mandy müsste doch zu Hause sein.«

»Könnte sie eben zum Einkaufen gegangen sein? Oder ein wenig spazieren? Vielleicht ist ihr ja die Decke auf den Kopf gefallen.«

»Im Leben nicht«, erklärte Küpper kategorisch. »Eingekauft hab ich gestern für sie. Und rausgegangen ist sie bestimmt auch nicht. Allein schon wegen die Reporter. Die könnten ja unten vor dem Haus warten, bis einer kommt.«

»Und jetzt?«, fragte Gröne ratlos. »Nachher noch mal probieren?«

»Bleibt uns ja nichts anderes übrig. Frau Küpper, könnten Sie uns informieren, wenn Frau Maslarski wieder zu Hause ist? Wir kommen dann vorbei.«

»Soll ich mal eben nachschauen, ob sie da ist?«

»Haben Sie einen Schlüssel?«

»Ja klar. Sie hat auch einen von mir. Mandy hat bestimmt nichts dagegen, dass wir nachsehen.«

»Sicher nicht. Haben Sie ihn zur Hand?«

Küpper griff kurz neben sich, der Schlüssel hing anscheinend in unmittelbarer Reichweite.

»Besten Dank«, sagte Gröne und nahm ihr den Schlüssel ab. »Wir sehen mal eben nach.«

»Bitte«, gab Küpper schnippisch zurück. »Ich kann ja hier warten.«

Katharina lächelte beschwichtigend und sah zu, wie Gröne die Tür aufschloss. Sie blickten in den kleinen Flur, von dem die restlichen Zimmer abzweigten. Die Zugänge zum Bad, zur Küche und zum Kinderzimmer waren offen, lediglich die Tür auf der anderen Stirnseite war geschlossen. Leise drangen die Stimmen einer Frau und eines Mannes zu ihnen. Im Treppenhaus war davon nichts zu hören gewesen. Plötzlich mischte sich ebenso leise Musik zu den Stimmen. Anscheinend lief im Wohnzimmer ein Fernseher.

Gröne klopfte einmal an die verschlossene Tür und drückte diese dann auf. Sekundenbruchteile später sog er mit einem scharfen Laut die Luft ein.

»Was ist?«, fragte Katharina, die einen guten Meter hinter ihrem Kollegen stand. Sein breiter Rücken versperrte er ihr die Sicht ins Wohnzimmer.

»Schau dir das lieber selbst an«, gab Gröne mit erstickter Stimme zurück und trat ein kleines Stück zur Seite.

Und dann sah Katharina, warum Mandy Maslarski nicht auf ihr Klingeln geöffnet hatte.

16

»Habt ihr soweit alles?«

Hofmann verließ zum wahrscheinlich fünfzehnten Mal die Küche in Maslarskis Wohnung, um sich bei den Kollegen der Kriminaltechnik nach dem Fortgang der Arbeiten zu erkundigen.

»Gleich«, versprach einer der in weißen Schutzanzügen versteckten Männer. »Lass uns noch eben zusammenpacken, dann verschwinden wir.«

»Wurde aber auch Zeit«, grummelte der Leiter des KK 11 in seinen nicht vorhandenen Bart und bezog ungeduldig an der Teppichkante Stellung. »Die Fotos sind auch schon gemacht?«

»Dutzende, in Schwarz-Weiß und Farbe. Ich hab sogar dran gedacht, eine nagelneue Speicherkarte in die Kamera zu stecken.«

»Haste denn auch den Objektivdeckel abgenommen?«, fragte ein anderer Schutzanzug.

»Scheiße, ich wusste, da war noch was.«

Katharina baute sich neben Hofmann auf, die Flachserei der Kollegen nahm sie schon gar nicht mehr wahr. Je schlimmer die Umstände eines Leichenfundes waren, desto lockerer war der Ton unter den Beamten. Nicht, weil ihnen das Schicksal des Opfers gleichgültig war, ganz im Gegenteil. Wenn sie ihre Witzchen nicht als Ventil hätten, wären sie bei dem, was sie mit schöner Regelmäßigkeit zu sehen bekamen, schon längst durchgedreht. Und der Anblick von Mandy Maslarskis Leiche war geradezu grotesk.

Der nackte Körper der toten Frau war in Bauchlage auf dem Wohnzimmertisch positioniert worden, die Hände mit Kabelbindern auf dem Rücken gefesselt. An den Knien hatte sich jeweils eine wenige Millimeter starke Nylonschnur tief ins Weichteilgewebe gegraben, die Schnur war straff gespannt und unter dem Tisch zusammengebunden. Die Beine waren zuvor angewinkelt worden, sodass die Leiche quasi auf dem Tisch kniete. Der Mörder hatte den Wohnzimmertisch verrückt und diagonal in die Mitte des Zimmers geschoben, das Opfer hatte in fast schon obszöner Weise einem in der Tür stehenden Betrachter das Gesäß zugekehrt.

Über den Nacken war eine weitere Nylonschnur gespannt, ebenso straff gezogen wie die beiden um die Knie, ebenfalls unter dem Tisch fixiert. Die Schnur war so stramm, dass Maslarski Schwierigkeiten gehabt haben dürfte, ausreichend Sauerstoff zu bekommen. Da ihr Kinn mit einem offensichtlich extrem leistungsfähigen Kleber auf der Tischplatte festgeklebt worden war, hatte Mandy Maslarski keinen Bewegungsspielraum gehabt. Zudem befand sich in ihrem Mund ein dicker Stoffknebel.

Einziges auf Anhieb sichtbares Anzeichen äußerer Gewalteinwirkung war die tiefe Schnittwunde durch die Halsschlagader, entsprechend schwamm der Teppich unter dem Tisch in mehreren Litern Blut, einige inzwischen sehr zähflüssige Tropfen hingen noch an der Tischkante. Ein Teil des Blutes war auch über das Gesicht der Toten verteilt. Der penetrante Kupfergeruch war Übelkeit erregend, aber solange die Kriminaltechnik noch nicht fertig gewesen war, verbot es sich natürlich, ein Fenster zu öffnen.

Maslarskis Kopf befand sich in gerader Linie mit dem immer noch vor sich hinflimmernden Fernseher, den sie mit weit aufgerissenen, starren Augen anscheinend fasziniert betrachtete. Auf einem der Privatsender lief gerade die Wiederholung einer Kochsendung. Das abgehangene Rinderfilet, das ein dümmlich grinsender Glatzkopf so stolz in die Kamera hielt, als hätte er soeben den heiligen Gral gefunden, sah um Welten appetitlicher aus als der menschliche Fleischbrocken auf dem Tisch.

»So, das war es für uns«, trompetete der Truppführer der

Kriminaltechnik und ließ den Verschluss seines Utensilienkoffers zuklappen. »Wünsche noch viel Spaß, wir melden uns, sobald wir alles in Schriftform haben.«

»Reicht es für eine erste Einschätzung?«, fragte Hofmann.

»Was willst du hören? Wir haben Fingerabdrücke und Faserspuren genug, um die nächsten zwei Wochen im Labor zu verbringen. Frag mich nicht, ob davon etwas zum Täter gehört.«

»Wahrscheinlich eher nicht«, seufzte der Hauptkommissar, obwohl er insgeheim mit keiner anderen Antwort gerechnet hatte.

Jetzt traten Gröne und Gassel zu ihnen, nachdem sie endlich das Wohnzimmer zur freien Verfügung hatten. Gassel quetschte sich an seinen Kollegen vorbei an das hermetisch verschlossene Fenster.

»Ich würde das Fenster ja zulassen«, bemerkte Gröne, als sich die behandschuhten Finger des Seniors auf den Fenstergriff legten. »Es stinkt hier dermaßen nach Blut, dass es garantiert gleich vor Viehzeugs wimmelt, wenn du Frischluft reinlässt.«

»Nachvollziehbares Argument«, nickte Gassel. »Ich mach nur für eine Minute auf, in der kurzen Zeit wird ja nicht so viel passieren.«

»Aber mach danach wirklich wieder zu«, mahnte Hofmann. »Zumindest bis sich Doktor Brettschneider die Tote angesehen hat.«

»Wo ist der überhaupt?«, fragte Katharina. »Normalerweise ist er doch immer einer der Ersten am Fundort.«

»Er hat vorhin angerufen, er steckt noch mitten in einer anderen Obduktion. Müsste aber gleich da sein.«

Gröne umrundete langsam den Tisch und schüttelte dabei mehrmals ungläubig den Kopf. »Hat einer von euch so etwas schon einmal gesehen?«

»Gesehen hab ich schon einiges«, gab Hofmann ausdruckslos zurück, »aber das hier ist ein Klasse für sich. Irgendeine Idee, was die Positionierung zu bedeuten hat?«

»Noch nicht mal annähernd«, sagte Gassel und umrundete die Tote ebenfalls. »Aber ich gehe jede Wette ein, hier ist nichts zufällig so, wie es ist. Der oder die Täter hätten nicht dermaßen viel Sorgfalt auf die Fesselung gelegt, wenn das für sie keinen tieferen Sinn ergeben hätte.«

»Denkst du an einen Ritualmord?«, fragte Katharina.

»Auszuschließen wäre das nicht. Zum Beispiel die Position des Tisches. Geschah das in eine bestimmte Himmelsrichtung? Oder wurde der Tisch verrückt, um von allen Seiten besser an das Opfer heranzukommen? Oder sollte derjenige, der die Leiche findet, als Erstes das blanke Gesäß sehen?«

»Kann ja auch sein, dass sich der Typ für einen extremen Spaßvogel hält«, meinte Gröne. »Deshalb hat er sie vielleicht so zurechtgerückt, dass sie direkt ins Fernsehen schaut. Und als er fertig war, hat er ihr die Flimmerkiste angeschaltet. Damit ihr nicht so langweilig wird, wenn sie wieder alleine ist.«

»Klingt völlig kaputt«, erklärte Katharina nickend. »Aber wenn ich mir den Rest hier so ansehe, könntest du damit tatsächlich richtig liegen.«

»Ist sie eigentlich vergewaltigt worden?«

»Auf den ersten Blick sieht es nicht so aus«, beantwortete Hofmann die Frage seines neuesten Mitarbeiters. »Überlassen wir das lieber Brettschneider.«

»Könnte ja auch so eine perverse SM-Sache sein. Oder einer, der auf Bondage abfährt.«

»Glaube ich nicht«, überlegte Katharina. »Das sähe anders aus. Kann sein, dass der Täter einem Ritual gefolgt ist, aber es ging ihm in erster Linie nicht darum, sein Opfer körperlich zu quälen oder sich den Kick beim Fesseln zu holen.«

»Wie dem auch sei«, meinte Hofmann, »mit Gewalt hat sich der Täter jedenfalls keinen Zutritt zur Wohnung verschafft. Maslarski muss ihn gekannt haben.«

»Nicht unbedingt«, gab Gröne zurück. »Vielleicht hatte er einen Schlüssel und konnte sie völlig unerwartet überwältigen.«

»Svenjas Schlüssel ist jedenfalls seit dem Verschwinden

des Mädchens nicht mehr aufgetaucht«, bekräftigte Gassel nickend. »Möglich wäre deine Theorie also.«

»Entweder kannte sie ihren Mörder und hat ihn in die Wohnung gelassen oder er hat sich mit Svenjas Schlüssel Einlass verschafft und die Frau schnell überwältigt. Auf jeden Fall gibt es keine Kampfspuren, das spricht für die erste Variante«, fasste Hofmann zusammen. »Das Bett in Maslarskis Schlafzimmer ist unbenutzt. Aber das heißt nichts, sie könnte genauso gut auf der Couch eingenickt sein.«

»Oder sie wurde im Schlaf überrascht«, gab Katharina zu bedenken. »Dann würde es auch keine Kampfspuren geben.«

»Was ich nicht verstehe: Spätestens als der Täter begann, Maslarski auf dem Tisch zu fesseln, hätte doch Gegenwehr erfolgen müssen.«

»Vielleicht waren es wirklich zwei Täter«, mutmaßte Katharina, »und während einer sie auf den Tisch bugsierte, hat sie der andere mit einer Waffe bedroht. Genauso gut hätte sie auch betäubt sein können. Würde die fehlenden Kampfspuren ebenfalls erklären.«

Einen Augenblick ging jeder der Beamten seinen eigenen Gedanken nach.

»Lasst uns die möglichen Szenarien mal durchgehen«, meinte Hofmann nach einer Weile. »Nehmen wir an, sie kannte den Täter und hat ihm selbst die Tür geöffnet. Wer käme dafür infrage?«

»Nicht viele. Angeblich gab es keinen großen Freundes- oder Bekanntenkreis. Wenn Maslarski bei ihrer Aussage nicht geflunkert hat, gab es keinen festen Freund und auch keine sporadische Beziehung. Ihr Exmann ist schon seit Ewigkeiten über alle Berge. Aber vielleicht gab es doch jemanden, von dem wir nur nichts wissen.«

»Die Nachbarin sagte, sie hätte Maslarski zuletzt gestern Abend gegen neun kurz gesprochen«, erklärte Katharina. »Gegen halb elf ist sie dann ins Bett gegangen, bis dahin sei hier in der Wohnung alles ruhig geblieben. Im Hausflur hat sie auch niemanden gehört.«

»Ist das Haus so hellhörig, dass dem viel Bedeutung beizumessen ist?«, fragte Hofmann.

»Tobias und ich haben es ausprobiert, sehr laute Geräusche oder einen voll aufgedrehten Fernseher bekommt man mit, auch die Toilettenspülung. Aber das war es dann auch.«

»Vermuten wir mal, dass sich der Täter später Zugang zur Wohnung verschafft hat. Hätte Maslarski mitten in der Nacht jemandem die Tür geöffnet?«

»Vielleicht hat sie jemanden erwartet«, gab Gassel zurück.

»Oder sie hat eventuell gehofft, dass eine bestimmte Person vorbeikommt«, ergänzte Hofmann. »Befragt die Nachbarin noch mal eingehend, ob sie sich nicht doch an Besucher bei Maslarski erinnert. Und die übrige Nachbarschaft könnt ihr selbstverständlich gleich mit ins Boot nehmen.«

Gröne und Thalbach nickten automatisch, diese Anordnung war naheliegend gewesen.

»Ebenso sollten wir die Freunde und Bekannten des toten Mädchens nicht vernachlässigen«, schlug Gassel vor. »Wir müssen wohl davon ausgehen, dass der Mörder von Svenja und der Mörder ihrer Mutter identisch sind. Die Frage bleibt weiterhin, wie oder über wen der Täter Kontakt zu den beiden Opfern aufgenommen hat.«

»Meinst du vielleicht denjenigen, der die Tochter geschwängert hat? Oder der heimliche Freund der Mutter, der auch etwas mit der jüngeren Maslarski angefangen hat?«, brachte Gröne seine Fantasie auf Touren. »Klingt mir ein bissel zu abenteuerlich.«

»Und es muss nicht zutreffen«, ergänzte Katharina. »Das tote Mädchen wurde in der Nähe eines Feldweges gefunden, als wäre sie dort abgeladen worden. Der Körper ist mit Spuren von Misshandlungen übersät. Die Mutter wird in ihrer Wohnung ermordet, sorgfältig zur Schau gestellt, aber auf den ersten Blick ohne die exzessiven Spuren äußerer Gewalt. Mit kommt es eher so vor, als wenn zwei völlig unterschiedliche Tätertypen infrage kommen.«

»Allein schon die Wahrscheinlichkeit spricht gegen zwei

unterschiedliche Täter«, gab Gassel zu bedenken. »Immerhin fanden die Morde binnen weniger Tage statt. Und noch unwahrscheinlicher ist es doch, dass zwei Täter unabhängig voneinander zwei Familienmitglieder umbringen.«

Einer der uniformierten Beamten, die den Hauseingang absperrten und die Gaffer auf Distanz hielten, kam durch die kleine Diele auf sie zu, im Schlepptau eine nahezu hünenhafte Gestalt. Als sich Doktor Brettschneider, der zuständige Gerichtsmediziner, zu ihnen ins Zimmer gesellte, hatten plötzlich alle das Gefühl, an die Wand gequetscht zu werden.

»Hallo Doktor«, grüßte Hofmann. »Schön, dass Sie es auch geschafft haben. Wir haben hier auch etwas ganz Besonderes für Sie.«

Brettschneider stellte seine Tasche auf der Sitzfläche des Ohrensessels ab und holte aus einem Seitenfach die unvermeidlichen Handschuhe. Dabei ließ er die Leiche nicht aus den Augen.

»Ich hatte schon am Telefon gehört, dass ihr den Knaller fürs Sommerloch auf dem Tisch habt. Dass das allerdings wörtlich zu nehmen war, hatte ich nicht vermutet.«

»Tja, wir sind immer für eine Überraschung gut«, erklärte Katharina freudlos.

»Aber jetzt erst mal alle raus hier, ich brauch Platz. Die KT ist fertig?«

»Alles erledigt. Sie gehört Ihnen.«

Während Brettschneider seine Utensilien aus der Tasche zu holen begann, verzogen sich die Kripoleute wieder in die Küche. Ohne den Anblick der Leiche und den immer schlimmer werdenden Geruch ließ es sich bedeutend leichter atmen.

»Wie setzen wir denn nun die Prioritäten?«, nahm Katharina den Faden wieder auf. »Um an beiden Taten gleich vernünftig zu arbeiten, haben wir viel zu wenig Leute.«

»Ich weiß«, erklärte Hofmann. »Um die Verstärkung kümmere ich mich. Fang du gleich bitte mit der Befragung der Nachbarin an, Karl Heinz und Sie, Herr Gröne, übernehmen die anderen Nachbarn hier im Haus und in der Gegend. Ab heute Nachmittag müsste ich eigentlich genug neue Kräfte zusammenhaben, damit wir alles ein wenig aufteilen können.«

»Übrigens, wir waren nicht die Einzigen, die Frau Maslarski heute einen Besuch abstatten wollten«, sagte Gröne. »Pastor Bettges hatte dieselbe Idee.«

Hofmann runzelte die Stirn. »Der Pastor? Und was wollte er?«

»Beistand leisten, hat er zumindest gesagt.«

»Ich sehe da nichts Ungewöhnliches dran. Immerhin ist das sein Job.«

»Zugegeben. Aber hätte er das nicht sofort machen müssen? Nachdem er von Svenjas Ermordung erfahren hat?«

»Könnte man von einem Seelsorger erwarten«, bekräftigte Katharina. »Vor allem, wenn ein regelmäßiger Kontakt zu dem Opfer bestand. Das Mädchen ging zu einer Kirchengruppe, und die Mutter war regelmäßig im Pfarrhaus, um sich mit ihrem Papierkram helfen zu lassen. Da hätte er sich schon am Wochenende mal blicken lassen können.«

»Vielleicht hat er das ja auch«, meinte Gassel. »Oder er hat sich telefonisch bei ihr gemeldet.«

»Hörte sich nicht so an«, antwortete Katharina. »Im Gegenteil, er hat betont, dass er bis jetzt so viel zu tun gehabt hätte.«

»Hat er euch was vorgelogen?«

»Möglich. Fragen wir ihn doch einfach.«

An der geöffneten Küchentür bollerten zwei schwarz gekleidete Gestalten mit einer Zinkwanne vorbei. Langsam, aber sicher konnte Mandy Maslarski aus ihrer unwürdigen Position befreit werden.

»Werden wir auch tun«, nahm Hofmann Grönes Anregung auf. »Gibt's eigentlich schon was Neues von Maslarskis Ex?«

»Bis jetzt noch nicht«, gab Gassel zurück. »Vermutlich ist der irgendwo untergekrochen, ohne seinen Wohnsitz zu melden. Auffällig ist er seit Ewigkeiten nicht mehr geworden. Ich kann mir auch nicht vorstellen, dass er für das hier verantwortlich ist.«

»Wir müssen es aber definitiv ausschließen können«, seufzte Hofmann. »De Vries löchert mich alle zwei Stunden am Telefon mit der Frage, ob wir schon etwas Neues haben. So langsam möchte ich ihr wenigstens irgendetwas mitteilen können.«

Katharina verbiss sich gerade noch ein schadenfrohes Grinsen. Um die Gunst, regelmäßig bei der verantwortlichen Staatsanwältin antraben und Bericht erstatten zu müssen, beneidete sie Hofmann nicht eine Sekunde.

Aus dem Wohnzimmer drang plötzlich ein nicht zu überhörender bayerischer Fluch, der selbst einem gestandenen CSU-Politiker die Schamesröte ins Gesicht getrieben hätte. Brettschneider war zwar aufgrund seines langjährigen Asyls im Ruhrgebiet gut sozialisiert, seine bajuwarische Herkunft blitzte hin und wieder doch noch auf.

»Ist was passiert?«, rief Hofmann und streckte seinen Kopf um die Ecke.

»Das kann man wohl sagen«, antwortete Brettschneider lautstark. »Kommen Sie doch mal rüber.«

Beunruhigt setzten sich die Kripobeamten in Bewegung. Brettschneider war nicht dafür bekannt, unnötig Alarm auszulösen.

»Und?«, drängte Gassel, als alle wieder im Wohnzimmer standen.

»Zunächst das Offensichtliche«, begann Brettschneider. »Vermutlich ist die Frau zwischen zehn und fünfzehn Stunden tot, die Todesursache haben sie ja sicher selbst schon erraten …«

»Dann erzählen Sie doch, was wir noch nicht wissen.«

»Erschrocken habe ich mich wegen etwas anderem. Haben Sie schon versucht, der Toten die Augen zu schließen?«

»Natürlich nicht«, entgegnete Hofmann.«

»Dann ist Ihnen auch sicher noch nicht aufgefallen, dass

ihr der Mörder die Augenlider abgeschnitten hat? So etwas Perverses habe ich lange nicht mehr zu Gesicht bekommen.«

17

»Können Sie mir vielleicht mal verraten, was dieser ganze Zirkus zu bedeuten hat?«

»Selbstverständlich. Nehmen Sie doch bitte erst einmal Platz.«

Raimund Bettges musterte Hofmann argwöhnisch aus zusammengekniffenen Augen, zog dann aber ohne weiteren Kommentar den nächsten Plastikstuhl zu sich heran. Aus seiner angespannten Haltung war zu erkennen, dass ihm die Atmosphäre im Vernehmungszimmer überhaupt nicht gefiel.

»Können Sie sich nicht denken, warum wir Sie zu uns gebeten haben?«

»Gebeten?«, echote der Pastor höhnisch. »Ihre Leute haben mir wohl kaum die Wahl gelassen.«

»Natürlich hätten Sie sich weigern können. Wenn Ihnen eine offizielle Vorladung lieber gewesen wäre …«

»Lassen wir den Quatsch. Was wollen Sie von mir?«

»Nun gut«, meinte Hofmann und quetschte sich ebenfalls auf eine der frei gebliebenen Sitzgelegenheiten. »Macht es Ihnen etwas aus, wenn ich unsere Unterhaltung aufzeichne?«

»Bitte. Und als Nächstes empfehlen Sie mir wohl, meinen Anwalt zu benachrichtigen.«

»Es steht Ihnen selbstverständlich frei, sich juristisch vertreten zu lassen«, gab Hofmann humorlos zurück und startete das handliche Diktiergerät. »Befragung des Zeugen Raimund Bettges durch Kriminalkommissar Gröne und Kriminalhauptkommissar Hofmann«, sagte er dann. Es folgte die Angabe von Ort, Datum und Uhrzeit.

»Nun, Herr Pfarrer, erklären Sie uns doch bitte, warum Sie heute früh Frau Maslarski besuchen wollten.«

Bettges sagte unwirsch: »Hatte ich das nicht schon Ihren

Mitarbeitern gesagt? Ich wollte sehen, wie es ihr geht und nachfragen, ob ich oder meine Frau ihr behilflich sein können.«

»Kein anderer Grund?«

»Natürlich nicht! Weswegen hätte ich sie denn sonst aufsuchen sollen?«

»Vielleicht aus den gleichen Gründen, weswegen Sie sonst regelmäßig bei Frau Maslarski vorbeigekommen sind«, parierte Hofmann ruhig.

»Ich bitte Sie. Das habe ich Ihnen doch schon erklärt. Frau Maslarski war Analphabetin und brauchte gelegentlich Unterstützung bei ihrem Schriftverkehr.«

Gröne hatte bisher mit verschränkten Armen an der Wand gelehnt, nun stieß er sich ab und kam langsam näher. »Als wir in Ihrem Büro darüber redeten, klang das aber ein wenig anders«, meinte er mit einer Spur Aggressivität in der Stimme. »Sie erzählten uns gestern, Frau Maslarski sei zu diesem Zweck im Pfarrhaus erschienen.«

»Um Himmels Willen, und wegen dieses kleinen Versprechers sitze ich jetzt hier? Fragen Sie sie doch selbst, Frau Maslarski wird Ihnen mit Sicherheit bestätigen, was ich sage.«

»Wir haben Ihre Frau gefragt«, hakte Hofmann nach und musterte Bettges aufmerksam. In dessen Gesicht zeigte sich Verärgerung und Ungeduld, aber keinerlei Anzeichen, dass er schon über den Mord an Maslarski informiert war.

»Na bitte, dann haben Sie doch die Bestätigung.«

»Ihre Frau wusste auch nur von den Besuchen im Pfarrhaus. Sie war sehr überrascht, dass Sie Ihrerseits auch bei Frau Maslarski waren.«

»Ich habe jeweils kurz bei Ihr vorbeigeschaut, wenn ich in der Gemeinde unterwegs war«, bekräftigte Bettges. »Kann sein, dass ich meine Frau darüber nicht informiert habe. Ist das etwa ein Verbrechen?«

»Was verstehen Sie unter ›kurz vorbeigeschaut‹?«

»Ich bin vielleicht zehn, fünfzehn Minuten geblieben.«

»Und wie oft?«

Bettges seufzte hörbar. »Alles in allem zwei-, dreimal.

Jetzt will ich aber endlich wissen, was für einen Zweck Sie mit Ihren Fragen verfolgen.«

Hofmann zog sein Notizbuch aus der Jackentasche und blätterte sich theatralisch durch die Seiten. Schließlich blieb er an einer Eintragung hängen, las ein paar Zeilen, dann schlug er das Buch zu und steckte es wieder zurück. »Uns liegen Zeugenaussagen aus der Nachbarschaft vor, wonach Sie im Rahmen des letzten halben Jahres regelmäßig Besucher in der Wohnung Maslarski waren. Und die Dauer Ihrer Besuche betrug auch nicht nur eine gute Viertelstunde, sondern eher einige Stunden.«

Demonstrativ lehnte sich der Hauptkommissar zurück. Unmittelbar nach dem Abtransport von Maslarskis Leiche waren sie an die Arbeit gegangen. Doch lange hatten sie nicht suchen müssen. Petra Küpper, Maslarskis Nachbarin, verneinte ausdrücklich, dass die Tote einen Freund gehabt hatte. Aber fast im gleichen Atemzug berichtete sie freimütig, dass Pastor Bettges regelmäßig in der Nachbarwohnung zu Besuch gewesen war. Maslarski hatte ihr ebenfalls erzählt, dass Bettges ihr bei Papierkram helfen würde. Zwei weitere Nachbarn hatten diese Aussage bestätigt, auch wenn sie den Pfarrer selbst nicht so oft zu Gesicht bekommen hatten.

»Soll das hier eine Art Hexenjagd werden?«, fragte Bettges nach einer Weile.

»Wie kommen Sie auf die Idee?«

»Weil ich langsam den Eindruck gewinne, dass Sie mir auf Gedeih und Verderb etwas anhängen wollen. Und ich habe nicht die geringste Ahnung, warum Sie mich ins Visier genommen haben.«

»Dann will ich Ihnen sagen, warum wir Sie herbestellt haben«, gab Hofmann mit gefährlich ruhiger Stimme zurück. »Letzte Nacht wurde Mandy Maslarski ermordet. Und Sie standen der Toten offensichtlich wesentlich näher als Sie uns glauben machen wollen. Deswegen sitzen Sie hier. Und Sie werden diesen Raum erst wieder verlassen, wenn wir von Ihnen die Wahrheit gehört haben!«

Bettges war blass geworden. »Ermordet?«, fragte er schwach.

»Ohne Zweifel. Und jetzt frage ich Sie noch einmal: Was wollten sie heute früh bei ihr? Und bei den ganzen anderen Gelegenheiten?«

Der Pastor schloss einen Moment die Augen und bekreuzigte sich. »Ich hatte ja keine Ahnung«, meinte er dann. »Als ich heute bei ihr schellte, war sie schon tot?«

»Bereits mehrere Stunden.«

»Furchtbar. Erst Svenja und jetzt auch noch die Mutter.«

»Beantworten Sie endlich meine Frage«, insistierte Hofmann. »Was wollten Sie bei ihr?«

»Ich habe es Ihnen doch schon gesagt«, antwortete Bettges mühsam beherrscht. »Die arme Frau hatte ihre Tochter verloren. Ich wollte ...«

»Blödsinn!«, explodierte Hofmann und sprang auf. Mit einem unüberhörbaren Gepolter kippte sein Stuhl mit der Lehne auf das Linoleum. »Der Glaube mag vielleicht bei Ihnen eine Rolle spielen, wir halten uns lieber an Tatsachen. Also noch mal: Was wollten Sie bei Maslarski?«

»Ich kann Ihnen nichts anderes sagen als die Wahrheit«, gab Bettges beinahe trotzig zurück.

»Was haben Sie gestern Nacht gemacht?«, fragte Gröne ruhig. »So ab zweiundzwanzig Uhr?«

»Gestern? Da war Sitzung vom Presbyterium. Die dauerte so bis kurz vor zehn. Danach bin ich zu Hause geblieben.«

»Kann das jemand bestätigen?«

»Meine Frau.«

»Für die Dauer der ganzen Nacht?«

»Natürlich! Unsere Jüngste hatte sich den Magen verdorben, meine Frau und ich haben regelmäßig nach ihr geschaut. Das letzte Mal so gegen fünf.«

Hofmann trat ans Fenster und schob die Plastiklamellen ein wenig zur Seite. Falls seine Aussage stimmte, hatte Bettges gerade den Kopf aus der Schlinge gezogen, aber wirklich damit gerechnet, mit dem Pfarrer den Mörder Mandy Maslarskis gefunden zu haben, hatte er sowieso nicht. Was immer in Maslarskis Wohnung geschehen war, es hatte lange gedauert. Selbst wenn Bettges einen Grund gehabt hätte, Mandy Maslarski zu beseitigen, hätte er sich kaum so lange Zeit gelassen, um alles penibel zu arrangieren. Trotzdem blieben die Ungereimtheiten, die Bettges nicht gewillt war auszuräumen.

»Wann haben Sie Frau Maslarski das letzte Mal gesehen?«

»Das ist gut und gerne zwei Wochen her.«

»Ist Ihre Ehe glücklich?«

Der Pfarrer sah irritiert auf. »Was hat meine Ehe damit zu tun?«

»Ist sie? Oder ist sie nicht?«

»Ja, meine Frau und ich sind glücklich miteinander.«

»Und dann verbringen Sie regelmäßig etliche Stunden in der Wohnung einer alleinerziehenden jungen Frau, die zudem auch noch recht attraktiv ist?«

»Hören Sie, ich weiß nicht, warum jemand so einen Unsinn in die Welt gesetzt hat. Ihre Zeugen müssen sich irren. Ich war höchstens fünf- oder sechsmal in der Wohnung, und dann auch nur kurz.«

»Gerade waren es nur halb so viele Besuche«, warf Gröne amüsiert ein. »Ist das jetzt so was Ähnliches wie eine Versteigerung? Mit jeder Meldung noch einen drauf?«

»Wissen Sie, was ich glaube?«, fragte Hofmann und ließ dem Geistlichen keine Zeit für eine Antwort. »Ich glaube, Sie hatten mit Mandy Maslarski ein Verhältnis. Soll in den besten Familien vorkommen, dagegen ist niemand immun. Ich kann sogar verstehen, dass Sie diesen Umstand nach Leibeskräften leugnen, in Ihrem Beruf wäre das eine ganz heikle Geschichte. Eigentlich könnte es uns völlig egal sein, mit wem Sie in der Freizeit ins Bett springen, aber es handelt sich hier um zweifachen Mord. Und bei den Konsequenzen, die sich für Sie bei Bekanntwerden einer Affäre ergeben könnten, kann man daraus schnell ein nachvollziehbares Motiv zusammenbasteln.«

»Sie sind ja wahnsinnig«, meinte Bettges. In seinen Augen war jedoch ein besorgtes Flackern zu sehen. »Mal angenommen, ich hätte wirklich etwas mit ihr gehabt – was für einen Grund hätte es geben können, sie umzubringen?«

»Haben Sie nicht zugehört? Allein schon wegen der Gefahr, dass Ihr kleines Geheimnis auffliegen könnte. Oder vielleicht hatten Sie schon vorher Streit mit Frau Maslarski und angesichts ihres derzeitigen Zustands ist das Ganze eskaliert. Denkbar ist vieles.«

»Aber ich war doch gestern Nacht zu Hause«, bekräftigte Bettges. »Ich hätte doch gar keine Gelegenheit gehabt, einen Mord zu begehen.«

»Sie müssen es ja nicht selbst getan haben. Vielleicht kennen Sie jemanden, der keine Skrupel hat, so etwas zu erledigen. Und Sie wollten sich heute früh davon überzeugen, dass der Auftrag erfolgreich ausgeführt worden war und Ihnen keine Gefahr mehr droht.«

Bettges schüttelte verneinend den Kopf, wobei er die Hände vors Gesicht nahm und seine Augen hinter den Fingern versteckte. Gleich darauf war ein abgrundtiefes Seufzen zu hören.

Gröne setzte zum Sprechen an, aber Hofmann gab ihm einen fast unmerklichen Wink.

Einige Sekunden blieb es still. Hofmann hatte sich auf seinem Stuhl nach vorne gebeugt und somit die Distanz zu Bettges deutlich verringert. Der Pfarrer nahm die Arme herunter, faltete schließlich die Hände wie zum innigen Gebet und nickte traurig.

»Seit der Geburt unseres jüngsten Kindes … Nun, meine Frau hat die Lust am Sex verloren. Wir waren deswegen schon bei einer Paartherapie, aber auch das hat nicht geholfen. Ich liebe meine Frau. Und letztlich blieb mir nichts anderes übrig, als ihren Widerwillen zu akzeptieren. Aber trotzdem … blieb das Verlangen.«

»Und daher haben Sie die Chance ergriffen, als Mandy Maslarski auftauchte?«

»Unsere Kleine ist vor Kurzem sechs geworden. Ich konnte einfach nicht mehr darauf verzichten.«

»War Maslarski Ihre erste Affäre?«

Bettges nickte erneut. »Zuvor war ich hin und wieder bei Prostituierten. Nur sehr selten, denn es war abstoßend. Nicht weil ich mich vor den Frauen geekelt habe, sondern weil mir klar war, dass ich ihr Elend ausnutze, wenn ich sie für Sex bezahle.«

»Ihre Frau weiß nichts davon?«

»Nein. Sie hat wohl eine Vermutung, dass ich anderweitig Befriedigung suche, aber bis jetzt hat sie es nie thematisiert.«

»Warum wollten Sie heute früh zu Frau Maslarski?«

»Ich wollte wirklich nur sehen, wie es ihr geht. Nachdem Svenja getötet worden war, hatte ich bis dato nur einmal Gelegenheit gehabt, bei ihr vorbeizusehen. Ich hatte keine Ahnung, dass sie heute Morgen schon tot war.«

»Apropos Svenja. Hatten Sie zu der auch engeren Kontakt, als Sie bis jetzt ausgesagt haben?«

Bettges sprang auf. »Was soll das heißen?«, schrie er fast.

»Genau das, was Sie glauben«, gab Hofmann scharf zurück. »Sind Sie mit ihr auch ins Bett gegangen?«

»Aber sie war doch noch fast ein Kind!«, rief der Pfarrer empört.

»Stimmt«, erklärte Gröne. »Aber sie war auch schwanger. Und nach unserem derzeitigen Erkenntnisstand vermuten wir, dass der dazugehörige Vater aus dem engeren Umfeld der Familie stammen muss. Viele kommen dafür nicht infrage.«

Bettges Gesicht verzog sich zu einem abfälligen Grinsen. »Glauben Sie wirklich, ich hätte Svenja geschwängert?«

»Ein DNA-Test würde Gewissheit bringen«, meinte Hofmann.

»Das können Sie sich sparen«, erklärte Bettges und trat einen weiteren Schritt zurück. Hastig glitten seine Hände in Leistenhöhe, mit einer fließenden Bewegung öffnete er zunächst seinen Gürtel, dann den Knopf und den Reißverschluss seiner Hose. Noch ehe die Beamten reagieren konnten, riss er sich mit einem Ruck die Unterhose auf die Knöchel und richtete sich danach wieder auf.

»Den Unfall hatte ich vor vier Jahren«, erklärte er ungefragt. »Bei Renovierungsarbeiten bin ich ausgerutscht und in ein verrostetes Betoneisen gefallen. Eines der Eisen hat mich da unten aufgespießt, beide Hoden mussten dran glauben. Seitdem trage ich Prothesen spazieren. Sparen Sie sich also ihren DNA-Test!«

Hofmann und Gröne sahen befremdet zu, wie Bettges ihnen den unumstößlichen Beweis dafür lieferte, unmöglich der Vater von Svenjas ungeborenem Kind sein zu können.

Über den gesamten Hodensack zog sich eine breite, gezackte Narbe.

18

Er war so ein verdammter Idiot.

Alles war bisher umsonst gewesen. Alles! Die Wochen und Monate der Vorbereitung, die systematische Ausstattung des Gästezimmers, die unauffällige Beschaffung der schalldämmenden Materialien, die unzähligen Arbeitsstunden, in denen er sägte, hämmerte, dübelte, bohrte, Leitungen verlegte, installierte, anmalte, lackierte und verschraubte. Alles für die Katz.

Und das nur wegen eines scheinbar nichtigen Details.

Gut, es war ein dummer Zufall gewesen, die vorherige Überprüfung der Funktionsfähigkeit des fremden Gerätes war ein Ding der Unmöglichkeit. Aber hätte er bei der Gestaltung des Finales, des Showdowns, des großen Ereignisses nur annähernd so viel Sorgfalt walten lassen wie für die anderen Vorbereitungen, hätte er ein Ersatzgerät dabeihaben müssen. Nur für den Fall der Fälle. Um sicherzustellen, den süßen Nektar der Belohnung für seine Mühen auch garantiert genießen zu dürfen.

Wie grausam war der Moment der Erkenntnis für ihn gewesen, als er feststellen musste, dass das letzte Puzzleteilchen fehlte. Einige Sekunden war er zu keiner Bewegung fähig gewesen, als er das ganze Ausmaß seines Fehlers erkannt hatte. Denn es gab keine zweite Chance, entweder führte er die Sache zum Ende, oder es war aus, alles, unwiderruflich, ein für alle Mal. Eine Verschiebung war unmöglich, die Beschaffung von Ersatz mitten in der Nacht ausgeschlossen. Am bittersten traf ihn die Erkenntnis, dass er alles, was er für die Umsetzung seines Lebenstraums benötigte, in seinem Domizil hatte, das Gerät gehörte zu seiner technischen Grundausstattung. Es wäre ein Leichtes gewesen, es mitzunehmen, das Gewicht betrug noch nicht mal ein Kilogramm.

Aber er hatte eben nicht daran gedacht.

Dabei wäre das Subjekt so geeignet gewesen. Er hätte die Frau gar nicht betäuben brauchen, sie war so ängstlich und eingeschüchtert gewesen, als hätte die kleinste Zuckung ihren sicheren Tod bedeutet. Sie hätte sich wahrscheinlich auch bei vollem Bewusstsein in Stellung bringen lassen. Es wäre noch aufreizender gewesen, ihr zu befehlen, auf den Tisch zu klettern und die Wunschposition einzunehmen. Selbstverständlich hätte er sie dann fesseln müssen, es war kaum anzunehmen, dass sie das, was er sich für sie ausgedacht hatte, ohne Regung über sich hätte ergehen lassen. Diesen Punkt hatte er berücksichtigt – da hatte seine Planung noch funktioniert.

Es war ein berauschendes Gefühl gewesen. Voller Vorfreude hatte er sie, solange sie noch unter dem Einfluss des Betäubungsmittels stand, entkleidet und ihr die Hände auf dem Rücken gefesselt. Beim Festzurren der Kabelbinder hatte sie trotz der Betäubung vor Schmerzen gestöhnt. Als Nächstes hatte er ihr den Knebel verpasst. Rücksichtslos hatte er ihr den Stofflappen in den Mund gestopft und dabei ihr Würgen ignoriert. Bevor sie wieder zu sich kam, war sie bereits auf dem Tisch platziert, die Knie stramm gefesselt. Schließlich beendete er die Fixierung des Körpers mit den

Seilen, die den Kopf an die Tischplatte pressten, zur Sicherheit versah er das Kinn des Subjekts zusätzlich mit einer geballten Ladung Superkleber. Dann hieß es nur noch warten, bis die Wirkung des Betäubungsmittels endlich nachließ.

Bereits hierbei war seine Erektion gewachsen, sein Glied war nach und nach immer härter geworden. Endlich würde es so weit sein, nach all den Jahren der Entbehrung und des Sichverzehrens. Die ungewohnte Hormonschwemme raubte ihm fast den Atem, kurz war ihm so schwindelig, dass er sich einen Moment setzen und erholen musste.

Endlich war das Subjekt wieder bei Bewusstsein. Obwohl er die Frau mit aller Hingabe und so gründlich wie möglich gefesselt hatte, schaffte sie es, den Tisch durch ihr angstvolles Zittern in Vibration zu versetzen. Als er sich euphorisiert erhob und sich vor sie stellte, sodass sie ihn erkennen konnte, quoll ein erstickter Laut unter ihrem Knebel hervor. Er war kaum zu hören, gute Arbeit. Undenkbar, dass sie so laut schrie oder jammerte, und man es in einer der angrenzenden Wohnungen hörte. Um ganz sicherzugehen, trat er zu ihr heran und kniff ihr so fest und lange er konnte anhaltend in eine Brustwarze. Er spürte, wie ihr Körper versuchte, der Qual zu entkommen, der gurgelnde Laut ging in ein hohes, ersticktes und ebenso kaum hörbares Schreien über.

Mit einem glückseligen Lächeln griff er zu dem Messer mit der zuvor sorgsam geschliffenen Schneide und entfernte ihr die Augenlider. Jetzt war alles perfekt. Es war so weit.

Und dann der Schock.

Ungläubig hatte er auf der Fernbedienung herumgedrückt und schließlich versucht, über die Bedientasten direkt am Gerät einen Erfolg zu erzielen. Seine Wut hatte sich bei jedem Fehlversuch weiter gesteigert. Als er letztlich die Sinnlosigkeit seines Unterfangens einsehen musste, hätte er am liebsten seinen Frust und seine, wieder einmal, unerfüllten Begierden aus sich herausgebrüllt.

Das Subjekt war vor Angst einer Ohnmacht nahe. Er hatte Furcht und Verzweiflung riechen können, mit jeder Faser seines Körpers sog er die Signale, die der gefesselte Körper aussendete, gierig in sich auf. Es hätte tatsächlich so sein können, wie er es sich in all den schlaflosen Nächten vorgestellt hatte. Nur ein minderwertiges Billiggerät aus dem Bestand eines Elektronikdiscounters war in seinen Träumen nie vorgekommen.

Die Entscheidung, diese Farce zu beenden, war binnen Sekundenbruchteilen gefallen. Das Messer, mit dem er ihr die Augenlider abgetrennt hatte, lag noch in Reichweite. Ohne weiter darüber nachzudenken, hatte er die Waffe wieder in die Hand genommen, war neben das Subjekt getreten und hatte ihm mit einem schnellen Schnitt die Kehle durchgeschnitten. Es war nicht nötig, die Frau unnötig leiden zu lassen, zumal seine ungenügende Vorbereitung beim besten Willen nicht ihr vorzuwerfen war.

Das war einzig und allein sein Ding.

Er war noch nicht einmal so lange bei dem Subjekt geblieben, bis es tot war, er wusste, die schwere Verletzung konnte es unmöglich überleben. Noch während das Blut im Rhythmus des Herzschlages aus der durchtrennten Arterie schoss, hatte er seine Utensilien zusammengepackt, sich mit einem langen Blick vergewissert, dass er nichts vergessen hatte und hatte dann den Rückzug angetreten. Bevor er den Flur betrat, hatte er wieder die schwarze Motorradhaube übergezogen, die Tür einen Spalt breit geöffnet und auf verdächtige Geräusche aus dem Hausflur gelauscht. Nichts war zu hören gewesen. Es war kurz nach drei Uhr morgens, der Zeitpunkt, an dem die Stadt im Tiefschlaf lag, selbst in einer sogenannten Tropennacht. Ungesehen hatte er seinen gut einen Kilometer entfernt geparkten Wagen erreicht und war mit vorschriftsmäßiger Geschwindigkeit zurück in sein Domizil gefahren.

Müde rieb er sich über die brennenden Augenlider und gähnte herzhaft. Natürlich hatte er, als er endlich schwer atmend und mit einem alle bekannten Maßeinheiten sprengenden Adrenalinspiegel auf seinem Bett gelegen hatte, keinen Schlaf gefunden. Zumindest war es ihm in den Stunden, die er noch vor sich hatte, bevor er zu seiner Arbeit fuhr, gelungen, sich halbwegs zu entspannen und zu seinem Alltag zurückzufinden. Es war undenkbar, gerade jetzt Abweichungen von seiner Routine zuzulassen. Jede Kleinigkeit konnte ihm irgendwann zum Verhängnis werden, er hatte bis zum heutigen Abend auch nicht das geringste Detail dem Zufall überlassen. Nicht bei der Auswahl des ersten Besuchs, nicht bei der Auswahl des ersten Subjekts, nicht bei der Auswahl des Zugriffszeitpunktes – alles war genau nach seinem Plan geschehen und alles hatte funktioniert.

Ein trauriges Lächeln erschien auf seinem Gesicht, als er nach reiflicher Überlegung die bereits zu einem Drittel geleerte Weißweinflasche aus dem Kühlschrank holte und sein Glas erneut drei Finger breit füllte. Das Glas beschlug, als die kühle, goldene Flüssigkeit in das um etliche Grad wärmere Gefäß gefüllt wurde. Das würzige, intensive Aroma des Weins drang in seine Nasenflügel, er hielt das Gesicht über das Glas und atmete tief ein. Dann nahm er einen kleinen Schluck und ließ ihn lange auf der Zunge hin und her perlen, bis auch der letzte Tropfen seine Geschmacksknospen erreicht hatte.

Hak es einfach ab, dachte er sich, eigentlich sollte das Subjekt Maslarski ja nur der Probelauf sein, die Generalprobe, bevor er es mit einer Frau versuchte, die er wirklich besitzen wollte. Sicher, für eine Generalprobe hatte sie unbestritten ihre Reize gehabt, sie war attraktiv gewesen, mit einer sagenhaften Figur. Sie war ihm sofort ins Auge gefallen, als sie ihm mit ihrer Tochter vor gut vier Monaten bei einem seiner Streifzüge durch sein Jagdgebiet über den Weg gelaufen war. Genauso spontan, wie er in der letzten Nacht das Messer an ihre Kehle gesetzt hatte, hatte er damals entschieden, dass sie das geeignete Übungssubjekt für den großen Schritt, für das große Ereignis sein sollte, wenn er endlich die Schwelle überwinden würde, die ihn davon trennte, endlich ein richtiger Mann zu werden.

Seine Nase hatte sich mittlerweile an das Aroma des Weins gewöhnt, wieder öffnete er den Kühlschrank und nahm den Rest des sündhaft teuren Weichkäses heraus. Natürlich hatte er seit gestern nichts mehr gegessen und er deutete es als gutes Zeichen, dass sein Körper ihn wieder an seine Grundbedürfnisse erinnerte. Und obwohl der Käse eigentlich noch viel zu kalt war, um seine Geschmacksintensität zur Geltung zu bringen, teilte er das Reststück in zwei Teile und biss hungrig in das größere Stück hinein. Es dauerte nicht lange, bis sich der Käse in seinem Mund erwärmte. Schon deutlich besänftigter als noch vor einer guten Viertelstunde, nahm er noch einen Schluck Wein und konzentrierte sich auf sein frugales Abendbrot.

Der Alkohol verfehlte keineswegs seine Wirkung, obwohl er noch nicht einmal eine halbe Flasche geleert hatte, war ihm bereits etwas flau im Kopf. Er war Alkohol nicht gewohnt, dabei verteufelte er das Zeug nicht grundsätzlich, aber er trank es nur zu ganz besonderen Anlässen. Und die Flasche Chardonnay war eigentlich für eine kleine, private Einmannfeier nach bestandener Generalprobe gedacht gewesen. Nun brauchte er den Wein, um den letzten Rest seiner sonstigen Gelassenheit zurückzugewinnen und, vor allem, um müde genug zu werden, um die bevorstehende Nacht durchschlafen zu können. Ansonsten sah er die Gefahr, morgen bei der Arbeit unkonzentriert und nachlässig zu werden. Und das kam natürlich nicht infrage. Es war schon schwer genug gewesen, sich heute den ganzen Tag über zusammenreißen zu müssen.

Mit dem Weinglas in der linken sowie dem zweiten Käsestück in der rechten Hand ging er zurück zu seinem Schreibtisch und setzte sich in den schon reichlich mitgenommenen Drehsessel.

Der Tisch war fast im Chaos versunken, Bücher, Notizen, Ausdrucke von Straßenkarten und weiteres Material lagen kreuz und quer durcheinander. Fast, denn die Fläche unmittelbar vor ihm war für ein großformatiges Foto frei geräumt.

Von diesem lächelte ihm Viktoria Ronaldi aufmunternd entgegen.

Früher hatte sie ja Viktoria Müller geheißen, bis sie, im Alter von zweiundzwanzig Jahren, aus welchen Gründen auch immer, diesen italienischen Gemüsehändler geheiratet hatte. Die Ehe hatte gerade mal zwei Jahre gehalten, den Namen ihres Exmannes hatte sie nach der Scheidung jedoch behalten. Das mediterrane Flair passte wesentlich besser zu ihrem südländischen Äußeren als der vorherige deutsche Allerweltsname.

Gedankenverloren verputzte er den Käse, wobei er seine zukünftige Geliebte nicht aus den Augen ließ. Zu seiner eigenen Überraschung ertappte er sich dabei, dass er nahezu zärtlich mit den Fingerspitzen über das Foto strich, so, als könne er statt der getrockneten Tinte auf dem Papier aus seinem Fotodrucker die Wärme und Zartheit ihrer Haut spüren. Als er sein törichtes Verhalten bemerkte, lachte er kurz auf, dieses Mal schon erheblich besser gelaunt als in den zurückliegenden Stunden seit seiner selbst verursachten Pleite. Er zwinkerte Viktorias Abbild zu und hob sein Glas.

»Auf dich, meine Göttin!«

19

»Erfreuen Sie uns tatsächlich noch mit Ihrer Anwesenheit?«, ätzte Claudia de Vries. »Ich dachte schon, Sie würden sich vor unserer trauten Runde drücken wollen.«

Hofmanns Hautfarbe wurde, obwohl wegen der Hitze und des Termindrucks im Nacken sowieso schon sehr rosig, noch eine Spur dunkler. Das Date der Ermittler mit der leitenden Staatsanwältin war für halb elf angesetzt; jetzt war es gerade drei Minuten über die vereinbarte Zeit.

»Beschweren Sie sich bei Doktor Brettschneider«, gab er kleinlaut zurück. »Die Obduktion hat ein wenig länger gedauert.«

»Eine gute Ausrede war schon vor dem Krieg was wert«, erwiderte die Juristin und bedeutete dem Leiter des KK 11 mit einem Kopfnicken, endlich Platz zu nehmen. Der Hauptkommissar folgte artig, obwohl das Hausrecht eigentlich auf seiner Seite war.

Die übrigen Polizisten sahen peinlich berührt auf den Boden oder ihre Fingernägel. Wielert, ihr ehemaliger Chef, hätte sich eine solche Behandlung unter gar keinen Umständen bieten lassen.

»Fangen wir jetzt an? Gut. Herr Hofmann, bringen Sie uns bitte auf den neuesten Stand.«

Immer noch einige Nuancen von seiner normalen Hautfarbe entfernt, kramte Hofmann seine Notizen hervor und blätterte theatralisch darin herum. Die aufgesetzte Gelassenheit brachte ihm bei seinen Leuten jedoch nichts von dem grade verlorenen Respekt zurück.

»Kurz zusammengefasst«, dozierte er eine Spur zu laut, »ergibt sich folgendes Bild: Mandy Maslarski starb an dem plötzlichen Blutverlust, herbeigeführt durch einen einzigen Schnitt, der unter anderem die Halsschlagader völlig durchtrennte. Der Tod muss binnen kürzester Zeit eingetreten sein, der Täter hatte anscheinend nicht vor, sie lange leiden zu lassen. Keine weiteren Anzeichen äußerer Gewalteinwirkung, von den Fesselspuren und den abgetrennten Augenlidern einmal abgesehen.«

»Vergewaltigt?«, fragte de Vries.

»Nein. Keine Spermaspuren, keine fremden Schamhaare, keine Hautrückstände, keine Hämatome im Genital- oder Analbereich. Allerdings hat Brettschneider, nachdem ihm die stark gereizten Nasenschleimhäute der Toten aufgefallen sind, erste Blutanalysen vorgenommen. Darin fand er Spuren eines Betäubungsmittels, vermutlich eine zu inhalierende Substanz. Er weiß noch nicht exakt, um welches Präparat es sich dabei handelt, allem Anschein nach wurde das Opfer aber kurz vor der Tat damit überwältigt.«

»Deswegen haben wir also keine Kampfspuren in der

Wohnung gefunden«, mischte sich Gassel nachdenklich ein. »War sie bei Bewusstsein, als sie getötet wurde?«

»Lässt sich nicht mit letzter Gewissheit sagen, aber Brettschneider geht davon aus. Das Mittel war zu einem großen Teil schon vom Körper abgebaut. Die geringe Menge der Rückstände im Blut deutet darauf hin, dass sie ihre letzten Minuten voll miterlebt hat.«

»Zeitpunkt des Todes?«

»Zwischen drei und halb fünf gestern Morgen.«

»Hat Brettschneider sonst etwas gefunden? Alkohol? Drogen?«

»Nein, nichts dergleichen.«

»Die Tatwaffe?«

»Könnte dieselbe sein, mit der auch ihre Tochter ermordet wurde. Die Analyse der feinen Metallrückstände, die jeweils in den Wunden zurückgeblieben sind, läuft ebenfalls noch.«

»Okay«, meinte de Vries mit einem knappen Nicken. »Teilen Sie uns bitte Ihre Einschätzung des Falles mit. Womit haben wir es hier zu tun?«

Hofmann legte seine Notizen auf den Tisch und gönnte sich zwei Sekunden, in denen er versuchte, seine nächsten Worte so präzise wie möglich vorzuformulieren.

»Meiner Meinung nach haben wir es bei beiden Mordfällen Maslarski mit ein und demselben Täter zu tun. Der Modus Operandi ist zwar völlig unterschiedlich, dennoch ist allein aufgrund der Wahrscheinlichkeit nicht von zwei unabhängigen Tätern auszugehen. Hierfür spricht auch die wahrscheinliche Übereinstimmung bei der Tatwaffe. Weiterhin gehe ich davon aus, dass wir es mit einer Beziehungstat zu tun haben. Svenja Maslarski war ein aufgeweckter Teenager, der nach mehreren übereinstimmenden Zeugenaussagen niemals blindlings einem Fremden vertraut hätte. Niemand hat etwas von ihrem Verschwinden mitbekommen, ergo ist zu vermuten, dass sie ihrem Entführer respektive Mörder vertraut hat. Für eine Beziehungstat spricht gleichfalls, dass

Mandy Maslarski ihrem Mörder arglos die Tür geöffnet hat. Sie muss von dem Angriff ebenfalls überrumpelt worden sein, sie hatte keine Zeit, sich zu wehren.«

Während Hofmanns Ausführungen hatte de Vries mit den Fingern ein ungeduldiges Schlagzeugsolo gestartet. Wie zum Abschluss der Darbietung schlug sie nun mit der flachen Hand auf den Tisch. »Stimmen bis zu diesem Punkt alle mit Herrn Hofmann überein? Oder gibt es andere Meinungen?«

Katharina biss sich unauffällig auf die Lippen und fixierte mit den Augen einen imaginären Punkt an der gegenüberliegenden Wand. Hofmann hatte sich fast um Kopf und Kragen geredet und sie hatte keine Lust, ihn vollständig zu blamieren.

De Vries blickte abwartend von einem zum anderen. Und natürlich blieb sie zum Schluss genau dort hängen, wo Katharina es vermutet hatte.

»Frau Thalbach, was ist mit Ihnen? Stimmen Sie mit Ihrem Chef überein?«

»Nicht in allen Einzelheiten«, antwortete Katharina zögernd.

»Nein? Wie erfreulich. Anscheinend haben dann doch nicht alle das Denken verlernt. Dann erläutern Sie Herrn Hofmann doch bitte, in welchen Punkten er sich mental verlaufen hat.«

Blöde Scheißkuh, dachte Katharina. Mit einem Seufzen strich sie sich eine vorwitzige Haarsträhne aus der Stirn und setzte sich aufrecht.

»Ich gehe ebenfalls davon aus, dass wir es mit nur einem Täter zu tun haben. Allerdings sehe ich keine Hinweise, dass es sich zwingend um eine Beziehungstat handelt. Es spricht zwar einiges dafür, aber ich würde mich nicht darauf festlegen. Bis jetzt haben wir, abgesehen von dem Pfarrer, der mit Mandy Maslarski ein Verhältnis hatte, doch kaum etwas Handfestes vorzuweisen. Wenn wir davon ausgehen könnten, dass er die Tochter geschwängert hat, sähe das sicher besser aus, aber leider ist das ausgeschlossen.«

»Ist das definitiv?«, fragte de Vries in die Runde.

»Ja«, erklärte Gröne nickend. »Uns liegt der damalige OP-Bericht vor. Brettschneider meinte dazu, dass Bettges damals noch eine gehörige Portion Glück gehabt hätte.«

»Potent war er aber noch?«

»Laut Brettschneider dürfte er damit nach der Operation keine Probleme gehabt haben. Wie gesagt, er hat saumäßig viel Glück gehabt.«

»Jedenfalls muss jemand anderes für Svenjas Schwangerschaft verantwortlich sein«, fuhr Katharina fort. »Vielleicht handelt es sich dabei ja um diesen geheimnisvollen Freund, mit dem sie ihr Klassenlehrer gesehen hat. Bei der Ermittlung von dessen Identität hängen wir leider ebenfalls noch völlig in der Luft.«

»Maslarskis Exmann?«, fragte de Vries.

»Wie vom Erdboden verschluckt«, erklärte Gassel resigniert. »Das Letzte, was wir gefunden haben, war eine schon seit Jahren nicht mehr aktuelle Adresse. Zurzeit scheint er keinen festen Wohnsitz zu haben. Aber wir bleiben dran.«

De Vries lehnte sich zurück, schob ihre Finger ineinander und platzierte ihre Hände in der Mitte zwischen ihrer Brust und ihrem Kinn. »Mit anderen Worten, Sie haben überhaupt gar nichts!«, resümierte sie enttäuscht.

Hofmann wurde wieder rot. »Unsere Ermittlungen laufen …«

»Ihre Ermittlungen strotzen vor Dilettantismus!«, donnerte die Staatsanwältin unvermittelt. »Bis jetzt haben Sie grade mal herausgefunden, dass ein evangelischer Pfarrer seine Frau betrügt und ihm vor ein paar Jahren die Eier aufgespießt wurden. Ansonsten sehe ich nichts, was Ihre Arbeit in den letzten Tagen an brauchbaren Ergebnissen eingebracht hat.«

»Mit vielen potenziellen Zeugen haben wir aufgrund der Urlaubszeit noch gar nicht reden können«, antwortete Katharina leidenschaftslos. »Der Täter ist sehr sorgfältig vorgegangen und hat keine Spuren hinterlassen. Wir haben bis jetzt noch nicht mal andeutungsweise ein Motiv für die Taten. Svenjas Schwangerschaft ist ein Punkt, der uns über die Beweggründe Aufschluss geben könnte. Aber ich persönlich glaube nicht, dass die Morde damit im Zusammenhang stehen.«

»Wie kommen Sie darauf?«, hakte de Vries nach.

»Die Schwangerschaft einer Minderjährigen ist heutzutage doch kein Grund mehr, einen Mord zu begehen. Eine Abtreibung wäre ohne Probleme binnen kürzester Zeit zu organisieren gewesen. Und selbst wenn sie das Kind gewollt hätte und der Vater nicht – warum hätte er Svenja dann für mehrere Tage entführen, foltern und schließlich erstechen sollen? Eine Tat im Affekt wäre verständlich gewesen. Aber doch nicht ein sorgfältig geplantes Verbrechen.«

»Außerdem wäre der Mord an der Mutter völlig sinnlos«, ergänzte Gassel. »Sie wusste nichts von der Schwangerschaft ihrer Tochter. Ein weiterer Grund, diesen Umstand als Motiv auszuschließen. Und alle Personen, die wir bis jetzt näher unter die Lupe genommen haben, haben entweder für den Zeitraum der Entführung der Tochter oder für den Mord an Mandy Maslarski ein hieb- und stichfestes Alibi. Oder sogar für beide fraglichen Zeiträume.«

De Vries runzelte die Stirn und nahm deutlich hörbar einen Schluck aus ihrer Kaffeetasse. »Also suchen wir nach dem großen Unbekannten? Einem Zufallstäter? Der sich Svenja auf der Straße gegriffen hat, weil sie zur falschen Zeit am falschen Ort war? Nicht sehr wahrscheinlich.«

»Warum soll er das Mädchen zuvor nicht observiert haben?«, fragte Hofmann. »Bis jetzt haben wir einfach noch nicht verstanden, welcher Sinn der ganzen Sache zugrunde liegt. Wären die beiden Frauen, oder eine von beiden, vergewaltigt worden, könnten wir von einer sexuell motivierten Tat ausgehen.«

»Allein die Tatsache, dass keine Vergewaltigung stattgefunden hat, spricht noch nicht gegen einen Triebtäter«, meinte Katharina. »Was mich am meisten irritiert, sind die beiden völlig unterschiedlichen Tatabläufe. Einerseits die mehrtägige Entführung und Folterung der Tochter, andererseits der Überfall auf die Mutter, die erst sorgsam drapiert und dann schnell getötet wird. Hätten wir hier nicht auch mit starker äußerer Gewalteinwirkung rechnen müssen?«

»Stärker als eine durchschnittene Kehle?«

»Ich meine damit einen längeren Zeitraum der Gewaltausübung. Nach den bisherigen Zeugenaussagen hatte der Täter für den Mord an der Mutter ein Zeitfenster von vielleicht drei oder vier Stunden. Währenddessen musste er in die Wohnung eindringen, die Frau überwältigen, sie betäuben, fesseln und darauf warten, dass sie wieder bei Bewusstsein ist. Wenn ich mir den Ablauf vor Augen führe, hat der eigentliche Tötungsakt bestimmt nicht lange gedauert. Einzig die Tötung ging bei ihr schnell, das Martyrium zuvor hat Tage gedauert. Warum diese Unterschiede?«

»Wollen Sie doch auf einen zweiten Täter hinaus?«, erkundigte sich de Vries nachdenklich.

»Nein. Ich denke eher, dass bei der zweiten Tat etwas schiefgelaufen ist, nicht so, wie vom Täter geplant. Deshalb hat er ihr mit einem einzigen Schnitt die Kehle durchgeschnitten. Wenn er sie nur hätte töten wollen, hätte er sich nicht die Mühe mit der aufwendigen Fesselung machen müssen.«

»Interessant«, nickte Gröne. »Er wurde also gestört. Oder irgendetwas lief anders als gewollt.«

»So in der Art. Hat, zum Beispiel, die Art der Fesselung einen tieferen Sinn? War sie Bestandteil eines Rituals? Gibt es vergleichbare Taten, in denen die Opfer in dieser oder ähnlicher Weise gefesselt worden sind? Oder warum lief der Fernseher noch, als wir die Tote fanden? Sollte sie etwas Bestimmtes sehen? Oder handelt es sich um einen Zufall? Lief das Gerät noch, als er in die Wohnung eindrang und sie überwältigte? Hat er Mandy Maslarski so positioniert, dass sie direkt auf das Gerät schauen sollte? Oder hatte das andere Gründe?«

»Am Fernsehprogramm war auf den ersten Blick nichts auffällig«, bemerkte Gröne nach einem kurzen Räuspern.

»Maslarski hatte einen DVBT-Decoder und verfügte über gut dreißig Kanäle. In der Nacht ihres Todes lief höchstens die normale geballte Langeweile. Und in der Position, in der sie gefunden wurde, blickte die Tote haargenau Richtung Osten. Vielleicht ist beides unwichtig, vielleicht aber auch von immenser Bedeutung.«

De Vries schraubte eine Augenbraue in die Höhe. »Ein Mörder, der seine Opfer nach Himmelsrichtungen positioniert? Worin soll denn da der Sinn liegen?«

»Keine Ahnung«, gestand Gröne zu. »Trotzdem könnte es wichtig sein.«

»Abwarten«, zweifelte die Staatsanwältin. »Hatte Maslarski irgendwelche Abspielgeräte in der Wohnung?«

»Ja, einen uralten, verstaubten Videorekorder, der anscheinend schon seit Ewigkeiten nicht mehr benutzt wurde. Und einen defekten DVD-Spieler.«

»Haben wir die in der Wohnung vorhandenen Kassetten und DVDs sichergestellt?«, hakte de Vries nach.

»Natürlich, aber bis jetzt hatte noch niemand Zeit für die Sichtung.«

»Von der Art der Fesselung einmal abgesehen, gibt es eigentlich Fälle, die mit unserem vergleichbar sind?«, fragte Katharina.

»Nach jetzigem Kenntnisstand wohl nicht«, seufzte Gassel. »Die Kombination von entführter Tochter und kurz darauf getöteter Mutter ist so ziemlich einzigartig.«

»Ich glaube, wir sollten unsere Hauptaktivitäten auf die Ermittlung des jungen Mannes konzentrieren, mit dem Svenja zusammen gesehen wurde«, sagte Hofmann und versuchte dabei, wenigstens etwas von dem verlorenen Terrain wiedergutzumachen. »Gleichzeitig intensivieren wir die Suche nach dem Exehemann. Irgendwann müssen wir einfach einen Hinweis auf dessen Verbleib finden. In diesem Zusammenhang wäre es sehr hilfreich, wenn wir über personelle Verstärkung verfügen könnten.«

»Eine Sonderkommission?«, fragte de Vries.

»Ja. Und wir sollten die Medien noch stärker mobilisieren. Der erste Aufruf, kurz nach der Entführung von Svenja, lief ziemlich ins Leere, vielleicht haben wir jetzt mehr Glück. Allein schon, weil inzwischen viele aus dem Urlaub zurück sein dürften, die bei der ersten Bitte um Mithilfe gar nicht zu Hause waren.«

»Was noch?«

»Maslarskis Vergangenheit muss lückenlos auseinandergerupft werden«, fuhr Hofmann fort. »Vielleicht stoßen wir ja auf einen weiteren Liebhaber, der ein Interesse an dem Tod der beiden Frauen hätte haben können. Außerdem müssen wir noch mal bei Svenjas Entführung ansetzen. Bis jetzt wissen wir nicht, wo sie sich in den letzten Stunden vor ihrem Verschwinden aufgehalten hat. Das schaffen wir aber nur, wenn wir den Mitarbeitereinsatz erhöhen.«

»Einverstanden«, nickte de Vries. »Besorgen Sie sich die Leute, die Sie brauchen. Hauptsache, wir können so schnell wie möglich Fortschritte erzielen. Heute Nachmittag um fünfzehn Uhr treffen wir uns dann mit allen Mitgliedern der SOKO zur Einsatzbesprechung. Ich erwarte bis dahin Ihre Vorschläge zur Koordination des weiteren Vorgehens.«

Hofmann nickte nur stumm, während die Staatsanwältin ihre Unterlagen zusammenraffte und in ihre Aktentasche stopfte. Nach einem letzten unverbindlichen Kopfnicken waren die Beamten wieder unter sich.

»Ihr habt es gehört«, meinte Hofmann mit belegter Stimme, sein Blick konzentrierte sich auf einen unsichtbaren Punkt irgendwo in Nähe der Heizungsventile. »Heute Nachmittag um fünfzehn Uhr, bis dahin möchte ich von jedem eine Zusammenstellung seiner bisherigen Ergebnisse. Das wäre erst mal alles.«

»Können wir nicht …«, begann Gröne, brach aber ab, als Hofmann seinen Stuhl heftig zurückschob und auf schnellstem Wege den Raum verließ.

»Junge, da hat jemand aber einen verdammt schlechten Tag«, kommentierte Gassel kopfschüttelnd.

»Ich hoffe, das geht nicht nahtlos so weiter«, gab Katharina zurück. »Sonst verfrühstückt ihn de Vries restlos.«

20

»O Gott, das ist so schrecklich!«

Katharina versuchte unauffällig, vor dem hemmungslos schluchzenden Häufchen Elend neben sich ihren Unterarm in Sicherheit zu bringen. Marilyn Kowalski hatte, als die Kommissarin sie über Svenjas Tod informiert hatte, wie einen Rettungsring ihren Unterarm gegriffen. Ihre feingliedrigen Finger umklammerten sie seither wie ein Schraubstock.

Immer neue Weinkrämpfe schüttelten das zarte Mädchen. Svenjas Klassenkameradin war mit grade mal einem Meter fünfzig und höchstens fünfundvierzig Kilo ein Strich in der Landschaft. Für ihre Verhältnisse entwickelte sie im Augenblick jedoch Bärenkräfte.

Katharina nutzte die Zeit, in der sie als Trostpflaster diente, und sah sich ein weiteres Mal um. Das Zimmer des Mädchens war nur unwesentlich größer als das von Svenja, im direkten Vergleich jedoch um einiges schäbiger und primitiver eingerichtet. Ein einfaches Bett mit Holzrahmen, ein höhenverstellbarer Kinderschreibtisch, für den selbst eine Viertklässlerin bereits zu groß gewesen wäre, und ein ausrangierter Küchenstuhl, der anscheinend vor dem Sperrmüll von der Straße gerettet worden war. Die Raufaser an den Wänden war an etlichen Stellen eingerissen, direkt über dem Fenster war ein breiter Streifen notdürftig mit Tesafilm wieder festgeklebt worden. Auf dem kackbraunen Teppich wimmelte es von Flecken und Rändern, deren Herkunft man nicht wissen wollte. Hinter der mit Postern übersäten Tür dämmerte ein Kleiderschrank aus vier Metallstangen und einer brandlochübersäten PVC-Ummantelung dem endgültigen Zusammenbruch entgegen.

In Ermangelung weiterer Sitzgelegenheiten hatte sich Katharina neben Marilyn auf das Bett gesetzt, welches mit Bergen von verstaubten und zum Teil stark lädierten Stofftieren übersät war. Doch so unansehnlich das Zimmer auch war, im Vergleich zum Rest der Wohnung, den Katharina aus den Augenwinkeln wahrgenommen hatte, herrschte hier Ordnung, Sauberkeit und der verzweifelte Wille, ein wenig Geborgenheit zu schaffen. Urheber dieses Willens war bestimmt nicht der unrasierte, grauhaarige Zopfträger, der der Kommissarin vor gut zehn Minuten in einem mit Bratensoße bespritzten Unterhemd die Wohnungstür geöffnet hatte. Als sie an Marilyns Vater vorbei zum Kinderzimmer gegangen war, hatte sie ob der stechenden Schweißwolke beinahe tränende Augen bekommen.

»Na, geht's wieder?«

Das Schluchzen hatte an Intensität etwas nachgelassen. Schniefend fuhr sich Marilyn mit dem Handrücken über die Nase und rieb sich danach mit den Handballen die Tränen aus den Augen.

Katharina nahm eine Packung Tempos aus ihrer Tasche und reichte sie dem Mädchen.

»Danke«, erklärte Marilyn und schniefte ausgiebig.

»Keine Ursache. Meinst du, du könntest mir jetzt ein paar Fragen beantworten?«

Ein tapferes Nicken war die Antwort.

»Svenja und du, ihr wart richtig dick befreundet?«

»Ja, schon. Nicht nur in der Schule. Wir haben uns auch danach getroffen.«

»Wann hast du sie das letzte Mal gesehen?«

»Das war an dem Tag, bevor ich in die Freizeit gefahren bin. Von der Stadt. Die haben da so ein Angebot, für Kinder aus armen Familien.«

»Und da bist du mitgefahren?«

»Klar. Mein Alter ist doch seit Jahren arbeitslos. Und meine Mom verdient doch nur ein bisschen was, als Putze.«

»Wann war das genau? Als du gefahren bist?«

»Am sechsten.«

Katharina machte sich eine kurze Notiz. Drei Tage später war Svenja entführt worden.

»Und war da alles so wie immer? Oder war Svenja irgendwie anders? Komisch?«

»Nee, die war voll cool.«

»Was habt ihr denn gemacht an dem Tag?«

»Weiß nicht, bisschen gequatscht und so. Rumgehangen.«

»Gequatscht? Worüber?«

»Alles Mögliche. So genau weiß ich das auch nicht mehr.«

Die Tränen waren endlich versiegt, aber ihre brüchige Stimme deutete darauf hin, dass der nächste Gefühlsausbruch kurz bevorstand.

»Marilyn, es ist wichtig, dass du dich erinnerst. Jede Kleinigkeit kann für uns von Bedeutung sein.«

»Sagen Sie Lynni zu mir? Marilyn find ich voll Scheiße.«

»Okay, dann also Lynni.«

Lynni nickte traurig und zog geräuschvoll die Nase hoch. Katharinas Arm war nach kurzer Pause wieder in der Gewalt des Mädchens.

»Also?«, setzte die Beamtin nach einer längeren Pause nach.

»Nee, echt nicht. Wir waren an dem Tag beide nicht so gut drauf. Mir ging's echt kacke, weil ich nächsten Tag ja gefahren bin.«

»Deswegen warst du nicht gut drauf?«

»Weil, dann konnte ich ja nicht mit Svenja zusammen sein. Die wollte ja nicht mitfahren.«

»War das denn ursprünglich geplant?«

»So richtig nicht, wir hatten da mal drüber gequatscht. Irgendwie hat sie das aber nicht auf Kette gekriegt. Mit dem anmelden und so.«

»Und darüber wart ihr beide sauer?«

»Nee, nur ich. Die Svenja war irgendwie sonst komisch. Nach 'ner Stunde ist sie dann nach Hause gegangen.«

»Wie oft habt ihr euch in der Woche gesehen? Außerhalb der Schule?«

»So drei- oder viermal.«

»Gehst du auch in die Konfirmandengruppe? Bei Pastor Bettges?«

»Nee, ich doch nicht. Ich bin katholisch. Aber mit Kirche hab ich es nicht so.«

»Dann habt ihr aber viel Zeit miteinander verbracht. Hast du keinen Freund?«

»Nein«, antwortete Marilyn schnell.

Katharina horchte auf. Das Mädchen war zwar klein und zierlich, sah aber sehr gut aus. Nein, sie könnte sehr gut aussehen, verbesserte sich die Kommissarin. Die schulterlangen schwarzen Haare hatte sie achtlos mit einem Gummiband zu einem Pferdeschwanz gebunden, die dunklen Augen waren dick mit schwarzer, durch die Tränen jetzt verlaufener Schminke umrandet. In der Mitte des Gesichts thronte eine süße Stupsnase, die Lippen waren mit schwarzem Lippenstift übermalt. Im Kontrast dazu trug Marilyn bunte Sommerleggins und ein strahlend gelbes Oberteil, das unter den Armen weit ausgeschnitten war. Gothic-Kluft wäre eigentlich angebrachter gewesen.

»Schlechte Erfahrungen gemacht?«, fragte Katharina.

»Die wollen einem doch eh nur an die Wäsche«, erklärte Lynni gleichgültig.

»War Svenja der gleichen Meinung? In Bezug auf Jungs?«

»Denk schon.«

»Dann hatte sie also keinen Freund?«

»Nee, nicht so richtig jedenfalls. Mit dem Daniel war sie öfter unterwegs, aber da war nichts mit.«

»Hat sie dir das gesagt?«

»Ja klar. Wir haben uns alles gegenseitig erzählt.«

»Wusstest du, dass Svenja schwanger war?«

»Was?«, fragte Marilyn verständnislos.

»Svenja war schwanger. Wusstest du davon?«, wiederholte Katharina ihre Frage.

Statt einer Antwort brach ein neuer Tränenschwall aus dem Mädchen hervor und es stieß unartikulierte Laute aus.

Es dauerte eine Weile, bis die Kommissarin so etwas wie ›gemeine Schlampe‹ zu verstehen glaubte.

»Ich vermute, sie hat es dir nicht erzählt, ist das richtig?«, erkundigte sich Katharina, als Lynnis Schock ein wenig abgeklungen war.

»Nee, davon wusste ich nix. Und mir hat sie gesagt, sie will nix mit Jungs zu tun haben. Oder mit Männern. Dass das voll eklig wär. Und dann fickt sie doch mit so einem Typen!«

»Hey, immer mit der Ruhe«, sagte Katharina mit einer Portion Schärfe. Marilyns Stimme war während der kurzen Tirade unangenehm schrill und laut geworden.

»Ist doch wahr! Ich hab die voll lieb gehabt. Und dann ...« Erschrocken brach Marilyn ab und schlug entsetzt die Hände vor den Mund. In ihren Augen sammelten sich erneut Tränen.

Katharina nutzte die Gunst der Stunde und brachte ihren lädierten Unterarm in Sicherheit. »Meinst du damit, du hast sie einfach nur gern gehabt?«, fragte sie sanft. »Oder bedeutete sie mehr für dich? War sie deine Freundin?«

Das Mädchen neben ihr schluckte heftig. Dann schüttelte sie stumm den Kopf, ihre Arme sanken schlaff nach unten.

»Aber du warst in sie verliebt?«

Zögerndes Nicken.

»Würdest du mir davon erzählen?«, bat Katharina und nahm nun ihrerseits Marilyns Hand. Das Mädchen griff wieder dankbar zu.

»Ich mag die schon, seit ich in die Klasse gekommen bin«, erklärte Lynni schließlich mit brüchiger Stimme. »Letztes Jahr bin ich hängen geblieben, zweite Mal schon. Und neben Svenja war noch ein Stuhl frei. Sie war auch gleich nett zu mir. Das ist manchmal voll Scheiße, wenn man in eine neue Klasse kommt. Wenn da 'ne Clique ist, die dich nicht abkann, dann haste da keine Chance.«

»Und Svenja war in keiner Clique?«

»Doch, aber ich hab kein Stress gekriegt. Das war echt cool.«

»Und ihr habt euch gleich miteinander angefreundet?«

»Nee, erst mal gar nicht. Das war erst so vor ein paar Monaten. Als sie mir erzählt hat, dass sie den Daniel so toll findet.«

»Deswegen habt ihr euch auch privat getroffen?«, fragte Katharina zweifelnd.

»Sie hat mich gefragt, ob ich den auch toll finden würde. Und da hab ich ihr gesagt, dass der ein Kerl ist wie alle andern. Das der nur das Eine von ihr will.«

»Verstehe ich jetzt nicht so ganz.«

»Mann, sie wollte von mir Tipps haben, was sie am besten machen soll. Ich bin ja schon fast siebzehn, sie dachte, ich hätte da schon richtig Erfahrung.«

»Aber du magst keine Jungs?«

»Nein«, gab Marilyn zurück und lief rot an.

»Lieber Mädchen?«

»Na und? Ist doch nicht verboten.«

»Hab ich auch gar nicht behauptet. Hast du Svenja davon erzählt? Von deiner Vorliebe für andere Mädchen?«

Lynnis Finger versteiften sich in Katharinas Hand. »Ja. Weil sie mich gefragt hat, warum ich keinen Freund hab.«

»Und wie war ihre Reaktion?«

»Sie fand das echt cool. Aber ich hab sie nicht angemacht oder so was. Das hat sich dann erst später entwickelt.«

»Also wart ihr beiden doch zusammen?«

»Ja, nee, nicht so richtig zusammen. Nur ein- oder zweimal gekuschelt. Vor allem als das mit ihrer Mutter war.«

Katharina richtete sich unwillkürlich auf. »Als was mit ihrer Mutter war?«

»Sie hat die doch mal mit 'nem Typen erwischt. Mit diesem Pfarrer, wo sie immer in die Gruppe gegangen ist. Mann, das war echt der Hammer für sie.«

»Svenja wusste also von dem Verhältnis zwischen Bettges und ihrer Mutter? Bist du da sicher?«

»Ja klar. Sie ist doch danach sofort zu mir gekommen. An dem einen Tag sind zwei Stunden Mathe ausgefallen. Und als sie nach Hause gegangen ist, hat sie gesehen, wie ihre Mutter mit dem gefickt hat.«

»Wann war das genau?«

»Weiß nicht, so vor drei oder vier Monaten. Und dann noch mal, bevor wir auf Klassenfahrt gegangen sind.«

»Hatte sie deswegen Ärger mit ihrer Mutter? Oder mit dem Pfarrer?«

»Glaub ich nicht. Sie ist doch dann immer sofort abgehauen. Die haben das bestimmt gar nicht mitgekriegt. So wie die drauf waren.«

Katharina hob fragend eine Augenbraue.

»Na ja, Svenja hat mir erzählt, wie die es getrieben haben. Echt abgefahren.«

Die Kommissarin machte eine gedankliche Notiz, ging aber nicht weiter auf die Einzelheiten ein. »Und deshalb seid ihr euch nähergekommen?«, fragte sie stattdessen.

»Klar. Weil ich ihr ja gesagt hatte, dass die Kerle alle nur Sex wollen. Und dass Frauen da ganz anders sind.«

»Und trotzdem wird sie schwanger«, sagte Katharina mehr zu sich selbst.

Über die Wangen des Mädchens kullerten zwei frische Tränen. »Ja, das ist voll ätzend. Ich dachte, sie ...«

»Lynni, überleg mal«, unterbrach Katharina. »Svenja muss ungefähr im Zeitraum der Klassenfahrt schwanger geworden sein, entweder kurz davor oder sogar währenddessen. Ist dir zu der Zeit etwas besonders an ihr aufgefallen?«

»Wie meinen Sie das?«, fragte Lynni zögernd.

»Ob sie zum Beispiel besonders gut drauf war. Oder besonders geknickt.«

»Ach so. Beschissen ging's ihr. Wegen ihrer Mutter und dem Pfarrer.«

»Zu diesem Zeitpunkt wusste sie doch schon länger davon.«

»Ja. Aber nicht, dass ihre Mutter drauf stand, gefesselt und angepinkelt zu werden. Sie war echt fertig, als sie das gesehen hat.«

»Ist nur zu gut verständlich«, erwiderte die Kommissarin

langsam und stellte sich Bettges einen Moment in vollem Talar während eines Gottesdienstes vor. Vielleicht trug er darunter ja Latex oder Leder.

»Da hatte sie von Kerlen endgültig die Nase voll. Hat zwei Nächte lang nur geheult, ich hab sie die ganze Zeit im Arm gehalten. Aber mehr war echt nicht.«

»Während der Klassenfahrt?«

»Ja, das war gleich die ersten beiden Nächte. Danach ging's, deshalb haben wir auch mal Party gemacht. Damit sie auf andere Gedanken kommt.«

»Nur ihr beide?«

»Wir und noch so ein paar Mädchen.«

»Wussten die auch, was los war? Mit Svenja? Beziehungsweise mit euch beiden?«

»Nee, da haben wir aufgepasst. Von den andern hat da keine was mitgekriegt.«

»Du warst während der gesamten Klassenfahrt also ständig mit Svenja zusammen? In der Zeit hat sie also nicht schwanger werden können?«

»Bestimmt nicht, tagsüber waren wir ja immer unterwegs. Und nachts waren wir zusammen auf dem Zimmer. Bis auf die eine Nacht, wo sie in der Dusche geschlafen hat.«

»In der Dusche?«

»Da haben wir zu viel getrunken und waren alle breit. Svenja ist irgendwann zum Klo gegangen und hat es nicht mehr zurück ins Zimmer geschafft. Sie ist dann am nächsten Morgen in der Dusche wach geworden.« Bei dem Gedanken an die Anekdote blitzte ein trauriges Lächeln auf Lynnis Gesicht auf.

»Ich verstehe«, meinte Katharina. »Und du bist sicher, dass sie sich in der Nacht nicht zu einem der Jungen geschlichen hat?«

»Garantiert. Dazu war die viel zu besoffen. Als sie wieder wach wurde, hat sie ja echt schlimme Kopfschmerzen gehabt. Aber ist ja so nach 'nem Filmriss.«

»Filmriss?«

»Kennen Sie das nicht? Wenn Sie viel getrunken haben und nicht mehr checken, was abgegangen ist?«

»Doch, das kenne ich. Und Svenja konnte sich an den Abend nicht mehr erinnern?«

»Jedenfalls nicht mehr an viel. Die wusste ja absolut nicht, wie sie in die Dusche gekommen ist. Oder wie lange sie da gelegen hat.«

Katharina spitzte die Lippen. Eine diffuse Ahnung nahm gerade in ihr Gestalt an.

»Lynni, Svenja muss einen Freund gehabt haben«, sagte sie dann vorsichtig. »Sie ist zweimal mit einem Mann gesehen worden, als sie mit ihm in dessen Auto unterwegs war. Hast du eine Ahnung, wer das sein könnte?«

»Nie im Leben! Sie hätte mir erzählt, wenn sie einen Freund gehabt hätte. Wir haben über alles geredet.«

»Immerhin hat euer Klassenlehrer sie gesehen, Herr Kallus. Und der müsste seine Schülerinnen doch eigentlich erkennen.«

Marilyn lachte einmal entrüstet auf. »Dieser Penner. Dem dürfen Sie kein Wort glauben, der scheißt alle nur an.«

»Gibt es einen Grund, warum er uns nicht die Wahrheit sagen sollte?«

»Der Drecksack versucht doch in der Schule nur, uns auf die Titten zu glotzen. Na ja, den meisten jedenfalls. Rennt die ganze Stunde durch die Klasse und bleibt hinter jeder stehen, um ihr von oben in den Ausschnitt zu starren. Ein paar von den blöden Tussis finden das auch noch toll und strecken ihre Hupen extra nach vorne.«

»Du aber nicht?«

»Im Leben nicht. Und Svenja auch nicht. Die fand den Typ voll asi.«

»Aber warum sollte er uns anlügen?«

»Kein Plan. Wo will er Svenja denn gesehen haben?«

Katharina musste kurz überlegen, dann sagte sie: »Einmal zum Beispiel in der Innenstadt. Am Tag nach Fronleichnam. Dem beweglichen Ferientag.«

»Kacke, das geht doch gar nicht!«, erregte sich Lynni. »Da war Svenja den ganzen Tag mit mir unterwegs. Schon ab morgens.«

»Bist du da absolut sicher?«

»Ja klar. Sie war schon so um neun da, zuerst wir haben Videos geguckt. Auf *YouTube.* Sie hat ja keinen Computer.«

Katharina warf einen demonstrativen Blick durch das Zimmer.

»Im Wohnzimmer«, erklärte Lynni. »Mein Alter steht nie vor zwölf auf, bis dahin darf ich dran.«

»Was habt ihr danach gemacht?«

»In die Stadt gegangen, bisschen rumgehangen. Klamotten anprobiert. Wir können uns das Zeug nicht kaufen, deshalb tun wir so als ob.«

»Und wann wart ihr wieder zu Hause?«

»So gegen sechs. Da kommt meine Mom auch immer von der Arbeit. Wir haben uns noch ’ne Pizza in den Ofen gesteckt und danach ist sie nach Hause gegangen.«

»Erstaunlich, wie genau du dich noch an diese Einzelheiten erinnern kannst.«

Marilyns Gesichtszüge spannten sich plötzlich an, kleinlaut zog sie den Kopf zwischen die Schultern. »Das war doch nur … Also, das war unser erstes Mal. Der Tag, an dem wir uns zum ersten Mal richtig geküsst hatten. Nicht nur zur Begrüßung auf die Wange.«

»Okay, das leuchtet ein«, gab Katharina ernsthaft zurück. Dann zog sie eine ihrer Visitenkarten aus der Tasche und drückte sie dem Mädchen in die Hand.

»Lynni, ich muss jetzt los. Du hast uns sehr geholfen, das war toll. Wir werden uns bestimmt noch mal unterhalten, aber jetzt hab ich was zu erledigen. Unter den Nummern erreichst du mich immer, entweder im Büro oder über das Handy. Wenn dir noch was einfällt, melde dich einfach.«

»Ich kann sie immer anrufen? Egal, welche Zeit?«

»Na klar«, antwortete Katharina, drückte ein letztes Mal Lynnis Hand und stand auf. »Jederzeit.«

»Cool«, strahlte Lynni und strich langsam mit dem Daumen über den bedruckten Karton.

21

Im Vergleich zum letzten Besuch war der Wintergarten nicht wiederzuerkennen. Die Ansammlung von Medikamenten, Papiertaschentüchern und sonstigem Unrat war verschwunden, stattdessen thronte ein zierliches Glasväschen mit einem Bund tiefroter Moosröschen auf einem Platzdeckchen. In der Luft hingen noch die Reste eines scharfen Reinigungsmittels, sogar die Fenster waren kürzlich geputzt worden.

Auch Jakob Kallus war anzusehen, dass er seine Sommergrippe weitestgehend überstanden hatte. Die ehemals verfilzten, grausträhnigen Haare waren schwarz gefärbt und mithilfe eines Föns über die beginnende Glatze drapiert worden, die Bartstoppeln waren verschwunden. Der Studienrat hatte sich in eine Designerjeans und ein lockeres Leinenhemd gekleidet, die unbestrumpften Füße steckten in schwarzen Ledersandalen. Der Duft seines penetranten Rasierwassers kämpfte mit den übrig gebliebenen Ausdünstungen des Putzmittels um die Oberhand.

»Bitte, es ist überhaupt kein Problem«, sagte Kallus grade. »Ich wollte mir sowieso einen Kaffee machen, auf zwei weitere Tassen kommt es nicht an.«

Gröne winkte ab und postierte sich im Durchgang zur Küche, der den einzigen Ausgang aus dem Wintergarten darstellte. Entweder musste der Lehrkörper sich an ihm vorbeizwängen oder auf das Tässchen Koffein verzichten.

»Herr Kallus, nehmen Sie bitte Platz«, wies Katharina den Lehrer ohne eine Spur Freundlichkeit in der Stimme an.

Kallus hielt in der Bewegung inne und schaute überrascht. Einen Moment schien es, als wollte er etwas erwidern, dann begnügte er sich mit einem leichten Räuspern und setzte sich auf die Lederliege.

»Es geht, wie Sie sich sicher denken können, noch einmal um Svenja Maslarski. Und um Ihre Aussage betreffend den jungen Mann, mit dem Sie das Mädchen in der Stadt gesehen haben wollen.«

»Was wollen Sie denn da noch wissen? Ich habe Ihnen doch schon alles gesagt.«

»Sie können sich also immer noch nicht an das Gesicht von Svenjas Begleiter erinnern?«, fragte Gröne. Kallus' Versuche, auf dem Präsidium ein Phantombild zu erzeugen, waren völlig ergebnislos geblieben.

»Nein, leider.«

»Und in welchem Auto die beiden gefahren sind, ist Ihnen ebenfalls immer noch nicht eingefallen?«

»Ich sagte doch schon, ich habe Svenja nur kurz im Profil gesehen. Und dabei hat sie den Fahrer verdeckt. Auf das Auto habe ich überhaupt nicht geachtet.«

»Aber Sie sind sich sicher, dass diese Begegnung am Freitag nach Fronleichnam stattgefunden hat?«

»Natürlich. Ich war ja auf dem Weg zum TÜV.«

Katharinas Ton wurde schärfer. »Warum lügen Sie uns an?«

»Bitte?«

»Sie haben mich völlig richtig verstanden.«

Kallus sank ein Stück tiefer in die Lederpolster und verschränkte demonstrativ die Arme vor der Brust. »Ich sage Ihnen die Wahrheit. Weil ich helfen möchte, Svenjas Mörder hinter Gitter zu bringen. Ich habe doch überhaupt keinen Grund, Sie anzulügen.«

»Sind Sie da wirklich sicher?«

Der Studienrat schluckte. »Was wollen Sie eigentlich von mir?«

»Es gibt einiges, was wir noch nicht über Svenja wissen. Aber was sie an diesem von Ihnen genannten Freitag gemacht hat, wissen wir ziemlich genau. Und sie war definitiv nicht in Begleitung eines Mannes unterwegs.«

Kallus verzog keine Miene. »So? Dann muss ich mich wohl geirrt haben.«

»Bis gerade waren Sie aber noch vom Gegenteil überzeugt.«

»Ich bin auch immer noch der Meinung, Svenja an diesem Tag gesehen zu haben. Doch wenn Sie sagen, es wäre unmöglich, muss ich mich doch anscheinend vertan haben.«

»Sie haben aber ausgesagt, dass Sie Svenja zweimal mit diesem ominösen Begleiter gesehen haben«, mischte sich Gröne ein. »Haben Sie häufiger Halluzinationen?«

»Ich kann doch nur aussagen, was ...«

»Wie sah Svenjas Begleiter gleich noch mal aus?«

»Was? Aber ich habe den doch gar nicht richtig gesehen.«

»Merkwürdig. Als wir vor zwei Tagen hier waren, konnten Sie sich schon an einige Details erinnern. An die Haarfarbe zum Beispiel.«

Kallus dachte einen Moment angestrengt nach, bevor er wieder den Mund öffnete. »Also, ich glaube ... Ja, er war blond. Ungefähr so wie Sie.« Gleichzeitig deutete er mit dem Kopf auf Katharinas hellblonden Pferdeschwanz.

»Lang? Kurz? Mittellang?«

»So von der Seite würde ich sagen mittellang. So kurz über die Schultern.«

»Und was war mit der Brille?«

»Eine Brille? Wüsste ich nicht mehr.«

»Schade«, seufzte Gröne. »Angeblich hatte der Mann, den Sie mit Svenja zusammen gesehen haben, eine Hornbrille auf.«

»Genau, jetzt wo Sie es sagen, fällt es mir wieder ein.«

Die beiden Beamten wechselten einen vielsagenden Blick.

»Dumm nur, dass sie erst aussagten, der Mann habe kurze Haare gehabt. Und von einer Hornbrille war auch nicht die Rede, sondern vielmehr von einer dunklen Sonnenbrille.«

»Tatsächlich? Nun, vielleicht war es eine Sonnenbrille mit Horngestell. Ist heutzutage ja wieder modern.«

»Was war auf der Klassenfahrt mit Svenja los?«

Kallus sah irritiert zu Katharina hinüber. Der Themenwechsel überraschte ihn.

»Gar nichts«, erklärte er schnell.

»Svenja war eine ganze Nacht lang nicht auf ihrem Zimmer«, setzte die Kommissarin nach. »Sie wachte morgens in der Dusche auf. Ohne Erinnerung an die zurückliegende Nacht.«

»Wirklich? Mir ist gar nicht aufgefallen, dass sie einmal so betrunken war, dass ...«

»Es muss nicht unbedingt am Alkohol liegen, wenn man sich an nichts erinnern kann«, unterbrach Gröne.

»Sondern?«

»K.-o.-Tropfen bewirken das auch.«

Kallus atmete tief ein. »Meinen Sie, einer der Schüler hat sie betäubt?«

»Ach, Herr Kallus«, meinte Katharina enttäuscht. »Jugendliche in dem Alter schießen niemanden mit K.-o.-Tropfen ab. Entweder steht bei denen Alkohol hoch im Kurs oder sie haben schon erste Erfahrungen mit irgendwelchen weichen Drogen gemacht. Mehr ist da noch nicht angesagt. Andere Kaliber benutzt man erst vier, fünf Jahre später.«

»Ihre Erfindung des angeblichen Freundes im Cabrio war ein großer Fehler«, mahnte Gröne. »Niemand sonst hat diesen Menschen jemals gesehen und seine Existenz passt überhaupt nicht zu einem Mädchen wie Svenja. Das bestätigen alle Personen, die ihr nahestanden.«

»Aber warum ...«, setzte Kallus mit belegter Stimme an.

»Sehen Sie, und genau das haben wir uns auch gefragt«, fiel ihm Katharina ins Wort. »Welchen Grund könnten Sie haben, uns auf eine falsche Spur aufmerksam zu machen?«

Zwei Augenpaare fixierten den Studienrat, der nun gar nicht mehr so selbstsicher aussah. Nervös flitzte sein Blick durch den Wintergarten, als ob er verzweifelt ein Schlupfloch suchen würde, durch das er unbemerkt verschwinden könnte.

»Ist es nicht so?«, fuhr Katharina fort. »Sie erfinden einen Freund, mit dem Svenja heimlich zusammen gewesen sein soll. Sie behindern unsere Ermittlungsarbeit, anstatt uns zu helfen. Warum? Von was wollen Sie uns ablenken?«

»Ich habe meiner Aussage nichts hinzuzufügen«, knurrte Kallus schließlich. »Und ich muss Sie jetzt bitten zu gehen. Meine Frau und meine Kinder …«

»Apropos Kinder«, übertönte Gröne den Lehrer. »Seit wann stehen Sie denn auf kleine Mädchen?«

Kallus entfuhr ein Krächzen und seine Hautfarbe wechselte ins Rötliche.

»Sehen Sie denn das, was Sie sehen wollen, wenn Sie hinter ihren Schülerinnen stehen und in den Ausschnitt starren?«, fuhr der Beamte fort. »Was hält denn Ihre Frau davon? Ist sie deshalb mit Ihren Töchtern ohne Sie in Urlaub gefahren? Damit die in Sicherheit sind?«

»Ich verbiete mir diese unglaublichen Unterstellungen!«, bellte Kallus und sprang auf. »Und jetzt verlassen Sie mein Haus. Auf der Stelle!«

Katharina warf ihrem Kollegen einen tödlichen Blick zu und wuchtete sich aus dem Sessel. Gröne beachtete sie jedoch nicht, auch wenn er seine Lieblingsposition im Türrahmen verließ. Doch anstatt den Weg nach draußen anzutreten, ging er langsam auf Kallus zu.

»Das können wir machen. Und wir können in zwei Stunden wiederkommen. Vielleicht haben wir dann einen Durchsuchungsbefehl dabei. Oder doch schon einen Haftbefehl? Wegen Flucht- und Verdunkelungsgefahr. Was meinen Sie, wie geil Ihre Nachbarn es finden, wenn wir Sie in Handschellen abführen? Ganz großes Kino ist das, besonders in so einer Reihenhaussiedlung. Und wenn wir dann erst das Ergebnis der DNA-Analyse haben, die beweist, dass Svenja von Ihnen schwanger geworden ist – alter Schwede, Ihre Frau wird darauf wohl kaum eine Flasche Champagner öffnen, oder?«

Kallus pumpte hektisch Luft in seine Lungen, trotzdem wechselte seine Gesichtsfarbe bereits ins leicht Bläuliche. Katharina wartete auf einen weiteren Wutausbruch des Studienrates, aber statt Wut war in seinen Augen mittlerweile blanke Panik zu erkennen.

»Verlieren Sie eigentlich Ihre Pensionsansprüche, wenn Sie aus dem Schuldienst entlassen werden?«, bohrte Gröne das Messer noch ein Stück tiefer in die Wunde. »Bei Vergewaltigung einer Schülerin können Sie Bewährung vergessen, dafür gehen Sie ins Kittchen. Und ein besseres Motiv, Svenja umzubringen, kann ich mir auch nicht vorstellen.«

»Ich hab Sie nicht ...«, jaulte Kallus auf, brach jedoch ab und suchte verzweifelt nach einer allerletzten Hintertür.

»Was haben Sie Svenja nicht?«, schrie Gröne wütend. »Vergewaltigt? Oder geschwängert?«

Kallus stieß plötzlich erbärmliche Laute aus, wobei sein Oberkörper nach vorn klappte. Der Pädagoge krümmte sich, als hätte er einen Schlag in den Magen erhalten.

»Was haben Sie mit Svenja gemacht?«, zischte Katharina und trat ebenfalls bedrohlich nah an Kallus heran.

Die physische Präsenz der beiden Beamten zeigte Wirkung. Kallus schreckte zurück und versuchte, in den Polstern der Liege zu verschwinden. Instinktiv klammerte er sich an eine der Seitenlehnen, als könne ihm diese die beiden Beamten vom Hals halten.

»Ich habe Sie nicht ...«, wiederholte er schließlich stockend. »Es war ... Sie wollte es auch ... Svenja fand es geil, als ich sie ...«

»Du verdammter Dreckskerl!«, verlor Katharina die Beherrschung. »Wahrscheinlich hat sie sogar noch Danke gesagt, nachdem du sie gefickt hast, was?«

»Ich wollte das ja gar nicht«, jammerte Kallus. »Ehrlich! Ich hab sie nur in den Arm genommen. Als sie da auf dem Flur stand und geheult hat. Aber dann ...«

Gröne zwinkerte Katharina zu, trat dann auf Kallus zu und beugte sich hinab, als wolle er den Pädagogen am Hemdkragen auf die Füße zerren. Schnell verkroch sich der Studienrat in die hinterste Ecke der Liege. Gröne pumpte seinen Oberkörper voll Luft und setzte sich direkt neben Kallus.

»Jetzt von vorne und der Reihe nach«, befahl Katharina und nahm ebenfalls wieder Platz. Beinahe hätte sie über

Kallus, der inzwischen wie eine Ölsardine gequetscht in den Polstern hing, lachen müssen. Der Gedanke daran, was er mit Svenja angestellt hatte, machte sie jedoch nur wütend.

»Ich weiß nicht mehr, an welchem Abend das war«, erklärte Kallus zögernd. »Ich hatte mit einigen der Jungen zusammen etwas getrunken. Eigentlich war ich auf dem Weg ins Bett. Da lief mir Svenja über den Weg. Vielmehr stand sie auf dem Flur, neben den Duschräumen. Sie lehnte an der Wand und hat geweint. Heftig geweint sogar.«

Katharina machte sich stichpunktartig Notizen, dabei drückte sie den Kugelschreiber so fest auf, dass die Mine beinahe das Papier zerriss.

»Ich hab sie gefragt, was mit ihr los sei«, fuhr Kallus fort. »Erst hat sie nichts gesagt, aber dann erzählte sie, es wäre wegen ihrer Mutter. Und dass sie so alleine sei. Sie war richtig fertig, hat geschluchzt und am ganzen Körper gezittert. Svenja hatte auch einiges getrunken, anscheinend hat ihr das den Rest gegeben. Ich hab sie kaum verstanden, so verwaschen hat sie gesprochen.«

»Und Sie haben sie dann mal eben in die Dusche gezerrt?«, fragte Gröne.

»Nein!«, begehrte Kallus auf. »So war das nicht. Sie hat mir leid getan. Ich wollte sie doch nur trösten und hab sie in den Arm genommen. Aber dann … dann hab ich versehentlich ihre Brüste berührt. Sie war so warm und weich … und sie hat gar nichts dagegen gehabt. Sonst hätte sie doch gesagt, dass ich aufhören soll. Als ich sie dann gestreichelt hab, hat sie sich auch nicht gewehrt. Für mich sah das so aus, als würde sie meine Berührungen genießen.«

Katharina kniff die Lippen zusammen, um nicht zu explodieren. »Warum haben Sie Svenja dann noch betäubt?«, fragte sie angewidert. »Wenn Sie doch der Meinung waren, dass es ihr gefiel.«

»Aber das habe ich doch gar nicht«, behauptete Kallus. »Ich hatte bei den Jungs im Zimmer Alkohol konfisziert. Eine Flasche Apfelkorn. Ich hatte die achtlos abgestellt. Als wir … fertig waren, hab ich die vergessen. In der Dusche. Wahrscheinlich hat sie sich an der Flasche bedient.«

»Du bist so was von ekelhaft«, erklärte Gröne gedehnt. »Am liebsten würde ich deine Eier zu Brei treten. Sei froh, dass ich wegen so einem Stück Scheiße wie dir nicht meine Marke verlieren will.«

Kallus sank noch mehr in sich zusammen. Von seiner noch vor wenigen Minuten zur Schau gestellten Selbstsicherheit war nichts mehr übrig.

»Sie haben also Svenja in die Dusche genötigt und sich dort an ihr vergangen«, fasste Katharina das Geschehen so sachlich wie möglich zusammen. »Und anschließend haben Sie das Mädchen dazu veranlasst, sich mit Alkohol vollaufen zu lassen, damit sie niemandem erzählen konnte, dass sie missbraucht wurde. Sie müssen wirklich stolz auf sich sein.«

»Ich hatte doch auch zu viel getrunken«, versuchte sich Kallus zu rechtfertigen. »Und wenn Svenja das nicht gewollt hätte, wäre nichts passiert. Am nächsten Tag war ja auch alles okay bei ihr. Sie war ein wenig verkatert, aber sonst wie immer.«

»Sie haben einfach getan, als sei nichts gewesen?«

»Nein, ich habe sie gefragt, ob mit ihr alles in Ordnung wäre. Bei der nächsten Gelegenheit. Als wir auf einer Wanderung mal einen Moment außer Hörweite waren.«

»Und damit war das Thema für Sie erledigt?« Katharina schüttelte fassungslos den Kopf.

»Was hätte ich denn sonst machen sollen? Es war nun mal passiert. Und Svenja hat gesagt, es wäre alles okay. Sie war danach nicht anders als sonst auch.«

»Wussten Sie, dass Svenja schwanger war?«

»Nein!«, beteuerte Kallus. »Das war ein Schock für mich. Ich hab gedacht, wenn ich diesen Kerl erfinde … diesen Typen im Cabrio … dann würde es keiner erfahren.«

Gröne seufzte theatralisch auf. »Ich glaube, fürs Erste haben wir genug gehört. Brauchen wir Handschellen? Oder kommen Sie ohne Sperenzchen mit?«

Kallus schrumpfte auf Schlumpfgröße. »Aber wieso denn? Ich habe Ihnen doch alles gesagt. Mehr weiß ich wirklich nicht! Und als Svenja getötet wurde, war ich doch gar nicht hier. Ich war im Urlaub. Dafür gibt es Zeugen, ganz viele Zeugen!«

»Mag sein«, erklärte Katharina. »Trotzdem sind Sie vorläufig festgenommen. Wegen sexuellen Missbrauchs von Schutzbefohlenen und Behinderung der Justiz. Wenn Sie Glück haben, lässt Sie der Haftrichter morgen wieder nach Hause. Sofern keine Fluchtgefahr besteht. Verlassen würde ich mich aber nicht darauf.«

»Los geht's«, trieb Gröne den Lehrer an. »Sie haben gehört, was meine Kollegin gesagt hat.«

22

»Das musst du dir mal vorstellen! Dieser Drecksack stellt alles so hin, als wenn das arme Mädchen nur darauf gewartet hätte, von ihm missbraucht zu werden. Wahrscheinlich hat er, während er alles gesteht, 'nen Ständer gekriegt. Und als wir ihn mitgenommen haben, ist er aus allen Wolken gefallen. Ich fass es nicht!«

Katharina lockerte den Griff ihrer Finger, zwischen denen sie fast das Telefon zerquetschte. Obwohl sie schon vor zwei Stunden nach Hause gekommen war und nach einer ausgedehnten Dusche jetzt mit einem Glas Rosé auf ihrem Balkon in die Abendsonne blickte, stand sie immer noch unter Strom.

»Klingt, als ob du dringend Urlaub auf der Hallig bräuchtest«, kommentierte Hinnerk Harms am anderen Ende der Leitung. »Von der Erholung ist ja anscheinend nichts mehr übrig.«

»Wundert dich das? An allen Ecken und Enden stößt man nur noch auf dicke Scheißhaufen. Zugegeben, manche der Haufen sind mit Goldfarbe lackiert, aber stinken tun sie trotzdem. Und weißt du, was besonders frustriert? Selbst wenn wir heute diesen Kinderficker kassiert haben, wir sind keinen Schritt weiter, was den Mord betrifft.«

»Definitiv keine Chance, dass er was damit zu tun hat?«

»Nein«, antwortete die Kommissarin und nippte an ihrem Glas. »Als das Mädchen entführt wurde, war er mit seiner Familie im Urlaub. Seine Frau hat das zwischenzeitlich bestätigt, obwohl sie ansonsten wohl nicht mehr viel mit ihrem Gatten zu tun haben möchte. Wir lassen trotzdem von unseren holländischen Kollegen die Aussage checken. Sicher ist sicher.«

»Und was ist mit der Mutter? Könnte er sie ermordet haben?«

»Nein, dafür hat er absolut kein Motiv. Sie wusste bis zum Obduktionsergebnis nichts von der Schwangerschaft ihrer Tochter. Und warum sollte ihm Svenjas Mutter mitten in der Nacht die Tür öffnen? Nein, ich gehe inzwischen fest davon aus, dass Maslarskis Mörder einen Schlüssel zur Wohnung hatte. Und zwar den des Mädchens.«

»Klingt in meinen Ohren so, als ob da gar nichts zusammenpasst. Ihr hängt also völlig in der Luft?«

»Ohne Netz und doppelten Boden«, gab Katharina desillusioniert zu. »Wir haben für keinen der Morde ein Motiv oder einen Verdächtigen.«

»Und wenn das alles gar nichts mit dem Umfeld der Opfer zu tun hat? Vielleicht sind sie ihren Mördern zufällig über den Weg gelaufen.«

»Daran haben wir auch schon gedacht. Aber warum Mutter und Tochter? Was wollte er? Keine Vergewaltigung, völlig unterschiedliche Vorgehensweisen – es gibt keinen offensichtlichen Zusammenhang.«

»Das Mädchen wurde schwer misshandelt, sagst du?«

»Ja«, sagte Katharina.

»Vielleicht hat jemand ein Snuff-Video mit ihr gedreht. Dabei geht's ja nicht unbedingt um Sex.«

»Möglich ist alles. Und danach knöpft er sich die Mutter vor und probiert was Neues aus?«

Harms seufzte hörbar. »Keine Ahnung. Das sind so Momente, da bin ich heilfroh, nicht deinen Job zu haben.«

»Klar, du verstaubst ja lieber zwischen deinen Bildschirmen und Tastaturen. Finde ich genauso schlimm.«

Einen Moment war es in der Leitung still. Katharina nutzte die Pause und nippte erneut an ihrem Wein. Dann füllte sie den Rosé mit Mineralwasser auf, pur war ihr der Wein eine Spur zu süß.

»Und wie geht es dir, wenn du dich nicht gerade über deine aktuellen Fälle aufregst?«, fragte Harms, bevor der Gesprächsfaden endgültig reißen konnte.

»Och, eigentlich ganz gut.«

»Und uneigentlich?«

»Was meinst du damit?«

»Du weißt genau, was ich meine.«

»Hinnerk, es geht mir wirklich gut. Der Tag heute hat mich nur etwas strapaziert.«

»So sehr, dass du in den zwanzig Minuten, die wir jetzt telefonieren, kein einziges Mal fragst, wie es Arne geht?«

Hätte Katharina gestanden, wären ihr jetzt wahrscheinlich die Knie weich geworden. Harms hatte mit seiner Frage nicht nur auf Anhieb einen Vierer versenkt, sondern gleich das ganze Spiel entschieden.

»Ich ... ich hätte schon noch gefragt«, stotterte sie wenig überzeugend.

»Glaubst du das wirklich?«

Die Kommissarin setzte zu einer Antwort an, aber der Kloß im Hals schwoll immer mehr an. Immerhin bewahrte sie das vor einer Lüge.

»Mädchen, was ist passiert?«, erkundigte sich Harms sanft. »Du bist doch nicht nur wegen deiner Arbeit neben der Spur. Als du hier auf Hooge warst, hatte ich gedacht, du kommst mit deinem Leben wieder klar. Scheint ein gründlicher Irrtum gewesen zu sein.«

»Ulli will weg«, antwortete Katharina mit einem unterdrückten Schluchzen. »Endgültig.«

»Hab ich da was verpasst? Ihr seid doch schon seit Jahren nicht mehr zusammen.«

»Er will aus Bochum wegziehen.«

Aus dem Hörer quoll ein lang gezogenes Pfeifen. »Ach so ist das. Seit wann weißt du es?«

»Vor ein paar Tagen hat er es mir erzählt. Als ich aus dem Urlaub wieder da war, hab ich ihm sofort Arnes Geschenk vorbeigebracht. Da hat mir seine neue Freundin die Tür aufgemacht. Die er übrigens schon ein Vierteljahr lang kennt, ohne dass mir irgendjemand etwas gesagt hätte. Und zwei Tage später tritt er noch mal nach. Nach Frankfurt will er. Sich um das Erbe seines Vaters kümmern.«

»Ist das schon sicher? Oder hat er nur darüber nachgedacht?«

»Ulli sagt, es hängt noch in der Schwebe, aber so, wie er sich gedanklich damit beschäftigt hat, ist die Entscheidung längst gefallen. Ich kenn ihn doch.«

Katharina wischte mit dem Handrücken über das Gesicht, die Haut über den Fingerknöcheln glänzte danach feucht. Seit Ulli sie von seinen Plänen in Kenntnis gesetzt hatte, fraß sich die Nachricht durch ihre Eingeweide. Bis jetzt war es ihr gelungen, es zu ignorieren, aber nachdem Harms ihr inneres Ventil minimal angestupst hatte, gab es kein Halten mehr. Ihr Leben würde nie mehr so sein wie zuvor, ob sie bereit war, das zu akzeptieren spielte dabei keine Rolle.

»Puh, das ist ein Hammer«, meinte Harms. »Was soll aus Arne werden?«

»Den will er mitnehmen. Ich könnte mich ja sowieso nicht ausreichend um den Jungen kümmern. Arnes Psychologe hätte auch gesagt, eine neue Umgebung und ein neues Umfeld wären für ihn am besten.«

»Gibt das jetzt einen Rosenkrieg? Oder könnt ihr euch einigen?«

»Ich weiß es nicht«, flüsterte Katharina und bemühte sich, den ganz großen Tränenschwall zurückzudrängen. »Es ist doch egal, was ich dazu sage. Arne ist völlig auf seinen Vater fixiert, und wenn ich ihn bei mir behalten will, schreit Ulli Zeter und Mordio. Und ich hab ja auch nicht genug Zeit für ihn, nicht bei meinem Job.«

»Willst du denn, dass er bei dir bleibt?«

»Bitte?«

»Ganz einfache Frage. Bricht es dir das Herz, wenn er mit Ulli wegzieht? Weil du dann nicht mehr in seiner Nähe bist? Oder geht es dir um die Grundsatzfrage? Ob Ulli jetzt der Stärkere ist oder du?«

»Das hat doch gar nichts mit ...«

»Denk wenigstens mal darüber nach«, unterbrach Harms. »Klingt in deinen Ohren jetzt vielleicht grausam, aber in deiner Zeit hier auf der Hallig mit Arne hatte ich nicht gerade den Eindruck, dass zwischen euch eine innige Mutter-Kind-Beziehung existiert. Eher im Gegenteil. Entweder fehlt dir dieses Gen, was eine Mutter zur Glucke macht, oder du vergehst deinem Sohn gegenüber derart in Schuldgefühlen, dass du ihm am liebsten aus dem Weg gehen möchtest. An Ersterem kannst du nichts ändern. Am Zweiten sehr wohl – wenn du das willst.«

Katharina schnappte nach Luft. So treffend wie Harms hatte bisher noch niemand das Verhältnis zu ihrem Sohn beschrieben. Besonders nicht sie selbst.

Hatte Hinnerk nicht vollkommen recht? War sie nicht schon damals, direkt nach Arnes Geburt, heilfroh gewesen, dass Ulli freiwillig das Erziehungsjahr genommen und sie unmittelbar nach dem Mutterschutz wieder hatte arbeiten können? War sie nicht nach jedem Wochenende, das sie mit ihrem Sohn verbrachte, am Sonntagabend erleichtert, dass sie noch ein paar Stunden Freizeit für sich hatte? Selbst vor dem Urlaub auf der Hallig hatte sie Bedenken gehabt, denn sie wusste nicht, wie es funktionieren würde, wenn Arne und sie drei Wochen zusammen mit Hinnerk und seiner Familie verbringen würden.

Die Entfremdung zu ihrem Sohn bestand schon immer. Die Katastrophe, die sich in dem Fahrstuhl des Hotels ereignet hatte, zeigte die Kluft zwischen Arne und ihr endgültig auf. Einen ernsthaften Versuch ihrerseits, den Graben zuzuschütten, hatte es, das musste sie sich eingestehen, auch nie gegeben.

Genauso wenig hatte sie ihren Teil dazu beigetragen, dass die Beziehung mit Ulli vielleicht doch noch eine Chance verdiente. Natürlich hatte sie viel Zeit bei ihm im Krankenhaus verbracht, damals, nach dem Mordversuch an ihm, aber hatte sie nicht vielmehr das schlechte Gewissen dazu getrieben? Weil sie der Grund war, dass Ulli seitdem ein Krüppel war?

Katharina wurde schwindelig, das Abbild des Gasometers, dessen Silhouette sich eindrucksvoll gegen das restliche Licht der fast untergegangenen Sonne abmalte, begann zu verschwimmen. Ihr Herz klopfte bis unter die Schädeldecke und verursachte bohrende Kopfschmerzen.

Das Kartenhaus des jahrelangen Selbstbetrugs krachte in sich zusammen wie in einem Orkantief. Ihre Beziehung mit Ulli war vorbei, ein für alle Mal, schon seit Jahren, spätestens in dem Moment, in dem sie entschieden hatte, aus dem gemeinsamen Haus auszuziehen und mit Veronika eine Wohnung zu nehmen. Eine Trotzhandlung, ihr unbelehrbarer Dickkopf hatte sich durchgesetzt, anstatt zu Kreuze zu kriechen und einzugestehen, dass sie in ihrer Beziehung viele Fehler gemacht hatte. Stattdessen hatte sie auf eine Karte gesetzt, von der sie wusste, dass sie damit nie gewinnen konnte. Ihr Stolz hatte damals verhindert, ehrlich zu sich selbst zu sein.

Dabei hatte Ulli sogar um sie gekämpft; lange hatte er versucht, ihr klarzumachen, dass sie eine Familie hatte, die auf ihre Rückkehr wartete.

In seinem Zorn und seiner Enttäuschung hatte er dabei nicht immer die geschickteste Variante gewählt und Sachen gesagt, die sie ihm bitter übel genommen hatte. Irgendwann hatte Ulli schließlich resigniert. Für Katharina die Bestätigung, dass es richtig gewesen war auszuziehen. Seitdem hatte sie auf ein Zeichen von ihm gewartet, dass ihm doch noch etwas an ihr lag. Auf die Idee, den ersten Schritt selbst zu tun, war sie allerdings nie gekommen.

»Bist du noch dran?«, hörte sie wie durch einen Schleier Hinnerks Stimme.

Katharina bekam nur ein Krächzen heraus, das an ein Ja erinnerte.

»Alles okay?«

»Nein. Nein, das kann man wirklich nicht sagen.«

»Soll ich vorbeikommen?«

»Du spinnst«, antwortete Katharina und schnaubte unwillkürlich auf. Sie kannte Harms gut genug, um zu wissen, dass er es ernst meinte. Sein Mitgefühl tat ihr unendlich gut.

»Sorry, war vielleicht ein wenig heftig, dir das so zu sagen. Am Telefon meine ich. Hier auf der Hallig hast du einigermaßen ausgeglichen gewirkt. Nur bist du jetzt schon wieder viel zu sehr im Alltag. Und ich glaube nicht, dass dir sonst jemand die Leviten liest, stimmt's?«

»Hinnerk, ich muss jetzt Schluss machen.«

»Hast du etwa noch einen Termin?«, fragte Harms irritiert.

»Quatsch. Du hast mit dem, was du mir gesagt hast, nur so verdammt recht, wie du es dir noch nicht mal ansatzweise vorstellen kannst. Und ich blöde Kuh muss mir jetzt selbst über einige Dinge klar werden.«

»Okay. Aber ich darf doch davon ausgehen, dass du jetzt keinen Unfug machst?«

»Nein. Den mache ich doch immer. Oder siehst du das anders?«

23

»Hast du eine Ahnung wo Gröne steckt?«

Katharina löste den Blick vom Abschlussbericht der Kriminaltechnik über die in Maslarskis Wohnung gesicherten

Spuren. Das Machwerk in Form eines nachlässig geordneten Schnellhefters war gestern pünktlich zum Feierabend eingetroffen. Unter Feierabend war allerdings das Ende der ersten Sitzung der SOKO *Familie* zu verstehen, also irgendwann um kurz vor halb acht Uhr abends.

Als Hofmann seine Frage bereits in einer Entfernung von mehreren Metern zu ihrem Büro auf dem Flur herausbrüllte, hatte Katharina es gerade geschafft, den ersten Absatz des Berichts zu lesen.

»Bis jetzt ist er noch nicht aufgetaucht«, gab sie gähnend zurück. »Der kommt bestimmt gleich.«

»Hast du es noch nicht gehört?«

»Was gehört?«

»Es gibt einen neuen Entführungsfall. Komm mit, dann muss ich nicht alles zweimal erzählen.«

Bevor Katharina die Chance hatte, trotzdem nachzufragen, war der Leiter des KK 11 bereits weitergeeilt, um die nächsten Kollegen einzusammeln und in den Besprechungsraum zu komplimentieren. Mit seinen hektischen Flecken auf dem Gesicht und den untertassengroßen Schweißflecken unter den Achseln wirkte er alles andere als souverän.

Die Kommissarin seufzte, rollte den Schnellhefter zusammen, schob ihn unter ihre Achsel, füllte ihre Kaffeetasse nach und setzte sich in Bewegung.

Zum ersten Mal seit Wochen hatte sie tief und fest, ohne die sonst üblichen Unterbrechungen geschlafen. Es hatte in den letzten Jahren auch immer wieder Nächte gegeben, in denen sie überhaupt kein Auge zugekriegt hatte. Aber nachdem Hinnerk mit seiner beiläufig gestellten Frage den Damm einmal durchbrochen hatte, ging es ihr, nach einer ungefähr dreißig Minuten dauernden Phase des hemmungslosen Selbstmitleids, endlich wieder gut. Der Druck aus dem Magen hatte sich verflüchtigt, die grüblerischen, quälenden Gedanken, die sich ständig in den Vordergrund ihres Bewusstseins gedrängt hatten, waren verschwunden.

Das, was zwischen Ulli und ihr einmal gewesen war, war

beendet. Endgültig. Und das nicht erst seit gestern Abend, sondern schon seit Jahren. Sofern es überhaupt eine Chance gegeben hatte, es wieder hinzubiegen, hatte sie diese ebenfalls schon vor langer Zeit verschenkt. Das Eingeständnis, nie mehr zu dem alten Status quo zurückkehren zu können, schmerzte zwar, aber endlich, endlich konnte sie über ihr jetziges Leben nachdenken, ohne sich an die Vergangenheit zu klammern.

Und selbst die räumliche Trennung von Arne war auf Dauer die beste Lösung. Sowohl für sie als auch für ihren Sohn. Anscheinend fehlte ihr in der Tat das Gen, durch das Mütter zur rasenden Furie wurden, wenn es jemand wagte, ihr Kind auch nur schief von der Seite anzusehen. Und das bewirkte, dass Frauen, die jahrelang für ihre Karriere geschuftet hatten, plötzlich nur noch die Saugstärke unterschiedlicher Windelprodukte im Kopf hatten oder die chemischen Zutaten von Babys Lieblingsbrei auswendig lernten. Sie liebte ihren Sohn, überhaupt keine Frage, aber genauso wichtig wie die bestmögliche Entwicklung ihres Kindes war es für sie, der Mensch zu bleiben, der sie vor der Schwangerschaft war und nicht jeden Freiraum widerstandslos aufzugeben.

Ulli hatte das vermocht. Ohne Diskussion hatte er seinerzeit eingewilligt, an Katharinas Stelle das Erziehungsjahr zu nehmen. Vordergründig hatte sie ihren Vorschlag mit der finanziellen Situation begründet, dabei verdiente sie damals nur marginal mehr als er. Jedoch war ihr die Aussicht, ein Jahr lang tagtäglich mit nichts anderem als der Zubereitung von Kindernahrung, der Erledigung von Wäschebergen oder dem zärtlichen Herausklopfen des erlösenden Bäuerchens beschäftigt zu sein, vorgekommen wie die Verurteilung zur nachträglichen Sicherungsverwahrung.

Immer hatte sie das Gefühl gehabt, nicht zum inneren Kreis zu gehören, der aus Ulli und ihrem gemeinsamen Sohn bestand. Zwischen den beiden war der Umgang so leicht, so selbstverständlich und locker, dass sie manches Mal eifersüchtig auf die Natürlichkeit dieses Vater-Sohn-Verhältnisses war. Und vielleicht war in dieser Eifersucht auch einer der Gründe zu suchen, aus denen sie sich damals, ohne sich Gedanken über die möglichen Konsequenzen zu machen, auf die Affäre mit Veronika eingelassen hatte.

Jahrelang war sie blockiert gewesen, hatte das eigentlich Offensichtliche nicht zur Kenntnis nehmen wollen. Und gestern Abend hatte Hinnerk die Knoten in ihrem Gehirn wie durch ein Wunder rückstandslos aufgelöst. Erschöpft, kaputt, erledigt, aber unendlich erleichtert war sie irgendwann mitten in der Nacht ins Bett gekrochen und war sofort eingeschlafen.

Da sie aber heute früh, auf dem Weg über die A 40 in Richtung Bochum, wieder diese plötzlichen Magenkrämpfe mit gleichzeitiger Übelkeit verspürt hatte, war ihre unverhofft gute Laune auch gleich verflogen. Fast fühlte es sich so an wie damals, als sie schwanger geworden war. Das konnte sie allerdings ausschließen. Nachdem sie und Ulli sich getrennt hatten, war kein Mann mehr in ihr Leben getreten. Und an die unbefleckte Empfängnis hatte sie noch nie geglaubt.

»Hättest mir ja ruhig einen Kaffee mitbringen können«, beschwerte sich Karl Heinz Gassel und deutete mit der Hand auf den unbesetzten Stuhl neben sich.

Katharina schrak auf. Wie lange stand sie schon wie ein Ölgötze im Besprechungsraum? Anscheinend nicht lange, denn die Kollegen waren mit sich selbst beschäftigt, entweder wurde leise getuschelt oder hektisch in Unterlagen geblättert.

Vorsichtig stellte sie ihre Tasse ab und zog den Stuhl unter dem Tisch hervor. »'tschuldige. Berthold kam wie ein Derwisch ins Büro gerast, ich war froh, dass ich überhaupt selbst noch an einen Kaffee gedacht habe.«

Der Senior winkte ab. »Keine Ursache. Ich hab in meinem Berufsleben schon ganze Kaffeeplantagen in mich reingeschüttet, eigentlich müsste mein Koffeinspiegel bis zum Rest meines Lebens reichen.«

Katharina schaffte ein pflichtschuldiges Grinsen. »Wie lange hast du noch?«

»Zwölf Tage, sechs Stunden und dreizehn Minuten reine Arbeitszeit. Vorausgesetzt, ich mache jeden Tag pünktlich Feierabend und bleibe an den Wochenenden zu Hause. Im Moment sieht es ja eher nicht danach aus.«

»Weißt du schon Genaueres?«, fragte Katharina und deutete zur Kopfseite des Tisches, wo Hofmann hektisch in sein Handy stammelte und sich Annika Schäfer hastig in den Raum drückte. Als sie Katharina erblickte, huschte ein leises Lächeln über ihr Gesicht und sie änderte ihre Richtung.

»Nein«, meinte der Senior. »Nur, dass es wieder eine Entführung gegeben hat. Einzelheiten kenne ich auch nicht.«

»Ist hier noch frei?«, fragte Annika und setzte sich, ohne eine Antwort abzuwarten, neben Katharina.

»Jetzt nicht mehr«, entgegnete die Kommissarin trocken und blätterte in dem mitgebrachten Bericht. Vielleicht schaffte sie ja noch ein paar Absätze.

»Hast du ihn eigentlich schon mal gefragt?«, flüsterte Annika unauffällig.

»Bitte was?«

»Na, ob du mal nachgefragt hast. Dein neuer Kollege. Ist er noch solo?«

Katharina brauchte einen Moment. »Ach so«, meinte sie dann. »Ja, wir haben uns zwischendurch ein wenig unterhalten können. Und er ist nicht.«

»Nicht in einer Beziehung?«, hakte Annika hoffnungsfroh nach.

»Er ist nicht solo. Und mit Kolleginnen fängt er angeblich grundsätzlich nichts an.«

»Echt nicht?« Annikas Enttäuschung war förmlich mit den Händen greifbar.

»Tut mir leid.«

Bevor Annika ihren Frust weiter bei Katharina abladen konnte, klappte Hofmann sein Handy zusammen und gab einer jungen Beamtin mit einem Nicken zu verstehen, dass sie die Tür des inzwischen gefüllten Besprechungsraumes schließen sollte. Im letzten Moment schlüpfte Gröne bleich und übermüdet durch den Türspalt. Als auch er endlich saß, holte Hofmann tief Luft.

»Gestern Abend um einundzwanzig Uhr dreißig wurde der fünfjährige Ricardo Ronaldi von seiner Mutter als vermisst gemeldet. Der Junge hatte den gestrigen Nachmittag mit einem nur wenige Querstraßen von der mütterlichen Wohnung entfernt wohnenden Spielkameraden im Garten des Wohnhauses verbracht, in dem dieser selbst mit seiner Mutter wohnt …«

Katharina seufzte innerlich auf. Hofmann war schon immer auf umständliche Art pedantisch gewesen, aber seit er die Leitung des KK 11 übernommen hatte, nahm dieser Charakterzug überhand. Der Polizeijargon war zugegebenermaßen gewöhnungsbedürftig, doch derart geschraubte Konstruktionen, wie sie ihr ehemaliger Büronachbar zustande brachte, waren eine Klasse für sich.

»Kurz nach neunzehn Uhr fünfzehn erhielt die Mutter des Spielkameraden, eine Stefanie Hütting, eine telefonische Information über einen medizinischen Notfall bei ihrer eigenen Mutter. Daraufhin versuchte sie, Ricardos Mutter telefonisch zu erreichen, was allerdings misslang. Ursprünglich war abgemacht, dass der Junge bis etwa zwanzig Uhr zum Spielen bleiben durfte, um dann von Frau Hütting nach Hause gebracht zu werden. Ricardo versprach, als seine Mutter nicht kontaktiert werden konnte, alleine nach Hause zu laufen. Er kannte den Weg und wollte direkt nach Hause. Frau Hütting willigte ein, allerdings ist Ricardo nicht angekommen.«

Hofmann machte eine kleine Pause und saugte neue Informationen von seinen Notizen. Zwei oder drei Kollegen hoben bereits den Arm, weil sich einige Fragen geradezu aufgedrängt hatten.

»Später«, wiegelte Hofmann ab. »Gegen halb neun versuchte Frau Ronaldi nun ihrerseits, Frau Hütting anzurufen, was weder über Festnetz noch über Handy gelang. Zu diesem Zeitpunkt befand sich Frau Hütting auf der Intensivstation des Krankenhauses und hatte ihr Mobiltelefon ausgeschaltet. Nach den vergeblichen Anrufen machte sich Frau Ronaldi selbst auf den Weg zur Wohnung der Hütting, traf dort aber niemanden an. Auch die Nachbarn konnten ihr keine Auskunft geben. Um kurz nach einundzwanzig Uhr kam dann doch eine Telefonverbindung zustande, schließlich erstattete Frau Ronaldi, nachdem sie einige Minuten auf eigene Faust die nähere Umgebung abgesucht hatte, Vermisstenanzeige.«

»Ich verstehe nicht, warum der Junge nach Hause wollte. Hat er etwa einen eigenen Wohnungsschlüssel? In dem Alter?«, fragte Nathalie Sander aufgebracht.

»Nein. Im Haus der Ronaldis wohnt eine ältere Dame, eine Frau Jahn. Ricardo besucht sie oft, sie ist für ihn so etwas wie ein Großmutterersatz.«

»War die nicht zu Hause?«

»Doch, aber als die Hütting dort anrief, war der Anschluss besetzt. Daher schlug Ricardo vor, allein zu laufen.«

»Warum hat diese Hütting den Bengel nicht einfach schnell nach Hause gebracht?«, hakte Katharina nach.

»Keine Ahnung. In Extremsituationen handeln Menschen nun mal nicht rational. Die Frau ist allerdings noch nicht umfassend vernommen worden. Das müssen wir im Laufe des Tages noch erledigen.«

»Was wurde denn schon unternommen?«, platzte Gassel ungeduldig heraus.

»Das in diesen Fällen Übliche«, gab Hofmann zurück. »Eine Meldung an sämtliche Kollegen auf der Straße, die Abfrage bei allen Krankenhäusern, Kontaktierung aller Bekannten und Verwandten der Mutter. Bisher alles ohne Ergebnis. In diesen Minuten geht die Info an die Radiosender dieser Gegend, dass der Junge verschwunden ist und wir für die Mithilfe der Bevölkerung dankbar sind.«

»Wo ist die Verbindung zu unserem Fall?«, wollte jemand wissen.

»Abgesehen davon, dass wieder ein Kind einer alleinerziehenden Mutter verschwunden ist, gibt es noch keine. Die Mutter äußerte gestern bei Aufgabe der Anzeige den Verdacht, dass der leibliche Vater des Kindes etwas mit dem Verschwinden zu tun haben könnte. Allerdings konnte man Ricardos Vater gestern noch erreichen. Er befindet sich zurzeit in seiner Heimatstadt. Udine.« Hofmanns Stimme klang belegt, er nahm einen Schluck Mineralwasser und räusperte sich. »Es wurde bereits eine Einsatzhundertschaft angefordert, die um drei Uhr heute früh mit der systematischen Suche in der Nähe des letzten Aufenthaltsortes begonnen hat. Auch ohne Ergebnis.«

»Und warum werden wir erst jetzt benachrichtigt?«, fragte Katharina.

»Der diensthabende Kollege von heute Nacht hat zunächst die notwendigen Sofortmaßnahmen eingeleitet. Ferner sah er auch keinen unbedingten Zusammenhang mit den Maslarski-Morden. Zum jetzigen Zeitpunkt ist ja auch noch völlig unklar, ob dieser überhaupt gegeben ist.«

»Gibt es daran wirklich Zweifel?«, kam die zu erwartende Gegenfrage. »Innerhalb kürzester Zeit verschwinden zwei Kinder spurlos und ohne, dass jemand etwas bemerkt. Beide Male sind die Mütter alleinerziehend. Und ich schätze, dass sich aktuell auch noch niemand bei der Mutter gemeldet hat, um eventuelle Forderungen zu stellen, habe ich recht?«

»Ja«, nickte Hofmann. »Es gibt eindeutige Parallelen, auch wenn sich ansonsten kein stringentes Muster erkennen lässt. Svenja Maslarski war ein Teenager, Ricardo Ronaldi geht noch in den Kindergarten. Wäre wieder ein Mädchen in Svenjas Alter entführt worden, wäre der Zusammenhang offensichtlich.«

»Wirklich?«, fragte Gassel. »Wir wissen doch noch gar nichts über die Motivation des Täters. Worum es ihm letztlich geht. Es kann doch sein, dass er kein konkretes Beuteschema hat, sondern jeweils die Gunst der Stunde nutzt. Obwohl man das bei der sorgfältigen Durchführung der ersten Taten nicht annehmen kann. Ohne umsichtige Planung wäre das nicht möglich gewesen.«

»Steht Ricardos Mutter unter unserem Schutz?«, dachte Katharina einen Schritt weiter.

»Ich habe, nachdem ich von dem neuen Fall gehört habe, sofort eine Streifenwagenbesatzung zu Frau Ronaldi geschickt«, erklärte Hofmann. »Der Zugang zum Haus wird bewacht. Seit gestern Abend hält sich allerdings auch die Schwester der Frau mit in der Wohnung auf.«

»Aber niemand von unseren Leuten ist drin?«

»Nein. Die Mutter des Kleinen ist sowieso schon völlig aufgelöst. Wenn wir ihr nun auch noch Polizeischutz verordnen, weil wir davon ausgehen, dass sie kurz nach der Ermordung ihres Sohnes umgebracht wird, bricht sie restlos zusammen. Wir werden jemanden bei ihr lassen, nachdem wir sie befragt haben. Dann aber unter dem Vorwand, dass jemand von uns vor Ort sein sollte, wenn der oder die Entführer mit ihr Kontakt aufnehmen.«

»Wovon wir erst mal nicht ausgehen«, murmelte Annika Schäfer, die sich bis jetzt nicht geäußert hatte. Trotz des sehr ernsten Themas konnte sie es nicht unterlassen, auch jetzt Gröne den einen oder anderen schmachtenden Blick zuzuwerfen.

»Wir dürfen uns keinesfalls auf eine vorschnelle Einschätzung der Situation einlassen«, mahnte Hofmann nachdrücklich. »Im Moment können wir weder etwas sicher ausschließen noch annehmen. Allerdings wächst meines Erachtens mit jeder Minute, in der wir nichts von dem Kleinen hören, die Wahrscheinlichkeit noch mehr, dass er einem Verbrechen zum Opfer gefallen ist. Ricardo ist nach Aussage der Mutter ein aufgewecktes Kerlchen, wir können also vermuten, dass er sich auf dem kurzen Weg nicht verlaufen hat.«

»Wo war die Mutter, als die Nachbarin versuchte, sie anzurufen?«

»Im Kino, zusammen mit ihrer Schwester. Und wie es da mit Handys aussieht …«

»Ich weiß nicht«, meinte Nathalie Sander, »aber muss man das Gerät gleich ausschalten? Es auf Vibrationsalarm einzustellen, würde doch auch gehen.«

»Frau Ronaldi verflucht sich inzwischen mehr als genug dafür«, fuhr Hofmann fort. »Als die Kollegen die Anzeige aufgenommen haben, war sie nahezu unfähig, selbst zu sprechen. Die Schwester hat die notwendigen Angaben gemacht.«

»Was man keineswegs überbewerten sollte«, warf ein älterer Kollege aus dem Betrugsdezernat ein. »Schauspielerische Fähigkeiten waren schon immer etwas wert.«

»Wir müssen uns schnellstmöglich selbst ein Bild von der Situation machen, die bisher zur Verfügung stehenden Angaben basieren auf den Berichten der gestrigen Bereitschaft. Im Augenblick sind alle denkbaren Maßnahmen eingeleitet, die Kriminaltechnik ist ebenfalls schon seit einer guten Stunde im Einsatz. Aus diesem Grund habe ich entschieden, dass der größte Teil der SOKO zunächst weiter am Fall Maslarski bleibt. Thalbach, Gröne und ...«, unterbrach sich Hofmann und ließ seinen Blick über die Anwesenden schweifen, »Frau Schäfer, Sie drei kommen im Anschluss mit zu Frau Ronaldi. Kollegin Schäfer möchte ich bitten, nach der Befragung dort zu bleiben, einen endgültigen Einsatzplan, wer wann den Personenschutz übernimmt, erarbeiten wir dann, wenn wir wieder zurück sind.«

Schäfer nickte, trotz der schlechten Nachricht, die ihr Katharina gerade offenbart hatte, eifrig, ihre Wangen zeigten sogar eine leichte Röte. Katharina grinste still in sich hinein. In der gesamten Bochumer Kripo war klar, dass ein Auto, in dem Katharina saß, nur von ihr selbst gesteuert wurde. Hofmann würde kaum freiwillig hinten sitzen, also hatte Annika das Objekt ihrer weiblichen Begierden für mehrere Minuten neben sich auf dem Rücksitz.

»Wie verfahren wir im Umgang mit der Presse?«, fragte Gassel.

»So offensiv wie möglich, ohne auch nur die leiseste Vermutung über einen möglichen Zusammenhang zu den beiden Morden herzustellen. Auch bei eventuellen Nachfragen lassen wir uns nicht darauf ein. Am allerwenigsten brauchen wir jetzt eine Panik, die jede alleinerziehende Mutter erfasst.«

»Dann wäre das jetzt alles?«

»Vorerst ja. Wir treffen uns um siebzehn Uhr zur Nachmittagsbesprechung. Ich hoffe, bis dahin bleiben wir vor neuen Katastrophen verschont!«

24

Sollte es wirklich einen Gott geben, der für die gesamte Schöpfung verantwortlich war, so hatte er einen ausgeprägten Sinn für schwarzen Humor.

Auf diese Idee konnte man kommen, wenn man die beiden Schwestern direkt nebeneinander auf der Couch sitzen sah. Niemand wäre auch nur auf die flüchtige Idee verfallen, dass diese zwei Frauen miteinander blutsverwandt sein konnten. Auf der linken Seite saß Veronika Ronaldi. Ihre langen, glatten schwarzen Haare umspielten ein symmetrisches Gesicht, in dem die dunklen Augen hervorstachen wie zwei glühende Kohlen. Eine perfekt geschnittene Nase über zwei geschwungenen Lippen, das Kinn ausgeprägt, ohne jedoch spitz zu wirken. Der dunkle Teint ließ entweder auf eine südländische Herkunft oder eine Dauerkarte im Solarium schließen. Der perfekt proportionierte Körper kauerte im Augenblick zusammengesunken in den Polstern, die durch die leichte Sommerkleidung zu erahnenden Konturen verliehen der Frau jedoch trotzdem eine schwer zu übersehende Sinnlichkeit. Sogar Katharina hatte sich dabei ertappt, wie sie die Mutter des kleinen Ricardo einige Sekundenbruchteile nicht nur als Zeugin oder potenzielles Verbrechensopfer, sondern durchaus mit einem gewissen erotischen Interesse betrachtet hatte.

Die rechte Seite der Couch besetzte hingegen Carola

Müller. Die ältere der beiden Schwestern erfüllte so ziemlich jedes Klischee des hässlichen Entleins. Die straßenköterblonden Haare standen stumpf in alle Richtungen vom Kopf ab. Unter dem Haaransatz zu weit auseinanderstehende Augen, von denen eines unbeirrbar die Zimmerdecke fixierte, während sich das andere dem Tagesgeschehen widmete. Vom sanierungsbedürftigen Gebiss lenkte zum Glück die mehrere Millimeter breite Lücke zwischen den oberen Schneidezähnen ab. Unterhalb des dritten Kinns und oberhalb der Knie thronte ein extrem voluminöser Leib mit noch größeren Brüsten. Ein Liebhaber hätte sich ohne die Hilfe eines Körpernavigationsgerätes sicherlich hoffnungslos verirrt.

Katharina hatte sich den einzelnen Sessel direkt gegenüber der beiden Schwestern gesichert, während Hofmann auf dem vor Kopf stehenden Polsterhocker Platz genommen hatte. Schäfer und Gröne waren nicht mit in die Wohnung gekommen, sondern befragten die Nachbarn.

»Wissen Sie schon irgendetwas?«, fragte Ricardos Mutter gerade zögerlich, wobei sie ihre Hände krampfhaft in den Schoß presste, um das Zittern der Finger zu verbergen.

»Leider noch nicht«, entgegnete Hofmann. »Aber die Suchmaßnahmen laufen, ab sofort wird auch regelmäßig im Rundfunk darum gebeten, dass die Leute ihre Augen offen halten.«

»Bitte finden Sie meinen Schatz! Er ist das Einzige, was ich habe. Bitte!«

»Ich kann Ihnen versichern, wir tun unser Bestes.«

»Ist Ihnen zwischenzeitlich noch jemand eingefallen, bei dem sich Ihr Sohn aufhalten könnte?«, fragte Katharina.

»Nein. Von der Familie hab ich alle angerufen, aber so viele sind das nicht. Und bei meinen Freunden und Bekannten war auch Fehlanzeige.«

»Sie haben auch niemanden vergessen?«

»Ich habe alle angerufen, die ich kenne.«

»Hatten Sie in der letzten Zeit mit jemandem Ärger oder Streit?«

»Nein, nicht dass ich wüsste.«

»Gestern Abend sagten Sie den Kollegen, es könnte sein, dass Ricardos Vater bei seinem Verschwinden die Finger im Spiel haben könnte. Gibt es dafür einen konkreten Anlass?«

»Ach, eigentlich nicht. Früher gab es mal Streit, wegen des Sorgerechts. Aber das ist schon fast zwei Jahre her. Seitdem geht's eigentlich. Giuseppe kommt auch immer vorbei, wenn er in Deutschland ist, so alle fünf, sechs Monate.«

»Aber warum haben Sie dann gestern diese Vermutung geäußert?«

Veronika Ronaldi atmete tief durch. »Ich weiß es auch nicht. Seppi hat mal am Telefon gesagt, wenn ich immer mehr Unterhalt von ihm will, dann würde er Ricardo einmal ganz zu sich holen, das wäre billiger. Aber er hat dabei gelacht, es war nicht ernst gemeint.«

»Können Sie sich dessen sicher sein?«

»Ja, ich kenne ihn. Italienischer Macho halt. Es geht ihm dabei gar nicht um das Geld, davon hat er mehr als genug ... Er hat einen gut gehenden Lebensmittelhandel«, ergänzte sie, als sie die fragenden Gesichter der Beamten bemerkte.

»Frau Ronaldi, ging Ricardo eigentlich regelmäßig zu seinem Spielkameraden?«, fragte Katharina vorsichtig.

»Ja sicher, die beiden sind ein Herz und eine Seele.«

»An festen Tagen, zu festen Uhrzeiten?«

»Ach so. Nein, das nicht. Manchmal war er drei- oder viermal in der Woche mit Dennis zusammen, dann wieder zwei Wochen gar nicht.«

»Hat Ricardo denn mal etwas Ungewöhnliches erzählt? Dass ihn fremde Erwachsene angesprochen haben? Oder er vor jemandem Angst gehabt hat?«

»Überhaupt nicht. Ich bringe ihn morgens zum Kindergarten, mittags hole ich ihn wieder ab. Wenn er zu Dennis will, setze ich ihn dort ab, Stefanie begleitet ihn dann zurück. Wenn Dennis zu uns kommt, ist es umgekehrt.«

»Sie sind nicht berufstätig?«

»Doch, natürlich. Aber ich arbeite von zu Hause. Als

Schreibkraft für ein Gutachtenbüro. Dafür muss ich nicht extra in die Firma.«

»Also war Ihr Sohn so gut wie nie alleine draußen unterwegs«, stellte Hofmann fest.

»Eigentlich nicht, nein.«

Katharina tauschte mit Hofmann einen schnellen Blick. So viel zu einer sorgfältig geplanten Entführung.

»Frau Ronaldi, haben sie einen festen Freund? Oder eine ... flüchtige Bekanntschaft?«

»Weder das eine noch das andere. Meine letzte Beziehung liegt schon über ein Jahr zurück. Und die ist im Guten auseinandergegangen.«

»Seitdem sind Sie alleine?«, fragte Katharina.

Viktoria Ronaldi nickte nur stumm und traurig.

»Also können Sie mit Sicherheit ausschließen, dass Ihnen jemand aus Ihrem Umfeld etwas Böses will?«, bohrte Hofmann. »Ein heimlicher Verehrer vielleicht?«

»Hören Sie, da gibt es niemanden. Nachdem ich Ricardo in den Kindergarten gebracht habe, sitze ich am Schreibtisch und arbeite. Mittags hole ich meinen Sohn, dann kaufen wir gleich ein, ich koche etwas und dann verbringen wir Zeit miteinander. Den Rest meiner Schreibarbeiten erledige ich abends, sobald er im Bett ist. Wenn er mit Dennis spielt, mache ich die Hausarbeit. Einmal im Monat gehe ich mit meiner Schwester zusammen ins Kino ...«

Bis jetzt hatte sich die Frau meisterhaft beherrscht, doch bei dem Gedanken an den Grund, warum sie gestern nicht erreichbar gewesen war, brach sie mitten im Satz ab. Binnen kürzester Zeit hatten sich ihre Augen erneut mit Tränen gefüllt.

Carola Müller bedachte die Polizisten mit einem finsteren Blick und versenkte ihre Schwester unter einem rosig fleischigen Oberarm, den sie ihr wie ein Fallbeil in den Nacken legte. »Schon gut, Kleines«, wisperte sie, »ich bin ja bei dir.«

Katharina musste angesichts des bizarren Anblicks auf ihre Gesichtszüge achten. Es wirkte beinahe so, als hätte ein Walhai einer Sardine unter seinen Flossen Schutz gewährt.

»Uns ist klar, wie schmerzlich unsere Fragen für Sie sein müssen«, nahm Katharina nach einer Pause den Faden wieder auf. »Jedoch ist es für uns sehr wichtig, so viel wie möglich über Ricardo und sein Leben in Erfahrung zu bringen. Sie wissen ja, jede Kleinigkeit kann letztlich wichtig sein.«

»Gibt Ihnen das automatisch das …«, begann Müller mit einer überraschend angenehmen Stimme, wurde von ihrer Schwester jedoch energisch unterbrochen.

»Es muss sein, Carola. Nur vom Weinen bekomme ich Ricardo nicht zurück. Also fragen Sie, was Sie fragen müssen.«

Der Racheengel in XXXL heftete sein gesundes Auge feindselig auf die Kommissarin, spielte ansonsten jedoch mit.

»Erzählen Sie uns, was für ein Kind Ricardo ist. Fröhlich, offen, in sich gekehrt, verträumt, misstrauisch …«

»Er ist meine Sonne«, erklärte Ronaldi wehmütig, »aufgeweckt und fröhlich ist er, schon morgens beim Aufstehen. Und clever. Für seine fünf Jahre.«

»Würde er sich jemals auf einen fremden Menschen einlassen? Wenn Sie nicht dabei sind?«

»Niemals!«, behaupteten die beiden Schwestern gleichzeitig.

»Unter gar keinen Umständen?«

»Niemals«, wiederholte Ricardos Mutter solo. »Ich habe es ihm immer wieder gesagt, auch im Kindergarten schärfen die Erzieherinnen das den Kindern ein. Heutzutage wird sehr viel Wert darauf gelegt, auch dass die Kinder keine Angst haben, ihren Willen zu äußern. Und Nein zu sagen, wenn ihnen etwas nicht passt.«

»Trotzdem könnte es doch dazu kommen, dass er … von etwas zu fasziniert ist, um an ihre Warnungen zu denken«, meinte Hofmann. »Mag er Autos? Oder Tiere?«

»Jeder Junge mag das«, antwortete Ronaldi beinahe trotzig.

»Natürlich. Ich frage nur, weil es eher unwahrscheinlich ist, dass jemand Ihren Sohn am helllichten Tag in sein Auto zerrt oder sonst wie verschleppt. Nach dem, was Sie erzählt haben, hätte Ricardo doch sicher geschrien und sich gewehrt.«

Wieder kam nur ein stummes, trauriges Nicken der Mutter.

»Von daher ist es wahrscheinlicher, dass jemand Ihren Sohn mit einem Trick zu sich gelockt hat. Jemand, vor dem er sich spontan nicht fürchtete. Der vielleicht einen kleinen Welpen dabeihatte, mit dem Ricardo spielen wollte. Oder es war doch eine Person, die er kannte.«

»Ich weiß es nicht«, schluchzte Ronaldi verzweifelt. »Das müssen Sie doch alles herausfinden! Wenn ich doch nicht in dieses Scheißkino gegangen wäre …«

»Schschsch«, machte Frau Müller und drückte ihre Schwester gegen ihren Brustkorb. »Mach dir bloß keine Vorwürfe! Da kannst du auch gleich Stefanies Mutter die Pest an den Hals wünschen, weil sie einen Schlaganfall hatte. Du kannst am allerwenigsten dafür.«

Innerlich hakte Katharina die Befragung für den Moment ab. Mit Hofmanns suggestiv gestellter Frage hatte er die Belastungsgrenze überschritten.

»Geht es Ihnen gut?«, fragte die Kommissarin leise.

»Nein, es geht meiner Schwester nicht gut, das sehen Sie doch!«

»Können Sie uns denn noch etwas über Ricardo sagen? Sie hatten doch sicher sehr viel Kontakt zu Ihrem Neffen.«

»Natürlich hatte ich das. Viktoria hat Ihnen alles gesagt. Dem Kleinen ist unter Garantie etwas zugestoßen. Und anstatt meine Schwester mit Ihren Fragen zu torpedieren, sollten Sie endlich etwas unternehmen.«

»Carola, lass doch …«

»Nein, ich lasse es nicht gut sein! Wir verschwenden hier doch nur kostbare Zeit. Wenn wir wüssten, wo Ricardo zu finden ist, hätten wir das schon längst gesagt!«

»Zurzeit ist alles in die Wege geleitet, was in unserer Macht steht«, antwortete Hofmann wenig beeindruckt. »Außerdem würde ich gerne eine Beamtin bei Ihnen lassen. Rund um die Uhr. Falls sich jemand mit Ihnen in Verbindung setzen sollte. Und eine Fangschaltung würden wir auch gerne installieren.«

»Machen Sie, was Sie für richtig halten«, gab Ronaldi erschöpft zurück. »Hauptsache, ich bekomme meinen Kleinen zurück.«

»Können wir uns kurz Ricardos Zimmer ansehen?«

»Sicher. Carola, zeigst du eben, wo es langgeht?«

Müller schnaufte unwillig durch, dann lehnte sie sich einmal auf der Couch zurück, um Schwung zu holen und wuchtete sich in die Höhe. »Kommen Sie. Ricardo hat sein Reich hinter dem Schlafzimmer.«

Hofmann und Thalbach folgten ihr durch die kurze Diele. Das Kinderzimmer unterstrich nur das, was seine Mutter über den Jungen gesagt hatte. Hier herrschte fröhliches Chaos, als hätte Ricardo gerade vor fünf Minuten den Raum verlassen und würde jeden Moment zurückkommen, um weiterzuspielen. Die Wände waren mit abstrakten, fürchterlich bunten Kinderbildern übersät, das Bett ertrank in einer Flut aus Stofftieren. Viktoria Ronaldi schien ihren Sohn mit Geschenken zu überschütten.

»Verflucht, ich verstehe einfach nicht, was hier passiert«, beschwerte sich Hofmann, nachdem Carola Müller wieder zu ihrer Schwester zurück ins Wohnzimmer gegangen war. »Glaubst du, die Frau sagt uns die Wahrheit?«

»Ich sehe keinen Grund, warum sie uns einen Bären aufbinden sollte«, gab Katharina nachdenklich zurück. »Was hätte sie auch davon? Niemand konnte voraussagen, dass Ricardo gestern Abend alleine den Heimweg antreten würde.«

»Quatsch, ich meinte damit ihr Einsiedlerleben. Dass sie, abgesehen von dem monatlichen Kinobesuch mit ihrer Schwester, die Freizeit ausschließlich mit ihrem kleinen Sohn verbringt. Die Frau ist gerade mal dreißig. Die will doch auch mal abends vor die Tür. Tanzen gehen. Etwas erleben. Kontakt zu anderen Menschen haben.«

»Warum? Nur weil sie sehr attraktiv ist? Oder worauf beziehst du deine Vermutung?«

Hofmann zog hilflos die Schultern hoch. »Maslarski hat uns auch nichts von ihrem geistlichen Lover erzählt. Und dabei machte die Frau vom Äußeren her eher noch als Ronaldi den Eindruck, als könne sie kein Wässerchen trüben.«

»Bettges hat mit den Morden doch nachweislich nichts zu tun«, stutzte Katharina.

»Aber es sah eine Zeit lang so aus, als hätte er ein Motiv haben können. Genauso wie Kallus. Ich will ganz einfach keine böse Überraschung erleben, wenn es auch hier einen verheimlichten Liebhaber gibt.«

»Sollen wir Ronaldi auseinanderpflücken?«

»Darum wollte ich dich bitten. Ruf Frau Schäfer an, sie soll hier Position beziehen. Sobald sie da ist, fahren wir ins Präsidium und kümmern uns um die Fangschaltung für das Festnetz. Das Handy wird ebenfalls überwacht. Und du besorgst uns, was du über Viktoria Ronaldi in Erfahrung bringen kannst. Kontobewegungen, Männergeschichten, Schuhgröße, Telefon- und Internetkontakte, einfach alles.«

Katharina kramte automatisch ihr Handy hervor und kontaktierte Annika. Als sie das Gespräch beendete und das Telefon wieder in der Tasche verstauen wollte, begann das Gerät zu vibrieren.

25

Natürlich war sie noch nicht da.

Katharina schnaufte verärgert durch, warf einen prüfenden Blick auf ihre Armbanduhr und okkupierte den erstbesten freien Tisch. Sie war selbst fünf Minuten zu spät, entschied sich aber, noch zu warten. Außerdem war bei dem noch anstehenden Mammutprogramm für den Rest des Tages keineswegs absehbar, ob sie zwischendurch Zeit für eine Pause erübrigen konnte.

Kaum hatte die Kommissarin Platz genommen, als eine eilfertige Bedienung an ihren Tisch kam. Katharina orderte einen Cappu nebst Mineralwasser, dachte eine Sekunde daran, noch eines der verführerisch aussehenden Baguettebrötchen aus der Glasvitrine dazuzunehmen, entschied sich aber dagegen. Stattdessen holte sie ihr Handy hervor und las noch einmal die SMS, um sicherzugehen, auch wirklich im richtigen Café zu sitzen.

Zeitgleich mit ihrer Bestellung betrat ihre Verabredung das Lokal. Die Blicke des Mädchens schossen suchend über die Tische, als sie Katharina schließlich entdeckte, stahl sich ein erfreutes Lächeln in ihr Gesicht.

»Hi Lynni. Hatte schon befürchtet, du kommst gar nicht.«

»Hey, immerhin hab ich Sie doch angesimst. Aber diese Scheißbahn hatte Verspätung. 'tschuldigung, kommt nicht wieder vor.«

»Möchtest du etwas trinken?«

»Klar, 'ne Cola wär cool.«

Katharina bestellte noch eine koffeinhaltige Brause, während sich Marilyn Kowalski einen Stuhl heranzog. Dann nippte sie an ihrer Tasse und sah das Mädchen abwartend an.

»Is voll fett, dass Sie sich mit mir treffen«, plapperte Lynni. »Hatte echt gedacht, Sie wimmeln mich ab.«

»Du hast mir geschrieben, dir wäre noch etwas Wichtiges eingefallen«, gab Katharina ein wenig ungeduldig zurück.

»Klar. Hat Ihnen das, was ich bis jetzt erzählt hab, denn schon geholfen?«

»Ja, das hat es.«

»Echt? Wissen Sie denn, wer Svenja umgebracht hat?«

»Noch nicht. Aber aufgrund deiner Aussage konnten wir einige bis dahin ungeklärte Fragen abhaken und jemanden als Täter ausschließen. Ist mitunter genauso wichtig, bevor man sich in etwas verrennt oder einem Gespenst hinterherjagt.«

»Geil. Ist ja voll wie im Fernsehen.«

Die Bedienung kam ein zweites Mal und brachte Lynnis Cola. Die Schülerin griff nach dem Glas und nahm einen großen Schluck.

»Was ist dir denn noch eingefallen?«, fragte Katharina.

Lynni setzte ihr Glas ab und beugte sich verschwörerisch nach vorn. Bevor sie sprach, sah sie sich absichernd um, ob lauschende Ohren in der Nähe waren. »Also, die Mutter von der Svenja – die war voll pervers. Svenja hat die mal erwischt. Als die mit diesem Pfaffen rumgemacht hat. Voll schräg.«

Katharina hob fragend die Brauen. »Das ist alles, was dir noch eingefallen ist?«

»Ey, ist das nicht auch wichtig? Bei so Perversen weiß man doch nie.«

»Lynni, das hast du mir schon erzählt. Und dass euer Klassenlehrer versucht hat, euch in den Ausschnitt zu starren. Weißt du nicht mehr?«

Das Mädchen nahm erschrocken die Hand vor den Mund. »Echt? Hab ich schon?«

»Ja, das hast du schon«, wiederholte Katharina und vernichtete den größten Teil des inzwischen auf Trinktemperatur abgekühlten Cappuccinos.

»Boah, sorry, ich hab echt gedacht, das wär neu für Sie. Da war ich wohl heftig neben der Spur.«

»Macht ja nichts«, antwortete die Kommissarin und griff nach ihrem Portemonnaie. »Nach so einer schlimmen Nachricht kann man schon mal was vergessen oder durcheinanderbringen.«

»Müssen Sie schon weg?«, fragte Lynni enttäuscht.

»Sieht so aus. Ich muss ins Präsidium, soll ich dich irgendwo absetzen?«

»Nee, is schon gut. Ich häng noch ein bisschen ab.«

Katharina winkte der Bedienung, sammelte die beiden Kassenbons ein und legte sie, zusammen mit einem Fünfer und drei einzelnen Eurostücken neben ihre Tasse. Noch ein Schluck Mineralwasser, dann war die Pause vorbei.

»Darf ich denn noch mal anrufen?«, fragte Lynni schüchtern. »Falls mir echt was einfallen sollte? Oder so?«

»Klar«, gab Katharina zurück und zog den Riemen ihrer Tasche über die Schulter. »Wie meinst du das?«, stutzte sie dann.

Lynni sah sie stumm und ausdruckslos an.

»Marilyn, was ist los? Warum hast du mich wirklich angerufen?«

Das Mädchen senkte beschämt den Kopf, trotzdem erkannte Katharina die Tränen, die Lynni über die Wangen liefen.

»Red mit mir, komm«, drängte die Kommissarin sanft. »Dir liegt doch was auf der Seele.«

»Ich dachte nur«, begann Lynni mit brüchiger Stimme stockend, »wir könnten uns mal sehen. Und reden.«

»Über das, was mit Svenja passiert ist?«

»Auch. Und überhaupt.«

»Überhaupt?«

»Ich hab doch sonst niemand«, kam es kaum noch verständlich von der anderen Seite des Tisches.

Katharina holte tief Luft, sie war ratlos. Im letzten Moment konnte sie den Blick auf ihre Uhr verhindern. Selbst wenn sie es noch so eilig hatte, im Augenblick durfte sie Lynni nicht das Gefühl geben, abgewiesen zu werden.

»Lynni. Lynni, sieh mich mal an«, bat sie leise.

Artig hob das Mädchen den Kopf. Die auch heute wieder reichlich aufgetragene Schminke unter den Augen hatte bereits Spuren auf den Wangen verursacht.

»Hast du wirklich niemanden, mit dem du reden kannst?«

»Echt nicht«, Lynni schüttelte verzweifelt den Kopf. »Svenja war die Einzige.«

»Keine andere Freundin? Aus der Klasse?«

»Ach«, entfuhr es dem Mädchen heftig, »für die bin ich doch nur ein Freak. Die bekloppte Lesbe. Die wollen nichts mit mir zu tun haben. Und ich auch nicht mit denen!«

»Weiß denn die ganze Klasse, dass du nichts mit Jungs anfangen kannst?«

»Denk schon. Gesagt hab ich nichts, ich bin doch nicht blöd. Die haben das wohl so gemerkt.«

»Erzähl keinen Quatsch! So etwas merkt man doch nicht. Wenn du es niemandem verraten hast, weiß das auch niemand. Bildest du dir vielleicht nur ein, dass es die Mädchen aus deiner Klasse alle wissen?«

»Eine aus meiner alten Klasse wusste das. Die hat bestimmt getratscht.«

»Woher …«, begann Katharina, stockte dann jedoch einen Moment. »Deine Exfreundin?«

Zögerndes Nicken.

»Und du meinst, die hätte …«

»Die Schlampe war voll gemein«, entfuhr es dem Mädchen. »Fand das erst voll fett, mit ’ner anderen Frau. Und dann kam dieser Typ und sie hat mich voll abserviert. Als der Kerl dabei war. Ich musste heulen und die haben sich echt einen abgelacht. Das hat voll weh getan damals. Ich hab nix mehr auf die Kette gekriegt, deswegen bin ich sogar noch mal hängen geblieben. Weil mir Schule scheißegal war.«

»Kann ich mir vorstellen. Aber warum sollte sie den Mitschülerinnen aus deiner neuen Klasse verraten, dass du … lieber Mädchen magst?«

»Kein Plan. Ich hab halt so Angst gehabt, dass die das macht. Deshalb war ich so vorsichtig, als das mit Svenja war. Sie war ja auch noch so jung.«

»Und deine Eltern? Mit denen kannst du nicht reden?«

Lynni grunzte abfällig. »Panne? Meine Alte ist entweder arbeiten oder breit. Und mein Alter ist nur besoffen. Denen geht doch am Arsch vorbei, was mit mir passiert.«

»Na, so schlimm wird es nicht sein. Oder doch?«

»Voll die Seuche. Mein Alter würd mich doch am liebsten rausschmeißen. Weil ich nur Geld koste. Sagt er jedenfalls immer. Und meiner Mutter ist das völlig egal. Die traut sich doch nie, ihm zu widersprechen. Sonst kriegt die gleich was auf die Fresse.«

Katharina horchte auf. »Dein Vater ist gewalttätig?«

»Ja klar. Meine Mom tut mir manchmal echt leid. Aber sie bleibt freiwillig bei dem Arsch.«

»Und du? Kriegst du auch Schläge?«

»Na ja«, druckste Lynni. »Ab und an. Aber hält sich im

Rahmen. Nur wenn er total hinüber ist und meine Mutter auf der Arbeit.«

»Habt ihr ihn angezeigt? Du oder deine Mutter?«

»Und was soll das bringen? Der kommt doch sofort wieder raus und dann geht's erst richtig los. Nee, ich krieg die Zeit, bis ich achtzehn bin, schon irgendwie rum. Und dann zieh ich sofort aus, ist mir ganz egal, wo ich dann lande. Hauptsache raus da.«

Katharina nickte und nahm noch einen Schluck Wasser. Sie wusste schon gar nicht mehr, wie oft sie diese und ähnliche Geschichten bereits gehört oder von Kollegen über derartige Schicksale berichtet bekommen hatte. Meistens kamen die Fälle zufällig ans Tageslicht.

»Lynni, ich muss jetzt los«, meinte Katharina und schnappte sich zum zweiten Mal ihre Tasche. »Sei mir nicht böse, aber ich muss mich noch um tausend Sachen kümmern.«

»Schon gut. Ich will ja auch nicht nerven«, antwortete das Mädchen resigniert.

»Du nervst mich nicht. Es ist nur … Hast du heute schon Radio gehört?«

Lynni sah zu ihr herüber, als hätte Katharina gefragt, ob sie heute schon einen Baum gefällt hätte.

»Ein kleiner Junge ist verschwunden«, fuhr die Kommissarin fort. »Gerade mal fünf Jahre alt. Gestern Abend direkt von der Straße weg. *Das* hat zurzeit nun mal Priorität.«

»Echt? So wie Svenja?«

»Genau so. Und solange wir da nicht weiterkommen, hab ich nun mal keine Zeit, um im Café zu sitzen und zu quatschen. Auch wenn ich das eigentlich sehr gerne tun würde.«

»Stimmt das?«, fragte Lynni mit einem zarten Funken Hoffnung in der Stimme.

»Aber klar. Ansonsten hätte ich das nicht gesagt!«

»Dann können wir uns ein anderes Mal treffen?«, hakte das Mädchen nach.

»Meinetwegen gern. Dann können wir uns mal länger unterhalten.«

»Wann haben Sie denn Zeit?«

Katharina kniff die Lippen zusammen, um nicht die Beherrschung zu verlieren. Das Mädchen hatte leichte Ähnlichkeiten mit einer Landplage.

»Ich weiß es noch nicht«, antwortete sie laut. »Aber ich melde mich bei dir. Versprochen!«

»Cool. Zwischendurch kann ich doch mal ’ne Sims schicken, oder stört das?«

»Das wäre okay«, seufzte Katharina. »Jetzt muss ich aber los.«

»Find ich echt super. Voll geil. Und danke.«

»Keine Ursache«, gab Katharina zurück, stand auf und nahm die Tür ins Visier. Doch bevor sie den ersten Schritt machte, drehte sie sich noch einmal um. »Wie bist du eigentlich auf die Idee gekommen, mich anzurufen?«

Lynni setzte ihr Glas, aus dem sie gerade die restliche Cola genuckelt hatte, wieder ab. »Einfach so. Weil Sie so nett zu mir waren. Und weil ich gedacht hab, es wär toll, wenn ich Sie wiedersehe.«

Katharinas Finger krampften sich um den Riemen ihrer Tasche. Das hatte ihr in ihrem unkomplizierten Leben gerade noch gefehlt!

26

Himmel, hatte er ein Schwein gehabt.

Noch immer konnte er es nicht glauben. Eigentlich hatte er sich nur umsehen, die Örtlichkeiten genau in Augenschein nehmen und sich nach und nach mit der Gegend vertraut machen wollen. Anhand von Stadtplänen und Satellitenfotos im Internet konnte man zwar schon einen guten Überblick gewinnen, aber es ging doch nichts über eine persönliche, penible Inspektion.

Und bei dieser Gelegenheit war ihm der Trottel genau in die Arme gelaufen.

Zu diesem Zeitpunkt hatte ihn seine Besichtigungstour noch mehr gereizt. Klar, es war ein Wohngebiet, in den Straßenzügen war kaum mal ein kleines Ladenlokal zu sehen, und wenn, hatte dieses dermaßen eingeschränkte Öffnungszeiten, dass es sich lediglich um ein aus Idealismus betriebenes Geschäft handeln konnte. Mit Laufkundschaft war also nicht zu rechnen, ebensowenig mit der in Großstädten sonst üblichen Anonymität. Wenn sich die Leute nicht mit Namen kannten, dann doch wenigstens vom Sehen. Ein Fremder fiel hier sicher wesentlich schneller auf als in einer Hochhaussiedlung.

Seinen Wagen hatte er gerade mal drei Straßen vom Wohnhaus der Göttin entfernt geparkt, der Parkplatz lag hinter einer mannshohen Hecke, die die Fahrbahn von einer winzigen, ungepflegten Grünfläche trennte, auf der ein paar vor Jahren installierte Spielgeräte vor sich hin rosteten. In unmittelbarer Nähe befanden sich keine Wohnhäuser, und wenn er nicht wie ein Berserker mit quietschenden Reifen durch die Dreißigerzone bretterte, würde er kaum Aufmerksamkeit erregen. Außerdem waren die Nummernschilder an dem altersschwach aussehenden Kastenwagen mit der Fantasiereklame einer nicht existierenden Klempnerei aus zwei anderen Nummern zusammengeschweißt und fanden sich in keiner Kartei. Natürlich hatte er sich vor Beginn der Observation in einen passenden Arbeitsanzug gepresst. Handwerker erregten in der Regel kaum Aufmerksamkeit.

Trotzdem sah er auf Anhieb keine Chance, sich des Trottels hier vor Ort zu bemächtigen. Die Göttin würde ihren Sohn sicher nicht ohne Aufsicht in der Gegend herumlaufen lassen, dafür machte sie einen viel zu gewissenhaften Eindruck. Das bestätigten auch die übrigen Details, die er bisher über sie in Erfahrung hatte bringen können.

Und dann war der Schwachkopf plötzlich auf ihn zugekommen. Allein. Und er hatte ihn sogar angesprochen.

Im ersten Moment hatte er nicht gewusst, wie er reagieren sollte. Er durfte auf gar keinen Fall mit dem Jungen zusammen gesehen werden, selbst wenn er mit dem eigentlichen Zugriff noch Wochen warten würde. Die Verkleidung kaschierte kaum seine markante Erscheinung. Sollte jetzt jemand aus der Nachbarschaft auftauchen, wäre die Göttin für ihn ewig in unerreichbare Ferne gerückt.

Aber es war niemand in der Nähe, wie er mit zwei hektischen Seitenblicken feststellte. Das Kind stand inzwischen direkt vor ihm und fuchtelte hektisch mit den Händen, dabei versuchte es, ihm mit schriller Stimme etwas zu erklären. Erst verstand er nur Bahnhof, doch dann identifizierte er die Schlüsselwörter ›Katze‹, ›verletzt‹ und ›Hecke‹.

Bevor der Trottel weiter durch die Gegend plärrte, nahm er ihn an der Hand und suchte den nächsten Durchschlupf im ausgetrockneten Blattwerk. Der Junge zog an ihm und plapperte weiter, aber wenigstens hatte er die Lautstärke zurückgefahren. Auf der anderen Seite der Hecke lag in geringer Entfernung der Grund für die Aufregung des Jungen.

Die Katze hatte bereits in den letzten Zügen gelegen. Offenbar war das alte Tier zu langsam gewesen und in die Fänge eines ihm nicht gerade wohlgesonnenen Hundes geraten. Der zitternde Körper war mit Bisswunden übersät und lag in einer Blutlache. Anscheinend hatte sich das Tier mit letzter Kraft in den Schutz der Büsche geschleppt, um in Ruhe sterben zu können. Unweit dieses Platzes verlief ein kleiner Trampelpfad, den der Junge wohl entlanggelaufen war, und das klägliche Maunzen gehört hatte.

Die größte Aufregung war vorüber, trotzdem zitterte die Stimme des Kindes angesichts des böse zugerichteten Tierkörpers. Er hatte genickt, beruhigend die Schulter des Jungen getätschelt und ihn getröstet. Das kindliche Mitleid des Trottels für diese unnütze Kreatur hatte ihn besänftigt und ihm neue Zuversicht gegeben, dass doch noch nicht alles verloren war.

Also hatte er, während er noch mit dem Trottel redete, die Taschen seines Overalls überprüft. Als seine Finger auf das kleine Glasfläschchen gestoßen waren, war seine Laune deutlich gestiegen. Er hatte dem Jungen vorgeschlagen, zu seinem Kastenwagen zu gehen und den Verbandskasten zu holen, und während der Schwachkopf hoffnungsvoll neben ihm hergestolpert war, hatte er das Fläschchen hervorgeholt und ein paar Tropfen des Inhalts auf ein Taschentuch geträufelt. Dann hatte er ein Stoßgebet gen Himmel geschickt und sich aufmerksam umgesehen. Der Gott der Kinderhasser und Entführungen war ihm gnädig gewesen, kein Mensch war weit und breit zu sehen. Schnell hatte er die Hecktüren des gefälschten Klempnerautos aufgerissen, dem Trottel das mit dem Narkosemittel getränkte Taschentuch auf die Atemwege gepresst und den fast augenblicklich erschlafften kleinen Körper auf die Ladefläche geworfen.

Mit unglaublicher Selbstbeherrschung war er dann mit haargenau dreißig Stundenkilometern bis zur nächsten Hauptstraße gefahren, hatte sich in den spärlichen Verkehr eingeordnet und auf einigen Umwegen seinen Unterschlupf angesteuert. Er hatte nicht wirklich damit gerechnet, verfolgt zu werden, aber Vorsicht war nun mal die Mutter der Porzellankiste.

Und jetzt lag der Trottel verschnürt wie ein Rollbraten in seinem Gästezimmer und flennte sich die Seele aus dem Hals.

Erst als er unter der heißen Dusche gestanden hatte, war ihm klar geworden, wie unvorsichtig und dumm seine spontane Aktion gewesen war. Nichts war vorbereitet, er hatte noch nicht einmal ansatzweise einen Zeitplan im Kopf, nach dem er der Göttin habhaft werden wollte. Und nun war er gezwungen, zu handeln und zusätzliche Risiken einzugehen.

Es war undenkbar, den Jungen lange versteckt zu halten, das Gästezimmer war zwar schalldicht und ausbruchssicher, aber es war offensichtlich, dass das Kind seinen Besuch bei ihm nicht lange aushalten würde. In den etwa siebzehn Stunden, die seit dem Eintreffen des Trottels vergangen waren, hatte dieser nichts gemacht, außer zu weinen, zu schreien und vor lauter Erschöpfung ein paar Stunden zu schlafen. Sicher war er bei Weitem nicht so belastbar wie der andere Besuch, obwohl das Mädchen zusätzlich immer wieder seine Spezialbehandlung über sich hatte ergehen lassen müssen. Bei dem Trottel hatte er damit noch gar nicht angefangen.

Das war auch so ein Punkt, der ihm Kopfschmerzen bereitete. Inwieweit war so ein Knabenkörper überhaupt belastbar? Konnte er mit ihm genau dieselben interessanten Maßnahmen durchführen, die er bei dem Mädchen vorgenommen hatte? Oder musste er mit angezogener Handbremse agieren, um überhaupt genug Material sammeln zu können?

Verärgert stellte er die Tüte einer Fast-Food-Kette auf die Kante des Schreibtisches, auf dem sich die Schaltzentrale befand. Das Gästezimmer war mit drei Kameras und zwei hochempfindlichen Mikrofonen ausgestattet, sodass er alles, was darin geschah, lückenlos aufzeichnen konnte. Die Nervenstränge seines Equipments endeten in einem bestens ausgestatteten PC samt hochauflösendem Monitor.

Mit einem Antippen der Maus weckte er den Rechner aus dem Stand-by-Modus und drehte den Lautstärkeregler eine Idee nach rechts. Augenblicklich hörte er aus den Lautsprechern das leise Wimmern des Kindes. Auf dem Monitor erkannte er, dass der Junge sich auf der nackten, billigen Matratze umgedreht hatte, obwohl er gefesselt war. Auf dem hellen Bezugsstoff hatte sich unter dem Becken ein dunkler Fleck ausgebreitet.

Er aktivierte das Schnappschloss, nahm die Tüte wieder an sich und betrat das Gästezimmer. Augenblicklich schrie der Junge auf und versuchte verzweifelt, trotz der Fesseln von der Matratze zu robben und sich irgendwo in Sicherheit zu bringen.

Das Geschrei ging erneut in ein hohes Wimmern über, als er neben dem Kind in die Hocke ging und die Hamburgertüte abstellte. Unbeeindruckt packte er die kleinen Hände, die sich wegen der langen Fesselung kalt und taub anfühlten.

Brutal zog er den Jungen zurück auf die Matratze und drehte ihn auf den Rücken.

Er schaute in ein völlig aufgequollenes und gerötetes Gesicht. Aus einem Nasenloch lief ihm Rotz, die Augen waren in panischem Entsetzen aufgerissen. Der Uringeruch intensivierte sich, als der Junge vor Aufregung erneut die Kontrolle über seine Blase verlor.

Angewidert drehte er den Kopf zur Seite, als ihm der Gestank in die Nase stieg. Natürlich hatte das Gästezimmer kein Fenster, nur einen gut gesicherten Lüftungsschlitz, der die Luftzirkulation jedoch nicht in dem Maße unterstützte, dass der Geruch schnell abziehen konnte. Grundsätzlich war der Raum nicht für lange Aufenthalte gedacht, bei dem Mädchen hatte er die zwangsläufig zu erwartenden Körperausscheidungen dadurch minimiert, dass er ihr weder zu essen noch zu trinken gegeben hatte. Natürlich hatte sie ebenfalls die Matratze vollgepisst, aber es hatte sich im Rahmen gehalten. Nach einer gründlichen Reinigung und dem Einsatz eines Putzmittels, das Gerüche tilgte, war die Sache erledigt.

Wie lange er den Trottel hier bei sich behalten musste, stand jedoch in den Sternen.

Langsam hatte er sich an den Uringeruch gewöhnt, er atmete flach durch den Mund und konnte so den Würgereiz zurückhalten. Der Junge lag stocksteif auf dem Rücken, weinte nur noch leise und ließ ihn dabei nicht aus den Augen.

Zunächst holte er den Becher mit der Cola aus der Tüte, kramte den Plastikstrohhalm hervor, pikste ihn durch den Deckel und hielt das inzwischen lauwarme Getränk auffordernd vor das Gesicht des Knaben. Im ersten Moment traute ihm der Bengel nicht ganz, doch schließlich siegte der quälende Durst. Gierig nahm das Kind den Strohhalm zwischen die Lippen und saugte heftig die dunkle Zuckerflüssigkeit in sich hinein.

Als der Becher zu einem guten Drittel geleert war, zog er ihn zurück und stellte ihn neben der Matratze ab. Dafür schnappte er sich den ersten der beiden labberigen Hamburger, entfernte das aufgeweichte Papier und drückte dem Jungen den Fleischklops auf den Mund. Reflexartig biss der Junge zu. Doch anstatt zu kauen, begann er zu husten, wobei er Fleisch- und Brötchenbrocken auf die Matratze spuckte.

Schnell kam er aus der Hocke hoch, bevor seine Kleidung etwas abbekam. Immerhin musste er gleich wieder zur Arbeit, dieser Abstecher zu dem Trottel war eigentlich gar nicht drin. Aber da er nicht wusste, wann er heute würde Feierabend machen können, hatte er es vorgezogen, eine Pause zu machen, um sich um seinen Gast zu kümmern.

Der Hustenanfall des Jungen war vorüber, doch anstatt mit der Fütterung fortzufahren, packte er den zweiten Burger aus der Verpackung und legte ihn zusammen mit den Resten des ersten so auf die Matratze, dass das Kind seine Nahrung problemlos mit dem Mund erreichen konnte. Dann stopfte er das Einwickelpapier wieder in die Tüte und sah nachdenklich auf das Bündel Mensch vor seinen Füßen.

Der Junge stellte noch nicht einmal sein größtes Problem dar. Egal, wie lange er ihn am Leben erhalten musste, bevor er endlich, endlich die Göttin genießen konnte, hier würde niemand das Blag finden, noch nicht einmal bei ihm vermuten.

Viel schlimmer war, dass die Göttin für ihn zunächst außer Reichweite war.

Natürlich wurden seitens der Ermittlungsbehörden die richtigen Rückschlüsse gezogen, allein schon wegen der zeitlichen Nähe der beiden Entführungen. Und natürlich würde man die Göttin keine Sekunde aus den Augen lassen. Eine gezielte Kontaktaufnahme, geschweige denn ein Treffen, wie er es im Sinn hatte, war nicht mehr möglich. Und es würde auch keinen Unterschied machen, ob er den Trottel sofort oder erst zu einem späteren Zeitpunkt bearbeiten würde. Unabhängig vom Fund einer Kinderleiche – die Göttin würde keinen unbeobachteten Schritt mehr machen können. So einfach wie bei dem Versuchsobjekt würde er die

Göttin nicht unter vier Augen zu sehen bekommen. Und das lag nicht nur darin begründet, dass er dieses Mal keinen Schlüssel für die Wohnung zur Verfügung hatte.

Schnell checkte er die Uhrzeit, langsam musste er zurück, wenn er nicht riskieren wollte, aufzufallen. Er drehte sich wortlos um und ging zur Tür, den Jungen komplett ignorierend.

»Ich will meine Mama«, schluchzte es hinter ihm, als er gerade den Öffnungsmechanismus betätigte.

Amüsiert wandte er nun doch noch einmal den Kopf. Der Trottel bot ein Bild des Jammers. Gefesselt, in seiner eigenen Pisse liegend, Soßenreste und darin klebende Brotkrümel um den Mund, dazu aufgequollene Augen, als hätte ihm jemand eine Ladung Pfefferspray verpasst. Eigentlich zu schade, dass die Göttin ihren Jungen jetzt nicht live sehen konnte.

Ruhig verließ er das Gästezimmer und drückte die Tür hinter sich ins Schloss. Erst als er bereits die Kellertreppe hinauf ins Erdgeschoss lief, wurde ihm klar, mit welchem reizvollen Gedanken er da gerade gespielt hatte.

27

»Meine Güte, was für eine Hetze! Da sage noch einer, Beamte würden eine ruhige Kugel schieben.«

Annika Schäfer zog den Stuhl neben Katharina zurecht und ließ sich mit einem Seufzer darauf nieder. Obwohl es schon nach siebzehn Uhr war, sah sie aus wie nach einer Wellnessbehandlung: rosige Haut, das Make-up frisch restauriert und ein Blitzen in den Augen, als hätte sie gerade einen Quickie mit Brad Pitt hinter sich.

»Was machst du denn hier?«, fragte Katharina überrascht. »Sollst du nicht bei Ronaldi auf der Couch sitzen und aufpassen?«

»Hab ich doch den ganzen Tag gemacht. Hofmann hat einen Dienstplan ausarbeiten lassen, wer sich wann in der Wohnung aufhalten soll. Ich teil mir das mit zwei anderen Kolleginnen. Und in der ersten Zeit ist tagsüber auch eine Psychologin da. Weiß ja keiner, ob die arme Frau die nicht mal braucht.«

»Ist ihre furchtbare Schwester auch noch da?«

»Du meinst diesen Koloss?«, fragte Annika lachend. »Die ist einfach unglaublich. Bemuttert ihre Schwester, als wenn ihr Leben davon abhängen würde. Eine Löwin, die auf ihr Junges aufpasst, ist nichts dagegen. Dabei sind die beiden sogar nur Stiefschwestern.«

Katharina gähnte und griff zum wiederholten Mal nach der Kaffeekanne. Der mangelnde Schlaf der letzten Nacht machte sich immer deutlicher bemerkbar. Als ihre Tasse gefüllt war, bot sie auch Annika etwas an.

»Nee, danke. Ich hab schon den ganzen Tag Plätzchen gegessen und Kaffee getrunken.«

»Scheint dir aber gut bekommen zu sein. Du siehst aus, als hättest du heute freigehabt.«

»Tja«, meine Annika bedeutungsschwanger, »das kann ja auch andere Gründe haben.«

Katharina blinzelte irritiert, bis ihr dämmerte, dass ein solcher Ausdruck belämmerter Glückseligkeit nur hormonellen Ursprungs sein konnte. »Frisch verliebt?«

»Kann man so sagen«, antwortete Annika.

»Ach! Da hast du für den Schwarm deiner schlaflosen Nächte aber schnell Ersatz gefunden. Wer hat Gröne denn so schnell vergessen gemacht?«

»Tja, manchmal geschehen noch Zeichen und Wunder. Ich …«

»Nehmen Sie bitte Platz, damit wir anfangen können«, bat Hofmann angestrengt autoritär. Bis vor wenigen Augenblicken hatte er mit dem Leiter der Kriminaltechnik getuschelt und sich auf den letzten Informationsstand bringen lassen. Dabei hatten die beiden den übrigen Polizisten den Rücken zugewandt, um nicht in das gleißende Licht des bereits aktivierten Beamers blicken zu müssen. Katharina warf einen Blick in die Runde. Ausnahmslos müde, angespannte Gesichter. Der Tag war lang gewesen, und an den mürrischen Gestalten, die hier waren, erkannte die Kommissarin besser als durch jeden Wortbeitrag, dass sie nach wie vor in der Defensive kämpften.

»Ich möchte zunächst den aktuellen Erkenntnisstand zusammenfassen, bevor wir unser weiteres Vorgehen koordinieren«, begann Hofmann. »Zwischenfragen stellen Sie bitte, nachdem ich fertig bin, einverstanden?«

Zwei, drei Kollegen nickten automatisch. Hofmann richtete seine Infrarotfernbedienung auf das Notebook und drückte eine Taste. Augenblicklich erschien auf der Projektionsfläche ein stark vergrößerter Ausschnitt eines Stadtplans, auf dem zwei rote Kreuze und mehrere rote Linien eingezeichnet worden waren.

»Wir sehen hier die kartografische Darstellung des Wohnumfeldes der Familie Ronaldi«, erläuterte Hofmann. »Das X rechts stellt die Wohnung Hütter dar, das andere X die Wohnung der Mutter und des entführten Jungen. Die Linien kennzeichnen jeweils die möglichen Wege, die Ricardo genommen haben könnte und auf denen er wohl seinem Entführer in die Hände gefallen ist. Insgesamt müssen wir von drei möglichen Szenarien ausgehen.«

Hofmann aktivierte den Laserpointer und zeichnete damit die linke der Linien nach.

»Dieser Weg wurde gewöhnlich genommen, wenn Ricardo in Begleitung seiner Mutter zu seinem Spielkameraden und von dort nach Hause ging. Für einen Erwachsenen beträgt die Gehstrecke im normalen Tempo etwas über drei Minuten, in Begleitung eines Kindes dürfte es eine Minute länger dauern. Die rechte Linie stellt einen Weg dar, den Mutter und Sohn in Ausnahmefällen benutzt haben. Die Laufzeit ist mehr als doppelt so lang, die Strecke führt aber an einem Kiosk vorbei, an dem der Junge gelegentlich ein Eis gekauft bekam. Weg zwei ist dennoch als unwahrscheinlich einzustufen, da Ricardo kein Geld dabeihatte und Frau Hütter versprochen hatte, direkt nach Hause zu gehen. Bliebe noch die dritte Alternative. Über einen kleinen Spielplatz und direkt durch die Bepflanzung. Dieser Weg scheint bei Kindern, die den Spielplatz nutzen, üblich gewesen zu sein, durch das Gebüsch führen mehrere kleine Trampelpfade. Da Ricardo auch hin und wieder hier gespielt hat, ist davon auszugehen, dass er ebenfalls von dieser Abkürzung Kenntnis hatte.«

Der Hauptkommissar trank einen Schluck Wasser, dann betätigte er erneut die Fernbedienung. Die Karte verschwand, dafür erschien eine gestochen scharfe Fotomontage, auf der sowohl der Spielplatz als auch die Randbewachsung aus verschiedenen Perspektiven zu sehen waren.

»Wie Sie selbst erkennen können, ist der Spielplatz stark sanierungsbedürftig und wird daher eher selten frequentiert«, fuhr Hofmann fort. »Nach derzeitigem Kenntnisstand war das Gelände zum Zeitpunkt von Ricardos Verschwinden völlig verwaist. Gleichzeitig ist dieses Areal der einzige Bereich in dem Viertel, in dem sich größere Baulücken befinden, die Gebäude in dem Straßenzug hinter den Büschen wurden vor einigen Jahren gänzlich abgerissen. Immer noch davon ausgehend, dass Ricardo mit an Sicherheit grenzender Wahrscheinlichkeit nicht freiwillig mit jemandem mitgegangen ist, wäre hier ein idealer Ort gewesen, an dem der Junge hätte überwältigt werden können: kaum frequentiert, schlecht einzusehen, das Areal hinter den Hecken sozusagen Niemandsland.«

Das projizierte Bild änderte sich in zwei Aufnahmen von der anderen Straßenseite des Buschwerks.

»Am Straßenrand befindet sich ein Parkstreifen, das nächste bewohnte Gebäude ist gut zwanzig Meter entfernt. In einem günstigen Moment wäre es an dieser Stelle ohne Weiteres möglich, den Jungen unauffällig zu überwältigen. Leider hat die KT nichts gefunden, was diese Annahme bestätigt. Der Boden zwischen dem Bewuchs ist knochentrocken, Fuß- oder gar Kampfspuren waren keine zu sehen. Es fanden sich zwar jede Menge Zigarettenkippen, vertrocknete Kaugummis, leere Flaschen und sonstiger Müll, allerdings lag der sicher schon seit Ewigkeiten da. Abgesehen von einem Katzenkadaver war nichts zu finden, was man an so einem Ort nicht auch hätte erwarten können.«

»Eine tote Katze?«, rutschte es Gassel heraus. »Könnte die eine Rolle spielen? Vielleicht als Köder, um den Jungen dorthin zu locken?«

»Möglich ist alles«, antwortete Hofmann. »Das Tier wies mehrere schwere Verletzungen auf, die aber eher wie Bissspuren aussahen. Genaues erfahren wir, nachdem sich ein Veterinär den Kadaver angeschaut hat.«

Wieder ein Klick, Ricardo an der Wand. Auf dem Bild stand der Junge zu Hause vor einer Tür und hatte beide Arme euphorisch hochgerissen. Er trug weiße Sportshorts und darüber ein verkehrt herum angezogenes Trikot der italienischen Fußballnationalmannschaft mit der Nummer elf und dem Schriftzug *Di Natale*.

»Nach Angaben der Mutter ist der Junge gestern mit diesen Sachen aus dem Haus gegangen«, nahm Hofmann den Faden wieder auf. »Beim Verlassen von Hütters Wohnung wurde er noch von einer Nachbarin gesehen, danach verliert sich endgültig seine Spur. Keiner der Anwohner, die an den möglichen Heimwegen wohnen, hat das Kind nach neunzehn Uhr fünfzehn am Abend noch gesehen. Unsere Aufrufe im Radio haben zwar zahlreiche Resonanz gebracht, jedoch messe ich den Hinweisen nicht übergroße Bedeutung zu. Wir erhielten Telefonanrufe, nach denen der Junge ungefähr zeitgleich in der Innenstadt, an der Uni, im Weitmarer Holz, auf dem Trainingsgelände des VfL Bochum und auf einem Rastplatz an der A 43 gesehen worden sein soll, um nur einige Beispiele zu nennen. Natürlich werden die Hinweise überprüft, aber mein Gefühl sagt mir, dass das Zeitverschwendung ist.«

Noch ein Klick, dann ergoss sich strahlendes Weiß aus

dem Beamer. Von der plötzlichen Helligkeit geblendet, kniffen einige der Beamten die Augen zusammen.

»Die Befragung von Frau Ronaldi lieferte ebenfalls keinen entscheidenden Hinweis darauf, wer für das Verschwinden ihres Sohnes verantwortlich sein könnte. Soweit wir bis jetzt wissen, führt die kleine Familie ein sehr geordnetes Leben, einige wenige Kontakte bestehen zu anderen Familienmitgliedern und Leuten aus der Nachbarschaft. Der Exmann und Vater des Jungen wird von unseren italienischen Kollegen derzeit überprüft, nach einer ersten Rückmeldung scheint er allerdings nichts mit der Sache zu tun zu haben.«

Endlich erbarmte sich Hofmann und schaltete den Beamer aus. »Haben Sie bis zu diesem Punkt Fragen?«, erkundigte er sich müde.

Mehrere Arme gingen gleichzeitig hoch.

»Gehen wir am besten der Reihe nach«, schlug der Hauptkommissar vor. »Nathalie, fang an.«

»Wurden die Angaben von dieser Frau Hütter überprüft?«, fragte die Sander. »Mir kommt es trotz der Ausnahmesituation, in der sie wegen der Erkrankung ihrer Mutter ist, irgendwie spanisch vor, dass sie Ricardo nicht zu Hause abgeliefert hat. Zumal sie nicht wissen konnte, ob diese Frau Jahn überhaupt daheim war.«

»Leider musste die Vernehmung der Hütter abgebrochen werden«, erklärte Hofmann mit einem bedauernden Achselzucken. »Sie gibt sich anscheinend selbst die Schuld, dass Ricardo etwas zugestoßen sein könnte, überdies traf heute im Laufe des Vormittags aus dem Krankenhaus die Nachricht ein, dass ihre Mutter verstorben ist. Im Augenblick ist sie mit Beruhigungsmitteln vollgepumpt und nicht vernehmbar.«

»Und hat schon irgendwer mit dieser Frau Jahn gesprochen?«, wollte jemand wissen.

»Heute Vormittag«, antwortete Gröne anstelle von Hofmann. »Ronaldis erste Aussage war korrekt, der Junge geht sehr häufig zu der alten Frau, in der Regel einmal am Tag. Er scheint sie in der Tat als seine Großmutter zu betrachten. Und sie ist wirklich ständig zu Hause, vor einigen Jahren hatte sie einen Oberschenkelhalsbruch, kann seitdem nur sehr schlecht laufen und hat Angst, die Wohnung zu verlassen.«

»Der besetzte Telefonanschluss? Als die Hütting anzurufen versuchte?«

»Ausgerechnet da telefonierte die Jahn gerade mit ihrer Schwester.«

»Hätte auch nichts am Verschwinden geändert«, seufzte Nathalie Sander resigniert.

»Nein, aber wir hätten wertvolle Zeit gewonnen«, widersprach Gassel. »Hätte Frau Hütter Ricardos Ersatzmama erreicht und Ricardo wäre nicht spätestens zehn Minuten später bei ihr eingetroffen, hätte sie sicher nachgefragt. Und wer weiß, wie dann alles gelaufen wäre. So wurden wir erst gegen einundzwanzig Uhr dreißig über das Verschwinden des Jungen informiert. Wahrscheinlich hatte der Entführer bis dahin schon zwei Stunden Zeit gehabt, um Ricardo wegzubringen.«

»Können wir wirklich sicher sein, dass der Knirps nicht vielleicht doch auf Entdeckungstour gegangen ist?«, fragte Peters, ein Nachwuchsmann vom Betrug. »Ich mein, das muss doch 'ne absolute Zufallskiste gewesen sein.«

»Wie meinen Sie das?«, fragte Hofmann scharf.

»Na ja, der Bengel war doch von vorne bis hinten behütet. Für den war es doch ein riesiges Abenteuer, dass er alleine nach Hause laufen durfte. Vielleicht hat er sich gedacht, er guckt sich ein wenig die Gegend an. Und dann hat er sich verlaufen. Oder er hat Angst vor der eigenen Courage oder Mamis Geschimpfe gekriegt. Denkbar wär's.«

»Wir reden hier von einem Kindergartenkind«, meinte Katharina nachdrücklich. »Die sind zwar noch klein, aber beileibe nicht blöd. Und nach allem, was ich bisher über Ricardo gehört habe, scheint der mir kein übermütiger Draufgänger zu sein. Ich halte jede Wette, der Kleine war auf dem Weg nach Hause, als ihn sich jemand gegriffen hat. Höchstwahrscheinlich hat er die Abkürzung über den Spielplatz und durch das Gebüsch genommen, aber mehr Wagemut hatte der garantiert nicht.«

»Ich weiß nicht«, überlegte Gröne laut. »Könnte da nicht trotzdem ein Körnchen Wahrheit drinstecken?«

»Worauf willst du hinaus?«, fragte Gassel den direkt neben ihm sitzenden jungen Kollegen.

Gröne beugte sich vor und legte nachdenklich seine Stirn in Falten. »Ich will damit nicht behaupten, der Junge wäre irgendwo unterwegs auf Entdeckungstour. Wir gehen mehr oder weniger zwingend von einer Entführung des Jungen aus. Das Hauptindiz dabei ist, dass wir, genau wie im Fall des Mädchens, überhaupt keine Spuren finden. Vielleicht ist das ja diesmal darin begründet, dass wir keine Spuren finden können. Eben, weil es keine gibt.«

»Interessanter Gedanke«, erklärte Gassel bedächtig. »Signifikant ist jedoch die auffällige Häufung von Parallelen. Nicht nur im Hinblick auf die fehlenden Spuren. Beide Male verschwinden Kinder alleinstehender Mütter, als hätte sie der Erdboden verschluckt. Beide Male aus ruhigen Wohngebieten. Und beide Familien führten ein nach außen zurückgezogenes Leben ohne vielfältige Sozialkontakte.«

»Aber nur nach außen hin«, bemerkte Annika Schäfer. »Mutter Maslarski hatte es faustdick hinter den Ohren. Das kam ja auch erst nach einer halben Ewigkeit raus. Wer weiß, wie es bei Ricardos Mutter ist.«

»Es gibt noch eine Parallele«, mischte sich Katharina ein. »Beide Mütter sind sehr attraktiv. Könnte ein Anzeichen für einen sexuell motivierten Täter sprechen, auch wenn das bis jetzt nicht offensichtlich ist.«

»Versteh ich nicht«, meinte Peters. »Du meinst, er greift sich die Kids, weil er geil auf die Mütter ist? Was für ein Perverser soll das denn sein?«

»Keine Ahnung«, gestand Katharina. »Es könnte sich doch um jemanden handeln, der grundsätzlich furchtbare Angst vor Frauen hat, aus welchen Gründen auch immer.

Oder unter schweren Minderwertigkeitskomplexen leidet. Der sich niemals trauen würde, eine Frau anzusprechen oder zu flirten. Und weil das Ziel seiner eigentlichen Begierde unerreichbar bleibt, schnappt er sich deren Kinder.«

»Unglaubwürdig«, antwortete Gröne. »So jemand würde eher Vergewaltigung als Hauptfach wählen. Oder sich an den Kindern vergreifen. Aber erst die Kinder entführen, sie misshandeln, ohne sie zu missbrauchen, um dann bei den Müttern einzusteigen und die auch zu töten ... Ich weiß nicht.«

»So, wie wir Frau Maslarski aufgefunden haben, spricht schon einiges für eine sexuell motivierte Tat«, übernahm Hofmann wieder das Gespräch. »Ich habe morgen einen Termin mit einem forensischen Psychologen, der sich anhand unserer Unterlagen eine Meinung zu beiden Fällen bilden möchte. Nachdem ich ihm die Grundzüge am Telefon erklärt hab, geht er zunächst auch von einem Triebtäter aus. Allerdings kennt er bisher zu wenige Details. Morgen Abend kann ich hierzu sicher mehr berichten.«

»Ich möchte noch mal auf die Parallelen zurückkommen«, meinte Gröne. »Vielmehr auf eine Nichtparallele. In den Fällen Maslarski spricht doch alles für einen äußerst planvoll vorgehenden Täter, angefangen bei der Ergreifung des Mädchens bis hin zum Mord an der Mutter. Nirgendwo eine Spur oder ein Hinweis. Stimmt doch, oder?«

Einige Kollegen nickten zustimmend, andere sahen nur neugierig zu ihm hinüber.

»Bei der Entführung des Jungen war gar nichts geplant«, fuhr Gröne fort, da kein Widerspruch laut wurde. »Eine derartige Verkettung von Zufällen wäre von niemandem absehbar gewesen. Mir will einfach nicht in den Kopf, dass der Täter binnen kürzester Zeit seine Vorgehensweise derart auf den Kopf stellt.«

»Ich verstehe, was Sie meinen«, antwortete Hofmann. »Trotzdem spricht das nicht gegen einen Zusammenhang zwischen den beiden Entführungen. Vielleicht war der Täter vor Ort, um die Gegebenheiten auszukundschaften oder die Gewohnheiten seines Opfers kennenzulernen. Und als der Junge dann plötzlich allein nach Hause lief, reagierte er spontan.«

Katharina warf ihrem Chef einen zweifelnden Blick zu, aber Gassel kam ihr mit einer Antwort zuvor. »Glaub ich nicht. Das hätte unser Mann ganz bestimmt nicht getan. Es sei denn, er wäre in eine Situation geraten, in der er nicht anders hätte handeln können. Und selbst dann hätte Ricardo ihm ja quasi direkt in die Arme laufen müssen.«

»Wäre doch möglich«, warf Peters ein.

»Eben nicht«, erklärte Gassel kopfschüttelnd. »Ich bin mir sicher, der Junge hat die Abkürzung über den Spielplatz genommen. Selbst wenn um diese Uhrzeit niemand dort war, hätte jederzeit jemand vorbeikommen können. Und ein einzelner Mann, der sich in einem Gebüsch rumdrückt, um etwas zu beobachten, wäre aufgefallen.«

»Trotzdem, es hätte so sein können«, beharrte Peters.

»Und zur Krönung der Zufälle hat er auch noch sein Auto genau dort geparkt, wo der Junge wieder aus dem Gebüsch auf die Straße kam?«, fragte Katharina skeptisch. »Mann, einen Sechser im Lotto hast du mit der gleichen Wahrscheinlichkeit.«

»Wir dürfen sowieso nichts ausschließen«, seufzte Hofmann. »Es ist schon schlimm genug, dass wir bis jetzt nicht den leisesten Anhaltspunkt haben, wo das Kind abgeblieben ist.«

Katharina setzte eben zu einer Erwiderung an, als mit einem lauten Gepolter die Tür aufgestoßen wurde. Eine gehetzt wirkende uniformierte Beamtin stürmte in den Raum, in der Hand einen Bogen Papier. Sie sah sich einen Moment suchend um und stürzte dann direkt auf Hofmann zu. Heftig redete sie auf ihn ein.

Nach wenigen Sekunden leuchteten Hofmanns Augen auf. Selbst auf die Entfernung war zu erkennen, wie sich seine Haltung straffte und ein Glanz in seine Augen trat.

»Wir haben was!«, rief er aufgeregt, als die Frau neben ihm aufgehört hatte zu reden. »Vor nicht allzu langer Zeit ist ein Vergewaltiger und Kindermörder aus der Psychiatrie entlassen worden. Hat in Eickelborn gesessen. Unmittelbar nach seiner Entlassung ist er zu seiner Schwester gezogen, sie ist seine einzige noch lebende Verwandte. Und dreimal dürft ihr raten, in welcher beschaulichen Stadt die gute Frau wohnt.«

»Darüber wüssten wir doch Bescheid«, warf Gassel ungläubig ein.

»In der Regel ja«, nickte Hofmann wütend. »Nur hat in diesem Fall die Staatsanwaltschaft leider versäumt, uns darüber zu unterrichten. Die Scheiße ist erst aufgekocht, als der Mann gestern nicht zu seiner verabredeten Therapiesitzung erschienen ist. Daraufhin hat der Therapeut die Staatsanwaltschaft informiert. Und das war der Moment, in dem jemand gemerkt hat, dass eine Zeitbombe in unserer Stadt tickt.«

28

Katharina stieg brutal in die Eisen, der vollbesetzte Dienstwagen sprang erschrocken ein kleines Stück zur Seite und kam mit quietschenden Reifen zum Stehen. Die Schnauze des Vectra war von der Flanke des Streifenwagens, der quer über der Straße stand, höchstens zwanzig Zentimeter entfernt.

»Verdammter Mist, hat denen einer ins Gehirn geschissen?«, schimpfte die Kommissarin. »Wie kann man seine Karre direkt hinter einer Kurve so bescheuert in den Weg stellen!«

»Anscheinend hat niemand damit gerechnet, dass du mitten in der Stadt die Schallmauer durchbrechen willst«, gab Hofmann, immer noch blass um die Nase, zurück und gönnte dem erstarrt hinter der Fahrertür des Streifenwagens hockenden Kollegen einen mitleidigen Blick. »Ich frag mich eher, wer die Straßensperre angeordnet hat.«

Inzwischen waren alle vier aus dem Wagen gestiegen und starrten über das Dach des Streifenwagens die schmale Straße hinunter. An der Einmündung am Ende der Straße stand ebenfalls ein blau-grauer Wagen quer. Daneben hielten sich drei Uniformierte auf, die ihnen zuwinkten.

»Da sind Sie ja endlich«, begrüßte sie der älteste der Kollegen, als Thalbach, Hofmann, Gassel und Gröne die Distanz zu den Uniformierten überbrückt hatten.

»Ist das auf Ihrem Mist gewachsen?«, fragte Hofmann scharf.

»Was?«

»Die Straßensperre natürlich.«

»Nein. Die Einsatzleitstelle hat sie angeordnet. Wir sollten zusehen, dass unser Mann nicht stiften geht. Bis zu Ihrem Eintreffen.«

Der Leiter des KK 11 holte tief Luft, stockte dann jedoch und schluckte seinen Ärger herunter. Im Augenblick gab es Wichtigeres, als Kompetenzgerangel mitten auf der Straße auszutragen,

»In welchem Haus wohnt er?«

»In dem blauen. Nummer acht. Laut Klingel im dritten Stock.«

»Und ist er zu Hause?«

Der Kollege zeigte sein unschuldigstes Lächeln. »Keine Ahnung. Von Reingehen und Nachsehen hat uns niemand etwas gesagt.«

»Bringen wir es hinter uns«, stachelte Gassel seine Truppe an und zog Hofmann am Arm mit sich. »Dafür sind wir ja schließlich da.«

»Ich fass es nicht«, ärgerte sich Hofmann. »Hätte grade noch gefehlt, dass die hier mit Blaulicht und Sirene ihre Visitenkarte abgeben. Hoffentlich hat sich unser Mann nicht schon längst durch einen Hinterausgang aus dem Staub gemacht.«

»Gleich werden wir es wissen«, gab Gröne humorlos zurück. »Sollen wir alle hoch?«

»Erst mal schon. Könnte ja sein, dass er über unseren Besuch alles andere als begeistert ist.«

Mit eiligen Schritten liefen sie auf den Altbau zu, in dem Holger Hengst seit seiner Entlassung aus einer psychiatrischen Klinik vor sieben Wochen bei seiner Schwester wohnte. Sechsundzwanzig Jahre zuvor war er wegen mehrfachen sexuellen Missbrauchs an den Kindern seiner damaligen Freundin zur Unterbringung im Maßregelvollzug verurteilt worden. Nach Ansicht des Gutachters bei Gericht lag bei Hengst eine schwerwiegende Intelligenzminderung im Verbund mit einer unzureichenden Fähigkeit zur Triebsteuerung vor, in deren Rahmen er sich nicht nur an den Kindern vergangen hatte, sondern, nach Entdeckung seiner Taten durch seine Freundin, auch den jüngsten Sohn entführt und mit siebenunddreißig Messerstichen getötet hatte. Aufgrund seiner Einschränkungen war er, nach Meinung des Gutachters, für seine Taten nicht verantwortlich zu machen und daher schuldunfähig.

Die Entlassung aus dem Maßregelvollzug vor knapp zwei Monaten war erfolgt, weil zwei weitere Gutachter keine von Hengst ausgehende Gefahr für die Öffentlichkeit mehr sahen. Verbunden mit der Auflage, weiterhin eine ambulante Therapie zu machen, gab es grünes Licht für den Einzug bei seiner Schwester, da einige Probeurlaube gut verlaufen waren.

Das Wohnhaus, vor dem sie jetzt standen, lag von der Entfernung fast genau zwischen den Wohnungen von Maslarski und Ronaldi.

»Wer immer das verschlafen hat, muss mit Konsequenzen rechnen«, schimpfte Hofmann und überprüfte die Klingelschilder. Der Name Hengst stand neben der Schelle am rechten oberen Rand. »Wenn es nicht so schlimme Folgen haben könnte, wäre es fast zum Lachen. Unsere begnadete Staatsanwaltschaft versäumt es, die Polizei über die Entlassung dieses Typen zu informieren.«

»Fehler machen wir alle mal«, antwortete Gassel ruhig. »Und wir wissen noch gar nicht, ob Hengst überhaupt irgendetwas mit unseren Fällen zu tun hat.«

»Immerhin ist das Timing ganz schön auffällig«, gab Katharina zu bedenken.

»Wollen wir palavern oder ihm auf den Zahn fühlen?«, fragte Gröne.

Hofmann nickte einmal kurz, lehnte sich gegen die Tür, die aufsprang, bevor er auf den Klingelknopf drücken konnte. Das Schloss war nicht eingerastet gewesen. Der Hauptkommissar überprüfte mit einem schnellen Griff unter seine Jacke, ob er auch wirklich seine Waffe dabeihatte. Man konnte ja nie wissen.

So leise wie möglich begannen sie den Aufstieg. Das Treppenhaus entsprach genau den Erwartungen, die man bei einem großzügigen Altbau haben konnte. Breite, blank gewienerte Holzstufen, von denen ein Großteil der Farbe bereits abgeblättert war. Breite Flächen auf den Etagen, die von den Bewohnern, obwohl verboten, als Stellfläche für Regale, Schuhschränke oder leere Wasserkästen genutzt wurden. Hinter zwei Türen waren Fernsehgeräusche zu hören, hinter einer weiteren trugen zwei Erwachsene einen erbitterten Streit aus.

Im dritten Stock herrschte Ruhe. Zwei Wohnungen lagen sich direkt gegenüber, weiter rechts führte eine etwas schmalere Treppe hinauf zum Dachboden. Über der Klingel der linken Wohnung prangte in eleganten Keramikbuchstaben der Name Weller, neben der rechten klebte ein kleiner modellierter Pferdekopf.

»Humor haben die ja«, flüsterte Hofmann, sah sich noch einmal vergewissernd um und betätigte dann die Schelle. Hinter der Tür schnarrte es.

Gut zehn Sekunden passierte nichts, dann hörten die Polizisten ein Knarren und gleich darauf verschwommen Musik. Und ein Geräusch, als wenn sich jemand langsam, aber stetig der Tür näherte.

Die Beamten traten sicherheitshalber ein wenig zur Seite, doch als sich die Tür einen Spalt öffnete, stand nicht Holger Hengst dahinter.

»Was wollen Sie?«, fragte eine Frau mit kratzender, kehliger Stimme. Wenn sie noch nicht in Rente war, würde sie diesen Schritt wohl demnächst tätigen. Obwohl sie Pantoffeln mit Absatz trug, reichte sie Hofmann gerade bis unters Kinn. Die strähnigen blondgrauen Haare schrien nach einer Kurpackung, mit stumpfen Augen musterte sie die vor ihr stehenden Polizisten. Instinktiv zog sie den Kragen ihres Kittels, den sie über einem alten, verwaschenen Jogginganzug trug, vor der Brust zusammen.

»Ich bin Hauptkommissar Hofmann. Frau Elvira Hengst?«

Statt zu antworten, zog die Frau die Tür ganz auf, drehte sich um und trottete müde und gelangweilt zurück in ihr Wohnzimmer, aus dem nach wie vor leise Musik dudelte. Anscheinend setzte sie voraus, dass die Beamten ihr folgen würden.

Die Musik quoll aus einem schon vor fünfzehn Jahren aus der Mode gekommenen Radiokassettenrekorder. Das Band im Kassettenfach war bereits derart abgenudelt, dass es leierte. Die Qualität der abgespielten Volksmusik litt darunter nur geringfügig.

Der Rest der Zimmereinrichtung war so schäbig, dass jeder Flohmarkthändler ob eines solchen Angebots beleidigt die Nase gerümpft hätte. In den unförmigen, farblich undefinierbaren Polstern des Sofas fiel die Frau kaum auf. Die ehemals weiße Raufaser hatte inzwischen die Farbe eines Ölfilters kurz vor der Hunderttausenderinspektion angenommen. In den Fächern des Sperrholzschrankes stapelten sich lose Papiere, angeschlagenes Geschirr, mehrere Fotos in Schwarz-Weiß und etliche leere Tabakdosen. Letztere erklärten auch den durchdringenden Nikotingestank, der scheinbar aus jeder Pore des Zimmers zu kriechen schien.

Als Hofmann und Thalbach das Zimmer betraten, hielten sie instinktiv die Luft an. Gassel positionierte sich im Flur, während Gröne wie vereinbart an der Eingangstür blieb und den Hausflur im Auge behielt.

Katharina öffnete ungefragt das Fenster, um nicht zu ersticken. Hofmann nickte ihr dankbar zu, nahm einen gefährlich angeschlagen aussehenden Sessel in Augenschein und traute sich nach reiflichem Überlegen, sich daraufzusetzen. Wenn er keine heftigen Bewegungen machte, würde das Teil die Belastung wohl überstehen.

Elvira Hengst nahm von den beiden Polizisten in ihrem Wohnzimmer keine Notiz. In aller Ruhe drehte sie sich eine weitere Zigarette. Sie tat dies mit einer unglaublichen Akribie und Konzentration, und das Ergebnis konnte sich sehen lassen.

Nachdem sie einmal tief an dem Stängel gezogen hatte, überkam sie ein heftiger Hustenanfall, bei dem man noch in mehreren Metern Entfernung ihre Lungen brodeln hören konnte.

»Frau Hengst, wo ist Ihr Bruder?«, fragte Hofmann laut, als ihm der Phlegmatismus der Frau zu sehr auf die Nerven ging.

»Weg«, krächzte Frau Hengst zwischen zwei Hustern. Offensichtlich ging es ihr besser, das Gesicht nahm wieder eine normale Farbe an und die Augen traten zurück in ihre Höhlen. Sie nahm die Kippe zwischen die Lippen und zog gierig.

»Was soll das heißen? Weg?«

»Na, weg halt. Holger is abgehauen.«

»Vor wem denn? Und wann?«

»Wollen se mir verarschen?«, fragte Hengst und gönnte Hofmann einen vergifteten Blick.

»Ich frage Sie, wo Ihr Bruder ist«, gab Hofmann ungerührt zurück.

»Vor euch isser doch weg. Weil er Schiss hat. Dass ihr ihn wieder mitnehmen tut.«

»Hätten wir denn einen Grund? Um ihn wieder mitzunehmen?«

»Quatsch. Holger tut keinem was. Den haben se doch richtig zurechtgebogen, inne Klapse. Und abgefüllt, mit diese Scheißtabletten. Dass der nich mehr geradeaus gehen konnte.«

»Vor sechsundzwanzig Jahren hat er ...«

»Ich weiß, was er vor die ganzen Jahre gemacht hat«, giftete Hengst zurück und paffte heftig an der Kippe. »Daran war doch nur die Schlampe schuld. Die Kuh, mit die er damals zusammengelebt hat. Wenn die nich so gesoffen hätte, und er mit, dann wär das alles nich passiert.«

»Wo hat Ihr Bruder sein Zimmer?«, fragte Katharina und traute sich endlich ein Stück von dem geöffneten Fenster weg.

»Oben, inne Dachkammer. Da hat er seine Ruhe.«

»Haben Sie etwas dagegen, wenn wir uns dort mal umsehen?«

Hengst schüttelte nur stumm den Kopf und zog wieder an ihrer Zigarette. Die Spitze glühte so hell auf wie ein explodierendes Glühwürmchen.

Gassel hatte inzwischen die übrigen Räume der Wohnung überprüft, nun nickte er Gröne zu und deutete mit dem Kopf in Richtung des Dachs. Bis ins Wohnzimmer war zu hören, wie der Junior der Truppe nach oben stürmte.

»Da is jetzt keiner«, bemerkte Hengst mit einem kaum merklichen Grinsen. »Als das mit den Jungen im Radio kam, war Holger weg. Hat sich nur 'n paar Sachen eingepackt und is dann ab durch die Mitte. Fast inne Hose geschissen hat der sich vor Angst. Wenn Sie verstehen, was ich meine.«

»Wenn er nichts mit dem Verschwinden des Jungen zu tun hat, braucht er auch keine Angst haben«, behauptete Hofmann abfällig.

»Ach nee? Und deshalb kommt ihr gleich mit 'ner ganzen Truppe? Nur um eine oder zwei Fragen zu stellen? Den hättet ihr doch sofort kassiert! Oder hättet ihr Holgi geglaubt, wenn der euch sagt, dass er mit den Bengel nix zu tun hat? Oder mit dem Mädchen?«

»Seit wann haben Sie Holger nicht mehr gesehen?«, überging Katharina den nicht unberechtigten Einwand der Frau.

»Als wir das mit den Jungen zum ersten Mal im Radio gehört haben. Kurz drauf war er weg. Danach hab ich auch nix mehr von ihm gehört.«

»Ihr Bruder ist seit heute Morgen verschwunden?«

»Hab ich doch grade gesagt, oder?«

»Warum hat er gestern seine Therapiesitzung versäumt?«

Elvira Hengst reagierte für ihre Verhältnisse heftig, indem sie den Kopf um mindestens einen Zentimeter anhob. »Gestern? Na klar war er da bei die Sitzung.«

»Nein, das war er nicht. Sein Therapeut hat aufgrund seines Fernbleibens die Behörden informiert. Weil Ihr Bruder seine Auflagen nicht eingehalten hat und nicht erreichbar war.«

»Das kann nicht sein. Holgi hat sich noch 'nen Zwanziger von mir geliehen. Weil er noch was zu essen mitbringen sollte. Von die Pommesbude. Das hat er auch gemacht. Sie müssen sich irren.«

»Warum sollte sein Therapeut lügen?«

»Keine Ahnung, mit den Leuten kennt sich unsereiner doch gar nicht aus. Mit so Studierten.«

»Wann war Holger gestern Abend wieder zu Hause?«

»Wie immer nach der Therapie. So um zehn.«

Thalbach und Hofmann wechselten einen schnellen Blick.

»Um zweiundzwanzig Uhr?«, fragte der Leiter des KK 11 zur Sicherheit nach.

»Sach ich doch. Nach die Sitzung trifft er sich immer mit 'nem Kumpel von ihn. Mit den Berni Hästers. Den kennt er noch von die Klapse, der saß auch in Eickelborn. Is aber schon vor ein paar Jahren rausgekommen. Der wohnt jetzt inne Düppelstraße.«

Ein neuerlicher Hustenanfall brachte die Frau zum Schweigen. Hofmann zog vorsichtshalber seine Beine an, um nicht von durch die Gegend fliegenden Schleimteilchen getroffen zu werden.

»Hat dieser Berni auch Kinder missbraucht?«, fragte Katharina.

»Der Berni? Näh, so was macht der nicht. Der hat Feuer gelegt, damals, als seine Alte mit 'nem andern Kerl abgehauen is. Die haben das zwar überlebt, aber die sahen nich mehr gut aus. Wenn Sie verstehen, was ich meine.«

Elvira Hengst kicherte schadenfroh, worauf sich ein neuer Hustenschwall anschloss.

»Berni is dann entlassen worden, als er 'nen Schlag gekriegt hat«, fuhr Hengst fort, als sie wieder Luft bekam. »Im Kopp. Is seitdem in sein einem Arm gelähmt und richtig laufen kann der auch nich mehr. Aber is so noch ganz fit, Holgi und er waren so zehn Jahre auf ein Zimmer zusammen. Die beiden haben halt immer viel zu quatschen.«

»Haben sich die beiden gestern getroffen? Hat er das erzählt?«

Elvira Hengst sah die Polizisten mit großen Augen an. »Ich hab doch schon gesagt, da isser immer hingegangen nach seine Therapie. Und vor zehn war er nie zu Hause.«

»Was macht Ihr Bruder den ganzen Tag?«, fragte Hofmann. »Sitzt er hier bei Ihnen? Oder in seinem Zimmer oben?«

»Quatsch. Der is viel unterwegs, der Holgi. Nach die ganzen Zeit weggesperrt is das doch auch klar, der kann ja gar nich genug zu sehen kriegen, was sich alles verändert hat und so. Und der hasst es, eingesperrt zu sein. Wenn Sie verstehen, was ich meine.«

»Er streift also den ganzen Tag durch die Stadt?«, hakte Katharina alarmiert nach. »Sagt er Ihnen, wo er war? Oder wo er am liebsten hingeht?«

Die winzige Person auf der Couch drückte endlich die Zigarette aus, an der sie sich schon beinahe die Fingerkuppen verbrannte, und griff übergangslos nach der Tabakdose und den Blättchen. Der Vorgang des Drehens begann von vorn.

»Holgi is mir keine Rechenschaft schuldig«, erklärte sie nachdrücklich. »Der kann machen, was er will. Is ja nicht mehr eingesperrt.«

»Aber trotzdem kann er Ihnen doch von seinem Tag erzählt haben«, beharrte Katharina. »Oder haben Sie sich gegenseitig nur angeschwiegen, wenn er hier war?«

»Klar hat er was erzählt. Holgi ist gerne in Parks, Stadtpark und Westpark. Oder er läuft durch die Stadt und sieht sich die Sachen inne Geschäfte an. Vieles gab's noch gar nich, als er kassiert wurde.«

Vom Flur hörten sie einen unartikulierten Laut, gleich darauf steckte Gassel seinen Kopf ins Zimmer. »Gröne hat was gefunden«, bemerkte er ruhig.

Hofmann sprang sofort auf und bedeutete Katharina, bei der Frau zu bleiben. Dann startete er den Turbo und lief aus dem Zimmer. Hengst sah noch nicht mal auf, sondern zupfte die überstehenden Tabakreste von ihrer Selbstgedrehten und zündete sie sofort an. Natürlich endete der erste Zug wieder in einem Hustenchaos.

»Sie sollten sich das wirklich abgewöhnen«, meinte Katharina genervt. »Wenn man wirklich will, kann man aufhören. Ich hab es auch geschafft.«

Die Frau klopfte sich einige Male auf die Brust, wischte sich etwas Speichel vom Mund und qualmte erneut. Durch den Rauch, der aus ihrer Nase entwich, sah sie Katharina abfällig an.

»Auf wie alt schätzen Sie mich?«, fragte sie.

Thalbach rümpfte die Nase. »Auf Mitte fünfzig«, antwortete sie dann, obwohl sie eher Anfang sechzig hatte sagen wollen.

»Ich bin siebenundvierzig«, gab Elvira Hengst zurück. »Im Juni geworden. Und mein Doc hat mir gesagt, dass ich bestimmt nich mehr achtundvierzig werde. Ich hab Bronchenkrebs. Nix mehr zu machen. Mit 'ner Operation nich und so auch nich, das Ding ist schon zu groß.« Dabei hielt sie Daumen und Zeigefinger der rechten Hand etwa sieben Zentimeter auseinander. »Von die Chemo hab ich nur gekotzt und das mit die Strahlen hat auch nix gebracht. Jetzt krieg ich nur noch so'n Zeug, dass ich keine Schmerzen hab.

Und jetzt sagen Sie mir, warum ich dann noch auf meine Kippen verzichten soll?«

Katharina setzte zu einer Antwort an, aber blieb letztlich still.

Aus dem Treppenhaus drangen erneut Geräusche, schließlich schoss Hofmann mit blitzenden Augen um die Ecke, in einer Hand, die mittlerweile in einem Latexhandschuh steckte, einen Stoß Papiere. Gassel und Gröne folgten ihrem Chef.

»Frau Hengst, können Sie mir erklären, was das hier im Zimmer Ihres Bruders zu suchen hat?«, fragte der Hauptkommissar.

»Ich geh nie in Holgis Zimmer. Was ist das?«

»Das«, begann Hofmann theatralisch und schaute die festgehaltenen Unterlagen beinahe liebevoll an, »sind sämtliche Zeitungsartikel, die über die Ermordung von Tochter und Mutter Maslarski erschienen sind. Säuberlich ausgeschnitten und sorgfältig auf Papier geklebt. Gewisse Passagen wurden sogar unterstrichen oder mit einem Textmarker gekennzeichnet. Wollen Sie mir immer noch erzählen, Ihr Bruder sei verschwunden, weil er Angst vor einer unberechtigten Festnahme hat?«

»Ja sicher! Die Zeitungen hat er doch mit mir zusammen gelesen. Hier, auf dem Sessel hat er dabei gesessen. Weil ihm doch klar war, dass die Bullen deswegen vorbeikommen würden. Und weil ihn das abgelenkt hat, hat er die Artikel ausgeschnitten und gesammelt. War eine der Sachen, die er in die Therapie gelernt hat. Was dir auf die Seele liegt, sollst du ganz behutsam pflegen, sagte er immer.«

»Mag sein«, gab Gröne gelassen zurück. »Und wie erklären Sie sich das?« Dabei trat er hinter Hofmann hervor und hielt mit ebenfalls behandschuhten Fingern Elvira Hengst ein ausgedrucktes DIN-A4-Foto vor die Nase.

»Keine Ahnung«, antwortete die Frau und drehte schnell den Kopf zur Seite.

»Das ist Ricardo Ronaldi. Der Junge, der seit gestern Abend vermisst wird.«

29

»Ich freue mich, dass Sie uns so kurzfristig helfen konnten«, erklärte Hofmann und deutete mit einer einladenden Handbewegung auf die Kaffeekanne und die beiden Mineralwasserflaschen. »Darf ich Ihnen etwas anbieten?«

Doktor Michael Bayer rieb über seinen vielleicht zwei Zentimeter breiten Kinnbart und nickte dankbar. Der forensische Psychologe, der auf dem Besprechungstisch in Hofmanns Büro einen kleinen Aktenberg aufgebaut hatte, griff nach einer Wasserflasche, goss sein Glas bis einen knappen Millimeter unter den Rand voll und nahm laut schlürfend einen Schluck. Dann fuhr er sich durch seine ungebändigte braune Lockenpracht, rückte die Herbert-Wehner-Gedächtnisbrille zurecht und zupfte einige imaginäre Flusen von seinem Leinenanzug. Schließlich verschränkte er die Arme vor seinem ausladenden Bauch und warf schüchterne Blicke auf Thalbach und Hofmann, die ihn mit wachsender Faszination ansahen.

»Haben Sie sich anhand unserer Unterlagen ein umfassendes Bild machen können?«, fragte Katharina, um die peinliche Stille zu brechen.

»Umfassend nicht«, antwortete Bayer mit einer unangenehmen Fistelstimme. »Dafür war die Zeit zu kurz. Aber trotzdem kann ich Ihnen versichern, dass Sie es hier mit einem äußerst bemerkenswerten Fall zu tun haben.«

»Bemerkenswert in welcher Hinsicht?«

»In mannigfaltiger. Ihr Täter scheint einerseits in die typischen Raster zu passen, andererseits verhält er sich völlig untypisch.«

»Interessant«, meinte Hofmann und schenkte Katharina und sich Kaffee nach. »Könnten Sie uns das ein wenig verdeutlichen? Sodass es auch der Laie versteht?«

»Selbstverständlich«, nickte Bayer und zog aus dem Aktenstapel einige mit einer steilen Handschrift gefüllte Blätter. »Zuallererst: Der Mann, den Sie suchen, ist krank, sehr krank sogar. Meines Erachtens leidet er höchstwahrscheinlich an einer schizoiden Persönlichkeitsstörung. Das hauptsächliche Merkmal dieser Erkrankung spiegelt sich in einem Rückzug von affektiven, sozialen und allen anderen Kontakten wider. Diese Leute sind Einzelgänger, sie neigen mitunter zu Fantastereien. Und sie haben, wenn überhaupt, nur ein sehr begrenztes Vermögen, Gefühle auszudrücken, Freude oder Lust zu erleben.«

»Er ist extrem gefühlskalt?«, fragte Hofmann nach.

»So könnte man es ausdrücken. Diese Menschen haben keine emotionale Beziehung zu anderen und zu ihrer Umwelt. Sie sind misstrauisch und gehen, wann immer möglich, auf Distanz. Dabei wünschen sie sich unbewusst Nähe, sind aber nicht in der Lage, Kontakte zu knüpfen, auf Kritik zu reagieren oder im Zusammenleben zu funktionieren.«

»Suchen wir nach einer Art Einsiedler?«, erkundigte sich Katharina.

»Entschuldigung, ich war vielleicht ein wenig ungenau. Nein, es handelt sich keinesfalls um einen Eremiten. Diese Menschen leben zwar in ihrer eigenen Welt, erscheinen aber nach außen gut in die Gesellschaft integriert. Wenn Sie, ohne zu wissen, wen Sie vor sich haben, mit einem derart Erkrankten ein normales Gespräch führen, erkennen Sie keinen Unterschied zu einem Gesunden. Man begegnet Ihnen mit guten, vielleicht sogar eleganten Umgangsformen, denn so ein Betroffener besitzt meist die Fähigkeit, sich intuitiv auf jede Situation einzustellen. Und er ist meist sehr intelligent.«

»Und was führt Sie zu der Annahme, dass unser Täter zu dieser Gruppe Menschen gehört?«

Bayer trank erneut geräuschvoll, füllte sein Glas nach und streichelte wieder seinen Kinnbart. »Beachten Sie bitte, wie er mit seinen Opfern umgegangen ist. Zunächst das junge Mädchen. Er hatte sie einige Tage in seiner Gewalt, bevor er sie tötete. In dieser Zeit hat er sie misshandelt, man kann beinahe von Folter reden. Unabhängig davon war das Mädchen bereits vor seinem Tod in einem schlimmen Allgemeinzustand. Es war dehydriert, ich gehe davon aus, dass es während der Zeit der Gefangenschaft weder etwas zu essen noch zu trinken bekommen hat. Weiterhin war sie mit Kot und Urin verunreinigt, der Täter gab ihr noch nicht einmal die Möglichkeit, eine Toilette aufzusuchen. Sie war ihm egal. Ein Mittel zum Zweck.«

»Zu welchem Zweck?«, hakte Katharina nach.

»Eben das ist der Punkt, den ich bis jetzt noch nicht verstehe«, erklärte der Psychologe. »Gemeinhin steht das sexuelle Verlangen bei Menschen dieses Krankheitsbildes nicht im Vordergrund, aber Ausnahmen bestätigen die Regel. Natürlich kann sich diese Störung mit sadistischen Neigungen paaren, dann hätten aber an der Leiche Spuren eines sexuellen Missbrauchs gefunden werden müssen. Warum er das Mädchen entführt, quält und dann tötet, erschließt sich mir nicht. Zumal er bei der Mutter gänzlich anders vorgegangen ist.«

»Sie gehen demnach von einem einzigen Täter aus?«

Bayer sah irritiert auf. »Sie etwa nicht?«

»Natürlich. Aber wir haben uns die Frage gestellt. Wie Sie selbst sagen, sind die Vorgehensweisen völlig unterschiedlich.«

»In der Tat, allerdings gibt es auch Parallelen. Nehmen Sie nur die Gleichgültigkeit des Täters gegenüber seinem Opfer. Die Frau wurde rücksichtslos verschnürt, sie muss furchtbare Schmerzen gehabt haben, so wie sie da auf dem Tisch fixiert worden ist. Und auch hier wieder keine Anzeichen eines sexuellen Missbrauchs. Obwohl die Auffindesituation der Leiche darauf hindeutet.«

»Also ist es kein Triebtäter?«

»Das habe ich nicht gesagt. Es ist durchaus denkbar, dass der Täter einzig zu seinem Lustgewinn handelt. Unter Umständen mangelte es ja an seinen … körperlichen Voraussetzungen. Um den Missbrauch zu vollziehen.«

Katharina runzelte die Augenbrauen. »Sie meinen, er könnte impotent sein?«

»Entweder das oder er hat eine derart hohe Reizschwelle, dass er sich von den Taten die entscheidenden sexuellen Impulse versprach. Möglicherweise lechzt der Mörder schon Ewigkeiten nach sexueller Erfüllung, die ihm auf normale Art und Weise nicht möglich ist. Sollte dies zutreffen, müssen Sie nur noch den Sinn der Begleitumstände seiner Taten entschlüsseln.«

»Aber beide Frauen sind nicht vergewaltigt worden«, beharrte Hofmann.

»Vielleicht war der Reiz nicht stark genug«, überlegte Bayer. »Oder er hat bei Betrachtung der Opfer kurz vor deren Tötung masturbiert, dann finden Sie natürlich nie eine Spur, die auf ein sexuelles Motiv hinweist. Allerdings glaube ich selbst nicht daran, wenn der Mann seinen Orgasmus wollte, dann sicher nicht, indem er selbst Hand an sich legte. Oder, um eine weitere Variante ins Spiel zu bringen: Irgendetwas hat ihn daran gehindert, sein Ritual zu beenden.«

Die beiden Kommissare wechselten einen schnellen Blick. »Wie meinen Sie das?«, fragte Hofmann.

»Nun, vor allem sticht die sorgfältige Planung ins Auge, der Täter hat nichts, aber auch wirklich gar nichts dem Zufall überlassen. So scheint es wenigstens. Jedoch kann im letzten Moment etwas schiefgelaufen sein, etwas Unvorhersehbares, eine Kleinigkeit, die er nicht bedacht hat. Was ihn daran hindert, seine Pläne vollständig in die Tat umzusetzen. Deshalb die exzessive Gewaltanwendung bei dem Mädchen.«

»Ich verstehe, worauf Sie hinauswollen«, überlegte Katharina laut. »Er quält das Mädchen, um sich daran aufzugeilen, und als er zum Höhepunkt kommen will, läuft etwas aus dem Ruder. Deshalb sticht er wie von Sinnen auf Svenja ein. Weil er gefrustet ist.«

»Exakt«, bestätigte Bayer. »Wie ich den Unterlagen entnommen habe, war das Mädchen schwanger. Vielleicht wollte er eine Jungfrau und war dann stinksauer, weil er sich in der Opferauswahl so vertan hatte. Gegebenenfalls hat er die Mutter im Anschluss ausgewählt, weil er sie für die vergeblichen Anstrengungen bestrafen wollte. Weil es mit ihrer Tochter nicht geklappt hat. Auch mit der Mutter läuft etwas schief, deshalb der wütende Schnitt durch die Kehle, nachdem er sie sehr aufwendig gefesselt hat. Wenn es nur darum gegangen wäre, sie zu töten, hätte er es wesentlich einfacher haben können.«

Hofmann nickte und griff nach einer dicken Mappe, die er vor Bayers Besuch auf dem kleinen Beistelltisch neben seinem Sessel zurechtgelegt hatte. Katharina räusperte sich und beugte sich nach vorn.

»Ist es wirklich denkbar, dass jemand mit einer so gravierenden Störung bis jetzt nicht auffällig geworden ist? Hätte der nicht im Laufe seines Lebens mal irgendwo anecken oder auffällig werden müssen?«

»Vorstellbar ist alles«, antwortete Bayer und widmete sich erneut seinem Kinnbart. »Dieses Krankheitsbild, das ich vorhin beschrieben habe, ist selten, gehen Sie von einer Quote von maximal einem Prozent der Bevölkerung aus. Die meisten dieser Kranken können sich mit dem Leben und ihrer Umwelt arrangieren, sie sind zwar nicht glücklich damit, ständig unter einem dämpfenden Schleier zu leben, aber sie kommen damit klar. Bei einer so ausgeprägten Störung, wie ich sie bei Ihrem Täter vermute, würde es mich allerdings überraschen, wenn es nicht bereits Konflikte mit dem Gesetz gegeben hätte. Wahrscheinlich war der Mann schon einmal in Therapie, eventuell bereits als Kind.«

»Als Kind?«

»Natürlich. Wissen Sie, so eine Störung kann viele Ursachen haben. Vielleicht war ein Elternteil ebenfalls psychisch krank, vielleicht stand der Täter unter der Obhut einer extrem strengen und fürsorglichen Mutter, die das Erlernen von sozialen Umgangsformen im Kindesalter bewusst unterbunden hat. Viele weitere Faktoren können eine Rolle gespielt haben, um Genaueres sagen zu können, müsste ich

Angaben über die Historie Ihres Täters haben. Und ich müsste selbst mit ihm ein Gespräch geführt haben. Im Augenblick beschränke ich mich auf Mutmaßungen, die sich sicher zum Teil als richtig erweisen, aber weiß Gott nicht ausführlich und in allen Belangen zutreffend sind.«

»Es könnte sich also lohnen, ein besonderes Augenmerk auf Personen zu richten, die schon mal in psychiatrischer Behandlung waren?«, fragte Hofmann, dessen Hand noch immer abwartend auf der Mappe lag.

»Natürlich, nur werden Sie dadurch kaum weiterkommen. Nicht bei der Vielzahl der stationären und ambulanten Therapiemöglichkeiten. Sollte es jedoch schon zu einer Behandlung im Rahmen einer Straftat gekommen sein, ist das eruierbar. Und wie gesagt: Wenn die Behandlung als Kind oder Jugendlicher erfolgte, dann sind die Unterlagen aus Gründen des Datenschutzes unter Verschluss.«

»Wie passt denn der verschwundene Junge in ihr Szenario?«

Bayer seufzte auf. »Leider nur zu gut. Angenommen, die Vermutung hinsichtlich der aufgestauten sexuellen Energie ist zutreffend, steht der Täter jetzt wesentlich stärker unter Druck als vorher. Er hatte seine sexuelle Erfüllung vor sich und konnte, trotz anscheinend langwieriger und sorgfältiger Vorbereitung, sein Ziel nicht erreichen. Der Junge war vielleicht nur zur falschen Zeit am falschen Ort. Ein Ventil, durch das er Druck ablassen muss.«

»Meinen Sie, das Kind wird genauso misshandelt wie Svenja?«

»Davon ist auszugehen«, erklärte Bayer leise.

»Hat der Täter keine geschlechtlichen Präferenzen? Es scheint ihm ja egal zu sein, mit wem er seine Fantasien erlebt, ob weiblich oder männlich?«

»Das ist nichts Ungewöhnliches. Um es noch einmal zu betonen: Im Vordergrund stehen bei ihm der Kick, das Ausüben von Macht, das Ausleben seiner Bedürfnisse. Die normale Sexualität funktioniert nicht, von daher passen beide Geschlechter in sein Beuteschema. Es ist ihm egal, mit wem er zum Höhepunkt kommt, Hauptsache, er schafft es überhaupt.«

»Könnten Sie einen Blick hierein werfen?«, bat Hofmann und trommelte mit dem Zeigefinger auf die Mappe.

»Was ist das?«, fragte Bayer.

»Ein psychiatrisches Gutachten über eine Person, die im Rahmen unserer Ermittlungen aufgefallen ist.«

Mit diesen Worten reichte Hofmann das abschließende Gutachten über den Tisch, auf dessen Grundlage Holger Hengst vor gut zwei Monaten aus dem Maßregelvollzug entlassen worden war. Als Allererstes hatte Hofmann heute früh zwei Beamte mit der Auflage zur Staatsanwaltschaft gehetzt, unter keinen Umständen ohne die Unterlagen wieder ins Präsidium zu kommen.

Bayer genehmigte sich einen weiteren Schluck Wasser und schlug dann den Pappdeckel auf. Hinter der altmodischen Brille verengten sich seine Augen zu schmalen Schlitzen, als er konzentriert zu lesen begann.

Katharina drehte ungeduldig den Kaffeebecher in ihrer Hand. Nach dem, was der Psychologe in der letzten Viertelstunde gesagt hatte, war ihr beinahe klar, wie seine Meinung zu Holger Hengst als möglichem Mörder und Entführer aussah. In ihrem Magen machte sich erneut unangenehm das altbekannte Grummeln bemerkbar, begleitet von einem stärker werdenden Druckgefühl. Auch während der letzten Nacht hatte sie kaum ein Auge zugemacht, auf dem Weg zur Arbeit hätte sie fast anhalten und sich übergeben müssen. Sobald dieser Fall hier erledigt war, würde sie zum Arzt gehen, langsam, aber sicher machten ihr die ständigen Beschwerden Angst.

»In welchem Zusammenhang ist dieser Mann aufgefallen?«, fragte Bayer, als er sich einen Überblick über die Papiere verschafft hatte.

»Im Moment ist er unser Hauptverdächtiger«, erklärte Hofmann. »Vorgestern ließ er seine ambulante Therapie ausfallen. Für die Zeit, in der der Junge verschwand, weiß niemand, wo er sich aufgehalten hat. Seine Schwester hat er diesbezüglich angelogen und bei seinem Bekannten, der mit ihm in Eickelborn gesessen hat, war er ebenfalls nicht. Seit gestern Abend läuft die Großfahndung.«

Bayer schüttelte den Kopf. »Das passt nicht. In keinster Weise. Vielmehr spricht alles gegen eine Täterschaft.«

Eine steile Falte erschien auf Hofmanns Stirn. »Was bringt Sie zu dieser Ansicht?«

»Ein völlig anderes Profil!«, dozierte Bayer energisch. »Die Taten, die in Ihren Ermittlungsakten dokumentiert sind, wurden von einer hochintelligenten, planenden Person verübt. Bei Hengst liegt eine Intelligenzminderung vor, der Mann hat einen IQ von siebenundsiebzig. Also gerade mal zwei Prozentpunkte über der Debilität. Wenn der sich um acht Uhr morgens vornimmt, um zwölf Uhr mittags in die Stadt zu gehen, ist damit nicht gesagt, dass er sich bis dahin noch an sein Vorhaben erinnern kann.«

Katharina nickte beifällig. So eine Aussage hatte sie erwartet.

»Zweitens«, fuhr Bayer fort, »steht er massiv unter Medikamenteneinfluss. Hengsts wurde damals zum Täter, weil er unfähig war, seine Triebe zu kontrollieren. Seitdem ist er mit allerlei bunten Pillen vollgepumpt worden, damit er das in den Griff kriegt. Außerdem dürfte er nach den ganzen Jahren, in denen er das Zeug schluckt, wirklich impotent sein. Nicht nur in der Form, dass er keine Erektion mehr bekommt – seine Libido dürfte auf die Größe eines Atoms geschrumpft sein.«

»In seinem Zimmer wurden massenweise Zeitungsausschnitte über die Morde an Svenja und Mandy Maslarski gefunden, säuberlich ausgeschnitten und aufgeklebt«, gab Hofmann zu bedenken. »Außerdem ein Foto des Jungen, der vorgestern Abend verschwunden ist.«

»Tatsächlich?«, fragte Bayer, den diese Neuigkeit sichtlich überraschte.

»Hundertprozentig sicher. Wir selbst haben die Beweismittel sichergestellt.«

»Nun«, meinte der Psychologe gedehnt, »die Zeitungen wären noch erklärbar. Es gibt Therapieansätze, in denen einige Kollegen gerade durch das aufmerksame Mitverfolgen solcher Taten bei dem Patienten ein Unrechtsbewusstsein schaffen wollen. Es wäre denkbar, dass Hengst aus diesem Grund die Berichte gesammelt hat.«

»Und das Foto?«

Bayer zuckte ratlos mit den Achseln. »Dafür habe ich leider keine Erklärung.«

»Ihre bisherigen Ausführungen stehen im krassen Gegensatz zu dem, was sich in dem Gutachten über Hengst finden lässt«, konstatierte Hofmann. »Wie hoch beziffern Sie die Wahrscheinlichkeit, dass Sie sich irren?«

»Irren in welcher Hinsicht? In der Einschätzung über die psychische Beschaffenheit des Mörders? Oder darüber, dass Hengst diese Taten nicht verübt haben kann?«

Diesmal zuckte Hofmann mit den Achseln. »Suchen Sie sich etwas aus.«

»Was die Charakterisierung des Mörders der beiden Maslarskis angeht«, erklärte Bayer gedehnt, »lege ich mich zu fünfundsiebzig Prozent fest. Ich werde bestimmt nicht alle Merkmale aufgezählt haben, die den Mann zu seinen Taten veranlasst haben, aber die grobe Richtung dürfte stimmen. Und was Hengst betrifft: Die Morde hat er nicht begangen, da bin ich zu einhundert Prozent sicher. Er hat seinerzeit den Jungen zwar ebenfalls erstochen, aber das war eine Panikreaktion, weil er keine Chance mehr hatte, aus dieser Geschichte rauszukommen. Wissen Sie etwas darüber, ob er vor dem Missbrauch die Kinder gequält hat? Meines Erachtens dürfte das nämlich nicht der Fall gewesen sein.«

»Ich habe die Akten bisher nur überfliegen können, aber soweit ich mich entsinne, war er zu den Kindern nicht brutal. Wenn man das bei dieser Art des Verbrechens überhaupt sagen kann.«

Bayer nickte. »Ich weiß, wie Sie das meinen. Er hat sich an ihnen vergangen, aber ihnen keine Schmerzen zugefügt, um sich dadurch Lust zu verschaffen. Und ich sehe keine Anhaltspunkte, dass er sich während seiner Zeit im Maßregelvollzug dahingehend verändert hat. Eher das Gegenteil scheint der Fall: Das Gutachten spricht dafür, dass er ein hilfsbereiter, zuvorkommender Mensch ist.«

»Wir jagen also weiterhin einem Phantom nach?«, fragte Hofmann. »Bei den Indizien, die wir in Hengsts Dachkammer gefunden haben, stellt mir jeder Staatsanwalt sofort einen Haftbefehl aus. Die Beweise sprechen eine eindeutige Sprache.«

»Nun«, meinte Bayer und schlürfte sein Wasserglas leer, »ich sehe da eigentlich zwei Möglichkeiten. Entweder versucht jemand, diesem Hengst etwas anzuhängen und die Polizei von der richtigen Spur abzubringen; oder es gibt zwei Täter. Der eine hat die Maslarskis ermordet, und der andere, in dem Fall Holger Hengst, hat sich Ricardo Ronaldi geschnappt. Jetzt dürfen Sie sich aussuchen, was Ihnen besser gefällt.«

In diesem Moment zerriss Tom Waits *Road to peace* die Stille, die nach den letzten Worten Bayers eingetreten war. Hastig griff Katharina nach ihrer Tasche und kramte ihr Handy hervor, das weiter den melancholischen Song von sich gab. Auf dem Display blinkte eine Festnetznummer, die der Kommissarin gänzlich unbekannt vorkam.

»Thalbach«, meldete sich Katharina hastig.

»Hier spricht Doktor Kirstein, ich bin Oberarzt auf der chirurgischen Intensivstation. Wir haben hier jemanden aufgenommen, den Sie anscheinend kennen. Jedenfalls wurde uns Ihr Name als Ansprechpartner genannt.«

30

»Doktor Kirstein? Thalbach mein Name. Sie hatten mich angerufen.«

Die Gestalt in dem blauen, zweiteiligen Baumwollanzug

sah von dem Stapel Papiere, der vor ihr auf dem Schreibtisch lag, auf. Der Mediziner wirkte müde und kraftlos, unter den ungebändigt nach allen Seiten abstehenden blonden Haaren versteckten sich zwei stumpfe grüne Augen, die schmalen Wangen waren unrasiert und der Bartschatten verlieh der Haut einen unverkennbaren Grauschleier.

Als Kirstein den Namen der Besucherin richtig eingeordnet hatte, wuchtete er sich von seinem Stuhl und kam mit erstaunlich dynamischen Schritten auf die Kommissarin zu.

»Freut mich. Auch wenn es kein angenehmer Anlass ist.«

Katharina ergriff die dargebotene Rechte und lehnte sich ungeduldig an den Türrahmen. »Was ist denn eigentlich genau passiert?«

»Von der Vorgeschichte weiß ich nur, dass Frau Kowalski heute früh mit der Rettung bei uns abgeliefert wurde, ihre Mutter hatte den RTW verständigt. Das Mädchen war in einem üblen Zustand, multiple Platzwunden mit zum Teil starken Blutungen, der Unterarm gebrochen, aber das alles war weniger besorgniserregend. Eine ernste Verletzung war die Milzruptur.«

Katharina wurde zunehmend nervöser.

»Der Aufnahmearzt hat sie sofort in den OP transferiert. Leider musste eine Splenektomie durchgeführt werden.«

»Eine was?«

»Ach ja, Entschuldigung. Die Milz musste entfernt werden. Keine Angst, es ist alles gut verlaufen, in ein paar Tagen wird es ihr schon wieder erheblich besser gehen.«

»Ist sie verprügelt worden?«

Kirstein seufzte mitleidig. »So wie es aussieht, wurde Frau Kowalski übelst zusammengeschlagen. Über die Hintergründe weiß ich nichts, ich hatte gehofft, Sie würden ein wenig Licht in die Sache bringen können.«

Katharina zuckte hilflos mit den Achseln. »Ich weiß genauso wenig wie Sie. Woher haben Sie eigentlich meine Nummer?«

»Bei der Einlieferung hatte Frau Kowalski Ihre Karte in

den Fingern. Die Mutter ist noch nicht mal im RTW mitgefahren, sondern zu Hause geblieben. Können Sie sich so etwas vorstellen?«

»Sie glauben gar nicht, was ich mir alles vorstellen kann«, gab Katharina zurück. »Ist sie wach?«

»Ich denke ja, inzwischen müsste sie die Narkose weitestgehend überstanden haben. Kommen Sie, ich bringe Sie hin.«

Kirstein drängte sich an der Kommissarin vorbei und eilte den steril wirkenden Gang der Intensivstation entlang, bis er die letzten beiden Behandlungsplätze erreicht hatte. Katharina folgte ihm auf den Fuß. Als sie die bedauernswerte Gestalt in dem Krankenhausbett zu Gesicht bekam, zog sie scharf die Luft ein, obwohl sie sich vorgenommen hatte, sich nichts anmerken zu lassen.

Lynni wirkte in dem wuchtigen, hydraulisch verstellbaren Bett inmitten des Schlauchgewirrs und der Monitore und Überwachungsgeräte so zerbrechlich wie eine Porzellanpuppe. Das rechte Auge war komplett zugeschwollen, über dem linken hatte sie eine frische Narbe, die über die Augenbraue verlief. Der rechte Arm steckte in einem leuchtend weißen Gipsverband, an den anderen Extremitäten, die unter dem flattrigen Krankenhaushemdchen hervorlugten, befanden sich mehrere Mullverbände.

An den letzten sichtbaren Körperstellen schillerte die Haut vor Hämatomen. Lynni sah aus, als wäre sie unter eine Dampfwalze gekommen.

Doktor Kirstein warf einen prüfenden Blick auf die Anzeige einiger Monitore, anscheinend waren die Werte im Normbereich, denn er brummte zufrieden. Dann trat er an das Bett und zupfte zwei der Schläuche zurecht, an die das Mädchen angeschlossen war.

Lynni hatte die Augen geschlossen gehabt, bei der Bewegung neben sich zuckte sie heftig zusammen und stöhnte vor Schmerz. Das funktionierende Auge blinzelte, als es versuchte, gegen das Deckenlicht etwas zu erkennen.

»Zehn Minuten«, sagte Kirstein und fügte überflüssigerweise hinzu: »Und wenn es geht, regen Sie meine Patientin bitte nicht auf.«

Katharina nickte und trat ihrerseits ans Bett, als Kirstein sich zurück in sein Arztzimmer trollte.

»Hey«, nuschelte Lynni schwach, als sie die Beamtin erkannte.

»Hi Lynni. Was machst du denn für Sachen, sag mal?«

Das Mädchen versuchte ein tapferes Lächeln, doch als sie den Mund verzog, erntete sie eine weitere Schmerzwelle. Bei der Gelegenheit erkannte Katharina, dass nur noch einer der Schneidezähne im Oberkiefer saß.

Die Kommissarin bekam weiche Knie, schnell griff sie nach der Metallstange am Ende des Bettes und lehnte sich dagegen. Wieder machte sich der Druck in ihrem Magen nachdrücklich bemerkbar.

»Wer hat dir das angetan?«, fragte sie leise.

Lynni versuchte, das Gesicht wegzudrehen, aus dem Augenwinkel kullerte eine erste Träne.

»Jemand den du kennst? Aus der Schule? Oder wurdest du überfallen?«

Ein kaum sichtbares Kopfschütteln war die Antwort.

Katharina griff vorsichtig nach Lynnis linker Hand. »Willst du es nicht sagen? Oder kannst du nicht?«

Weitere Tränen folgten der ersten, die Hand des Mädchens erwiderte Katharinas Berührung, so fest es in ihrem Zustand möglich war.

»Lynni, hat dich dein Vater so zugerichtet?«

Zunächst zeigte Lynni keine Reaktion. Dann verkrampfte sich ihre Hand, die Finger klammerten sich verzweifelt an Katharina. Schließlich nickte das Mädchen.

»Hat er das schon öfter gemacht? Oder war es das erste Mal?«

»Nie fo flimm«, nuschelte Lynni angestrengt. »Erft heute.«

»Du meinst, er hat dich bisher noch nie so heftig geschlagen wie heute?«

Diesmal war das Nicken schon kräftiger.

»Warum tut er das?«, fragte Katharina sanft.

Lynni setzte erneut zum Sprechen an, schaffte es aber nicht, ihre Seelenqualen in Worte zu fassen. Stattdessen griff sie noch fester zu und schluchzte.

»Das Schwein wollte ihr wieder an die Wäsche«, sagte plötzlich jemand hinter Katharina.

Sie fuhr herum. Dort stand eine zierliche Frau mit langen, strähnigen schwarzen Haaren, die ihr verfilzt bis auf die Schultern hingen. Im ersten Augenblick fühlte sich Katharina an die Schwester von Holger Hengst erinnert, der gebeugte Körper und der desillusionierte, hoffnungslose Gesichtsausdruck waren fast identisch. »Wer sind Sie?«, wollte Katharina wissen.

»Marilyns Mutter. Der Arzt hat gesagt, sie kommt wieder okay?« Der flehende Blick war die erste sichtbare emotionale Reaktion, immer noch stand die Frau am Beginn der Patientennische und schien sich nicht näher heranzutrauen.

»Wenn er das sagt, wird es stimmen. Was genau ist denn passiert?«

Lynnis Mutter schloss einen Moment die Augen und holte tief Luft. Dann traute sie sich doch ans Bett, streichelte ihrer Tochter sanft über den Arm und trat gleich darauf den Rückweg an. Gleichzeitig machte sie eine Bewegung mit dem Kopf Richtung Flur.

Katharina verstand. »Ich bin gleich wieder da«, flüsterte sie Lynni leise zu, drückte noch einmal ihre Hand und folgte dann der kleinen Frau.

»Ich brauch 'ne Kippe«, stöhnte Frau Kowalski und nestelte bereits gierig an den Taschen ihrer ausgefransten Jeansjacke, die ihr mindestens zwei Nummern zu groß war.

»Wie haben Sie das gemeint? Dass ihr jemand an die Wäsche wollte«, drängte Katharina energisch.

»Können 'se sich das nicht denken? Grün und blau hat das Schwein sie geprügelt. Weil sie ihn nicht mehr ranlassen wollte. Da ist er ausgerastet.«

Augenblicklich wurde der Druck in Katharinas Magen noch eine Spur schmerzhafter. »Ihr Mann vergeht sich an Lynni? Seit wann wissen Sie das?«

Kowalski schloss beschämt die Augen. »Seit gestern«, erklärte sie leise. »Er ist wieder brutal geworden, weil er keine Knete zum Versaufen mehr hatte. Ich konnte ihm nichts geben, das Konto war schon leer und das bisschen, was ich noch hatte, brauchen wir doch zum Leben. Da hab ich gedacht, ich könnt ihn mit Sex beruhigen, aber er ist ausgerastet und hat mich angeschrien, dass ich ihn schon lange ankotzen würde, so abgenutzt und hässlich, wie ich wär ...«

Eine Krankenschwester, die gerade damit beschäftigt war, frische Einmalartikel in einen Wandschrank zu räumen, hatte ihre Arbeit unterbrochen und starrte mitfühlend zu den beiden Frauen herüber. Katharina griff nach Kowalskis Arm und hakte sich bei ihr unter. Langsam gingen sie ein paar Meter weiter den Flur entlang.

»Ich hab versucht, ihn zu beruhigen«, fuhr Kowalski stockend fort, »aber er hat sich immer mehr hineingesteigert, wenn's nach ihm gehen würde, hätte er mich schon lange in den Wind geschossen, so eine Schlampe wie mich würd er an jeder Straßenecke finden. Und wenn er ficken wollte, hätte er ja immer noch Marilyn, deshalb wär er überhaupt noch bei mir geblieben. Weil er sonst das Kind nicht mehr so oft ...«

Katharina versteifte sich unwillkürlich, und als sie bemerkte, dass sie den Unterarm der Frau fest umklammerte, lockerte sie ihren Griff. Kowalski hatte die Krallen in ihrem Arm scheinbar gar nicht wahrgenommen.

»Ich bin dann gestern Abend abgehauen«, erzählte sie wie in Trance weiter. »Weg, ich wollte nur weg, zu einer Freundin. Da hab ich mit Lynni schon ab und zu geschlafen, wenn er mich geschlagen hat, meistens hatte er sich am nächsten Tag ja wieder beruhigt gehabt. Lynni war gestern nicht zu Hause, als ich gegangen bin, ich wollte sie heute früh holen. Und als ich in die Wohnung komm, ist alles so komisch still.

Keinen Ton hab ich gehört. Vor ihrer Zimmertür hab ich dann gehört, wie sie geweint hat. Da lag sie dann, auf dem Boden, überall war Blut, im Gesicht, auf den Sachen, einfach überall ...«

Anscheinend war die Erinnerung zu stark, Kowalski blieb stehen, schnappte einige Male heftig nach Luft und griff sich an die Kehle. Die Krankenschwester unterbrach augenblicklich ihre Räumarbeiten und stürzte herbei. Offensichtlich war man hier kollabierende Angehörige gewöhnt.

Kurz darauf saß Lynnis Mutter im Aufenthaltsraum des Pflegepersonals, vor sich ein Glas Wasser, am linken Arm eine Blutdruckmanschette, in der rechten Hand endlich eine qualmende Zigarette. Natürlich herrschte hier striktes Rauchverbot, aber bei medizinischen Notfällen wurde schon mal eine Ausnahme geduldet.

»Geht's wieder?«, fragte Doktor Kirstein, der blitzschnell im Zimmer gestanden hatte. »Oder soll ich Sie gleich in eins unserer Betten verfrachten?«

Die Krankenschwester war mit Blutdruckmessen fertig, murmelte etwas von leicht hypertonen Werten und nickte dem Oberarzt abschließend zu. Mehr Arbeit gab es hier im Moment nicht.

»Warum sind Sie denn nicht zur Polizei gegangen?«, fragte Katharina, als sie mit Frau Kowalski wieder allein im Aufenthaltsraum saß. »Dann wären Sie doch in Sicherheit gewesen. Wer weiß, ob das mit Lynni überhaupt passiert wäre.«

Kowalski schnaufte abfällig. »Hören Sie mir doch auf! Das letzte Mal, als ich bei den Bullen war, sind die auch sofort gekommen und haben das Schwein mitgenommen. Und was war? Am nächsten Tag stand er wieder auf der Matte. Da hab ich nicht anders ausgesehen als Lynni jetzt. Nur durfte ich nicht ins Krankenhaus. Über 'ne Woche war ich zu Hause, er hat inner Firma angerufen, dass ich kurzfristig Urlaub brauch, damit bloß keiner sieht, wie er mich zugerichtet hat.«

»Aber er hat Ihnen doch gestanden, dass er sich an Lynni

vergeht!«, empörte sich Katharina. »Haben Sie nicht an Ihre Tochter gedacht? Dass sie in Gefahr sein könnte?«

Die Spitze der Zigarette glomm hellorange auf. »Nein«, antwortete Frau Kowalski, »an Marilyn hab ich nicht gedacht. Weil ich es nicht geglaubt hab … oder nicht glauben wollte. Ich hab nie etwas gemerkt, mein Mädchen hätte mir das doch gesagt. Und das wäre mir doch aufgefallen. Man hört doch immer, dass Kinder sich verändern. Wenn einer an sie drangeht. Aber sie war so wie immer!«

Katharina schluckte. Wie oft hatte sie diese Ausrede schon gehört, wie oft hatte sie schon vorgejammert bekommen, ›Ich kann nichts dafür‹, ›Es war alles ganz normal und dann ist es auf einmal passiert‹. Wie lange hatte Lynni dieses Martyrium schon über sich ergehen lassen müssen? Über wie viele Jahre war sie für ihren Vater nur ein Spielzeug gewesen, während ihre Mutter die Augen verschlossen und ihr nicht zur Seite gestanden hatte?

Sie selbst hatte das Mädchen lediglich zweimal gesehen, und sogar bei diesen kurzen Gelegenheiten waren die überzogenen, unnormalen Verhaltensweisen aufgefallen: Diese Naivität, diese Distanzlosigkeit, der Wunsch, anerkannt und respektiert zu werden. Katharina war sogar ein wenig genervt gewesen, hatte Lynni eigentlich nur aus Höflichkeit nicht gesagt, dass sie sie in Ruhe lassen sollte. Und dabei war in dem, was Lynni ihr erzählt hatte, doch bereits durchgeklungen, dass irgendetwas in ihrem Leben massiv in die falsche Richtung lief. Aber sie hatte die Andeutungen ignoriert und die Informationen aufgenommen, die sie für den Fall brauchte. Für eine Kripobeamtin, deren Job es war, die wichtigsten Informationen zwischen den Zeilen herauszuhören, ein echtes Armutszeugnis.

Hätte sie etwas verhindern können, wenn sie bei Lynni nachgebohrt hätte? Aber für so etwas war keine Zeit – nicht in ihrem Beruf, nicht wenn ein dringender Fall anlag. Für die Befindlichkeit einer Zeugin war, so wichtig ihre Aussage auch war, keine Zeit vorgesehen. Höchstens gab es das Angebot, Hilfe zu vermitteln. Übersetzt: Wenn es dir beschissen geht, lass mich damit in Ruhe …

»Heute früh hat es dann klick gemacht«, fuhr Kowalski fort, die ihre Zigarette inzwischen geraucht hatte. »Das Schwein saß in der Küche, ganz still, mit einem Kaffee. Er hatte sogar schon gefrühstückt. Ich hab ihn angebrüllt, was er da angerichtet hätte, ob er wahnsinnig geworden wär. Aber er hat nur gelacht und eiskalt erzählt, das wär nur passiert, weil sie rumgezickt hätte. Sie wollte ihn nicht mehr ranlassen, das wär vorbei, ein für allemal. Da hätte er ihr doch zeigen müssen, wer das Sagen hat. Sie hätte sich halt nicht wehren sollen, dann wär das alles halb so schlimm geworden.«

Katharina fror, auf ihren Unterarmen präsentierte sich eine eindrucksvolle Gänsehaut. Dabei waren draußen fast dreißig Grad, die Temperatur hier im Aufenthaltsraum lag nur wenig darunter.

»Frau Kowalski, wo ist Ihr Mann jetzt? Wissen Sie das?«

»Ja sicher. Als ich die Rettung gerufen hab, ist er zu Edgar gegangen, seinem Kumpel von früher, als er noch gearbeitet hat. Der hat ’nen Garten nur zwei Straßen weiter. Da geht er immer hin, wenn er saufen will und blank ist. Er hat sogar ’nen Schlüssel für die Laube, damit er jederzeit rein kann.«

»Geben Sie mir die Adresse. Ich schicke auf der Stelle einen Streifenwagen dorthin, damit er festgenommen wird.«

»Versprechen Sie mir, sich um Lynni zu kümmern?«

Katharina nickte automatisch. »Natürlich. Die Adresse bitte.«

»Die können Sie haben. Aber die brauchen sich nicht zu beeilen. Er kann da nicht weg.«

»Warum nicht?«, wunderte sich Katharina.

Kowalski angelte eine neue Zigarette aus der verknautschten Schachtel und gab sich mit einem grellbunten Werbegeschenk Feuer. »Weil das Schwein nirgendwo mehr allein hingeht. Dafür hab ich gesorgt. Das war ich Lynni einfach schuldig.«

31

Die Idee war so brillant, warum hatte er sie nicht schon wesentlich früher gehabt?

Behutsam beförderte er den geschlitzten Kopf der Schraube auf den magnetisierten Schraubendreher, legte das provisorisch angefertigte Kästchen schräg auf die Seite und begann, es sorgfältig mit dem Behältnis für die Kabel zu verbinden. Nach fünf, sechs kräftigen Umdrehungen des Schraubkopfes war das Werk vollendet. Zufrieden grunzend legte er das Werkzeug aus der Hand und betrachtete seine Eigenkonstruktion mit einer gehörigen Portion Stolz. Noch ein kleiner Versuch, um ganz sicherzugehen, dass diesmal alles funktionierte, und er konnte sich für ein paar Stunden Schlaf zurückziehen.

In den Augen des Jungen stand die nackte Angst. Dabei hatte er bereits zum zweiten Mal während seiner Gefangenschaft etwas zu essen und zu trinken bekommen. Da er diesmal nicht geschrien oder dabei sonstige Schwierigkeiten bereitet hatte, hatte die Fütterung und die anschließende Körperhygiene mittels eines umfunktionierten Gartenschlauchs ohne gravierende erzieherische Maßnahmen ablaufen können. Anscheinend hatte der Trottel kapiert, dass ihm seine Brüllerei außer Halsschmerzen und die ein oder andere Ohrfeige nichts einbrachte.

So hatte der Junge widerstandslos die kalten, pappigen Milchbrötchen mit dem Kunstkäse, dem welken Salat und dem trockenen Rindfleisch in sich hineingestopft und nahezu die Hälfte der Limonade auf einen Zug vernichtet. Natürlich hatte er sich dabei verschluckt und mehr als die Hälfte wieder ausgespuckt, aber wenigstens hatte er nicht wieder nach seiner Mutter geschrien. Der Lärmpegel und der hohe, schrille Ton waren extrem nervtötend.

Als er ihm nachher befahl, sich auszuziehen und vor die

nackte Betonwand zu stellen, hatte das Balg auch das getan. Mit einigen scharfen Spritzern aus dem Schlauch hatte er die Essensreste und die eingetrockneten Spuren von Urin und Kot von dem kleinen Körper entfernt. Auch dabei hatte der Junge nur ein paarmal gezuckt, anscheinend hatte er beschlossen, seinen Gastgeber durch Tapferkeit zu beeindrucken.

Im Moment hätte der Bengel ruhig versuchen können zu schreien, es hätte ihm nichts genutzt. Der Knebel war frisch und versiegelte den kleinen Mund fast vollständig. Die Arme und Beine waren mit Nylonstricken an den eingemauerten Stahlringen festgebunden. Der Knabe konnte sich zwar geringfügig bewegen, aber es war ihm in seiner derzeitigen Position unmöglich, an die Kabelenden zu gelangen, die mit stabilem Isolierband auf der Innenseite seiner Oberschenkel und auf den Brustwarzen festgeklebt waren.

Alles war bereit für den letzten, entscheidenden Test.

Mit einem knappen Seitenblick überzeugte sich der Gastgeber, dass der Netzstecker in der Buchse saß. Dann fixierte er den Jungen und legte den Schalter um.

Augenblicklich begann der Körper des Kindes zu krampfen, die Augen traten fast aus den Höhlen, die Arme und Beine zitterten, soweit es die Fesselung zuließ. Unter dem Knebel war ein ersticktes Wimmern zu hören, das sich an Intensität in Sekundenbruchteilen steigerte.

Zufrieden knipste er den Schalter zurück in die Ausgangsstellung.

Sofort hörten die peinigenden Zuckungen auf, der Brustkorb des Kindes hob und senkte sich in schnellem Tempo, der Junge versuchte verzweifelt, durch die mit Rotz und Schleim verstopfte Nase Luft zu bekommen. Aus den Augen quollen erneut Tränen.

Der Gastgeber trat an den Jungen heran und riss ihm mit einer heftigen Bewegung den Knebel aus dem Mund. Natürlich begann sofort das Gejammere, aber angesichts des erfolgreichen Experiments war er großzügig. Es war zwar nur ein Vorgeschmack auf das gewesen, was in naher Zukunft passieren würde, aber er musste zugeben, dass sich der Trottel bis jetzt ziemlich tapfer gehalten hatte.

Zufrieden legte er den Schalter auf die Oberfläche der alten, massiven Kommode, die er aus einem der anderen Kellerräume ins Gästezimmer herübergeschoben und in knapp zwei Metern Entfernung vor dem gefesselten Kinderkörper abgestellt hatte. Das Erbstück hatte früher seiner Mutter gehört, es war bis zu deren Tod Teil ihres Schlafzimmermobiliars gewesen. Sie hatte ihre liebsten Sachen darin aufbewahrt, ihre Kosmetik und die Parfums, die Dessous, all die Schätze, die sie auf ihren langen Spaziergängen gesammelt hatte, und nicht zuletzt ihre Medikamente, die sie täglich einnehmen musste, und deren Zusammensetzung und Dosierung nach jedem Klinikaufenthalt und jeder Therapie variierte. Irgendwann hatte sie dann wohl die Übersicht verloren und sich ihren eigenen Medikamentenplan zusammengestellt. Der Arzt, der damals den Totenschein ausgefüllt hatte, war der Meinung gewesen, dass diese unselige Kombination von Antidepressiva, Beruhigungs-, Schmerz- und Schlafmitteln nicht unwesentlich an ihrem plötzlichen Tod beteiligt gewesen war.

Er war gerade dreizehn gewesen, als seine Mutter ihn plötzlich im Stich gelassen hatte, ungefähr ein Jahr, nachdem er selbst wegen dieser Sache mit seiner Schwester und ihrem blöden Kaninchen aus der Klinik entlassen worden war. Bis dahin war die Mutter Leitfigur in seinem Leben gewesen, sie hatte sich um alles gekümmert, was ihren Sohn betraf. Einen Kindergarten hatte er nicht besucht, ebenso wenig einen Sportverein oder auch nur eine Freizeitaktivität, bei der er mit anderen Kindern zusammenkam. Erst zur Einschulung sah er sich mit Gleichaltrigen konfrontiert, zu denen er nie auch nur den Hauch einer Bindung entwickelte. Immer war er der Außenseiter, der sich aus allem raushielt, nie zu einem Kindergeburtstag eingeladen wurde und dessen Noten im Schnitt höchstens befriedigend waren.

Besonders schlimm war es für ihn in den Zeiten, in denen

seine Mutter in die Klinik musste und er mit seinem Vater und mit seiner um einige Jahre jüngeren Schwester allein zu Hause war. Er wusste sehr wohl, dass sein Vater ihn verabscheute und er nie der Sohn war, der er hätte werden sollen. Kein Interesse an Sport, schon gar nicht an Fußball, ebenso wenig mochte er alle anderen Sachen, die ein Vater gerne mit seinem Sohn unternehmen möchte. Umso bemühter war dafür seine Schwester, die Aufmerksamkeit des Vaters zu gewinnen, was ihr auch spielend gelang.

Ohne seine Mutter wurde er mit dem Nötigsten versorgt und die restliche Zeit in Ruhe gelassen – ein Arrangement, mit dem er wunderbar leben konnte, auch wenn ihm die krankheitsbedingten Extravaganzen und Auffälligkeiten seiner Mutter fehlten.

Was hatte es damals für ein Theater gegeben, als er dem stinkenden, nutzlosen Kaninchen seiner Schwester die Kehle durchgeschnitten hatte, gerade in dem Moment, als sie in sein Zimmer gestürmt kam. Das war reiner Zufall gewesen, er hatte nicht gehört, dass sie die Treppe heraufkam. Das Blut aus der zerfetzten Tierschlagader war ihr bis vor die Füße gespritzt. Wie angewurzelt war sie stehen geblieben und hatte abwechselnd auf den ausblutenden, noch zappelnden Tierkadaver und das Messer in seiner Hand gestarrt. Erst nach einem langen Schreckmoment hatte sie angefangen zu schreien.

In dem Moment war etwas Außergewöhnliches passiert: Er hatte urplötzlich das Gefühl gehabt zu schweben, himmlisch leicht zu sein. Er war glücklich, zum ersten Mal in seinem Leben, und er hätte vor Freude die ganze Welt umarmen können.

Euphorisch hatte er mit dem Messer weiter zugestochen, die Spitze der Klinge immer und immer wieder in das blutgetränkte Fell des Tiers versenkt. Dabei ließ er seine Schwester, die vor lauter Geschrei schon beinahe keine Luft mehr bekam, nicht aus den Augen. Erst in den letzten Sekunden, bevor sein Vater ins Zimmer stürzte, bemerkte er, dass sein Schwanz eisenhart war und schmerzhaft gegen seine Shorts drückte.

Es war, als hätte sich eine neue Welt für ihn aufgetan.

An diesem Tag hatte sein Vater ihn das einzige Mal verprügelt, wie von Sinnen hatte er auf seinen Sohn eingeschlagen. Wenn sein Onkel nicht hinzugekommen wäre und den Tobenden beruhigt hätte, wer weiß, ob sein Vater ihn nicht totgeprügelt hätte.

Seine Mutter hatte versucht, ihn zu schützen, war aber gegen ihren Mann nicht angekommen. Innerhalb weniger Tage hatte dieser seine Einweisung in eine Kinder- und Jugendpsychiatrie organisiert, dort wurde er während der nächsten zwei Jahre behandelt.

Heute war er für die Zeit zusammen mit den Bekloppten unendlich dankbar. Nicht, dass man ihm dort hatte helfen können – warum auch? Aus seiner Sicht war alles in Ordnung. Aber er realisierte immer mehr, dass er völlig anders war als die Kinder und Jugendlichen um ihn herum, die er am Vormittag in der Schule erlebte. Wie sie miteinander umgingen, Freundschaften schlossen, zusammen mit den Lehrern lachten oder auch stritten, das alles war ihm völlig fremd.

Die Therapie half ihm jedoch, Strategien zu entwickeln, wie er dennoch sein Leben als *Normaler* gestalten konnte.

Er lernte, was er wann sagen musste, wann der richtige Moment war zu lächeln oder etwas zu heucheln, das die anderen Gefühl nannten. Sehr schnell hatte er verinnerlicht, was von ihm erwartet wurde und wie er sich verhalten musste, um anerkannt zu werden und nicht aufzufallen.

Irgendwann war er so perfekt, beherrschte seine Mimikry so meisterhaft, dass seine Therapeuten der Meinung waren, er könne nun wieder entlassen werden. Nach außen schien er sich geändert zu haben, seine Leistungen in der Schule hatten sich um ein Vielfaches verbessert. Er hatte keine Probleme mehr mit den anderen Kindern aus seiner Klasse und er machte den Eindruck, integriert zu sein.

Niemand konnte auch nur erahnen, wie es wirklich in ihm aussah. Und wie viel Kraft es ihn kostete, diese Maskerade jeden Tag über vierundzwanzig Stunden aufrechtzuerhalten. Wenn er alleine war, konnte er glücklicherweise die Zügel locker lassen. Aber selbst heute brauchte er, nach einem stressigen Arbeitstag im Kreis der Kollegen, mindestens eine Stunde für sich allein, in der er nichts anderes machte, als auf seiner Couch zu sitzen, alle Außeneindrücke abzuschalten und sich völlig auf sein Inneres zu konzentrieren: auf die wohltuende Leere, die ihn empfing.

Nur ganz wenige Male hatte er noch ähnliche Momente des Glücks erleben dürfen wie damals mit dem Kaninchen. Bei jeder Gelegenheit war der Wunsch, diesen Zustand öfter zu erleben, gewachsen und hatte nach und nach seine ganze Gedankenwelt ausgefüllt. Er wollte wieder fühlen wie einer der anderen Menschen. Nur deshalb strengte er sich in der Schule an, nur deshalb entschied er sich für seinen Job, der ihm eigentlich völlig gleichgültig war, aber die Möglichkeit bot, zumindest gelegentlich etwas zu empfinden.

Sexuelle Erfüllung hatte er bisher nur ein einziges Mal erlebt, ganz am Anfang seiner Ausbildung. Auch das war ein Zufall gewesen. Sein Orgasmus hatte ihn überrascht, verwirrt und beinahe vor den anderen, die mit ihm an diesem Tag zusammen waren, bloßgestellt. Er hatte sich nur mühsam aus der Situation herauslavieren können, indem er starke Übelkeit vorgespielt hatte und geflüchtet war. Weg von allen anderen, hinein in die Leere, die für ihn so erholsam war, als säße er bei schönstem Wetter an einem stillen Bergsee.

Es quälte ihn. Er war neidisch auf andere Männer, die, ohne groß darüber nachdenken zu müssen, Sex haben konnten, Spaß mit einer festen Partnerin oder irgendeiner willigen Frau, die ihnen gerade über den Weg lief. Er war noch nicht mal in der Lage zu masturbieren, um diesen täglich größer werdenden Druck endlich loszuwerden. Egal, was er versuchte, es gelang ihm nicht. Das einzige Mal, bei dem er es auf normalem Weg mit einer Frau versuchte hatte, endete in einem einzigen Fiasko, auf eine Wiederholung war er nicht scharf.

Nein, er brauchte diesen besonderen Reiz, den speziellen Kick, der ihn endlich so werden ließ wie alle anderen. Zu einem richtigen Mann. Und dieser Moment stand unmittelbar bevor.

Das Balg wimmerte nur noch leise vor sich hin, der Rotz, der vorhin aus einem Nasenloch geschossen war, verschmierte sein T-Shirt.

Damit war alles bereit, es gab keinen Grund mehr, den Trottel loszubinden. Selbst wenn es ihm heute Nacht nicht gelingen sollte, der Göttin habhaft zu werden, dann doch sicher in der folgenden Nacht. Und so lange würde der kleine Scheißer schon durchhalten.

Ein letztes Mal kontrollierte er die Ausrüstungsgegenstände, die er für den Besuch bei der Göttin benötigen würde. Es war alles vorhanden und fertig zum Gebrauch.

Noch ein paar Stunden Schlaf und es konnte endlich losgehen.

32

»Danke, dass ich nicht sofort wieder gehen musste!«

Ulli Zander lehnte seine Krücken an den kleinen Beistelltisch und sah überrascht auf. »Warum? Hattest du Angst, ich schmeiße dich in hohem Bogen raus?«

Katharina zuckte mit den Achseln. »Hätte doch sein können. Bei unseren letzten Treffen war die Stimmung ja nicht gerade vergnügungssteuerpflichtig.«

»Na ja, immerhin war ja auch genug Unangenehmes zu besprechen. Möchtest du was trinken?«

»Gern. Soll ich etwas aus dem Kühlschrank holen?«

»Nicht nötig, wofür gibt es Kühltaschen. Ein Wasser? Saft?«

»Wasser reicht, danke.«

Ulli griff unter den Gartentisch, der beinahe vollständig unter einer dunkelblauen Plastikdecke verschwunden war, und beförderte zwei Halbliterflaschen ans Tageslicht. Eine mit Wasser, die andere mit einem Weizenbiergemisch.

»Prost«, meinte der ehemalige Sozialarbeiter und hatte mit einem Zug ein gutes Drittel seines Getränks vernichtet. Katharina nippte nur einmal an ihrem Wasser und drehte die Flasche anschließend nachdenklich zwischen ihren Handflächen.

»Hast du dir das, was ich beim letzten Mal vorgeschlagen habe, durch den Kopf gehen lassen?«, fragte Ulli, als Katharina keine Anstalten machte, etwas zu sagen.

»Hm? Ach so, ja sicher. Klingt vernünftig, wir können das gerne so machen. Bist du wirklich sicher, dass du völlig auf das Haus verzichten willst?«

»Klar. Wir haben ja wirklich nur 'nen Appel und 'n Ei dafür bezahlt, im Vergleich zum tatsächlichen Wert. Und wenn ich die Immobilien meiner Eltern übernehme, habe ich mehr als genug damit zu tun. Einerseits an Arbeit, andererseits brauche ich dann das Geld von dem Haus hier nicht mehr. Da bleibt eh ein schöner Batzen im Monat übrig.«

»Dann hast du dich also endgültig entschieden? Du ziehst nach Frankfurt?«

Ulli nickte langsam. »Anfang nächsten Jahres, wenn mit meiner OP alles glattläuft. Arne kann dann zum neuen Halbjahr an seiner neuen Schule anfangen.«

»Okay«, meinte Katharina und nippte erneut an ihrem Wasser.

»Ist das für dich wirklich okay? Auch, dass ich Arne mitnehme?«

»Ja, auch das.«

»Bist du sicher? Falls du Zweifel hast, lass uns jetzt darüber reden. Bevor wir uns irgendwann richtig heftig in die Haare kriegen.«

»Ulli, es ist in Ordnung. Ich habe mir lange darüber Gedanken gemacht. Arne ist bei dir wesentlich besser aufgehoben als bei mir. Und ich sehe ihn ja nach wie vor jedes zweite Wochenende und in den Ferien. Das war doch dein Vorschlag, oder?«

»Genau so hatte ich mir das gedacht.«

»Der Junge ist auf dich fixiert. Wenn ich jetzt versuchen würde, einen Keil zwischen euch zu treiben, hätte das katastrophale Folgen. Nein, es ist besser so.«

»Respekt, damit hatte ich nicht gerechnet«, staunte Ulli. »Jedenfalls nicht mit einer so schnellen Einigung. Ich hatte eher befürchtet …«

»Dass ich auf die Barrikaden gehe und dir das Leben zur Hölle mache?«, unterbrach Katharina mit einem gequälten Lächeln. »Die Zeiten sind ein für alle Mal vorbei. Ich hab genug Porzellan zerdeppert, das reicht noch für die nächsten zwanzig Jahre.«

Ulli nahm einen weiteren Schluck Bier. »Sag mal, geht's dir eigentlich gut? Du machst einen … ziemlich fertigen Eindruck«, sagte er dann.

Die Kommissarin schluckte. »Nein. Nein, es geht mir gar nicht gut. Um ehrlich zu sein, es geht mir sogar extrem beschissen!«

»Warum sagst du dann, dass du nichts dagegen hättest, wenn ich mit Arne nach Frankfurt ziehe? Ich …«

»Es hat nichts mit Arne und dir zu tun«, unterbrach Katharina erneut. »Glaub mir, in dieser Hinsicht ist wirklich alles in Ordnung.«

»Ergo liegt dir was anderes auf der Seele?« Ulli formulierte seine Bemerkung als Frage, aber sein Gesichtsausdruck ließ erkennen, dass es eher eine Feststellung war.

»Mein Tag war fürchterlich«, seufzte Katharina. »Streng genommen war er sogar eine Katastrophe.«

»Wegen des verschwundenen Jungen?«

»Nein, das geht mir zwar auch an die Nieren, aber heute hat mich eine andere Sache umgehauen.«

Katharina erzählte Ulli von Lynnis Zeugenbefragung, von den im Nachhinein deutlich sichtbaren Signalen und Hilferufen, von dem Versuch des Mädchens, Kontakt mit ihr aufzubauen und ihrem Besuch im Krankenhaus und dem Gespräch mit Lynnis Mutter.

»Wow«, meinte Ulli, nachdem Katharina sich alles von der Seele geredet hatte, »wenn ich noch als Sozialarbeiter tätig wäre, hätte ich mit der Familie sicher einen Job auf Lebenszeit. Kann gut verstehen, warum dich das so fertig macht.«

»Jetzt hättest du nur noch das Mädchen zu betreuen«, erklärte Katharina traurig. »Ihre Mutter ist für die nächste Zeit versorgt. Auf Staatskosten.«

»Bitte?«

»Nachdem sie für Lynni den Rettungswagen gerufen hatte, ist sie in die Laube gegangen, in der ihr Mann sich hat volllaufen lassen. Zu Hause hatte sie ein langes, scharfes Messer eingepackt. Und damit fast ganze Arbeit geleistet.«

Ulli riss die Augen auf. »Sie hat ihn abgestochen?«

»Beinahe. Als der Notarzt eingetroffen ist, lag der Mistkerl in einer Blutlache und war kurz davor abzukratzen. Soweit ich weiß, konnte er stabilisiert werden, Lebensgefahr besteht wohl nicht mehr. Aber ob er jemals wieder richtig auf die Beine kommt, muss sich erst noch zeigen.«

»Heavy. Ich vermute, es wäre kein Verlust gewesen, wenn der Typ draufgegangen wäre.«

»Nein, ganz im Gegenteil. Weißt du, als mir klar wurde, wer das Mädchen so verprügelt hatte, wäre ich am liebsten selbst auf den Kerl losgegangen. Stattdessen musste ich auch noch die Mutter verhaften. Und Lynni liegt fürchterlich zugerichtet im Krankenhaus, keine Ahnung, was aus ihr werden soll, wenn sie wieder rauskommt. Sie hat das Wenige, was sie hatte, jetzt auch noch verloren. Wenn sie Pech hat, landet sie übergangslos im Heim.«

»Das musst du mir nicht erzählen«, entgegnete Ulli, leerte seine Flasche und hielt sie fragend in die Höhe. »Möchtest du nicht lieber auch eins davon?«

»Eigentlich ja. Aber nicht, wenn ich fahren muss.«

»Bestell dir doch ein Taxi.«

»Bis zu mir nach Hause und dann morgen noch mal, um den Wagen zu holen? Das wird mir zu kompliziert, da verzichte ich lieber.«

Ulli nickte und angelte sich eine weitere Flasche aus der Kühlbox. »Klar, wie du meinst. Aber das scheint wohl einer der Tage zu sein, die man nüchtern nicht übersteht.«

»Ich werde mir nachher zu Hause noch ein Glas Wein gönnen. Aber nach dem Einschütten sollte ich die Flasche am besten wegsperren ...«

»Wundert mich sowieso, dass nicht alle Kripobeamten an der Flasche hängen. Bei dem ganzen Dreck, der euch mitunter vor die Augen kommt.«

»Es sind erschreckend viele, die es anders nicht mehr aushalten.«

Die Plastikflasche zwischen Katharinas Fingern knisterte, als sich der Druck ihrer Finger unwillkürlich verstärkte.

»Kommst du damit klar?«, fragte Ulli behutsam.

»Nein. Nein, ich komme damit nicht klar«, gab Katharina leise zurück. »Es kotzt mich einfach an, so was wie heute mitzuerleben, zu erfahren, dass ein Mädchen seit Jahren durch die Hölle geht und dann mit einem Schlag auch noch das bisschen Zukunft, was sie vor sich hat, den Bach runtergeht.«

»Das ist aber dein Alltag, oder?«

»Ja. Aber es darf nicht zu meinem Alltag werden, dass ich jeden Morgen mit erbärmlichen Magenkrämpfen aufwache und mich bemühen muss, mich auf dem Weg zur Arbeit nicht zu übergeben. Ich hab diesen Job mal gerne gemacht, weil ich gedacht habe, ich könnte etwas bewirken, dafür sorgen, dass es insgesamt ein wenig gerechter zugeht. Und wie sieht die Realität aus? Für jeden Scheißhaufen, den wir aus dem Weg räumen, kommen zwei neue aus irgendwelchen Ecken hervorgequollen. Und wenn ich abends zu Hause bin, kann ich noch so lange duschen, ich kriege einfach den Gestank der weggeräumten Scheißhaufen nicht mehr aus der Nase.«

Ulli öffnete den Verschluss seiner zweiten Bierflasche. »So etwas in der Art hast du mir früher zwischendurch immer wieder mal erzählt.«

»Ich weiß. Aber früher haben die Erfolgserlebnisse, die ich bei der Arbeit hatte, die schlimme Seite ausgeglichen und erträglicher gemacht. Anscheinend hat sich das geändert.«

»Wieso? Ihr schnappt doch nicht weniger Täter als früher, oder?«

»Nein, die Quote ist gleich geblieben. Aber ein gelöster Fall motiviert mich nicht mehr.«

»Hm«, machte Ulli. »Du kommst morgens auch schlecht aus dem Bett? Fühlst dich schlapp und ausgebrannt? Hast zu nichts mehr Lust, auch nicht in der Freizeit?«

»Treffender könnte man es nicht ausdrücken«, seufzte Katharina frustriert.

»Burn-out!«

»Was?«

»Burn-out-Syndrom. Würde ich auf Anhieb drauf tippen. Als ich noch in der Klapse gearbeitet hab, sind mir mehr als genug Leute damit über den Weg gelaufen.«

»Den Begriff kenn ich«, antwortete Katharina. »Was sind die Ursachen dafür?«

»Grob gesagt liegt eine tiefe Erschöpfung vor, körperlich und emotional. Und deine Leistungsfähigkeit ist im Keller. Betrifft besonders Leute, die sich sehr mit ihrem Job identifizieren und dabei nicht auf ihre Bedürfnisse achten. Zum Beispiel, indem sie kaum Pausen einlegen oder auch an den Wochenenden durcharbeiten. Das dürfte dir bekannt vorkommen.«

»Ja, leider«, stimmte die Kommissarin zu.

»Irgendwann macht sich das alles auch körperlich bemerkbar«, fuhr Ulli fort.

»Hast du, abgesehen von deinen Magenkrämpfen, noch andere Beschwerden?«

Katharina verzog den Mund zu einer Schnute. »Ich kann schlecht einschlafen. Und wenn es doch klappt, werde ich öfter mitten in der Nacht wach. Weil es mir schon davor graut, am nächsten Morgen zur Arbeit zu fahren.«

»Hast du häufig Kopfschmerzen?«

»Nein, eigentlich nicht.«

»Rauchst du wieder?«

»Nee. Allerdings hab ich in der letzten Zeit mal öfter wieder Lust auf eine Zigarette gehabt.«

»Bist du oft unkonzentriert?«

»Schon, ja.«

»Ich kann dir nur raten, einen Therapeuten aufzusuchen«, mahnte Ulli. »Für sich genommen sind alles Kleinigkeiten, aber alles in allem bist du auf dem besten Weg, ein richtig fettes Burn-out zu bekommen. Das geht oft nahtlos in eine Depression über, wenn du nichts dagegen tust.«

»Jetzt übertreib mal nicht gleich«, gab Katharina ohne großen Nachdruck zurück. »Kann auch sein, dass mir einfach zurzeit alles ein bisschen viel wird. Oder dass mir unsere Fälle an die Nieren gehen.«

»Hör mal, du hast immer Fälle gehabt, bei denen du kurz davor warst, mit dem Kopf durch die Wand zu rennen, nur um Dampf abzulassen. Du hast den Frust nach außen abgelassen; jetzt frisst du alles in dich hinein. Würde mich nicht wundern, wenn sich das mit einem Magengeschwür gerächt hätte. Warte ab, bis du das erste Mal Blut gekotzt hast.«

»Hey, immer langsam …«

»Oder bis du irgendwann am Steuer einschläfst und jemanden über den Haufen fährst, einfach weil du die Augen nicht mehr offen halten kannst«, setzte Ulli noch eins drauf. »Übrigens ist es für Burn-out auch typisch, dass die Symptome und die Krankheit ignoriert werden.«

»Mach ich doch gar nicht. Ich hab dir gesagt, warum ich mich nicht gut fühle.«

»Stimmt. Ich liefere dir ansatzweise eine Erklärung und was machst du? Spielst das wieder herunter. Warte nur nicht zu lange, bis du aktiv wirst, sonst schlägt alles über dir zusammen.«

Katharina setzte zu einer Antwort an, brach aber unvermittelt ab. Das, was Ulli ihr gerade vorgekaut hatte, ergab Sinn. Jahrelang hatte sie ihre Prioritäten in ihrer Arbeit gesehen, wenn ein aktueller Fall anlag, hatte es mehr als genug Tage gegeben, an denen sie sechzehn bis achtzehn Stunden am Stück gearbeitet hatte. Und obwohl sie auch damals ständig über die Arbeitsbelastung, die Überstunden und den Frust gejammert hatte, war es doch anders gewesen. Phasenweise übermannte sie heute die Verzweiflung, jeden Morgen dachte sie darüber nach, ob sie sich nicht krankmelden sollte. Oder ob es eine Chance gab, etwas von den Überstunden abzubauen, die sich im Laufe der Zeit zu einem gewaltigen Berg angesammelt hatten. Die Devise von früher: *Mund abputzen und weitermachen*, galt heute nicht mehr.

Aber was war die Alternative? Gab es überhaupt eine für sie? Was würde ihr ein Therapeut raten, wenn sie einmal angefangen hätte, all das, was ihr auf der Seele lag, zu erzählen und das Fass aufzumachen, durch dessen Druck sie scheinbar zerquetscht wurde? Was sollte sie tun, wenn er ihr vorschlug, ihren Job an den Nagel zu hängen? Sie war Polizeibeamtin – etwas anderes konnte sie nicht, hatte sie auch nie interessiert. Aber wäre es andererseits wirklich so furchtbar schlimm, nicht mehr jeden Tag ins Präsidium fahren zu müssen? Endlich nicht mehr beim Klingeln des Telefons zusammenzucken zu müssen, weil man wieder zu einer fürchterlich zugerichteten Leiche oder brutal zusammengeschlagenen Ehefrau gerufen wurde? Wäre das wirklich ein Verlust?

»Hast du vielleicht doch ein Bier für mich?«, fragte sie unvermittelt und stellte die verknautschte Mineralwasserflasche mit Schwung auf die Tischplatte.

»Klar. Wie war das gerade mit dem Taxi?«

»Darüber mache ich mir später Gedanken.«

33

Dieser Anblick hatte auf Katharina dieselbe Wirkung wie ein rücksichtsloser Tritt in den Magen.

Das Einschussloch befand sich mittig in der Stirn, etwa einen Fingerbreit über den Brauen. An den Rändern waren selbst mit bloßem Auge Schmauchspuren zu sehen, die Waffe musste aus unmittelbarer Nähe abgefeuert worden sein. Aus der Wunde war nur minimal Blut ausgetreten, zwei dünne Rinnsale waren zu sehen. Das eine war über die Stirnhaut bis zum Haaransatz der Schläfen gesickert, das andere nach unten ins Gesicht gelaufen, hatte sich am Beginn des Nasenhöckers geteilt und es an beiden Seiten der Nase entlang bis zur Oberlippe geschafft. Die Größe des Einschussloches sprach für eine Kugel vom Kaliber 9 mm. Ansonsten war der Schädel der Leiche vorne unverletzt.

Der Hinterkopf bestand nur noch aus einer breiigen Masse, dessen Überreste in einem Fleck aus Blut, Knochensplittern, Hautfetzen, Haaren und Gehirnmasse mit überstrecktem Nacken an der Wand lehnte. Eine rote, senkrechte Schleifspur von knapp siebzig Zentimetern Länge verriet, dass das Opfer bei Abgabe des Schusses direkt vor der Wand gestanden haben musste.

Am oberen Ende der frischen Wandverzierung prangten nach allen Seiten gerichtete Blutspritzer und andere organische Reste, die benutzte Munition schien ein Hohlmantelgeschoss gewesen zu sein. Sowohl das geradezu winzige Eintrittsloch als auch die verheerende Austrittswunde, die sich durch ein, bei Kontakt mit Knochenmasse oder anderem härterem Gewebe, aufplatzendes Projektil ergab, sprachen für die Benutzung solcher Patronen.

Am schlimmsten war jedoch der völlig entsetzte Gesichtsausdruck; so, als hätte die Person niemals im Leben damit gerechnet, ausgerechnet in diesem Augenblick sterben zu müssen. Die Augen waren auch im Tod noch weit aufgerissen, dem geöffneten Mund war das Erstaunen anzusehen.

Katharina sackte kraftlos auf die Knie und schaffte es gerade noch, sich an der Klinke zur Badezimmertür festzuhalten, sonst wäre sie womöglich auf die Leiche gekippt. Es gab nur eines, was ihr im Moment ein Minimum an Trost spenden konnte. So, wie sich die Leiche vor ihr befand, war der Tod blitzschnell eingetreten.

Annika Schäfer hatte nicht leiden müssen, als sie starb.

»Komm weg da«, ertönte wie durch einen Schleier eine sanfte Stimme hinter Katharina. Gleichzeitig spürte sie, wie zwei starke Hände sie unter den Achseln fassten und wieder in die Höhe wuchteten. Trotz des Halts hatte die Kommissarin immer noch weiche Knie. »Lass uns vors Haus gehen«, fuhr Karl Heinz Gassel fort und zog Katharina mit sich, fort von dem grausigen Anblick. »Gleich fangen die Kollegen von der Kriminaltechnik an. Wir sind hier nur im Weg.«

Katharina nickte schwach und tappte wie ein Kleinkind an der Hand des älteren Kollegen aus der Wohnung hinaus auf den Flur. Dort hatten sich drei Spezialisten aus der KT in ihre weißen Overalls gezwängt und checkten ein letztes Mal ihre Ausrüstung. Dabei war kein einziger der sonst üblichen flapsigen Sprüche zu hören, mit denen die Männer die eigene Anspannung zu überspielen versuchten. Wenn es eine Kollegin erwischt hatte, half kein einziger Witz mehr gegen den Schrecken.

Gassel schob Katharina weiter und bugsierte sie an die frische Luft. Hofmann hatte sich an den Kotflügel seines Wagens gelehnt. Der Leiter des KK 11 starrte fassungslos auf seine vor der Leiste verschränkten Hände, seine Gesichtshaut war bleich.

»Wer hat sie gefunden?«, fragte Katharina mit krächzender Stimme, nur um irgendetwas zu sagen.

»Ronaldis Schwester«, antwortete Gassel, da sich Hofmann anscheinend in seiner eigenen Welt befand. »Kam heute früh um kurz vor sieben aus ihrer eigenen Wohnung, unter dem

Arm eine Tüte mit frischen Brötchen. Sie hatte die erste Nacht seit Ricardos Verschwinden zu Hause verbracht. Weil sie der Meinung war, ihrer Schwester könne in Anwesenheit einer Polizistin nichts passieren.«

»Was ist mit Ronaldi?«

»Spurlos verschwunden. Im Schlafzimmer ist das Bett zerwühlt, ergo wird sie wohl in den Federn gelegen haben, als der Mörder die Wohnung betrat. Nichts gibt einen Hinweis darauf, was mit ihr passiert ist.«

»Und Annika? Warum war sie hier?«

»Sie war laut Dienstplan eingeteilt«, bemerkte Hofmann, in dem doch noch Leben steckte. »Frau Schäfer hatte mir erzählt, dass sie einen ganz guten Draht zur Ronaldi entwickelt hatte. Deshalb wollte ich, dass sie abends und nachts hier in der Wohnung ist. Ich hielt es für möglich, dass die Mutter ihr etwas anvertraut, woraus wir neue Rückschlüsse hätten ziehen können. Das ist ja wohl gründlich danebengegangen.«

Katharina atmete tief durch, der Schmerz in ihrem Magen war, anders als in den letzten Tagen, bisher nicht verschwunden. Angesichts der erschossenen Kollegin war das allerdings auch kein Wunder.

»Wie hat es nur dazu kommen können, dass Annika so überrascht wurde?«, fragte sie mühsam beherrscht. »Ist das Schloss beschädigt?«

»Nein. Auf den ersten Blick ist es in Ordnung, Ronaldis Schlüssel steckt auch jetzt noch, das Schloss lässt sich problemlos auf- und zuschließen. Am Türblatt sind keine Einbruchsspuren sichtbar. Zurzeit müssen wir wohl davon ausgehen, dass sie ihrem Mörder selbst die Tür geöffnet hat.«

»Unmöglich!«, entfuhr es Katharina. »So blöd war sie nicht. Könnte jemand einen Zweitschlüssel haben? Ähnlich wie bei Maslarski?«

»Das hatten wir schon geprüft, unmittelbar nachdem der Junge verschwunden war. Ricardo hatte keine Schlüsselgewalt, dafür war er seiner Mutter noch nicht alt genug.«

»Und ein Nachschlüssel?«

»Dazu hätte jemand Ronaldis Schlüssel kurzzeitig entwenden oder bei ihrer Schwester, die einen Zweitschlüssel hat, in die Wohnung einsteigen müssen. Da es dafür keine Beweise gibt, fürchte ich, sie hat selbst geöffnet.«

»Blödsinn. Dann bliebe ja nur jemand aus ihrem unmittelbaren Bekanntenkreis übrig. Oder der Täter wäre ...«

Katharina brauchte den Satz nicht zu Ende zu sprechen, Hofmann und Gassel wussten auch so, was sie befürchtete. Jemandem von der Polizei hätte Annika ohne Argwohn die Tür geöffnet.

»Ich weigere mich, das zu glauben!«, entfuhr es Hofmann. »Es muss eine andere Erklärung geben. Etwas, woran wir noch nicht gedacht haben. Ein Grund, weswegen sie auf jeden Fall die Tür geöffnet hat – sie sogar öffnen musste.«

»Du meinst etwas in der Art, dass jemand einen Notfall vorgetäuscht hat? Annika um Hilfe gebeten wurde?«

»So in etwa.«

»Haben die anderen Bewohner des Hauses nichts gemerkt?«, fragte Katharina skeptisch.

»Nicht die Spur«, wendete Gassel ein. »Alle Mieter sagen übereinstimmend, dass es die ganze Nacht über ruhig gewesen ist. Was einerseits gegen Bertholds Vermutung spricht, dass jemand Annika mit einem falschen Notruf hereingelegt hat. Und andererseits dürfte unser Täter wohl einen Schalldämpfer benutzt haben. Ansonsten hätte jeder hier im Haus mitten in der Nacht den Schuss gehört.«

»Ich glaube ebenfalls, dass sie den Täter gekannt hat«, bekräftigte Katharina. »So überrascht, wie sie schaut, das ...«

Mit dem letzten Rest Selbstbeherrschung drehte sie sich zur Seite und biss die Zähne zusammen. Wenn sie jetzt anfangen würde zu heulen, würde sie nie mehr aufhören können.

Seit heute Morgen kam sie sich vor wie in einem schlechten Kriminalfilm. Zudem wusste sie beim Aufwachen auf Anhieb gar nicht, wo sie sich befand. Ihr Kopf hatte gedröhnt und nur langsam kam die Erinnerung zurück. Aus dem einen Bier waren sechs geworden, dann hatte Ulli irgendwann die Idee gehabt, eine Pizza zu bestellen und das Italien-Feeling mit dem Grappa, den sie ihm vor ein paar Jahren geschenkt hatte, abzurunden. Im Anschluss hatte es Ulli mit letzter Kraft auf seinen Krücken ins Schlafzimmer geschafft und sie war im Wohnzimmer auf der Couch eingeschlafen.

Ihr Kater war grausam zu ihr gewesen, hatte seine Krallen in jede ihrer Gehirnwindungen gejagt. Als das Handy losjaulte, hätte sie es am liebsten mit einem Hammer in tausend kleine Stückchen zertrümmert. Sie hatte wie paralysiert auf der Couch gesessen und sich kurz gefragt, wo sie war. Bei der Nachricht, die Hofmann ihr überbrachte, war sie schlagartig nüchtern geworden.

Schon da waren ihr die Tränen gekommen, doch solange sie es nicht mit eigenen Augen gesehen hatte, bestand ja noch die Hoffnung auf einen Irrtum, darauf, dass es jemand war, der nur so ähnlich aussah wie Annika. Die Chance war jetzt allerdings endgültig dahin.

Ausgerechnet Annika. Aus dem ganzen Kollegenkreis der Kripo war Annika ihr mit ihrer offenen Art am sympathischsten gewesen. Sie hatte dieses gewisse undefinierbare Etwas an sich gehabt, das die Männer dazu brachte, sie beschützen zu wollen und die Frauen dazu anregte, sie zu bemuttern.

Jetzt lag sie mit zerschossenem Schädel in der Wohnung der Frau, die sie hatte beschützen sollen.

Hektische Schritte näherten sich und Katharina sah Tobias Gröne durch die kleine Gruppe Schaulustiger auf sie zulaufen, unrasiert, bleich und übermüdet. Bei seinen Kollegen angekommen, rieb er sich seufzend die roten Augen.

»Jetzt ist die Scheiße wohl über uns zusammengeschwappt, was?«, murmelte er mehr zu sich selbst.

»Alles okay mit Ihnen?«, fragte Hofmann.

»Ja, ja. Ich hab nur rasende Kopfschmerzen.«

»Als ich das letzte Mal mit Annika gesprochen habe,

machte sie eine Andeutung, dass sie frisch verliebt wäre«, wechselte Katharina das Thema. Der erste Anflug des Entsetzens hatte sich inzwischen bei ihr ein wenig gelegt. »Hat sie euch gegenüber auch mal etwas geäußert?«

»Meines Wissens nicht«, meinte Gassel. Die beiden anderen schüttelten nur die Köpfe.

»Wann hatte sie denn zuletzt Kontakt zum Präsidium?«, fragte Gröne. »Vielleicht ist ihr ja irgendetwas Merkwürdiges aufgefallen im Lauf der letzten Nacht und hat das durchgegeben.«

»Guter Gedanke«, antwortete Hofmann. »Karl Heinz, fragst du gleich mal in der Zentrale nach?«

»Kann ich machen. Aber am einfachsten wäre es, wir schauen in ihrem Handy auf das Verbindungsprotokoll.«

Gröne nickte und trat einen Schritt näher an die Haustür heran. Einem der Uniformierten gab er einen kurzen Befehl, worauf der junge Kollege in die Wohnung zu den Kriminaltechnikern lief. Gleich darauf tauchte er wieder auf und drückte Gröne etwas in die Hand. Der bedankte sich knapp und reichte den Beutel an Katharina weiter. »Mach du. Mir zittern die Finger noch zu sehr.«

Die Kommissarin nahm das Handy entgegen, gleich bei ihrem Eintreffen hatte sie die an einem Tatort obligatorischen Latexhandschuhe übergestreift. Vorsichtig knibbelte sie die Verschlussleiste des Beutels auf und ließ das Handy in ihre Hand herausrutschen. Das Gerät war angeschaltet und empfangsbereit. Katharina navigierte sich zum Anrufprotokoll.

»Das letzte Telefonat fand gestern Abend um halb zehn statt, da hat sie mit dem Präsidium telefoniert. Berthold, das ist deine Nummer.«

Hofmann nickte. »Stimmt. Ich hatte sie angerufen, bevor ich nach Hause gegangen bin. Ich habe mich erkundigt, ob es hier etwas Neues gab. Danach hat sie das Telefon nicht mehr benutzt?«

Katharina drückte weiter.

»Nein«, erklärte sie dann. »Weder ein Anruf noch eine SMS. Aber das ist ihr Diensthandy. Vielleicht hat sie ja noch mit ihrem privaten telefoniert.«

»Ist da noch ein zweites Handy?«, rief Gröne dem jungen Kollegen über die Schulter zu.

»Bis jetzt haben die nur das eine gefunden.«

»Fragen Sie bitte noch mal nach. Wir brauchen eine definitive Auskunft.«

Katharina griff in ihre Tasche und holte ihr eigenes Mobiltelefon hervor. »Ich kann sie ja mal anklingeln. Hilft vielleicht beim Suchen.« Als Katharina auf den Verbindungsknopf gedrückt hatte, spitzten alle unbewusst die Ohren, aber natürlich würden sie das Klingeln niemals bis hier unten hören. Der Uniformierte lief bereits wieder in den zweiten Stock.

»Der Teilnehmer ist vorübergehend nicht erreichbar«, verkündete Katharina laut, was ihr die freundliche Automatenstimme des Netzanbieters ins Ohr säuselte. »Ich gehe jede Wette ein, dass der Täter das Handy mitgenommen hat. Garantiert war sein Anruf darauf gespeichert.«

»Hier ist noch eins«, rief der junge Kollege und kam mit einem weiteren eingetüteten Mobiltelefon zurück auf den Gehweg. »Lag im Schlafzimmer halb unter den Nachttisch gerutscht.«

»Ist es eingeschaltet?«

Der Schutzpolizist nickte.

»Dann gehört es sicher der Ronaldi. Das von Annika dürfte der Kerl inzwischen längst entsorgt haben.«

»Wir kommen auch ohne das Gerät an die Verbindungsdaten«, erklärte Hofmann beinahe trotzig. »Katharina, kümmerst du dich darum? Rück dem Provider auf die Pelle, ich will die Daten heute noch haben.«

»Geht klar«, nickte die Kommissarin.

»Herr Gröne, teilen Sie ein paar Leute ein und fangen mit der umliegenden Nachbarschaft und den Nebenstraßen an? Hier im Haus sind wir bereits fertig und kein Stück schlauer, aber vielleicht hat jemand aus den angrenzenden Häusern etwas Ungewöhnliches bemerkt. Das hier ist eine ruhige Nebenstraße, wenn jemand eine Frau gegen ihren Willen in sein Auto verfrachtet, müsste das doch jemand gesehen haben.«

»Eigentlich schon«, meinte Gassel. »Wie machen wir jetzt überhaupt weiter? Rekrutierst du noch mehr Leute?«

»Alle, die ich kriegen kann! Der PP wird mir sicher freie Hand lassen, die Leute aus den anderen Dezernaten werden sich sowieso darum reißen, mitzumachen. Jetzt, nachdem es eine von uns erwischt hat.«

»Sollen wir die Fahndung nach Hengst abblasen?«, fragte Katharina. »Dadurch werden doch unnötig Kräfte gebunden, die wir jetzt viel, viel dringender benötigen.«

Hofmann sah irritiert auf. »Ist das dein Ernst? Er ist der Einzige, der bei uns überhaupt als Verdächtiger geführt wird. Die Indizien sprechen gegen ihn, er hat seine Bewährungsauflagen verletzt. Und grundlos ist der auch nicht von der Bildfläche verschwunden. Wir können das nicht einfach ignorieren.«

»Traust du ihm etwa zu, die Nummer hier durchgezogen zu haben? Oder dass sich Annika ausgerechnet von diesem Grenzdebilen hat austricksen lassen?«

»Natürlich nicht. Aber was machst du, wenn Hengst doch mit drinhängt und wir ihn jetzt aus dem Fokus verlieren? Wenn er mit dem Mörder gemeinsame Sache macht? Dann kriegen wir es aber ganz knüppeldick.«

»Jetzt kommt die Kavallerie«, meinte Gassel und deutete mit dem Kopf die Straße hinunter. Aus einem eben eingeparkten Auto schälte sich eine den Beamten bestens bekannte Person.

»Die de Vries hat mir grade noch gefehlt«, seufzte Hofmann. »Los, macht euch schon mal an die Arbeit, solange ihr euch noch in Sicherheit bringen könnt!«

34

Er hatte es geschafft. Er hatte es tatsächlich geschafft!

Die Göttin lag vor ihm, nackt, gefesselt, einen Knebel im Mund und die Augen mit einem dunklen Tuch sorgsam verbunden. Die Hände und Füße waren hinter dem Rücken straff zusammengebunden, sodass sie die Knie angewinkelt hatte.

Der Knebel und das Tuch vor den Augen waren im Prinzip unnötig, sie hätte ebenso gut ihren Frust und ihre Angst in den kleinen Kellerraum schreien und dabei auf die unverputzten Wände starren können. Er ging jedoch davon aus, dass ihre Angst umso größer wurde, je nachhaltiger ihre Unsicherheit durch den Ausfall fast aller Sinneseinflüsse gesteigert wurde. Lediglich hören konnte sie noch, aber hier unten gab es keine Geräusche.

Die Matratze, auf der sein Gast lag, hatte er aus dem Gästezimmer des Trottels geholt, der Junge stand ja nach wie vor in Bereitschaft an der Wand und musste darauf warten, dass es endlich losging. Bevor er die Göttin auf das dünne Schaumstoffpolster gelegt hatte, musste er den fleckigen, stinkenden Bezug entfernen, auf dem sich noch Reste der Exkremente des Jungen und des Mädchens befanden. An und für sich wäre es ihm egal gewesen, ob sie in den eingetrockneten Fäkalien lag, aber es gab Menschen, die bei Hautkontakt darauf allergisch reagierten und einen Ausschlag bekamen. Und das ging natürlich auf gar keinen Fall.

Wenn es endlich so weit war, sollte sie so perfekt wie möglich sein. Nichts, wirklich nicht die geringste Kleinigkeit sollte seinen Schritt über die Schwelle zu einem richtigen Mann trüben!

Mit einem glücklichen Lächeln drückte er die Tür zum Gefängnis der Göttin sanft zu und seufzte. Sein Adrenalinüberschuss über die kurz bevorstehende Erfüllung seiner

Träume mischte sich mit der durch Schlafentzug bedingten Euphorie. Er war in Hochstimmung, jetzt konnte eigentlich nichts mehr passieren.

Was für ein Risiko war er eingegangen! Dabei hatte er noch das Glück gehabt, seinen Wagen nur knapp zwanzig Meter vom Haus der Göttin entfernt parken zu können, er hatte sie also nicht zu weit schleppen müssen. Trotz der nachtschlafenden Zeit zwischen drei und vier Uhr, in der jede Stadt schlummerte und nur der unterwegs war, der es absolut nicht verhindern konnte, hätte ihm jemand über den Weg laufen können. Die Zeitungsfrau hätte ihre übliche Tour, die sie, wie er recherchiert hatte, erst gegen halb fünf in diese Straße führte, ändern können, ein verspäteter Kneipengänger hätte auftauchen können. Aber alles war still geblieben, niemand ließ sich blicken und hinter keinem der tiefschwarzen Fenster hatte Licht gebrannt.

Im Haus war ebenfalls alles problemlos verlaufen. Diese Wachhundfrau hatte bei seinem Anruf ihr vermeintliches Glück nicht fassen können, er hatte genau die richtigen Worte getroffen, intuitiv das gesagt, was sie von ihm hatte hören wollen. Dass er nicht schlafen könne, dass er ständig an sie denken müsse und ob sie sich sehen könnten. Keinen noch so kleinen Moment hatte sie an der Lauterkeit seiner Motive gezweifelt. Strahlend hatte sie an der Tür gestanden, als er verheißungsvoll auf sie zugekommen war, sie hatte den gestreckten Zeigefinger auf die Lippen gelegt, als Zeichen, dass er kein Geräusch machen sollte. Dankenswerterweise hatte sie ihm bereits am Handy verraten, dass die Göttin gegen Mitternacht vor Kummer und Erschöpfung eingeschlafen war.

Wie verständnislos hatte sie die Augen aufgerissen, als er sie, nachdem er die Tür leise geschlossen hatte, anstatt in den Arm zu nehmen, gegen die Dielenwand gedrückt hatte. Es hatte ihn amüsiert, den panischen Ausdruck in ihren Augen zu sehen, als er behände die Pistole aus seinem Hosenbund hervorzog!

Schreckensstarr hatte die Wachhundfrau ihn angeglotzt, unfähig zu einer Bewegung oder gar Gegenwehr. In dem Moment, als er ihre Stirn mit dem Schalldämpfer auf der Waffenmündung an die Wand heftete, empfand er sogar so etwas wie Sympathie, vielleicht sogar Zuneigung zu ihr. Da die Erfüllung seines Plans so kurz bevorstand, war er derart aufgewühlt, dass er ihr einmal sanft mit den Fingerspitzen über die Wange fuhr.

Dann hatte er abgedrückt.

Interessiert hatte er zur Kenntnis genommen, wie beim Aufprall der Kugel ihr Kopf durchgeschüttelt wurde und sich die weiße Wand augenblicklich in ein Szenenbild aus einem Horrorfilm verwandelt hatte. Ihm schien es, als hätte er eher eine Handgranate auf ihren Hinterkopf geklebt und den Zünder aktiviert, anstatt ihr eine Kugel durch die Stirn zu jagen. Wie in Zeitlupe war der Körper anschließend zusammengesackt, die Beine hatten einfach ihre Kraft verloren und konnten das auf ihnen lastende Gewicht nicht mehr tragen. Der Gesichtsausdruck blieb unverändert, immer noch hatte die Wachhundfrau Augen und Mund weit aufgerissen. Doch weiter ging sein Interesse an ihr nicht mehr. Sie hatte ein Problem dargestellt, welches er gerade gelöst hatte. Mehr bedeutete ihm die menschliche Hülle, aus der alles Leben gewichen war, nicht.

Das Handy der Toten hatte er aus dem Wohnzimmer geholt, ausgeschaltet und eingesteckt. Um sicherzugehen, hatte er gelauscht, ob im Haus ein Geräusch zu hören war. Dank des Schalldämpfers war das einmalige *Plopp* garantiert von niemandem zu hören gewesen.

Auch nicht von dem Ziel seiner Träume, welches arglos im Bett und in tiefem Schlaf lag. Mit klopfendem Herzen hatte er behutsam und in Zeitlupe die Klinke zu ihrem Zimmer heruntergedrückt, nachdem er das Licht in der Diele gelöscht hatte. Nur aus dem Wohnzimmer drang ein schwacher Lichtschein herüber, der ausreichend war, um das Innere des Schlafzimmers erkennen zu können.

Die Göttin lag auf der Seite und hatte ihm den Rücken zugekehrt. Ihr rechtes Bein lag angewinkelt auf der zusammengerafften Bettdecke, ihr Nachthemd war hochgerutscht, sie präsentierte ihm unbewusst ihren nackten Oberschenkel und einen beachtlichen Teil einer Pobacke.

Er schluckte, in seinem Geschlechtsteil vernahm er zu seiner großen Überraschung ein deutliches Kribbeln.

Kein Zweifel, mit ihr würde es gelingen!

Ohne weitere Zeit zu verlieren, tränkte er einen Lappen mit dem Betäubungsmittel, kniete sich schnell hinter sie ins Bett und drückte ihr den übel riechenden Stoff über Nase und Mund. Die Göttin zuckte nur einmal kurz und verschlafen, dann gehörte sie ein für alle Mal ihm.

Ihr schmaler Körper, um den er einen Bettbezug aus dem Schrank gewickelt hatte, war keine große Last für ihn, leise war er die Treppe hinuntergestiegen. Seine Sportschuhe machten auf den Stufen kein Geräusch, für den Fall der Fälle hatte er vor Verlassen der Wohnung eine schwarze Motorradhaube übergezogen. Aber sein Glück ließ ihn nicht im Stich. Ungesehen erreichte er seinen Wagen, verstaute den Körper der Bewusstlosen und fuhr mit zugelassener Höchstgeschwindigkeit zurück zu seinem Unterschlupf.

Natürlich war ihm bewusst, dass er mit dem Feuer gespielt hatte. Eine winzige Kleinigkeit hätte ihn auffliegen lassen, seinen ganzen Plan zunichte machen können. Eine andere Möglichkeit, der Göttin habhaft zu werden, war ihm allerdings nicht eingefallen.

Er gähnte herzhaft und stapfte die Treppe, die vom Keller in die Wohnräume führte, hinauf. Der andauernde Schlafmangel machte sich bemerkbar, seine körperliche Konstitution war zwar hervorragend, aber irgendwann würde er der ständigen Höchstbelastung Tribut zollen müssen.

Oben angekommen, trabte er in die Küche, entnahm seinem Kühlschrank einen Fruchtjoghurt und gönnte sich eine kurze Zwischenmahlzeit. Sein Magen knurrte, abgesehen von einem Apfel hatte er den ganzen Tag über noch nichts gegessen.

Nachdem er die Göttin verstaut hatte, war es bereits kurz nach fünf gewesen, gerade mal Zeit für zwei Stunden Schlaf. Natürlich hatte er sich gestern Abend vor seinem Beutezug hingelegt, allerdings hatte seine Vorfreude dafür gesorgt, dass er kein Auge zubekommen hatte. Am liebsten wäre er im Bett geblieben und hätte den Wecker verbannt. Er hätte sich auch krankmelden können, aber das war ihm zu riskant. Nach Möglichkeit wollte er nicht auffällig werden, niemandem Grund geben, sich über ihn Gedanken zu machen.

In den letzten Tagen war ihm die Arbeit immer schwerer gefallen, seine Gedanken kreisten nur noch um die Göttin und den Moment, in dem er durch sie endlich zu einem Mann werden würde.

Fiel es ihm normalerweise leicht, sich zusammenzureißen, sich zu konzentrieren, Interesse zu heucheln, eigene Ideen und Vorschläge einzubringen, so war er zunehmend mürrisch, wortkarg und unzugänglich geworden. Heute Morgen hatte ihn das bevorstehende Ereignis beflügelt, er war nach seiner eigenen Einschätzung so gewesen wie immer. Doch er musste aufpassen – wer unkonzentriert war, beging Fehler. Und das durfte er sich nicht erlauben.

Wenigstens war heute einer der Tage, an denen er nicht im Büro sitzen musste, er war nicht gezwungen, seine Rolle zu spielen. Sobald jemand von den Kollegen in der Nähe war, hieß es auf der Hut zu sein, jedes Wort mit der Goldwaage abzuwiegen.

Da war seine heutige Aufgabe, die er allein zu erledigen hatte, wie ein Geschenk des Himmels. Vor allem, weil er dadurch die Möglichkeit hatte, sich für ein paar Stunden zurückzuziehen und wenigstens etwas Schlaf nachzuholen. Heute Abend wollte er fit sein, für sie, für seine Göttin, für seinen großen Moment.

Er stellte die Weckfunktion seines Handys auf drei Uhr am Nachmittag. Das waren gut dreieinhalb Stunden Schlaf, die aus ihm einen neuen Menschen machen würden. Dann noch eine heiße Dusche, zurück zur Arbeit und so tun, als wäre man den ganzen Tag beschäftigt gewesen, und er war bereit.

Für sie.

35

»Du bist ja immer noch hier!«

Katharina schrak auf. Einen kurzen Moment hatte sie völlig die Orientierung verloren.

Hofmann stand direkt vor ihrem Schreibtisch und sah halb amüsiert, halb besorgt auf sie herunter. »Es ist schon gleich neun Uhr«, bemerkte der Hauptkommissar. »Fahr nach Hause und hau dich ein paar Stunden aufs Ohr. In dem Zustand kriegst du doch eh nichts mehr auf die Reihe.«

Katharina fuhr sich mit den Händen einmal durchs Gesicht und unterdrückte ein Gähnen. Der tote Punkt, der sie über dem Abschlussbericht der Kriminaltechnik zur Dachkammer von Holger Hengst anscheinend kurz hatte einnicken lassen, war vorüber, jetzt brauchte sie höchstens noch einen Kaffee, dann war sie wieder frisch.

»Schon in Ordnung. Ich warte noch auf die Rückmeldung von Annikas Handyprovider. Der Mitarbeiter dort hat mir versprochen, sich sofort zu melden und mir die Daten zu faxen, wenn sie ihm vorliegen.«

Hofmann nickte knapp und sah sich unschlüssig um, scheinbar überlegte er, ob er wieder gehen oder die Unterhaltung fortsetzen sollte. Schließlich ging er zu Grönes Schreibtisch, zog den Stuhl, der jahrelang sein eigener gewesen war, dahinter hervor und setzte sich schwerfällig hin.

»Wieso brauchen die dafür so lange? Normalerweise ist das für die Anbieter doch keine große Sache, so etwas rauszusuchen.«

»Schon, aber es gab heute ein Problem mit ihrer Software, deshalb die Verzögerung. Aber ich bekomme Annikas Verbindungsdaten garantiert noch.«

»Okay. Und dann fährst du nach Hause und schläfst ein paar Stunden, einverstanden?«

Katharina griff nach der Kaffeekanne, bemerkte, dass nur noch spärliche Kaffeereste hin- und herschwappten, und verzog enttäuscht das Gesicht. »Mal sehen. Wenn ich Lust habe.«

»Wenn du hier vor Müdigkeit vom Stuhl fällst, hilft das auch niemandem weiter.«

»Glaubst du wirklich, ich könnte mich zu Hause einfach ins Bett legen und auf Kommando vergessen, was heute passiert ist?«, gab die Kommissarin scharf zurück.

Hofmann seufzte. »Nein. Allerdings geht das nicht nur dir so. Annikas Tod hat uns alle schwer getroffen.«

»Ach, Scheiße!«, entfuhr es Katharina zu ihrer eigenen Überraschung. »Und jetzt sollen wir den Schalter wieder zurück auf null stellen und genauso weitermachen wie bisher? Verdammt, Berthold, Annika war eine von uns. Wir können doch nicht einfach so tun, als ob ... als ob ...«

»Hey, niemand tut so, als ob nichts gewesen wäre! Aber wenn wir uns nicht zusammenreißen und unsere Arbeit so gut erledigen, wie wir können, dann werden wir nie herausfinden, wer für ihren Tod verantwortlich ist. Für ihren und den der anderen.«

»Amen«, gab Katharina wütend zurück. »Berthold, wir kannten Annika seit Jahren, wir haben etliche Male mit ihr zusammengearbeitet, wir sind uns ständig über den Weg gelaufen. Ich kann einfach nicht zur normalen Tagesordnung übergehen. Das kann ich nicht und will es auch nicht.«

»Katharina, du bist übermüdet und die letzten Tage waren extrem hektisch. Vielleicht ...«

»Nein, Berthold, nicht vielleicht! Ich halte das wirklich nicht mehr aus. Mir verkrampft sich schon morgens beim Aufwachen der Magen, wenn ich nur ans Präsidium denke. Weil ich beim Zähneputzen nicht weiß, ob ich nicht eine Stunde später vor einer blutüberströmten Leiche stehe. Oder mir von einem durchgeknallten, halbwegs ausgenüchterten Schlägertypen anhören muss, er hätte seine Frau nur deswegen ins Koma geprügelt, weil sie ihm gesagt habe, er solle nicht so viel trinken. Wenn ich mir vorstelle, dass ich noch zwanzig Jahre lang jeden Morgen mit diesem Gefühl aufwache, könnte ich schreiend die Flucht ergreifen!«

Hofmann sah irritiert zu seiner Kollegin herüber. »Du bist überdreht«, meinte er vorsichtig. »In ein paar Tagen sieht das alles anders aus. Vor allem, wenn wir den Fall abgeschlossen haben. Ich kann …«

»Berthold, du verstehst es nicht«, unterbrach Katharina resignierend. »Annikas Tod ist doch nur die entsetzliche Krönung der ganzen Scheiße, die sich angesammelt hat. Das letzte Glied in der Kette. Der berühmte Tropfen zu viel im Fass. Ich kann das nicht mehr.«

Der Hauptkommissar sah sie durchdringend an. »Soll ich dich von dem Fall abziehen?«, fragte er irritiert.

Katharina schüttelte automatisch den Kopf. Hatte sie das wirklich alles gesagt?

Im Grunde genommen war die Entscheidung völlig klar, sie wusste, was sie zu tun hatte, um den Ballast loszuwerden und endlich wieder frei durchatmen zu können. Sooft sie das Problem auch gewälzt hatte, nie war sie zu der Konsequenz gekommen, die sie Hofmann gerade offeriert hatte. Das alles hier, die Arbeit bei der Polizei, das tägliche Elend, die ständige Konfrontation mit den Auswüchsen der menschlichen Grausamkeit und den auf der Strecke gebliebenen Opfern war nicht mehr ihre Welt.

Erleichtert atmete die Kommissarin auf. Sie konnte sich schon gar nicht mehr daran erinnern, wie lange es her war, dass sie gut gelaunt und voller Tatendrang morgens zur Arbeit gefahren war.

Dass ihr Idealismus so stark war, sie das alles, was sie in ihrem Alltag zu sehen bekam, ertragen ließ. Monate? Jahre? Katharina wusste es nicht mehr, viel zu lange war sie durch andere Dinge abgelenkt worden. Ihr chaotisches, in den Sand gesetztes Privatleben, ihre Unfähigkeit, dauerhafte Beziehungen eingehen zu können. Und dann, nach dem

Mordversuch an Ulli und Arne, mit der ständigen Sorge, ob die beiden überleben, ob sie wieder so gesund wie vor diesem Ereignis würden.

Hatte sie wirklich erst jetzt, nachdem ihr bewusst geworden war, dass es kein Zurück mehr zu Ulli gab, den notwendigen klaren Kopf, mit dem sie erkennen konnte, was das letzte störende Element in ihrem Leben war?

Wahrscheinlich hatte sie ihren Beruf als die einzige Konstante, als das einzig Haltgebende empfunden; dabei war es doch gerade der Job, der so viel bei ihr kaputtgemacht hatte. Denn sie war zu sehr in ihre Fälle involviert, ihre Prioritäten waren eindeutig gewesen. Wie oft hatten Ulli und auch Arne zurückstecken müssen, wenn abends oder an den Wochenenden das Telefon geklingelt hatte und sie alles stehen und liegen lassen musste. Wäre ihr Privatleben anders gewesen, wenn sie nicht bei der Polizei gearbeitet hätte?

Diese Gedankenspielerei brachte sie jedoch keinen Schritt weiter. Es war nun mal so gelaufen, ihr blieb nichts anderes mehr übrig, als mit dem Großreinemachen zu beginnen. Und es war ein tolles Gefühl, dass sie wenigstens erkannt hatte, wo sie den Lappen als Nächstes anzusetzen hatte.

»Nein, Berthold, das ist nicht nötig«, erklärte sie endlich, »denn ich fürchte, damit ist es nicht getan.«

»Ich versteh überhaupt nichts mehr«, gab Hofmann völlig verunsichert zu. »Willst du freinehmen? Uns jetzt im Stich lassen?«

»Wenn ich mich nicht irre, habe ich noch fünf Wochen Urlaub und dazu knapp zweihundertachtzig Überstunden«, antwortete die Kommissarin. »Das wäre doch schon mal ein guter Anfang.«

»Das meinst du doch nicht im Ernst!«

»Und ob. Das ist sogar mein voller Ernst. Sobald wir Annikas Mörder gefunden haben, war es das für mich. Ich steige aus.«

»Aber das geht nicht«, begehrte Hofmann auf. »Das sind … das sind ja gut drei Monate, die du freihaben willst.

So lange können wir hier nicht auf dich verzichten. Vor allem, wenn Karl Heinz jetzt in Rente geht.«

Katharina schnappte sich die Glaskanne der Kaffeemaschine, stand auf, füllte sie am Waschbecken und machte sich daran, frischen Kaffee zuzubereiten.

»Hast du gehört, was ich gesagt habe?«, schnappte Hofmann. »Das kannst du dir aus dem Kopf schlagen. Ein paar Wochen, okay, meinetwegen. Aber nicht ein Vierteljahr!«

»Willst du nicht verstehen, was ich dir gesagt habe?«, fragte Katharina, nachdem sie das Pulver eingefüllt und die Maschine gestartet hatte. »Ich werde nicht nur eine Auszeit nehmen. Denn ich nehme meinen Dienst nicht wieder auf.«

Hofmann ließ sich in seinem Stuhl zurückfallen, als hätte er eine schallende Ohrfeige gefangen. »Was sagst du da?«

»Du hast ganz richtig gehört. Ich steige aus. Ich kann nicht mehr. Entweder kündige ich oder ich lasse mich ohne Bezahlung beurlauben, irgendeinen Dreh werde ich da schon finden. Aber das hier ist mein letzter Fall. Ein für alle Mal.«

»Bist du jetzt völlig durchgedreht? Wann hast du dir das überlegt?«

Katharina setzte sich wieder hin und verschränkte die Arme vor der Brust. Ihr war schwindelig, ihre Gedanken rasten kreuz und quer durcheinander. Hatte sie überhaupt richtig nachgedacht? Hatte sie sich nur eine Sekunde die möglichen Konsequenzen ihres Entschlusses vor Augen geführt? Aufmerksam horchte Katharina in sich hinein. Sie fühlte sich gut, sogar so gut wie schon lange nicht mehr. Es war eine Bauchentscheidung gewesen, natürlich, sie hatte vorher noch nicht einmal ansatzweise in Erwägung gezogen, ihren Dienst zu quittieren. Doch jetzt, einmal ausgesprochen, schien es das einzig Richtige zu sein.

»Du warst Zeuge eines historischen Moments«, erklärte Katharina gelöst.

»Blödsinn. Du bist Beamtin! Willst du so mir nichts, dir nichts deine Pension aufs Spiel setzen? Deine ganze Zukunft? Deine Existenz?«

»Ich möchte endlich wieder nachts ruhig schlafen«, parierte Katharina. »Ich möchte nicht jedes Mal, wenn das Telefon klingelt, Angst haben, dass ich zu einer Kinderleiche gerufen werde. Und ich möchte nie wieder so ein Bild wie heute Morgen zu sehen bekommen; dass ein Mensch, den ich kannte, mit dem ich fast jeden Tag zu tun hatte, erschossen vor mir liegt, nur weil es zum Risiko dieses Jobs gehört. Im Vergleich dazu ist mir meine Pension so was von scheißegal, das kannst du dir gar nicht vorstellen. Denn wenn ich jetzt nicht hier aufhöre, bin ich lange wahnsinnig geworden, bevor ich nur dran denken kann, in Pension zu gehen.«

»Aber was willst du denn anfangen? Wovon willst du leben? Du kannst doch nur Polizei.«

»Lass das mal meine Sorge sein. Da kann ich mir noch früh genug Gedanken drüber machen.«

Hofmann presste die Hände gegen die Kante des Schreibtisches und schob sich im Sessel ein kleines Stück nach hinten. Katharina kannte diese Geste aus vielen gemeinsamen Bürojahren nur zu gut: Hofmann war kurz davor, die Nerven zu verlieren.

»Lass es dir bitte durch den Kopf gehen«, quengelte er beinahe. »So eine Entscheidung trifft man nicht spontan, sondern wägt die Vor- und Nachteile sorgfaltig gegeneinander ab. Und ich sehe darin überhaupt keine Vorteile. Weder für dich, noch für irgendjemand anderen.«

»Willst du mich jetzt bei der Ehre packen?«, spöttelte Katharina.

»Nein. Du bist eine verdammt gute Polizistin, es wäre eine Katastrophe für die Abteilung, wenn wir dich verlieren würden. Bitte, denk darüber nach!«

Katharina senkte enttäuscht den Kopf. »Kannst du wirklich nur daran denken? An Zukunft, an Karriere, an die Pension, die ich so leichtfertig aufs Spiel setze? An die Abteilung, für die es ein ach so großer Verlust wäre, wenn ich aufhöre? Fragst du dich nicht, wie es mir geht, dass ich so weit bin, alles hinzuschmeißen? Glaubst du wirklich, ich treffe so eine Entscheidung, ohne triftige Gründe dafür zu haben?«

»Du hast doch selbst gesagt, dass du das erst gerade entschieden hast«, beharrte Hofmann. »Unter einem durchdachten Entscheidungsprozess verstehe ich etwas anderes.«

»Herr im Himmel, das bedeutet doch keineswegs, dass ich aus einer Laune heraus hier alles hinwerfe! Gerade du solltest mich kennen und wissen, wie viel sich in mir aufgestaut haben muss, damit ich heute an diesem Punkt bin. Ist es dir denn völlig egal, dass ich vor die Hunde gehe, wenn ich nicht aus diesem Teufelskreis rauskomme?«

»Natürlich nicht!«, wehrte sich Hofmann. »Ich will doch nur verhindern, dass du einen Fehler machst.«

»Berthold, ich habe in meinem Leben so verdammt viele Fehler gemacht, dass ich schon gar nicht mehr alle zusammenbekomme. Aber mit absoluter Gewissheit weiß ich: Es ist kein Fehler, hier auszusteigen. Ganz im Gegenteil.«

Hofmann schoss abrupt aus seinem Sessel hoch und marschierte Richtung Tür. »Darüber reden wir noch«, beharrte er »sobald du nicht mehr neben dir stehst. Für heute will ich nichts mehr davon hören.«

Wütend rammte er die Fäuste in die Hosentaschen und stampfte bockig auf den Flur.

Katharina musste schmunzeln. Sie wusste nur zu gut, was jetzt kam: Hofmann würde die Tür zu seinem Büro hinter sich zuschlagen, seine Pfeife schnappen, einen Berg Tabak hineinstopfen und so lange gierig daran ziehen, bis das ganze Büro aussah, als hätte jemand an einer Nebelmaschine herumgespielt.

Es war ihr egal, ihre Entscheidung stand fest. Dieser Fall noch und dann würde sie auch die letzte verbleibende Komponente aus ihrem alten Leben hinter sich lassen. Die Vorstellung machte ihr keine Angst mehr.

Der Kaffee war durch. Automatisch griff sie zur Kanne und schenkte sich ein. Dann drückte sie den Rücken durch, lehnte sich zurück, postierte die Füße auf dem Schreibtisch und schnappte sich wieder den Bericht der Kriminaltechnik, über dem sie vorhin eingenickt war.

36

»Was wollen Sie von mir?«

Überrascht sah er auf. Die Göttin kauerte in der Duschkabine, presste sich das Handtuch, das er ihr zur Verfügung gestellt hatte, krampfhaft vor den Körper und sah eingeschüchtert zu ihm hoch.

Seit er sie vor gut fünfundzwanzig Minuten von der stinkenden, fleckigen Matratze gezogen hatte, waren das die ersten Worte, die sie an ihn richtete. Nach dem Lösen der Hand- und Fußfesseln hatte er ihr befohlen, den Knebel aus ihrem Mund zu nehmen und ihm ins provisorisch im Keller eingerichtete Badezimmer zu folgen. Zunächst war sie starr liegen geblieben. Ihre Muskeln waren aufgrund der langen Bewegungslosigkeit verkrampft und schmerzten mit Sicherheit höllisch. Nur nach und nach gelang es ihr, die Durchblutung wieder in Gang zu bringen und ihm, mehr kriechend als gehend, zu folgen. Dabei jammerte und schluchzte sie zwar unaufhörlich, traute sich aber nicht, ihn direkt anzusprechen.

»Trockne dich ab«, befahl er ruhig, nachdem sie sich abgebraust hatte. »Und dann komm aus der Kabine!«

Kraftlos sackte die Göttin noch ein Stück mehr in sich zusammen. Obwohl sie ihre Finger in den Stoff des Handtuchs gekrampft hatte, konnte sie ihr Zittern nicht verbergen.

»Nun mach«, drängte er, als sie sich noch immer nicht rührte. »Sonst helfe ich nach. Und das dürfte dir überhaupt nicht gefallen.«

Einige Sekunden verharrte sie noch, doch dann richtete sich Viktoria Ronaldi langsam auf. Das Handtuch war kaum groß genug, um ihre intimsten Stellen zu verdecken. Voller Scham begann sie, sich vor seinen Augen abzutrocknen, den kratzenden Stoff über ihren Körper zu reiben. Dabei ließ sie ihn keine Sekunde aus den Augen. Die Göttin war wirklich von erhabener Schönheit, die gleichmäßigen Gesichtszüge kannte er ja bereits zur Genüge von den Fotos, die er damals bei ihrem ersten Zusammentreffen von ihr geschossen hatte. Doch der Rest des Körpers war mindestens genauso perfekt. Ihre schlanke Gestalt, durchtrainierte Beine mit straffer Haut, die aber dennoch nicht muskulös wirkten, ihre Taille, die kleinen, wie von einem Schönheitschirurgen modellierten Brüste. Er konnte sich kein geeigneteres weibliches Objekt für seine Mannwerdung vorstellen.

Zögernd trat seine Göttin nun aus der Duschkabine und blieb unmittelbar davor stehen. Das nasse Handtuch hielt sie so gut es ging vor ihre Scham, obwohl ihr klar sein musste, dass er sie bereits ausreichend begutachtet hatte, während sie in der Dusche ihren Körper von dem Gestank der Angst und ihrer eigenen Ausscheidungen befreit hatte.

Er griff hinter sich und angelte nach den schon längst bereitgelegten Utensilien. Einen Moment hielt er das Knäuel in die Höhe, dann warf er es der Göttin vor die Füße.

»Leg das an«, kommandierte er.

»Wo ist mein Sohn?«, fragte sie zitternd. »Was haben Sie mit ihm gemacht? Er ist doch auch hier, oder?«

»Die Größeren sind für die Füße, die Kleinen für die Handgelenke«, ignorierte er ihre Frage.

Ronaldi wich automatisch einen Schritt zurück und wäre fast über die Schwelle der Dusche gestolpert. Sie japste nach Luft, einerseits wegen der Eiseskälte, die der Mann vor ihr ausstrahlte, andererseits als sie erkannte, was da vor ihr lag. Lederfesseln, vier Stück, jeweils zwei davon mit einer stabilen Kette miteinander verbunden. An den Außenseiten der Fesseln befanden sich stählerne Ringe, offensichtlich handelte es sich um Sexspielzeug der besonders üblen Art.

»Bitte lassen Sie uns gehen«, wimmerte Ronaldi verzweifelt. »Ich sage auch niemandem …«

»Anlegen!«, brüllte er unvermittelt.

Ronaldi schluchzte auf und ging in die Knie. Die Ketten machten ein hässliches Geräusch, als sie mit aufgeregten Fingern versuchte, die Fesseln zu ordnen. Beim dritten Versuch gelang es ihr endlich, die Lederpolster um ihre Knöchel zu schlingen und den Metallverschluss einrasten zu lassen. Bei den Handgelenken brauchte sie genauso lange, weil ein heftiger Weinkrampf sie schüttelte. Doch dann war sie bereit.

Zufrieden nickend kam er näher und blieb in Armeslänge vor ihr stehen. Instinktiv schloss sie die Augen, ihre Lippen bebten aus Angst um sich und ihren Sohn.

Aus der Brusttasche seines Hemdes holte er die kleine Phiole und entfernte den Deckel. Dann hielt er den Glasbehälter in die Nähe ihres Halses und drückte auf den Sprühknopf. Augenblicklich war sie in eine Wolke eines teuren Parfums eingehüllt, er sprühte so lange, bis die Parfumprobe aufgebraucht war. Sie sollte nicht nur schön für ihn sein, sondern auch so riechen, wie sie vermutlich für einen frei gewählten Geliebten riechen würde.

»Komm mit«, befahl er und gab ihr den Weg frei. »Es wird Zeit.«

Als höflicher Gastgeber überließ er natürlich ihr den Vortritt, er fing sie sogar auf, als sie zu stürzen drohte, weil ihre gefesselten Fußgelenke die Bewegungsfreiheit einschränkten. Mit kleinen Trippelschritten lief sie vor ihm her, wandte sich auf dem Flur auf seine nächste Anordnung hin nach rechts und spürte in jeder Nanosekunde, wie seine Augen Löcher in ihren Körper brannten. Sie hatte keine Wahl und befolgte seine Befehle. Vielleicht bot sich ihr ja noch eine Gelegenheit, ihrem Peiniger zu entkommen.

Langsam näherten sie sich der massiven Metalltür an der Stirnseite des Kellers, davor lagen zwei schwarze Tücher und ein silbrig schimmernder Kopfhörer. Der Anblick dieser eigentlich harmlosen Gegenstände machte ihr paradoxerweise noch mehr Angst. Auf weiteres Sexspielzeug hätte sie sich einen Reim machen können, doch die Ungewissheit war schlimmer.

»Warte«, sagte er und bückte sich schnell, um die Tücher zu einem etwa zehn Zentimeter breiten Stoffstreifen zusammenzufalten. Dann trat er hinter sie und verband ihr damit die Augen. Als Nächstes stülpte er ihr den Kopfhörer, aus dem laute Musik dröhnte, über die Ohren. Mit einer instinktiven Bewegung versuchte sie, die Lärmquelle loszuwerden, aber ein schwacher Schlag in ihre Nieren ließ sie jegliche Gegenwehr sofort wieder vergessen. Jetzt war sie nicht nur lahm, sondern auch noch blind und taub.

Was würde sie hinter dieser Tür erwarten? Immer schlimmere Bilder schossen durch ihren Kopf, mit jeder Sekunde wuchs ihre Panik. Warum gab er sich nur solche Mühe mit den Fesseln? Warum wollte er, dass sie nichts sah und hörte, wenn er sie in den Raum brachte? Inszenierte er dieses ganze Theater, nur um sie zu vergewaltigen?

Aber vor allem: Wo war Ricardo? Der Junge musste ebenfalls in seiner Gewalt sein, alles andere ergab keinen Sinn. Warum hatte er ihr Kind in seine Gewalt gebracht? Als Druckmittel gegen sie, damit sie all seinen Wünschen, egal, wie abartig sie auch sein mochten, Folge leisten würde? Oder war der Kleine ebenfalls ein Sexualobjekt für ihn?

Sein fester Griff an ihrem Oberarm dirigierte sie im Schneckentempo weiter. Anscheinend hatte er die Tür geöffnet, denn sie gingen geradeaus.

Ihre Nierenpartie schmerzte, aber es war erträglich. Der Schlag war nur eine Andeutung gewesen, wozu er in der Lage war und was er ihr jederzeit antun könnte.

Mit einem Ruck bedeutete er ihr, stehen zu bleiben. Sie spürte, wie noch etwas um ihr rechtes Fußgelenk gewickelt wurde, wegen der groben Beschaffenheit vermutete sie ein kräftiges Seil. Das linke Fußgelenk folgte kurz darauf, das Seil wurde knapp unter den Lederfesseln verknotet. Wenigstens saßen diese Fesseln nicht zu stramm, die Blutzirkulation wurde nicht unterbrochen.

Ihr Peiniger löste die Lederfessel um ihr linkes Fußgelenk, übergangslos riss er dafür das Seil an demselben Fuß zur

Seite. Brutal wurden ihre Beine auseinandergerissen, sie verlor das Gleichgewicht und stürzte nach vorn. Mit der Leiste stieß sie gegen eine harte Kante, gerade noch rechtzeitig wurde ihr Kopf an den Haaren zurückgerissen, bevor er auf einer harten, polierten Oberfläche aufschlagen konnte. Der Kopfhörer rutschte für einen Moment ein Stück zur Seite, sodass sie jetzt ihre eigenen Schreie hören konnte. Aber noch etwas drang zu ihr durch, was sie nicht zuordnen konnte, ihre Angst aber in bisher ungeahnte Höhen jagte.

Sie war mit diesem Mann nicht allein. Dieses glucksende Quietschen konnte sie sich nicht eingebildet haben. War Ricardo etwa auch hier? Ließ dieses Schwein ihren Sohn dabei zusehen, was er mit ihr machte?

Ihr rechtes Bein wurde ebenfalls rücksichtslos zur Seite gerissen und irgendwo fixiert. Vor lauter Wut und Verzweiflung heulte sie auf, die Fesseln um ihre Füße verdammten sie nahezu zur Bewegungslosigkeit. Einen Moment wurde ihr schwarz vor Augen, als ihr klar wurde, dass sie mit weit gespreizten Beinen vor ihrem Entführer stand und hilflos allem ausgeliefert war, egal, was er sich auch ausdachte.

Nachdem ihre Beine festgezurrt waren, legte er sich mit dem vollen Gewicht seines Oberkörpers auf den ihren und fixierte sie auf der polierten hölzernen Oberfläche, auf der ihr Bauch, ihre Brust und ihr Kopf lagen. Dann reduzierte er den Druck wieder etwas, dafür spürte sie, wie diesmal etwas um ihr rechtes Handgelenk gewickelt wurde. Als der Knoten festsaß, öffnete er die Lederfessel. Ihre Hände glitten reflexartig zur Seite und sie versuchte verzweifelt, sich hochzudrücken und sein Gewicht von sich zu schieben. So, wie er da auf ihr lag, bekam sie kaum Luft.

Plötzlich erhob er sich, erleichtert holte sie tief Luft, doch bevor sie neue Hoffnung schöpfen konnte, riss er mit aller Kraft an dem Strick um ihr Handgelenk. Sie schrie vor Schmerz auf, als ihr rechter Arm nach vorn gerissen wurde und ihr Oberkörper wieder auf die hölzerne Oberfläche prallte.

Ohne auf ihr Geschrei zu achten, nahm er das letzte Seil, schnappte sich ihr linkes Handgelenk und verschnürte es genau wie die drei anderen Gelenke zuvor. Ein Ziehen an dem Seil, ein weiterer Schrei der Göttin, als auch der linke Arm brutal fixiert wurde, dann war sie endlich in der Position, in der er sie haben wollte.

Ronaldi schluckte verzweifelt, es gab keine Hoffnung, diesem Wahnsinnigen irgendwie zu entkommen. Ein Schreikrampf packte sie, mit aller Kraft brüllte sie ihre Wut und ihre Verzweiflung heraus, jederzeit in Erwartung seiner Schläge oder, schlimmstenfalls, eines ganz anderen Körperteils. Doch nichts dergleichen geschah. Stattdessen wurden ihr die Kopfhörer von den Ohren und die Tücher von den Augen gezerrt.

»Mama, hilf mir!«, hörte sie augenblicklich den kreischenden Schrei ihres Sohnes, der kaum zweieinhalb Meter von ihrem Gesicht entfernt in ähnlicher Weise wie sie an die Wand gefesselt war. »Bitte, er soll nix tun, das tut so weh, Mama, hilf mir, hilf mir bitte, nicht wieder wehtun …«

Der Schock durchdrang sie bis in die letzte Nervenfaser. Sie sah ihren Sohn, ihren Ricardo, um den sie in den Stunden seit seinem Verschwinden schon unendlich viele Tränen geweint hatte. Irrsinnigerweise war in ihr bei seinem Anblick eine aberwitzige Freude aufgekeimt, dass er noch lebte, dass er wieder bei ihr war, dass der Wahnsinnige ihn nicht gleich umgebracht hatte. Doch dann holte die grausige Realität sie ein. Dieser Verrückte hatte all das nicht umsonst arrangiert. Wollte er sie wirklich vor den Augen ihres Sohnes vergewaltigen? Konnte er das wirklich wollen? Oder steckte etwas ganz anderes dahinter?

Durch die Schreie ihres Sohnes hindurch hörte sie hinter sich ein Rascheln, dann das Ratschen eines Reißverschlusses. Er zog sich aus, so wie sie befürchtet hatte. Er wollte es wirklich tun, er wollte vor ihrem Sohn …

»Nein«, brüllte sie verzweifelt und drehte ihren Kopf so weit es ihr möglich war, um ihrem Peiniger einen flehenden

Blick zuzuwerfen. »Mach, was du willst, aber bring meinen Sohn raus. Ich tue, was du sagst, nur das nicht, ich …«

Sein Schwanz stand fast. Wenn er an sich herunterblickte, befand sich knapp anderthalb Hand breit unter seinem Bauchnabel sein fast vollständig erigierter Penis. Es würde funktionieren, wirklich und wahrhaftig, er war tatsächlich erregt, dabei hatte er mit der Vorführung für seine Göttin noch gar nicht angefangen. Und er zweifelte nicht eine Sekunde daran, dass alles so funktionieren würde, wie er es sich über Jahre hinweg vorgestellt hatte.

Nur noch mit Socken bekleidet, trat er hinter seine Göttin. Alles war erledigt, es gab keinen Grund mehr, seine Mannwerdung noch länger hinauszuzögern.

Millimeter für Millimeter schob er sich näher an sie heran, bis er schließlich mit der Spitze seines erigierten Gliedes an eine ihrer Pobacken stieß. Der an die Wand geheftete Trottel brüllte inzwischen unartikuliert und versprühte dabei Unmengen von Rotz und Wasser. Wahrscheinlich hatte er erkannt, dass seine Mutter alles andere als in der Lage war, um ihm zu helfen. Unter normalen Umständen hätte er dem Balg wieder den Knebel ins Maul gestopft, dieses hysterische Geplärre empfand er als akustische Körperverletzung. Natürlich war das undenkbar. Gleich wurde der Knilch die passende Hintergrundmusik zu seiner ganz privaten Feier liefern.

Brutal packte er die Göttin an den Haaren und zwang ihre Augen wieder nach vorn.

»Sie hin!«, schrie er und drückte ihr Kinn erbarmungslos nach unten. Dann presste er sich mit seinem Becken an ihres, sein Schwanz klopfte bereits an die Pforte zur Glückseligkeit. Mit der rechten Hand griff er nach dem letzten notwendigen Instrument seiner Mannwerdung. Er holte noch einmal tief Luft, legte den Daumen auf das Justierrädchen und schloss im Hochgefühl des bevorstehenden Triumphs genießerisch die Augen.

Als der Strom zu fließen begann und den Körper des Jungen in konvulsivische Zuckungen versetzte, jaulte seine

Mutter in einer zuvor unerreichten Heftigkeit auf, schrie, brüllte, stemmte sich gegen seinen Griff, und tat doch nichts anderes, als was er sich so unendlich gewünscht hatte.

Und er wurde tatsächlich zu einem Mann.

Endlich.

Tobias Gröne war das erste Mal in seinem Leben wirklich glücklich.

37

»Na toll, noch komplizierter geht's wohl nicht?«

Katharina zuckte bedauernd mit den Achseln. »Tut mir leid, ich hab mir die Ecke hier nicht ausgesucht.«

Die martialisch ausgestattete Gestalt, die in voller Kampfausrüstung vor der Kommissarin stand und sich beim Eintreffen des MEK als Polizeioberrat Lange vorgestellt hatte, schnaufte hörbar durch.

»Das schmeckt mir ganz und gar nicht. Das Haus liegt nahezu allein auf weiter Flur, meine Männer haben kaum die Möglichkeit, sich unbemerkt zu nähern oder in Deckung zu gehen. In einer Dreiviertelstunde wird es dunkel, dann haben wir eine wesentlich bessere Chance zu stürmen.«

Hofmann schüttelte energisch den Kopf. »So viel Zeit haben wir nicht. Wenn meine Kollegin mit ihrer Vermutung recht hat, befinden sich zwei Geiseln in dem Haus. Und der Geiselnehmer ist völlig skrupellos, er hat mindestens schon dreimal getötet.«

Oberrat Lange nickte mitleidig. »Ich weiß, dass es eine ihrer Mitarbeiterinnen erwischt hat. Wie ist es passiert?«

»Aufgesetzter Kopfschuss«, erklärte Katharina. »Glich mehr einer Hinrichtung. Am besten sagen Sie Ihren Leuten, wenn Gröne mit einer Waffe auf sie zukommt, sollen sie erst schießen und dann zum Stehenbleiben auffordern.«

Der durchtrainierte Chef des Einsatzkommandos wollte protestieren, aber als er die wütende Entschlossenheit in

Katharinas Augen sah, nickte er nur abermals. »Danke für den Tipp, wir werden es bestimmt nicht vergessen. Haben Sie noch mal versucht, ihren Kollegen zu kontaktieren?«

»Natürlich, sein Handy ist ausgeschaltet, über Festnetz meldet er sich ebenfalls nicht.«

»Demnach wissen wir noch nicht mal, ob er überhaupt im Haus ist«, resümierte Lange. »Verdammter Mist, das reinste Himmelfahrtskommando. Außerdem kennen wir den Grundriss des Gebäudes nicht. Es könnte uns alles um die Ohren fliegen.«

Ohne auf eine Antwort zu warten, winkte Lange einen seiner Kollegen heran. Obwohl der Herbeieilende ebenfalls in voller Montur war, verursachte er beim Laufen kaum ein Geräusch.

»In fünf Minuten Zugriff!«, befahl Lange. »Bis dahin absolute Funkstille, nicht dass das Zielobjekt auch noch unsere Frequenz abhört. Sind alle instruiert?«

Der Uniformierte, dessen wacher, intelligenter Blick im krassen Gegensatz zu seinem kantigen Körper stand, nickte nur einmal, dann sprintete er zu seinen Kollegen, um die Nachricht weiterzugeben.

Katharina sah vorsichtig um die Ecke des Gebäudes, hinter dem sich die Polizisten vor neugierigen Blicken verborgen hielten. Das Haus, in dem Tobias Gröne als einziger Bewohner gemeldet war, lag in etwa sechzig Meter Entfernung und wurde mehr und mehr von der Dämmerung verschluckt. Im Erdgeschoss war alles dunkel, lediglich hinter einem Fenster im Obergeschoss war ein schwacher Lichtschein zu erkennen. Einen idealeren Ort hätte sich ein Entführer als Versteck für seine Opfer nicht wünschen können. Die kleine Seitenstraße, in der sie sich befanden, war zwar nur einen Steinwurf vom Opelwerk in Laer entfernt, trotzdem gab es hier so gut wie keinen Verkehr. Seit die Straße vor gut zwanzig Minuten an beiden Enden von einem Streifenwagen gesperrt worden war, hatten erst drei oder vier Autos zur Umkehr bewegt werden müssen.

Von der Straße führte ein asphaltierter Weg hinter das Haus. Bestens geeignet, um eine bewusstlose Person in aller Ruhe vor neugierigen Blicken zu verbergen. Ein Mitglied des MEK hatte das Gebäude in großem Bogen umrundet und versucht, sich mithilfe eines starken Fernglases einen Überblick über die Szenerie zu verschaffen.

Hinter dem Haus befand sich eine verschlossene Doppelgarage, vermutlich mit direktem Zugang zum Wohnbereich. Die Stahltür zum Innenhof war massiv und würde, wenn verschlossen, für das MEK nicht so leicht zu überwinden sein. Die Fensterscheiben waren nicht zusätzlich gesichert. Ein Eindringen war möglich, aber es würde einen Höllenlärm geben. Und wenn Gröne eine Alarmanlage installiert hatte, würde er spätestens Bescheid wissen, sobald das MEK loslegte.

»Da kommt Karl Heinz«, hörte Katharina Hofmanns Stimme und drehte sich um. Der Senior des KK 11 hastete die Straße entlang, die Schutzpolizisten hatten auch seinen Wagen nicht durch die Sperre gelassen. Da die Straßenführung hinter dem Haus, an dem sie postiert waren, eine Linkskurve machte, war die Szene aus Grönes Haus nicht einzusehen.

»Hab ich das vorhin am Telefon richtig mitbekommen?«, fragte er schwer atmend zur Begrüßung. »Gröne soll unser Mörder und Entführer sein? Wie seid ihr denn darauf gekommen?«

Hofmann verstaute die Hände in seinen Hosentaschen und deutete mit dem Kopf auf Katharina. Als habe er mit der ganzen Aktion nicht das Geringste zu tun.

»Ich weiß es nicht hundertprozentig«, erklärte Katharina. »Aber mir ist ein Indiz aufgefallen, das ich mir nicht erklären konnte. Als ich den Bericht der Kriminaltechnik über die Dachkammer von Hengst gelesen habe.«

Gassel runzelte die Stirn. »Den habe ich auch gelesen. Was gab es denn zu übersehen?«

»Das Foto von Ricardo Ronaldi. Das in der Dachkammer

neben den ausgeschnittenen Zeitungsberichten über die Maslarskis gefunden wurde.«

»Sicher. Und?«

»Auf dem Foto, vielmehr auf dem Papierausdruck, waren keine Fingerabdrücke. Alles andere in dem Raum war mit Abdrücken übersät, die meisten waren natürlich von Hengst, weitere von seiner Schwester, auf Sachen, die er aus ihrer Wohnung mit nach oben genommen hatte. Nur eben auf diesem Bild nicht. Wie kann das sein?«

»Vielleicht abgewischt? Oder er hat das Papier nie selbst angefasst?«

»Keine einleuchtende Erklärung«, erwiderte Katharina kopfschüttelnd. »Außerdem haben wir die Frage aus den Augen verloren, wie er überhaupt an das Foto gekommen ist. Weder in der Dachkammer noch in der Wohnung der Schwester war eine Kamera zu finden. Einen Computer, mit dem er das Bild hätte ausdrucken können, besitzt er ebenfalls nicht. Und wenn er den Jungen tatsächlich als Objekt seiner Begierde ausgeguckt hätte, wären garantiert mehrere Fotos bei ihm zu finden gewesen. Nicht nur das eine.«

»Du vermutest also …«, begann Gassel nachdenklich, führte seinen Satz aber nicht weiter.

»Exakt. Gröne war zunächst allein oben in der Dachkammer. Nimm doch mal an, er ist tatsächlich unser Täter. Dann wäre es durchaus denkbar, dass er ein Bild des Jungen dabeihatte. Oben in der Dachkammer findet er die gesammelten Zeitungsberichte. Auf den ersten Blick hat alles den Anschein, als dass Hengst tatsächlich in die Morde involviert ist. Indem Gröne vorgibt, auch noch das Bild des Jungen gefunden zu haben, wird der Psycho doch automatisch zu unserem Verdächtigen Nummer eins.«

»Da ist schon was dran«, nickte Gassel. »Aber reicht das wirklich als Grund, die Trachtengruppe einzusetzen?«

»Nein, das nicht«, gab Katharina zu. »Es gibt jedoch noch andere Indizien. Wir haben sie nur nicht erkannt. Ich hab sie nicht erkannt.«

»Was meinst du denn jetzt damit?«

»Mandy Maslarski. Die Position, in der wir sie aufgefunden haben. Uns allen ist doch sofort diese bizarre Inszenierung aufgefallen, nur konnten wir uns nicht erklären, welchen Sinn das haben sollte.«

»Worauf willst du hinaus?«

»Ihr Körper war auf dem Tisch festgebunden, mit Blickrichtung genau auf den Fernseher. Kannst du dich noch an die erste Besprechung nach dem Auffinden der Leiche entsinnen?«

»Klar.«

»Gröne sagte unter anderem, dass Maslarskis DVD-Spieler defekt sei. Korrekt?«

»Möglich, ich weiß es nicht mehr so genau.«

»Berthold und ich konnten uns beide daran erinnern. Allerdings haben wir den vorläufigen Bericht der Kriminaltechnik erst am Abend des nächsten Tages erhalten. Und erst darin war das aufgeführt. Woher also wusste er von diesem Detail?«

Gassels Augenbrauen schraubten sich in die Höhe. »Eine verdammt gute Frage. Er muss also selbst mit dem Gerät hantiert haben.«

»Eben. Aber wann hätte er das tun sollen? Als er und ich die Leiche gefunden haben, war er nicht eine Sekunde allein im Wohnzimmer. Er war immer mit mir zusammen.«

»Okay, das ergibt schon Sinn. Es sei denn, er hat auf andere Weise zufällig mitgekriegt, dass das Gerät kaputt ist. Vielleicht hat Maslarski es ihm bei anderer Gelegenheit selbst gesagt.«

»Wäre möglich, aber sehr unwahrscheinlich. Was hat Gröne in den letzten beiden Tagen gemacht?«

»Bitte?«

»Kannst du die Frage beantworten?«

»Ja, sicher. Er hat gearbeitet, genauso wie wir auch.«

»Wirklich? Ich kann mich nur erinnern, ihn gestern früh im Präsidium gesehen zu haben, dann erst wieder auf der

Abendbesprechung. Und heute kam er abgehetzt, müde und unausgeschlafen zu Ronaldis Wohnung. Heute Abend war er jedoch topfit. Als hätte er einen ausgedehnten Mittagsschlaf gehalten. Und er war die ganze Zeit unkonzentriert und hat ständig auf seine Uhr geschielt. Ich hab in seinen Unterlagen nachgeschaut und die von ihm eingeholten Zeugenaussagen gelesen. Dabei ist mir aufgefallen, dass niemand auch nur das leiseste Fitzelchen zu berichten gewusst hat. Bei der ganzen Menge Zeugen, die Gröne während der letzten Tage angeblich aufgesucht hat, war noch nicht mal einer der üblichen Wichtigtuer.«

»Angeblich?«, stutzte der Senior.

»Berthold und ich haben vorhin bei einigen der aufgeführten Zeugen angerufen. Niemand von ihnen ist tatsächlich befragt worden.«

Gassel warf Hofmann einen irritierten Blick zu. »Verdammt, das ist keinem von uns aufgefallen?«

»Nein«, gab der Hauptkommissar zu. »Ich hab es ja erst auch nicht glauben wollen, als Katharina in mein Büro gestürmt kam. Wenn man diese ganzen Kleinigkeiten zusammennimmt, müssen wir uns schon die Frage stellen, ob wir kollektiv geschlafen haben.«

»Aber das allerwichtigste Indiz ist der Mord an Annika«, seufzte Katharina. »Sie hätte keinen Verdacht geschöpft, wenn Gröne sich mitten in der Nacht bei ihr gemeldet hätte. Ganz im Gegenteil. Sie war furchtbar verschossen in ihn, sie hat mich sogar gebeten, ihn ein wenig über sein Privatleben auszuhorchen. Ich habe ihr den Gefallen getan, demnach hätte Annika bei Gröne keine Chance gehabt, weil er angeblich eine Fernbeziehung führt. Genauso habe ich ihr das auch gesagt. Zunächst war sie natürlich geknickt, aber am Tag vor ihrer Ermordung rennt sie plötzlich wie die personifizierte Glückseligkeit durch die Gegend und strahlt mich an wie ein Honigkuchenpferd. Ich habe noch mit ihr geflachst, ob sie frisch verliebt sei. Normalerweise war das nicht ihre Art, aber da wurde sie ausweichend und beließ es bei Andeutungen.«

»Aber er hat sich absolut normal verhalten«, seufzte Gassel. »Auf mich hat er nie den Eindruck gemacht, als wenn er ein durchgedrehter Serienmörder sein könnte. Ganz im Gegenteil, meistens war er die Ruhe in Person.«

»Denk dran, was der Psychologe Doktor Bayer gesagt hat«, erinnerte Hofmann. »Bei keinem Irren merkt man etwas, solange er sich nicht einen Löffel ins Ohr steckt und dazu die Internationale auf Autodächern trommelt.«

»Deshalb hat Bayer ja auch Hengst kategorisch als Täter ausgeschlossen«, bekräftigte Katharina. »Gröne passt nicht nur aufgrund seiner Intelligenz ins Täterprofil. Er ist ein Einzelgänger. Sobald der Job erledigt ist, fährt er sofort nach Hause, ein Feierabendbier oder einen Kaffee mit Kollegen gibt es für ihn nicht. Und das, obwohl er erst ein paar Wochen in Bochum arbeitet und daran interessiert sein sollte, uns alle kennenzulernen.«

»Wir legen jetzt los«, sagte plötzlich Polizeioberrat Lange, der sich lautlos genähert hatte. »Sobald wir das Gebäude gesichert haben und Bescheid wissen, lassen wir es Sie wissen.«

»Das könnte Ihnen so passen«, gab Hofmann zurück. »Wir gehen mit rein.«

Lange lachte ehrlich amüsiert auf. »Einen Teufel werden Sie tun! Nachher stehen Sie einem meiner Jungs im Weg oder stolpern über Ihre eigenen Füße, wenn es kracht. Nix da, das ist unsere Show.«

»Er hat eine unserer Kolleginnen erschossen«, begehrte Hofmann auf. »Ich will dabei sein, wenn er unschädlich gemacht wird.«

Lange sah auf den einen halben Kopf kleineren Hauptkommissar herab und gab seinen Leuten gleichzeitig das Zeichen zum Vorrücken. »Machen Sie sich nicht lächerlich«, bat er dann. »Meine Leute und ich haben bei diesem Einsatz sowieso viel zu wenig Informationen. Und dann sollen wir noch auf Außenseiter aufpassen? Keine Chance. Ist mir schon so gefährlich genug.«

»Eben weil Sie zu wenig wissen, müssen wir mit rein«, widersprach Katharina. »Der Hauptkommissar und ich können ihn vielleicht dazu bewegen, sich zu ergeben. Wenn wir ihm klarmachen können, dass er keine Chance hat. Sollte er ausschließlich einen Trupp in voller Kampfmontur vor sich sehen, dreht er garantiert durch.«

Kriminalrat Lange hatte Katharina mit gekräuselten Lippen zugehört, mit viel Fantasie konnte man in seinen Gesichtsausdruck den Anflug eines Lächelns interpretieren. »Sie geben nicht eher Ruhe, bis Sie Ihren Willen kriegen, was? Haben Sie wenigstens Ihre Westen an?«

Thalbach und Hofmann klopften sich zeitgleich auf den Oberkörper, lediglich Gassel schüttelte bedauernd den Kopf.

»Na, dann kommen Sie schon«, meinte Lange. »Aber Sie bleiben ständig hinter mir, ist das klar?«

38

Als sich Katharina keine vier Schritte von der Haustür an die Wand presste, spürte sie die sengende Hitze, die sich im Laufe des Tages im Mauerwerk gespeichert hatte. Unter ihrem bequemen Poloshirt trug sie lediglich einen BH, darüber die kugelsichere Weste. Kleine Schweißperlen standen auf ihrer Stirn.

Obwohl sie sich nicht berührten, wusste sie, dass Hofmann direkt hinter ihr stand. Lange hatte sich direkt neben der Tür postiert und seine handliche Maschinenpistole auf den Eingang ausgerichtet.

Einer seiner Leute befestigte gerade eine übersichtliche Menge Plastiksprengstoff neben dem Schloss. Mit geübten Bewegungen presste er noch zwei blank schimmernde Kontakte in die Masse und trat schnell zur Seite, um die anderen Enden der Kabel an ein winziges Gerät zu montieren. Dann sah er seinen Truppführer abwartend an. Zwei weitere Mitglieder des uniformierten Sonderkommandos warteten auf der anderen Seite der Tür ebenfalls auf den Einsatzbefehl, ein weiterer Polizist hatte sich etwas abseits Deckung gesucht und sicherte die Häuserfront, damit Gröne nicht einfach aus dem Fenster entkam, sobald das Haus gestürmt wurde. Der Letzte aus der Gruppe übernahm denselben Job auf der straßenzugewandten Seite des Hauses.

Lange hob eine behandschuhte Hand, reckte drei Finger in die Höhe und begann, einen nach dem anderen einzuklappen. Als sich auch der Zeigefinger gesenkt hatte, drückte der Sprengmeister einen Knopf.

Die Detonation hielt sich im Rahmen, Katharina kam es so vor, als habe jemand einen mittelgroßen Silvesterknaller gezündet. Je nachdem, wo sich Gröne im Haus aufhielt, konnte es gut sein, dass er von der Explosion akustisch gar nichts mitbekommen hatte.

Die Tür stand offen, ohne weitere Zeit zu verlieren, rückten die ersten beiden Uniformierten vor, Lange schloss sich ihnen an. Thalbach und Hofmann folgten. Der Sprengmeister zwängte sich hinter Hofmann ebenfalls in den schummrigen Hausflur.

Von der Diele zweigte jeweils rechts und links ein Raum ab, durch die sperrangelweit geöffneten Türen konnte man selbst mit einem flüchtigen Blick erkennen, dass die Zimmer leer waren. Abgesehen von dem scheinbar für eine Sperrmüllabfuhr gelagerten Altmobiliar, standen lediglich ein paar übereinandergestapelte Umzugskartons herum.

Nach vielleicht drei, vier Metern endete die Diele an einer T-Kreuzung, nach links führte der schmale Gang zu drei weiteren Türen. Auf der rechten Seite befand sich der langgezogene Zugang zur Garage sowie der Treppenaufgang in den ersten Stock. Zwischen Treppe und Garagenbereich war eine Metalltür zu sehen, vermutlich lag dahinter der Keller.

Der erste Beamte des Einsatzkommandos eilte mit seiner Waffe im Anschlag in Richtung Garage, sein Hintermann wieselte nach links. Lange ging ihm nach, gemeinsam checkten sie die drei Räume. Eine Küche, spärlich, aber wesentlich wohnlicher eingerichtet als die beiden ersten Räume. Ein spartanisches Bad, ein Schlafzimmer.

Katharina presste sich, während die Uniformierten nach und nach jeden Raum für sicher erklärten, fest gegen die Dielenwand. Das Haus verströmte eine äußerst düstere Atmosphäre, die Wände waren seit Ewigkeiten weder tapeziert noch gestrichen worden, in einigen Ecken waren die Bahnen eingerissen und präsentierten den blanken Putz. Der Geruch nach Moder und Schimmel legte sich ekelerregend auf ihre Schleimhäute.

Das Gebäude machte eher den Eindruck einer unbewohnten Spekulationsruine. Dennoch lebte Gröne hier, daran bestand kein Zweifel. In dem schmalen Spalt, durch den sie ins Schlafzimmer sehen konnte, erkannte sie die Lederjacke, die er täglich im Dienst trug. Das Kleidungsstück schien einfach an der Wand zu pappen, wahrscheinlich hatte Gröne auf eine Garderobe verzichtet und einen Nagel in die Wand geschlagen.

Kriminalrat Lange bedeutete den Kripobeamten mit einem Handzeichen, sich nicht zu bewegen. Obwohl sich mindestens fünf Menschen auf engstem Raum befanden, war es beinahe totenstill. Die Gummisohlen der Kampfstiefel verursachten auf dem dreckigen Nadelfilz, der vor Urzeiten als Bodenbelag ausgewählt worden war, nahezu kein Geräusch. Lautlos, aber ungemein flink, drang Lange mit seinem Kollegen nun über die Treppe ins Obergeschoss vor. Währenddessen kam der dritte aus der Garage zurück und signalisierte mit einem einmaligen Kopfschütteln präzise das Ergebnis seiner Recherche.

»Also im Keller«, flüsterte Hofmann kaum hörbar. »Wie immer.«

»Scheiße, hoffentlich hat er nicht irgendwo anders ein Versteck, an dem er die beiden gefangen hält«, fürchtete Katharina.

»Etwas Geeigneteres als das hier?«, fragte Hofmann. »Nie im Leben. In einer Großstadt findest du schwerlich etwas

Einsameres. Gröne ist hier. Und wenn er sich nicht im Obergeschoss aufhält, steckt er unten.«

Die Durchsuchung des ersten Stockwerks war offensichtlich ergebnislos verlaufen, Lange und sein Kollege eilten die Treppe genau so behände hinab, wie sie vorhin hinaufgestiegen waren. Nach einem Fingerzeig stellte sich der dritte Uniformierte sichernd neben die Kellertür, der Polizeioberrat bedeutete den Kripoleuten, aufzuschließen. Eine letzte Verständigung per Rundblick, dann landete eine behandschuhte Hand auf der Türklinke.

Das schummrige Licht aus der Diele reichte gerade aus, um die ersten drei oder vier Treppenstufen erkennen zu können, danach verlor sich der Abstieg in der Dunkelheit. Lange aktivierte die an seinem Helm befestigte Lampe, der weiße Lichtkegel fraß sich seinen Weg in die Düsternis.

Ein Metallgeländer war an die rechte Seite der Treppe geschraubt, auf der Linken befand sich die unverputzte, gemauerte Wand. Lange setzte seinen Fuß auf die erste Stufe, die Waffe in seinen Händen folgte dem Lichtkegel.

Aus dem Keller drang kein Laut nach oben. Hofmann und Thalbach lösten sich aus der Diele und folgten den Uniformierten, die entschlossen, aber doch vorsichtig die Stufen hinabstiegen. Lange hatte bereits das Ende der Treppe, die auf halber Höhe einen 45-Grad-Knick aufwies, erreicht.

Katharina wischte sich den Schweiß von der Stirn, ihr Poloshirt klebte unter der Weste am Rücken. Nervös warf sie einen sichernden Blick zurück, ihr war es vorgekommen, als habe sie aus den Augenwinkeln etwas bemerkt. Aber die Stufen hinter ihr waren leer, es stand auch niemand im Türrahmen, der mit einem hämischen Grinsen eine Pumpgun ausrichtete. Katharina sah nichts, was auch nicht schon vorher da gewesen war.

Bis auf das kaum wahrnehmbare, rötliche Schimmern des Sensors eines Bewegungsmelders, der geschickt versteckt am oberen Rand der Türzarge montiert war.

39

Tobias Gröne war immer noch benommen. So ein Orgasmus war einfach unglaublich. Jetzt verstand er, warum es im Laufe der Menschheitsgeschichte so viele Kriege gegeben hatte, die Männer bloß wegen Frauen und Sex angefangen hatten. Er hätte es nie für möglich gehalten, welche Gefühle so eine Frau, lediglich mithilfe einer recht unscheinbaren Körperöffnung, einem Mann bereiten konnte.

Nein, das stimmte nicht. Attraktiv war das andere Geschlecht in seinen Augen schon immer gewesen, begehrt hatte er so manche der weiblichen Wesen, die ihm über den Weg gelaufen waren. Doch sobald er sich ihnen auf konventionelle Art und Weise näherte, verschwand seine Begierde, verwandelte sich in eine Kloake der Ablehnung, Ignoranz und Gleichgültigkeit. Erst heute, am einhundertdreizehnten Tag seines neunundzwanzigsten Lebensjahres, war ihm das Glück einer vollzogenen Vereinigung mit einer Frau gewahr geworden.

Er war endlich ein richtiger und wahrhaftiger Mann.

Erschöpft zog er sein Becken zurück, sein immer noch pulsierendes Glied löste sich mit einem schmatzenden Geräusch aus der Göttin.

Irgendwann im Laufe ihres Liebesakts hatte sie leider aufgehört zu schreien, kurz nachdem der Schwachkopf ohnmächtig geworden war. Nun hing er wie ein nasser Sack in seinen Fesseln. Im ersten Moment hatte er gedacht, ihr schrilles Kreischen würde ihm fehlen. Die abgrundtiefe Hoffnungslosigkeit, die sie anscheinend beschlichen hatte, erwies sich jedoch fast als noch luststeigernderes Aphrodisiakum als ihre Gegenwehr zuvor. Immer kräftiger, heftiger und ungestümer hatte er zugestoßen, hatte seine Nägel in die weiche Haut ihrer Flanken gebohrt, hatte selbst animalisch und ungehemmt gegrunzt, bis, ja bis die über Jahrzehnte aufgestaute Lust endlich aus ihm herauskatapultiert worden war.

Mit müden Schritten trat er zur Seite und griff nach dem erstbesten Stofffetzen, den er erwischte. Mit der Bluse der Göttin säuberte er sein Geschlecht, um danach einen Schluck aus einer Wasserflasche zu nehmen. Erst jetzt nahm er den deutlichen Geruch von verbranntem Fleisch wahr. Neugierig sah er zum erschlafften Körper des Trottels hinüber. Die Hautstellen, an denen er die Kontakte an dem Knaben befestigt hatte, waren feuerrot und hatten bereits die ersten Blasen gebildet. Wenn er nicht, nachdem der Junge im Verlauf der Show bewusstlos geworden war, die Intensität des Stromflusses heruntergeregelt hätte, hätte er den Bengel sogar gegrillt.

Seine Erwartungen, seine Hoffnungen, waren nicht nur erfüllt, sondern bei Weitem übertroffen worden. Dieses derart heftige Gefühl war mit nichts vergleichbar. Nicht mit dem Moment, als seine Schwester damals in sein Zimmer stürmte und in minutenlanges Geschrei und Gestammel verfallen war. Auch nicht mit dem Augenblick, als er, auf der Terrasse in der Hollywoodschaukel lümmelnd, zusah, wie seine von ihren Medikamenten und dem Liter Schnaps benebelte Mutter in der Gartenlaube elendig verbrannte. Und das nur, weil er die Tür der Hütte zugeschlagen und mit einem Holzkeil von außen blockiert hatte. Zuvor hatte er den Spiritus mit der Zigarette seiner Mutter entzündet. Fünfzehn war er da gewesen, gerade aus der Therapie zurück und, nach Einschätzung seines Therapeuten, zwar durchaus verhaltensauffällig, aber keine Gefahr für seine Umwelt.

Und tatsächlich hatte ihn niemand im Verdacht gehabt, sein Vater war viel zu erschüttert über den Tod seiner Frau. Seine Schwester wollte, seit dieser Kleinigkeit mit dem Kaninchen, nichts mehr mit ihm zu tun haben und hielt sich die meiste Zeit bei Freundinnen auf. Die Mutter hatte immer schon zu viel getrunken und dazu die ganzen Medikamente wegen ihrer Krankheit geschluckt. Es war nur eine

Frage der Zeit gewesen, bis so etwas passierte. Der Keil war völlig verkohlt, niemand hatte dem verschrumpelten Stück Holz auch nur die kleinste Bedeutung zugemessen.

Ficken macht durstig, dachte er amüsiert und lächelte glücklich. Als er die Flasche ein zweites Mal ansetzte, ertönte der Summer, der durch den Bewegungsmelder an der Kellertür aktiviert wurde.

40

»Mist, Mist, Mist!«, fluchte Lange unterdrückt. »Jetzt haben wir den Salat.«

Katharina zuckte resigniert mit den Schultern. »Würde mich nicht wundern, wenn das ganze Gelände ringsherum ebenfalls mit Elektronik gespickt ist. Sicherlich wusste Gröne schon, seit wir das Gelände betreten haben, dass wir kommen.«

»Darum geht es nicht«, flüsterte einer der Uniformierten. »Hier im Keller macht so ein Bewegungsmelder nur dann Sinn, wenn er wissen will, dass jemand die Treppe hinuntersteigt. Wenn es dem Kerl darum geht, mögliche Eindringlinge aufzuspüren, ist das hier der letzte Ort, wo er einen anbringen müsste.«

»Also ist da unten etwas, was so wichtig für Gröne ist, dass er es extra mit einem Sensor überwacht«, brachte es Hofmann auf den Punkt. »Wir sind auf der richtigen Fährte.«

Polizeioberrat Lange hatte sich wieder in der Gewalt. Mit einer energischen Handbewegung verbot er sich jedes weitere Wort und signalisierte seinen Leuten, ebenfalls die Helmlampen anzuschalten. Die kumulierten Wattzahlen der drei Strahler reichten aus, um den langen Kellergang zu beleuchten.

Auf der linken Seite befanden sich zwei offene Bretterverschläge, von dort drohte keine Gefahr.

Rechter Hand zweigten zu jeder Seite des Ganges zwei stabile Holztüren ab, vor Kopf befand sich eine Metalltür.

Katharina kniff einen Sekundenbruchteil die Augenbrauen zusammen. Eine Etage darüber lag vom Grundriss her hinter der Tür die Doppelgarage. Falls der angrenzende Raum dieselben Ausmaße hatte, ließ sich dort einiges anstellen.

Lange deutete auf die erste Tür zur linken Seite, seine Männer reagierten sofort. Mit tausend Mal ausgeführten Bewegungen wurde der Eingang aufgerissen, der dahinterliegende Raum gesichert. Beim Raum gegenüber wiederholte sich der Vorgang.

Als Lange den dritten Raum betrat, blieb er wie angewurzelt stehen. Seine Männer wechselten einen schnellen Blick, bevor Lange die Kripobeamten heranwinkte.

»Ein Badezimmer«, wunderte sich Hofmann. »Dusche, Klo, Waschbecken, alles, was man braucht.«

»Es riecht feucht«, flüsterte Katharina und zwängte sich mit zwei schnellen Schritten Richtung Duschkabine. Langes Helmlampe beleuchtete zwar nur einen kleinen Ausschnitt der Plastikumwandung, trotzdem war zu erkennen, dass vereinzelte Tropfen auf dem Kunststoff hafteten.

»Das Handtuch ist auch nass«, wisperte Thalbach aufgeregt. »Hier hat vor Kurzem jemand geduscht.«

»Ruhe!«, zischte Lange und drehte sich auf dem Absatz um. Unmittelbar danach verlor auch der letzte der Seitenräume sein Geheimnis.

Es war ein Gefängnis.

Direkt gegenüber der Tür lag eine nackte Matratze auf dem Boden, die Oberseite mit Schmutz überzogen. Neben der Liegestatt stand ein Plastikteller, auf dem ein bräunlich verhutzeltes Apfelgehäuse und ein Stück altes Brot um die Wette schimmelten. Eine nackte Glühbirne hing in der Fassung von der Decke, der Estrich war mit Flecken übersät. Es roch scharf nach Urin und Kot.

»Auf dem richtigen Dampfer sind wir also«, brach Hofmann die Stille. »Es sei denn, das hier ist Grönes Schlafzimmer.«

»Sie beide halten sich ab jetzt strikt hinter uns«, befahl

Lange in Richtung Thalbach und Hofmann. »Das hier wird unsere Show.«

Katharina wollte zu einer Antwort ansetzen, aber Hofmann brachte sie mit einem energischen Kopfschütteln frühzeitig zum Verstummen. Thalbach und er mussten froh sein, dass sie überhaupt dabei sein durften.

Lange und seine Leute warteten, bis sich die Kripo mit entsicherten Waffen wieder im Kellergang positioniert hatte. Dann wich der Chef der Truppe so weit es ging aus der direkten Schusslinie, schnippte einmal mit den Fingern und löschte seine Helmlampe. Seine Männer beeilten sich, es ihm gleichzutun.

Im selben Moment brach scheinbar die Hölle los.

In dem Sekundenbruchteil, bevor auch die letzte Helmlampe erlosch, erkannte Katharina, dass die Metalltür von der anderen Seite vehement aufgestoßen wurde und mit voller Wucht gegen die Kellerwand knallte. Gleichzeitig verwandelte sich die bis dahin im Keller vorherrschende, gespenstische Ruhe in das ohrenbetäubende, verzweifelte Geschrei einer Frau. Thalbach hatte schon oft Menschen schreien gehört, bei verschiedensten Anlässen: bei der Überbringung einer schlimmen Nachricht, bei Schwerverletzten, Schreie, die vor Wut und Zorn in rasendem Gebrüll endeten. Doch nichts war vergleichbar. Am ehesten erinnerten die Laute an ein waidwundes oder tollwütiges Tier, weniger einen Menschen in allerhöchster Panik.

Offensichtlich war der hinter der Metalltür liegende Raum perfekt schallgedämmt. Sogar Lange war von der Intensität der Lautstärke irritiert, anstatt in den ebenfalls in Dunkelheit liegenden Raum vorzustoßen, zögerte er einen Moment.

Das rettete ihm sein Leben.

Plötzlich übertönten drei Explosionen die Schreie der Frau und die Mündung einer Pistole blitzte abgehackt auf. Die Kugeln bohrten sich in die Kellerwände, eine davon so nah neben Hofmanns Kopf, dass ihm einige Putzsplitter in die Augen spritzten.

Instinktiv ging Lange in die Hocke. Seine Leute hatten reflexartig ihre Helmlampen wieder angeschaltet. Im Lichtkegel war die durchtrainierte Gestalt Grönes zu erkennen, eine Automatikpistole in der rechten, die linke Hand ob der plötzlichen Blendung schützend vor die Augen gehalten. So versuchte er, neben dem Türrahmen wieder in Deckung zu gehen. Fast wäre ihm dies gelungen.

Lange reagierte blitzartig und betätigte den Abzug seiner Pistole. Bereits nach dem ersten Schuss schrie Gröne auf. Sein rechtes Knie hatte sich in einen undefinierbaren Matschklumpen verwandelt, daher verlor er das Gleichgewicht und stürzte zu Boden. Die Pistole entglitt seiner Hand. Bevor er noch eine Chance hatte, sie wieder an sich zu nehmen, waren Langes Männer über ihm und verwandelten ihn mithilfe einiger Kabelbinder in einen menschlichen Rollbraten.

»Seht nach, wer da so schreit«, befahl Lange und rappelte sich wieder in die Senkrechte auf. »Und Sie spurten nach oben und rufen einen Krankenwagen. Oder besser gleich so viele wie möglich.«

Katharina gab Hofmann einen heftigen Stoß mit dem Ellbogen und bugsierte ihn Richtung Treppe. Sie selbst drängte sich an Langes Männern vorbei in den Raum jenseits der Metalltür.

»Licht!«, verlangte sie nachdrücklich. »Verdammt, hier muss es doch Licht geben!«

»Ich such ja schon«, antwortete eine nervöse Stimme.

Und tatsächlich flammten kurz darauf vier kalte Neonröhren auf.

Katharina blinzelte einen Moment, dann hatte sie sich an die veränderten Sichtverhältnisse gewöhnt. Doch als sie die Szenerie vor sich wahrnahm, wünschte sie sich die Dunkelheit zurück.

41

»Was machst du denn hier draußen?«

Berthold Hofmann eiste seinen Blick von dem beeindruckenden Panorama los, das sich ihm vom Fenster des Warteraumes bot, und sah sich um. Katharina stand verschwitzt und mit gerötetem Gesicht auf dem Flur und sah ihn fragend an.

»Komm rein und bring dir einen Kaffee mit«, antwortete er müde und verließ den Aussichtsposten, den er in der zurückliegenden Stunde mannhaft verteidigt hatte. »Da vorn steht der Automat, bedien dich.«

Die Kommissarin stutzte einen Moment, trat aber an den überdimensionalen Kaffeeautomaten, über dem ein Plastikschildchen an der Wand deutlich mitteilte, dass sich hier nur Patienten bedienen sollten. Das Gebräu roch aromatisch und stark, bevor sie mit der vollen Tasse zurück in den Warteraum ging, zapfte sie vorsichtshalber einen ordentlichen Schuss Kaffeesahne, um das Sodbrennen bereits im Ansatz abzufangen. Während der knapp fünfunddreißig Stunden, die seit Grönes Ergreifung vergangen waren, hatte sie außer Kaffee kaum etwas zu sich genommen. Ein Blick zu ihrem Vorgesetzten reichte, um zu wissen, dass in seinen Adern bereits Koffein anstatt Blut floss.

»Warum bist du nicht bei Gröne und vernimmst ihn?«, fragte sie, als sie sich endlich zu Hofmann an den Tisch setzte. Sie waren allein in dem Raum. Nachdem Gröne hier eingeliefert worden war, hatte das Krankenhaus so schnell es ging alle anderen Patienten auf andere Stationen verlegt.

»Er steht unter starken Schmerzmitteln. Außerdem spricht er nicht mit mir. Sobald ich in seinem Blickfeld auftauche, dreht er den Kopf weg oder grinst nur süffisant.«

»Und was machst du dann noch hier? Die Wache verstärken?« Damit deutete sie mit einem Kopfnicken auf den muskelbepackten uniformierten Kollegen, der es sich auf einem scheinbar winzigen Stühlchen so bequem wie möglich gemacht hatte. »Ich glaube kaum, dass dieser Klitschko-Verschnitt mit einem Krüppel wie Gröne Probleme bekommt.«

»Doktor Bayer ist bei Gröne. Er wollte unbedingt sein Glück bei ihm versuchen. Ich habe mir gedacht, dass er diesem Irren vielleicht auf den Zahn fühlen kann. Er ist bereits über zweieinhalb Stunden bei ihm im Zimmer.«

»Der forensische Psychologe? Gar keine schlechte Idee. Kann eventuell hilfreich sein, wenn er dir einen Fahrplan für die Befragungen an die Hand gibt.«

»Bis dahin dauert es ohnehin noch«, seufzte Hofmann und griff gedankenverloren nach seiner Pfeife. Erst als er den Tabak aus seiner Jacke zog, erinnerte er sich daran, wo er sich befand. Mit einem zweiten Seufzer verstaute er das Rauchgerät wieder in seiner Tasche.

»Morgen wird Gröne ins Justizvollzugskrankenhaus verlegt«, erklärte er dann. »Auf Dauer ist das hier nicht sicher genug, außerdem findet es die Krankenhausleitung alles andere als amüsant, dass ein mehrfacher Mörder bei ihnen herumliegt. Ganz zu schweigen von den Horden Journalisten, die vor dem Eingang kampieren.«

»Nachvollziehbar, positive PR sieht anders aus.«

»Wie war es bei dir?«

Katharina nippte an ihrem Kaffee. »Schlimm. Richtig schlimm. Körperlich geht es ihr anscheinend schon wieder einigermaßen, aber Ronaldi ist bis zur Schädeldecke voll mit Beruhigungsmitteln. Trotzdem muss sie zusätzlich an Händen und Füßen fixiert werden, damit sie nicht um sich schlägt. Der Arzt schätzt, dass sie mit Sicherheit noch eine Woche aus dem Verkehr gezogen werden muss, bevor überhaupt daran gedacht werden kann, mit ihr zu reden. Aber ist ja auch kein Wunder. Immerhin wurde ihr Sohn vor ihren Augen umgebracht.«

Fast genauso wie damals bei mir, durchzuckte es Katharina erneut. Doch sie hatte sich schnell wieder in der Gewalt. Die letzten Stunden als Polizistin wollte sie nicht mit verweinten Augen zubringen, sie hatte noch genügend Zeit, um ihre Gefühle zu sortieren. Aber es war ein weiteres Indiz, das ihr klarmachte, wie richtig ihr Entschluss auszusteigen war.

»Ach ja«, nickte Hofmann, der von der Gefühlsaufwallung seiner Mitarbeiterin nichts mitbekommen hatte, »Brettschneider hat vorhin angerufen. Das vorläufige Obduktionsergebnis des Jungen liegt vor. Ricardo starb an Herzversagen. Ein kleiner Junge in seinem Alter! Stell dir das mal vor! Der Doc sagt, der Kleine muss Höllenqualen gelitten haben, irgendwann waren die Schmerzen für seinen Körper einfach zu viel. Und dann muss man …«

Hofmann brach ab, als die Tür zu Grönes Patientenzimmer aufging und Doktor Bayer mit ernstem Gesicht auf den Flur trat.

Der Psychologe machte einen erschöpften Eindruck, erst nach einiger Zeit bemerkte er den winkenden Hofmann. Doch bevor er den Aufenthaltsraum betrat, bediente er sich ebenfalls an dem Kaffeeautomaten.

»Kommen Sie, Doktor«, grüßte Hofmann, als Bayer langsam mit seiner bis zum Rand gefüllten Tasse auf sie zuging. »Wir sind schon gespannt, was Sie uns zu berichten haben.«

Bayer schnauft. Etwas von dem Kaffee schwappte auf die Tischplatte, als er sich zu den Beamten setzte.

»Ich habe ja schon viele Kranke in meiner beruflichen Laufbahn erlebt«, seufzte Bayer desillusioniert, »aber so jemand wie der Mann da in dem Zimmer war selten dabei. Wenn überhaupt.«

»Bei Ihnen hat er tatsächlich geredet?«, fragte Hofmann, der nur schwer seine Ungeduld zügeln konnte.

»Wie ein Wasserfall«, gab Bayer zurück und schüttelte den Kopf. »Der war geradezu dankbar, dass er endlich jemandem wieder und wieder erzählen konnte, wie glücklich er war.«

»Glücklich?«, fragten die beiden Kriminalisten zeitgleich.

»Ja. Glücklich. Ihr Kollege hat vorgestern nichts anderes

gemacht, als sich seinen Lebenstraum zu erfüllen. Um es mal mit seinen Worten auszudrücken. Ich hoffe wirklich, dass ich dem Fall als Gutachter zugeteilt werde.«

Bayer setzte die Kaffeetasse an und vernichtete gut die Hälfte des kochend heißen Inhalts mit einem Schluck. Anstatt danach mit einem Liter Wasser zu löschen, verzog er nur kurz das Gesicht und starrte nachdenklich in seine Tasse.

»Was für einen Lebenstraum?«, hakte Katharina nach.

»Hm? Ach so. Seine Mannwerdung. Darum ging es ihm. Um nichts anderes.«

»Mannwerdung?«

»Als ich mir bei Ihnen im Präsidium Ihre bisherigen Unterlagen angesehen habe, konnte ich ein vages Profil des Täters entwerfen, Sie erinnern sich? Ich hatte in fast allen Belangen recht. Gröne ist hochgradig paranoid, mit einer ebenfalls psychisch kranken Mutter in der Vorgeschichte, dazu ein Vater, der den Jungen ablehnte und stattdessen seine Liebe auf die Schwester konzentrierte. Sogar meine Vermutung, dass er als Kind beziehungsweise Jugendlicher bereits einen Klinikaufenthalt durchlebt hat, ist zutreffend.«

»Gröne war in einer psychiatrischen Klinik?«, echote Hofmann. »Unmöglich! Dann hätte er keine Chancen gehabt, überhaupt bei der Polizei anzufangen.«

»Natürlich hatte er die Chance«, winkte Bayer ab. »Es gibt nichts, was vom Datenschutz besser abgeschirmt wird als die Informationen über solche jungen Patienten.«

»Aber er musste psychologische Tests absolvieren«, widersprach der Leiter des KK 11. »Dabei hätte er doch auffallen müssen.«

»Ganz im Gegenteil. Wenn sich jemand mit solchen Tests auskennt, dann Gröne. Er hatte jahrelange Routine darin, die Fragen meiner Berufskollegen so zu beantworten, dass diese zufrieden waren. Der Mann ist intelligent, hochintelligent sogar. Es würde mich nicht wundern, wenn er bei den Einstellungstests in diesem Bereich einer derjenigen gewesen wäre, die am besten abgeschnitten haben.«

»Für mich klingt das bisher fürchterlich durcheinander«, sagte Katharina müde.

»Entschuldigen Sie«, antwortete Bayer. »Ich bin auch ein wenig verwirrt. Normalerweise brauche ich nach einem solchen Interview immer eine halbe Stunde, um meine Gedanken zu ordnen. Am besten fange ich noch mal von vorne an.«

»Das ist eine glänzende Idee«, bestätigte Hofmann.

Bayer setzte erneut den Kaffeebecher an und ließ die zweite Hälfte des Inhalts in sich hineinlaufen. Dann atmete er tief durch und legte die Unterarme auf die Tischplatte. Entspannt war er dabei immer noch nicht.

»Um es populär auszudrücken: Gröne ist jemand, den man durchaus als Psychopathen bezeichnen kann, allerdings mit Einschränkungen. Was voll und ganz zutrifft, ist das Fehlen von Empathie oder eines Gewissens. Ein Egoist, für den nur eines wichtig ist, und das ist er selbst. Weiterhin passt zu dem Bild eines Psychopathen, dass er eloquent ist, mitunter unterhaltsam und charmant sein kann. Ungewöhnlich ist eher diese extreme Zielstrebigkeit, die ich bei Gröne bemerkt habe. Das, was er den Frauen und den Kindern angetan hat, scheint das Ergebnis einer jahrelangen Planung gewesen zu sein. Und auch der Grund, warum er zur Polizei gegangen ist.«

Bayer setzte erneut seine Tasse an die Lippen, stutzte, als ihm auffiel, dass sie bereits leer war, winkte aber ab, als Hofmann aufstehen und einen neuen Kaffee holen wollte.

»Nein, lassen Sie, ich trinke sowieso viel zu viel von dem Zeug«, sagte er und stellte die Tasse wieder auf den Tisch. »Wird mich noch mal umbringen.«

»Was war der Grund, warum er zur Polizei gegangen ist?«, lenkte Katharina wieder zurück auf das Thema.

»Seine Impotenz. Falsch, nein, so darf ich das nicht sagen. Eher seine Unfähigkeit, im Rahmen einer normalen Beziehung Lust zu empfinden. Einen Orgasmus zu bekommen. So ist es wohl treffender umschrieben.«

»Verstehe ich nicht«, gab Hofmann zu.

»Gröne ist ein unglaublicher Sadist. Aber er empfindet keine Lust dabei, wenn er ein Opfer körperlich quält.«

»Sondern?«

»Es macht ihn an, wenn jemand darunter leidet, wie er einen anderen quält. Vornehmlich jemanden, zu dem das eigentliche Objekt seiner Begierde in einer starken emotionalen Bindung steht. Wie zum Beispiel eine Mutter zu ihrem Kind.«

Katharina brauchte einen kurzen Moment, dann stieß sie einen leisen Pfiff aus.

»Deshalb also. Wir haben ja von Anfang an auf einen Sexualtäter getippt und waren so verwirrt, weil wir bei Mandy Maslarski keine Spuren einer Vergewaltigung gefunden haben. Er konnte bei ihr nicht zum Zug kommen. Denn er konnte ihr nicht zeigen, was er mit ihrer Tochter gemacht hat.«

»Exakt«, bestätigte Bayer. »Er ist noch immer wütend auf sich selbst. Weil er im Rahmen der Vorbereitung nicht in Betracht gezogen hatte, dass der DVD-Spieler kaputt sein könnte. Da hatte er alles minutiös geplant und scheitert an einem derart winzigen Detail.«

»Und deshalb hat er Viktoria Ronaldi lieber gleich selbst entführt?«, fragte Hofmann. »Mit dem Risiko, dass eine unserer Kolleginnen bei ihr in der Wohnung sitzt, die ihm alles vermasseln kann?«

»Ja, es klingt unglaublich, aber Gröne war dermaßen auf seine, wie er es in jedem dritten, vierten Satz genannt hat, ›Mannwerdung‹ fixiert, dass er nahezu alle Bedenken über Bord geworfen hat und jedes Risiko eingegangen ist. Wobei die Überrumpelung und Ausschaltung ihrer Kollegin noch das geringste Sicherheitsrisiko darstellte. Er hatte schnell gemerkt, dass sie an ihm interessiert war, und hat sie benutzt. Das war für ihn ein Leichtes. Im geeigneten Moment hat er Frau Schäfer schöne Augen gemacht, die passenden Worte dazu gesagt und sie darum gebeten, niemandem von ihrer aufkeimenden Beziehung zu erzählen. Er wusste, was er zu tun hatte, immerhin hat er sein ganzes Leben nichts anderes getan, als Menschen zu blenden und zu täuschen. Sie haben mit ihm zusammengearbeitet und hatten bis vor Kurzem nicht den leisesten Verdacht, dass er der Täter sein könnte. Nein, die großen Risiken waren für ihn die Überwältigung des Jungen – die übrigens so früh noch gar nicht geplant war, das Kind ist sozusagen über ihn gestolpert und er hat die Chance genutzt – und dann natürlich der Transport Ronaldis über die Straße zu seinem Auto. Zwar mitten in der Nacht, aber wenn ihn jemand dabei gesehen hätte, wäre alles vorbei gewesen. Doch der Druck, unter dem er stand und den er täglich selbst erhöht hat, muss unglaublich hoch gewesen sein. Deshalb unterliefen ihm letztlich ja auch die Fehler, wegen derer Sie ihm auf die Schliche gekommen sind. Zum Beispiel der Lapsus in der Besprechung, als er den defekten DVD-Spieler erwähnte, oder das Foto von Ricardo, welches er Hengst unterschob.«

»Aber wie ist er darauf gekommen?«, fragte Katharina. »Es kann ihm doch unmöglich einfach so klar gewesen sein, dass er nur auf diese Art und Weise Lust verspürt. Da muss es doch eine Vorgeschichte geben.«

Bayers Mundwinkel verzogen sich zu einem freudlosen Grinsen. »In der Tat. In Grönes Kindheit gab es wohl die typischen Anzeichen: das Malträtieren von Klassenkameraden, seiner Schwester oder natürlich von Tieren. Das alles scheint ihm seinerzeit zwar ein gutes Gefühl, würde man heute sagen, vermittelt zu haben, aber keine direkte Luststeigerung. Bis es irgendwann ein erstes Schlüsselerlebnis gegeben hat. ›Und zwar‹, ich zitiere wörtlich, ›schnitt ich irgendwann an dem blöden Hasen meiner Schwester rum, als sie in mein Zimmer platzte, und als sie losschrie, hatte ich plötzlich einen Steifen‹. Da hat er wohl erstmalig einen Vorgeschmack auf das erlebt, was später sein ganzes Leben prägte. Jedenfalls hatte er zu diesem Zeitpunkt seine erste Erektion, was für Gröne ein extrem beeindruckendes wie auch verstörendes Erlebnis gewesen sein muss.«

»Ich sehe aber keinen Grund, weswegen er ausgerechnet

deswegen zur Polizei gegangen ist«, unterbrach Hofmann nachdenklich.

»Der eigentliche Kick, das Verstehen, was da passiert war, kam auch erst später. Damals konnte er Ursache und Wirkung noch nicht richtig miteinander verknüpfen, zumal er unmittelbar nach diesem Ereignis in eine Klinik für Kinder- und Jugendpsychiatrie eingeliefert wurde. Nach einigen Jahren wurde er wieder entlassen und ...«

»Nach einigen Jahren?«, unterbrach Hofmann. »War er damals schon so ein hoffnungsloser Fall?«

»Keineswegs. Aber die psychiatrische Behandlung von Kindern und Jugendlichen ist so ziemlich das Diffizilste, was man sich auf diesem Gebiet vorstellen kann. Ein erwachsener Therapeut hat mehr als genug Schwierigkeiten, sich in einen erwachsenen Kranken hineinzudenken. Bei Kindern ist das um ein Vielfaches schwieriger. Jedenfalls war Gröne während der Therapie mehr als genug damit beschäftigt, sich den Gegebenheiten des Klinikalltags anzupassen und die Tricks zu lernen, mit denen er seine Ärzte und Therapeuten steuern konnte. Nach der Entlassung scheint er sich dann zunächst lange zusammengerissen zu haben, er wollte auf gar keinen Fall wieder zurück in die Klinik. Dann kam seine Mutter auf fürchterliche Weise ums Leben«.

»Ich weiß«, bemerkte Hofmann, »sie ist ertrunken, bei einem Kegelausflug.«

Bayer sah irritiert auf. »Nein. Mir hat Gröne erzählt, sie wäre bei einem Brand im Gartenhaus der Familie getötet worden, anscheinend war sie betrunken, hat geraucht und ist dann eingeschlafen. Das hat ihn tief getroffen, sie war seine geliebte Bezugsperson, auch wenn sie durch ihre Krankheit weit mehr Schaden in seiner Entwicklung angerichtet hat als Positives. Als dann sein Vater, kurz, nachdem er volljährig geworden war, ebenfalls verstarb, gab es niemanden mehr, der Einfluss auf ihn nehmen konnte.«

»Aber das erklärt immer noch nicht, warum er ausgerechnet zur Polizei wollte«, hakte Katharina nach.

»Richtig. Ein weiteres Schlüsselerlebnis, während seiner Bundeswehrzeit. Ein Verkehrsunfall.«

Die beiden Kripobeamten sahen sich fragend an.

»Gröne war mit mehreren Kameraden auf einer Landstraße unterwegs, als direkt vor ihren Augen ein Kleinwagen von der Straße abkam und gegen einen Baum prallte. Die Fahrerin, eine junge Frau, war nahezu unverletzt, aber ihre Tochter war auf dem Rücksitz nicht angeschnallt gewesen. Und während einige der Soldaten das Kind reanimierten und versorgten, versuchte Gröne gemeinsam mit einem Kameraden die panische Mutter zu beruhigen. Und da hatte er den bis dato einzigen Orgasmus seines Lebens.«

»Bitte?«

»Es ist kaum zu glauben«, sagte Bayer kopfschüttelnd. »Sie war völlig verzweifelt, schrie, weinte und brüllte ihre Verzweiflung heraus. Natürlich hat sie sich an Gröne und seinen Kameraden geklammert. Und als sie sich an ihn drückte und er ihre Verzweiflung quasi hautnah spürte – da ist ihm einer abgegangen.«

»Ach du lieber Himmel«, seufzte Katharina. »Jetzt verstehe ich, worauf sie hinauswollen. Er ist zur Polizei gegangen, weil er auf diese Weise hoffte, das wiederholen zu können. Verzweiflung zu erleben. Wenn jemand die Nachricht vom Tod eines Verwandten erhält.«

Hofmann klatschte sich lautstark vor die Stirn. »Und ich Riesenhirn hab das für eine Schwäche von ihm gehalten. Hab ihm sogar noch den Tipp gegeben, sich nicht emotional packen zu lassen, weil er sonst irgendwann vor die Hunde gehen würde. Dabei hat er sich daran aufgegeilt!«

»Machen Sie sich keine Vorwürfe«, sagte Bayer und schielte sehnsüchtig zum Kaffeeautomaten. »Dieser … Fetisch, so möchte ich es mal nennen, dürfte völlig einzigartig sein. Und seine Rechnung ist ja zunächst auch nicht aufgegangen. Einerseits ist er nur sehr selten in Situationen gekommen, in denen er Angehörigen tatsächlich eine Todesnachricht überbringen konnte, und dann wusste er ja nicht, auf wen er trifft. Ob es eine Frau war, die ihm gefiel, die er begehrte, auf seine perverse Art besitzen wollte. Deshalb setzte er dann alles daran, in einer Mordkommission zu arbeiten. Weil er dann Einfluss darauf nehmen konnte, wer trauern musste.«

»Und kaum hat er bei uns den richtigen Job, legt er auch schon los«, meinte Hofmann. »Als hätte er endlich einen Weg gefunden, seinen Käfig aufzubrechen.«

»Sie beschreiben das sehr treffend«, bekräftigte Bayer. »Er konnte einfach nicht länger warten. Schon als er das Okay bekam, nach Bochum versetzt zu werden, suchte er sich das erste Opfer aus und bereitete seine Tat vor. Umso größer sein Frust, als er scheiterte. Deshalb folgte auch unmittelbar darauf das zweite Verbrechen.«

»Vier Morde«, sinnierte Katharina. »Für so eine kranke Fantasie mussten vier Menschen sterben! Und das Leben von Ricardos Mutter hat er gründlich zerstört.«

»Krank ist fast schon untertrieben«, erklärte der Psychologe. »Gröne hat irgendwann jegliches Maß verloren, so vorsichtig er am Beginn vorgegangen ist, umso gleichgültiger war es ihm zuletzt, ob er Spuren hinterlässt oder einen anderen Fehler begeht. Ich bin absolut sicher, nachdem sich sein Traum endlich erfüllt hatte, wäre seine Fassade gänzlich in sich zusammengebrochen. Stellen Sie sich doch nur vor, er hat sich Jahre, wenn nicht sogar Jahrzehnte immer nur verstellt. In seiner Euphorie, in der er sich jetzt nach Erreichen des Ziels befindet, hätte er unter gar keinen Umständen in seine Rolle zurückkehren können. Eventuell hätte es sogar sein können, dass er vor Ihnen mit seiner Tat geprahlt hätte. Weil er in seinen Augen jetzt ein normaler Mensch geworden ist.«

»Also versteht er gar nicht, was er da angerichtet hat?«

»Es ist für ihn zumindest kein Unrecht. Ihm war klar, dass es verboten war, was er tat, aber für ihn heiligte der Zweck die Mittel.«

»Ein Grund mehr, ihn für immer hinter Schloss und Riegel zu bringen«, erklärte Hofmann nachdrücklich. »Wenn bis jetzt nichts bei ihm gefruchtet hat, dürften alle weiteren Versuche ja gleich zur Ergebnislosigkeit verdammt sein.«

»Wahrscheinlich, aber ich gehe nicht davon aus, dass er jemals ein Gefängnis von innen sehen wird«, antwortete Bayer. »Egal, wer letztlich das Gutachten für das Gericht erstellen wird, ich glaube nicht, dass irgendjemand von einer Schuldfähigkeit ausgehen wird. Das heißt also, Einweisung in eine geschlossene Klinik, Gröne wird den Rest seines Lebens in einem vergitterten Zweibettzimmer verbringen, statt Schließern gibt es Pfleger und statt des Gefängnisarztes gefrustete, überarbeitete Psychologen. Der Unterschied ist graduell, nur ist in der Forensik meistens das Essen besser.«

»Er wird noch einen Vorteil haben«, meine Hofmann und schob quietschend seinen Stuhl ein Stück zurück. »Als ehemaliger Bulle hätte er im Knast die Hölle auf Erden erlebt. Aber ich kann nicht sagen, dass er mir deswegen auch nur ein Fitzelchen leidgetan hätte.«

Bayer setzte zu einer Erwiderung an, überlegte es sich jedoch anders. Dann stand er auf, schnappte seine Tasse und ging endlich zum Kaffeeautomaten.

40

Übermütig verpasste Katharina der untersten Schublade ihres Schreibtisches einen heftigen Kick, mit einem Knall schloss sie sich. Die Kommissarin betrachtete das Sammelsurium von Gegenständen auf ihrem Tisch.

Auch ohne die jahrelang verborgenen Schätze einer genauen Inspektion zu unterziehen, erkannte die Kommissarin sofort, dass das meiste übergangslos in die Mülltonne wandern konnte. Bereits vor Jahren aus der Packung gerutschte Papiertaschentücher. Ein Obstmesser mit halb abgebrochener Klinge. Das Ladekabel ihres alten Handys, das sie schon vor einigen Jahren ausgemustert hatte. Eine metallische, verbeulte Bonbonschachtel. Verrostete Büroklammern, ausgetrocknete Stifte, eine vergilbte Rechnung über eine Ende der Neunzigerjahre durchgeführte Autoreparatur. Nie gelesene Rundschreiben. Ihre alten Taschenkalender.

Katharina griff zum Papierkorb und beförderte alles bis auf die Kalender hinein. Die alten Aufzeichnungen wollte sie sich zu Hause in Ruhe anschauen, vielleicht war in dem einen oder anderen Kunstledermäppchen eine Telefonnummer notiert, die sie irgendwann noch einmal gebrauchen konnte. Alles andere war Müll.

»Du ziehst das tatsächlich durch, oder?«, fragte Berthold Hofmann von der anderen Seite des Schreibtisches. »Du willst wirklich aufhören?«

»Kleine Korrektur«, gab Katharina fröhlich zurück. »Ich habe bereits aufgehört. Das Ausräumen des Schreibtisches ist bereits Freizeit. Streng genommen hätte ich schon vor zwanzig Minuten das Präsidium verlassen können, dann wäre es mit meinen Überstunden genau hingekommen. Aber ich werde mal ein Auge zudrücken.«

»Himmel, überleg dir das doch noch mal. So eine Entscheidung ist endgültig. Wenn du erst mal raus bist, wird es schwer, wieder zurückzukommen.«

»Berthold, ist das eigentlich so schwer zu verstehen? Das Kapitel Kripo ist für mich beendet, ein für alle Mal. Ich kann mir beim besten Willen nicht vorstellen, jemals meine Entscheidung rückgängig machen zu wollen.«

Hofmann schüttelte den Kopf und zog ein Gesicht, als habe ihm jemand in den Kaffee gepinkelt. »Ich will ja nur, dass du dir ganz sicher bist. Immerhin warst du mehr als dein halbes Leben bei unserem Haufen. So etwas kann man nicht einfach beenden.«

»Und warum nicht? Ist das genetisch vorbestimmt? Oder wie kommst du auf die Idee?«

»Du weißt genau, wie ich das meine!«

Katharina schob den Papierkorb wieder unter den Schreibtisch und strich sich eine Haarsträhne aus dem Gesicht. »Und wenn du dich auf den Kopf stellst und mit den Zehen Fliegen fängst«, antwortete sie lächelnd, »es ist vorbei. Der Gedanke, schon vor über zwanzig Jahren Polizistin geworden zu sein, hat für mich eher etwas Abschreckendes. Klingt so wie lebenslänglich. Und wenn ich nicht jetzt die Reißleine ziehe, dann nie mehr.«

»Wenigstens kann mir keiner vorwerfen, ich hätte es nicht versucht«, seufzte Hofmann und stand bedröppelt auf. »Ich darf gar nicht daran denken, wie es ab übernächster Woche hier aussieht. Wenn dann auch noch Karl Heinz in Rente geht. Dann ist von unserer alten Truppe überhaupt niemand mehr da.«

»Dafür bist du jetzt Chef von dem Laden. Und damit für jeden hier zuständig. Warte ab, in ein paar Monaten denkst du schon gar nicht mehr daran, wie es früher in der Abteilung war.«

»Hast du eine Ahnung. Kommst du denn nächste Woche zum Abschied von Karl Heinz?«

»Abends auf seine Feier bestimmt. Den offiziellen Teil schenke ich mir.«

»Okay. Sag noch Bescheid, wenn du gleich gehst, ja?«

»Mach ich«, nickte Katharina.

Endlich hatte sie Ruhe. Und zum allerersten Mal, seit sie ihren Dienst im Bochumer KK 11 angetreten hatte, war ihr Schreibtisch leer. Lediglich der Monitor, die Tastatur, die Schreibtischlampe sowie einige Büroutensilien waren übrig, Eigentum des Präsidiums. Alles andere war bereits entsorgt, weggeräumt, die Akten mit den wenigen unerledigten Fällen hatte sie Hofmann direkt heute Morgen in die Hand gedrückt, damit er sie während der Frühbesprechung neu verteilen konnte.

In dem flachen, bräunlichen Pappkarton lagen nur wenige persönliche Dinge, die Katharina aus ihrem Büro mitnehmen wollte. Natürlich ihre Tasse, die Arne ihr vor drei Jahren zum Muttertag geschenkt hatte, das Ersatzdeo, das Bedienungshandbuch ihres Sportwagens und noch weiterer

Krimskrams. Das war alles. Die Kaffeemaschine hatte sie zwar vor Jahren ebenfalls privat angeschafft, aber die Leitungen waren inzwischen so verkalkt, dass der Apparat sicher auch bald in Rente ging. Sollte sich doch ihre Nachfolgerin oder ihr Nachfolger damit herumplagen.

Auf der anderen Seite des Schreibtisches, auf Hofmanns und zuletzt Grönes Platz, stand unter einer beachtlichen Staubschicht der kleine Radiowürfel mit der schon seit ewigen Zeiten defekten Anzeige für die Uhrzeit. Unwillkürlich lachte sie auf. Hofmann und sie hatten sich legendäre Streitszenen über die Wahl des Radiosenders geliefert. Hofmann liebte WDR 4, sie selbst stand mehr auf die Informationen von WDR 2.

Immer noch lächelnd stellte sie den Wahlhebel des Radios auf Betrieb, sofort erklangen aus dem kleinen Lautsprecher leicht verzerrt die Staumeldungen ab drei Kilometer Länge. Nun, zukünftig konnte ihr der morgendliche Stau auf der A 40 ab Dreieck Essen-Ost herzlich egal sein.

Katharina klaubte die alten Kalender zusammen und beförderte sie mit einem schwungvollen Wurf ebenfalls in den Pappkarton. Aus einem der Kalender rutschten beim Aufprall drei Fotos. Die Kommissarin stutzte und nahm die Aufnahmen in die Hand.

Sie hatte die Bilder eine Ewigkeit nicht mehr gesehen, ja schon nicht mehr gewusst, dass sie diese überhaupt besaß. Aufgenommen irgendwann in den Neunzigerjahren, der Kalender, aus dem sie gerutscht waren, war zumindest der von 1997. Katharina hatte keine Ahnung, wer der Fotograf gewesen war, die Bilder waren offensichtlich auf einer Feier aufgenommen worden. Einen Augenblick kramte sie in ihrem Gedächtnis, bei welcher Gelegenheit das gewesen sein musste, dann fiel der Groschen. Auf den drei Bildern war sie selbst mit ihren Kollegen zu sehen, auf ihrer rechten Seite saß Hofmann, blass, unscheinbar und sicher zehn Kilo leichter als heute. Daneben hockte Karl Heinz Gassel, damals noch mit seinem vollen Kampfgewicht von mindestens hundertdreißig Kilo, bevor er dank seiner neuen, jungen Liebe fünfzig Kilo davon weggeschmolzen hatte.

Zu ihrer Linken erkannte sie zwei Gesichter, die sie schon seit Ewigkeiten nicht mehr gesehen hatte. Kriminalrat Westhoff war damals Leiter des KK 11 gewesen, Katharina konnte sich nicht mehr daran erinnern, ob schon damals die ersten Anzeichen seiner Alzheimerkrankheit erkennbar gewesen waren. Der alte Chef war ziemlich überstürzt abgesetzt worden, es hatte auch nicht mehr lange gedauert, bis er in einem Heim untergebracht werden musste, wo er sich jetzt, wenn er überhaupt noch lebte, an den bunten Bildern des Fernsehers im Gemeinschaftsraum erfreute.

Neben Westhoff saß Gisbert Heinzel, in dessen Partyraum die Feier damals stattgefunden hatte. Heinzel, der unbestrittene zweite Mann des Dezernats, der nach Ausbruch von Westhoffs Krankheit den Laden zusammengehalten hatte und von dem jeder zu Recht erwartete, dass er auch offiziell der neue Leiter werden würde. Als dann doch Bernd Wielert genommen wurde, jemand von außen, war Heinzel daran schier zerbrochen. Letztlich wurde seine Leiche auf einem Brachgelände gefunden, erschossen von einem Verdächtigen, als er entgegen jeglicher Vorschriften versucht hatte, einen Fall im Alleingang zu lösen.

Nachdenklich geworden, starrte Katharina lange auf die verblichene Farbaufnahme. Auf Anhieb konnte sie nicht sagen, mit wie vielen Leichensachen sie im Laufe der Jahre befasst gewesen war, die meisten hatte sie bestimmt schon längst vergessen, einige wenige, die spektakulären Fälle, würden ihr auf ewig im Gedächtnis bleiben. Und auch in ihrem direkten, persönlichen Umfeld waren Menschen gestorben.

Damals, sofort während ihres ersten Falles, den sie in Bochum bearbeiten musste, hatte es Ullis damalige Freundin erwischt, so hatten sie sich überhaupt kennengelernt. Dann Heinzel. Dagmar Eulenstein, die durch eine Kugel aus Katharinas Waffe, abgefeuert auf einen Räuber und Geiselnehmer, getötet wurde. Jetzt Annika Schäfer. Und natürlich dieser Wahnsinnige, der es auf Ulli und Arne abgesehen hatte.

Katharina holte tief Luft. Wie hatte sie das die ganzen Jahre nur durchgehalten? Es war einmal ihr Lebenstraum gewesen, bei der Kripo zu arbeiten, sie hatte das Glück gehabt, sich durch gute Leistungen sehr schnell eine Versetzung zu den Gewaltdelikten zu erarbeiten, ab in die Königsklasse, die Champions League der Verbrechensbekämpfung. Sehr lange war sie, trotz der ganzen Umstände, trotz des ganzen Leids, des Elends, das sie zu sehen bekam, in ihrer Arbeit aufgegangen, hatte sich mit allen Ressourcen in die Arbeit gestürzt, ihr Privatleben dafür geopfert, ihre Familie, ihr Kind. Und jetzt stand sie hier, starrte auf ein über zehn Jahre altes Foto und dachte wehmütig an die Menschen, die seitdem auf der Strecke geblieben waren.

Konnte es auch nur den leisesten Zweifel daran geben, dass sie die richtige Entscheidung getroffen hatte? Auszusteigen, endlich etwas anderes zu tun, als rund um die Uhr durch die Jauche dessen zu waten, was Menschen sich gegenseitig anzutun in der Lage waren?

Nein, das Fass war voll, es war bereits übergelaufen, vor wer weiß wie langer Zeit schon. Nur hatte sie es nicht gemerkt oder nicht wahrhaben wollen, weil sie völlig in ihrem Trott verfangen war, weil sie keine Alternative für sich wusste, weil sich ihr ganzes Leben immer nur um den Job, um ihre Arbeit, um das Verbrechen gedreht hatte.

Hofmann hatte recht gehabt, mehr als ihr halbes Leben war sie bereits bei der Polizei, damals hatte sie unmittelbar nach dem Abitur mit der Ausbildung angefangen. Jetzt war sie vierzig. Vierzig! Das hieße schlimmstenfalls noch mindestens weitere zwanzig Jahre so weitermachen.

Katharina schob die Fotos zusammen und riss sie entzwei, als Nächstes in Viertel und dann noch einmal jedes Päckchen genau in der Mitte durch. Die Schnipsel warf sie zu dem restlichen Müll in den Papierkorb. Sie holte tief Luft, der Kloß, der sich in ihrem Hals breitzumachen drohte, hinterließ einen faden Geschmack, doch er löste sich auf.

Ihr Schreibtisch war leer, der Pappkarton mit den wenigen Sachen gefüllt, die es in ihren Augen wert waren, mitgenommen zu werden. Es gab keinen Grund mehr, länger als nötig hierzubleiben. Blieb nur noch, Hofmann die Dienstschlüssel in die Hand zu drücken und ein letztes Mal durchs Treppenhaus in Richtung Ausgang zu laufen. Ihre Waffe und alles andere an Handwerkszeug hatte sie bereits im Laufe des Vormittags zurückgegeben.

Katharina schnappte sich den Karton, stand auf und lehnte sich über den Schreibtisch, um das Radio auszuschalten. Die Verkehrshinweise hatten längst aufgehört, inzwischen lief ein Musikstück, etwas Altes, das ihr sehr bekannt vorkam, der Titel wollte ihr jedoch nicht einfallen. Doch bevor sie ausschalten konnte, wechselte die Sängerin zum Refrain. Und schon nach den ersten drei, vier Wörtern des Textes sang Katharina lauthals mit.

Those were the days my friend.
We thought they'd never end.
We'd sing and dance forever and a day.
We'd live the life we choose.
We'd fight and never lose.
Oh we were young and sure to have our way.

Lachend drehte sie dem Kölner Sender schließlich doch den Saft ab, klemmte sich den Karton entschlossen in die Armbeuge und verließ ihr Büro, ohne sich noch einmal umzudrehen. Sie wusste zwar noch nicht, wie sie ab morgen ihre Tage verbringen würde, aber es würde aufregend werden. Aufregend und vor allem selbstbestimmt.

Keine fünf Minuten später betrat sie den Parkplatz hinter dem Präsidium, lief federnden Schrittes zu ihrem Wagen, in dessen Kofferraum sie den Karton verstaute, schloss die Türen auf und klappte das Verdeck herunter. Der Sommer zeigte sich auch heute von seiner besten Seite, wie geschaffen dafür, sich den Wind um die Ohren wehen zu lassen.

Es konnte endlich anfangen.

Ihr neues Leben.

Mehr Krimis von Theo Pointner

Tore, Punkte, Doppelmord
ISBN 978-3-89425-031-7
»Witzig und mit Esprit geschrieben, spannend wie ein Elfmeterschießen und dank eines gehörigen Schusses Lokalkolorit ein direkt verwandelter Freistoß ...« krimi-couch.de

Rechts-Außen
ISBN 978-3-89425-214-4
Katharina Thalbach soll die neue Hoffnung der Fußballnationalmannschaft schützen. *»Fesselnde Dramaturgie, kohlenpöttisches Milieu, tief und prall im Westen – vom Besten.«* Rheinische Post

... und du bist weg!
ISBN 978-3-89425-231-1
Katharina Thalbach bekommt es mit Wirtschaftskriminalität zu tun. *»... eine der sympathischsten Heldinnen der deutschen Krimi-Szene.«* Gießener Anzeiger

Ein Tropfen Blut
ISBN 978-3-89425-246-5
Eine Vergewaltigungsserie erschüttert nicht nur Katharina Thalbach. *»Keine Superhelden hetzen da durchs Bild, sondern richtige Menschen mit all ihren Stärken und Schwächen.«*
Badische Neueste Nachrichten

Rosenmunds Tod
ISBN 978-3-89425-268-7
Katharina Thalbach jagt einen Pädophilen, der sich seine Opfer in Chatrooms sucht. *»Betrug, Mord und sexueller Missbrauch – eine verwirrende und hochbrisante Geschichte.«* WAZ

Der Dominoeffekt
ISBN 978-3-89425-310-3
Katharina Thalbach auf der Spur von skrupellosen Juwelendieben. *»Ein Lesevergnügen, das man sich schnell zu Gemüte führen kann.«*
Deutsche Welle

Highscore
ISBN 978-3-89425-334-9
Ein Psychopath verwickelt Katharina Thalbach in ein tödliches Spiel. *»Ein perfides Schauspiel, das dem Leser bis zur letzten Seite den Atem nimmt.«* Ostthüringer Zeitung

Neu und frech in Bochum

Lucie Klassen (jetzt Flebbe)

Der 13. Brief

ISBN 978-3-89425-349-3

Die 20-jährige Lila pfeift auf das von ihren Eltern für sie geplante Jurastudium und erschleicht sich bei Privatdetektiv Danner erst einen Schlafplatz, dann einen Job. Unversehens landet sie wieder auf der Schulbank …

»Eines ist dieses Debüt von Lucie Klassen nämlich keinesfalls: langweilig oder gar deprimierend.« Die literarische Welt

»Intelligent, respektlos, humorvoll.« Neues Deutschland

Lucie Flebbe (vormals Klassen)

Hämatom

ISBN 978-3-89425-367-7

Als Krankenhauspatientin wird Lila Ziegler Zeugin, wie eine junge Putzfrau an einem Herzinfarkt stirbt. War das tatsächlich ein natürlicher Tod?

»Zweifellos beweist Lucie Flebbe auch in ihrem Zweitling ihr großes Talent.« Deister- und Weserzeitung

»Da ist es wieder, das neue Krimiwunder: Lucie Flebbe schreibt sich mit ihrem zweiten Roman ›Hämatom‹ ganz ungeniert weiter in die Spitzengruppe des deutschen Krimis.« Focus online

Lucie Flebbe (vormals Klassen)

Fliege machen

ISBN 978-3-89425-381-3

Ein Hund ist schuld, dass Lila Ziegler auf der Straße landet. Sie mischt sich unter die Obdachlosen und Straßenkids, um einen Mann namens ›Fliege‹ zu finden – ein eiskalter Job!

»Wenn Lila eine kleine Typologie von Kindergartenmüttern erstellt oder die Macken frustrierter Mittvierzigerinnen analysiert, verbindet sich die bissig-blumige Metaphorik Raymond Chandlers mit dem Lästerton, wie er in den Kolumnen von Frauenzeitschriften üblich ist – eine wunderliche, aber interessante Mischung.«
Süddeutsche Zeitung

Mehr aus dem Revier

Leo P. Ard & Reinhard Junge

Mordsschnellweg

Kriminalstorys

ISBN 978-3-89425-364-6

Das Revier ist eine Metropole des Verbrechens. Dabei ist der ›Ruhri‹ an sich eine absolut friedfertige Gattung, die nur in Ausnahmefällen zu Schrotgewehr, Eispickel oder Pflanzengift greift. Selbstverständlich nur aus solch edlen Motiven wie Eifersucht, Gier und Rache.

»Leo P. Ard und Reinhard Junge, einzeln nicht minder erfolgreich als einst im Duo, haben ... Geschichten aus zwanzig Jahren runderneuert. Mit gewohnt lässigem Raffinement.« Nordkurier

»Bei so viel anhaltender Lebendigkeit ist Schmunzeln angesagt, was das Gänsehautgefühl aber nicht einschränkt. Originell, ungewöhnliche Schlüsse.« ekz-Informationsdienst

Leo P. Ard

Mein Vater, der Mörder

ISBN 978-3-89425-375-2

In einem Hospiz stirbt ein alter Mann. Er erlag aber nicht seiner Krankheit, sondern wurde erstickt. Warum wird ein Todgeweihter ermordet? Erst ein Stapel Briefe aus den Sechzigerjahren bringt Hauptkommissarin Sonja Kruse bei ihren Ermittlungen voran.

Zur gleichen Zeit lüftet Frank Berger ein jahrelang gehütetes Geheimnis: Sein Vater war als junger Mann bei der Fremdenlegion und hat in Vietnam eine Tochter gezeugt. Als Günther Berger zu den Fragen seines Sohnes schweigt, beschließt Frank kurzerhand, sich selbst auf die Suche nach seiner Halbschwester zu machen.